本书由上海文化发展基金资助出版

主编 李建强 章柏青

中国电影批评

[2000~2006]

ZHONGGUO
DIANYING PIPING

上海交通大学出版社

图书在版编目（ＣＩＰ）数据

中国电影批评：2000～2006 / 李建强，章柏青主编.
上海：上海交通大学出版社，2007
ISBN 978－7－313－04619－2

Ⅰ.中... Ⅱ.①李...②章... Ⅲ.电影评论－中国
－文集 Ⅳ.J905.2－53

中国版本图书馆 CIP 数据核字（2006）第 133384 号

中国电影批评

（2000－2006）

李建强 章柏青 主编

上海交通大学出版社出版发行

（上海市番禺路 877 号 邮政编码 200030）

电话:64071208 出版人:张天蔚

昆山市亭林印刷有限责任公司印刷 全国新华书店经销

开本:787mm×960mm 1/16 印张:21 插页:4 字数:339 千字

2007 年 1 月第 1 版 2007 年 1 月第 1 次印刷

印数:1－3 050

ISBN978－7－313－04619－7/J·142 定价:45.00 元

序

章柏青

中国第一篇见诸报端的影评文字出现在 1897 年 9 月 5 日,题名为《观美国影戏记》,它比中国自己开拍电影还早了 8 年。如果说,这还只是一篇描述性质的观后感的话,那么,在 20 世纪 20 年代初的中国最早的电影刊物《影戏丛报》《影戏杂志》中,我们可以看到真正意义上的中国电影评论的起步。在 20 世纪 30 年代,中国电影评论一度达到了异常的繁荣。在民族存亡的年代,影评是爱国主义的号角,是传播与鼓动抗战精神的大旗。建国后,新的社会制度的建立固然使电影批评一度十分活跃,从某种意义而言,也卓有成效,然而,与主流意识形态过于紧密的结合,也使影评未能对电影真正发言。影评的形式只有一种单一的政治评判。到了文化大革命时期,这种单一的评判越演越烈,并且为当时的极"左"政治所利用,演化成了电影的大批判。至此,电影批评已经彻底失落了批评的特性,成为权力的附庸。

重大转机伴随着 1976 年的政治变革开始,由此,中国影评踏上了重新寻求现实主义批评传统的路径。终于,继 30 年代之后,在 20 世纪 80 年代掀起了第二个高潮。这个高潮与 30 年代相比,与建国后 17 年相比,最大的不同是对于电影本体的关注。它与改革开放同步,与对西方新思想、新观念、新方法的引进同步,与电影创作繁荣同步,与当时由第四代导演和崭露头角的第五代导演引领的电影创新运动相呼应,将一直主宰中国电影批评的主要模式——社会学批评,转换为以关注电影本身为主的电影本体批评,并出现了我国电影历史上难得的评论与创作互为促进的景象。

进入 90 年代,"伴随着商品经济大潮而来的是又一次思想文化转型。中国社会及其批评进入一个以主流意识形态为中心话语,以各种'新潮'理论为边缘话语的'众声喧哗'的杂语时代"。❶ 也就是说,中国电影批评已进入多元

---

❶ 李道新:《中国电影批评史》,第 12 页,中国电影出版社 2002 年 2 月版。

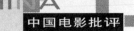

化时代。90 年代初、中期,传统的社会学批评、电影本体批评及引进西方理论形成的意识形态批评、神话原型批评、观众学批评、电影叙事学批评、女性主义批评、后殖民主义批评等批评范式一齐登场。这一局面的形成是对以往单一的批评模式的反拨与整体性超越,在电影批评的深度与广度上都达到了前所未有的境界。事实上,90 年代初、中期,高质量的电影批评已经汇聚了多种批评方法,逐步走向视野更为广阔的文化批评。

对于 20 年代至 90 年代中期对中国电影批评的走向与特点,我基本同意李道新在《中国电影批评史》中所作出的判断与评价。这就是说,中国电影批评从总的发展规律来看,可以归纳为三大阶段,即从电影的社会学批评走向电影的本体批评,最后走向电影的文化批评。

然而,到 90 年代后期,尤其是进入 21 世纪以后,中国电影批评并没有向更高层次发展,如李道新所预期的继续走向深刻、走向博大、走向进步,而是出现了退缩、迷乱、无所适从的迹象。

电影批评在 90 年代后期以来竟逐步走入困境,陷入沉静与寂寥,被人指为"集体失语",成了一个颇为尴尬角色,这究竟是何原因?

从客观上来说,市场经济的急速发展,使社会笼罩着一种急功近利的气氛;而娱乐、休闲需求的普遍性增长,从整体而言,大众开始畏惧有深度的东西,追求快餐式的娱乐文化。由于商业社会中巨大的生存压力,现代人往往精神压抑,需要强度刺激,公允的、细致的、思辨的、学理的评论备受冷落也在意料之中。而诸多大众传媒则从自身的商业利益出发,迎合时尚,乘虚而入,以花边新闻、内幕曝光、哗众取宠、无聊炒作来吸引人们眼球,一切有价值的分析被排斥在外,更助长了大众欣赏趣味的普遍下滑。另一方面,批评总是与创作密切相连的,90 年代中期以后中国电影市场进入低谷,到 2001 年,全年观众仅为 2.2 亿人次,票房收入仅为 8.7 亿,平均全国人民每 5 年才有可能进一次电影院。电影既已"淡出"国人视线,为人所遗忘,又遑论电影评论?加之 90 年代后期起,在美国大片大举入侵的挤压下,有的电影人试图以"恶性娱乐化"倾向之作或声画技术上的模仿之作与其相对抗,使文化人对这类胡编乱造,以娱乐感官、娱乐好奇心、娱乐窥视欲为主要目的、使人眼花缭乱的作品不屑置评。

从评论界自身来说,我们也不得不承认,当今的电影批评的确出现了危机。这一危机主要表现在以下几个方面。

一是电影批评的思想根基问题。中国电影批评受社会与政治的影响有着久远的历史,建国后,新的政治与意识形态一度使中国电影批评充满锋芒,充满朝气,也一度使中国电影批评杀气腾腾,成为扼杀新生力量与创造精神的凶神恶煞。我们不必讳言政治,电影批评作为一种思想与文化的载体,决计也离不开政治与意识形态,我们要研究的是电影批评中如何摆正这两者的位置,处理好这两者的关系。而事实上,至今为止,我们批评界的思想根基并没有稳固的建立,我们的批评中既有延续长官意志、权力意志,不分青红皂白,借政治的大棒当头打去的一面,也有对于明显的陈腐、落后、庸俗的东西视而不见,甚至欣赏倍加的现象。掌握理论、评论真正的思想武器仍是一个需要重视的课题。

二是电影批评的理论根基问题。中国的电影理论一直是薄弱的,与西方电影理论相比较,"在方法的严密和视角的多样上,中国电影理论是相形见绌的"。❶ 尽管近百年来中国电影理论也有了一定的积累,尤其是在上世纪80年代以后更有了长足的进步,但始终未能形成属于自己的完整、系统的理论。我们引进西方电影理论本没有错,但一些批评家更在乎的是一种借助西方电影理论以占据理论制高点的心态。他们实际上扮演的是西方电影理论传声筒的角色。为了将中国电影文本套进西方电影理论的框子,不惜削足适履,堆砌概念。说得重一点是带有文化殖民主义的倾向。在对待中国传统文艺理论时,轻视者有之,鄙视者有之,尊重者有之,但即使是尊重者,也还不能做到将传统的文艺理论切实的创造性的转化。我们一度认为,我们以往在17年中坚持的文艺理论、电影批评理论已经过时,这或许是正确的,但是从整体而言,我们还未能创造出适合我国电影历史与电影实际,足以让我们凭借的新理论。这无论如何,使得我们在展开电影批评时显得底气不足。

三是电影批评的异化问题。随着现代社会转型的加剧,电影批评越来越偏移正常的轨道。批评家的良知与公正是批评的生命,批评家的职责与道德底线是"好处说好,坏处说坏",而这一切现在却变得异常不易。利益的驱动,使评论与广告合伙,与炒作相类。将好的说得天花乱坠,将坏的也说成是一朵鲜花。美丑的颠倒,价值判断的失误,使观众对评论丧失基本的信任,以至出现了"评得越好,票房越低,评得越差,影院爆满"的可悲现象。电影批评的异化还表现在其他诸多方面。比如,将无所不包的"大文化主义"以及流行的时髦话题,不分对象地对电影进行所谓的"深度阐述",貌似微言大义,实是自

---

❶ 罗艺军主编:《20 世纪中国电影理论文选》,第 57 页,文化艺术出版社 1992 年版。

说自话,弄得观众与读者一头雾水。有的则又成了技术主义的奴隶,将电影文本一个个画面进行解剖、细读,使读者进入瞎子摸象的混乱世界。评论有时对作品宽容有余,什么乌七八糟的货色,都被说成是多样化、个性化,呼吁给予保护,而有时则板起面孔,进行酷评。攻其一点,不及其余,不骂得你狗血喷头,不把你打入十八层地狱,决不善罢甘休。更多的是酷评与传媒相结合,一部新片出来,一片叫卖之声,以唯恐天下不乱及抢滩市场的心态,采用快速而肤浅、片面加极端的方式,制造的是一场接一场、实际上与真正的评论毫不相关的新闻热点。评论正是这样逐渐抛弃了科学的品质,抛弃了审美、求知与思考,走向了堕落。评论的失足,不仅使读者与观众逐渐远离了对电影作品应有的欣赏、体味、理解、思索的健康心态,也纵容、助长了电影创作中的不良倾向。

在上世纪80年代,电影界曾经掀起对我国电影评论的回顾、总结与反思的热潮。时任中国电影评论学会会长的钟惦棐在1982年写下《电影评论落后于电影创作》一文,首次对当时的电影评论进行了检讨。时任副会长的罗艺军在1984年写下《中国电影评论概说》,从历史的角度,对从上世纪20年代到80年代电影评论的状况进行了梳理。该文将中国电影评论划分了几个历史时期,分别总结了应该记取的经验教训。1984年与1986年,在钟惦棐、罗艺军的主持下,中国电影评论学会分别在旅顺和柳州召开"中国电影评论学会首届电影学年会"与首届"全国群众影评工作会议",参加会议的专业与业余影评工作者都在150人以上。这两次会议一次偏重于专业批评,一次偏重于群众影评,会议提交了有相当质量的论文,交流了展开影评的经验,讨论了创作与批评的历史与现状,特别对电影批评的作用与努力方向进行了研究与探讨。上世纪90年代以后,电影界对电影评论着重从理论形态与历史叙述方面进行研究与反思。罗艺军主编的《20世纪中国电影理论文选》是对中国电影一个时代的整体理论思维的梳理与诠释。倪震主编的《改革与中国电影》、黄式宪主编的《中国电影电视走向21世纪》中诸多篇什讨论了电影批评在新的年代如何扩展思路,提出了中国电影批评的批评方法应该走向综合,社会、艺术、经济、技术、市场、受众等方面都应该进入电影评论者的视野。李道新的《中国电影批评史》无疑是这个时期电影批评研究的扛鼎之作,是我国第一部勾勒中国百年电影批评全貌,以新颖的历史观、电影观、电影批评观对各个阶段的电影批评进行观照、分析,并对编写电影批评史应该具有的理论基础、研究方法提出独立见解的专著。这本洋洋50万言的著作,应该看作是新时期以来我国电影界对电影批评研究的重要学术成果。

进入90年代后期，整个社会转型加速，迅速变革的经济形势毫不迟疑地将电影抛向市场经济的洪流之中。在现实的压力下，中国电影创作迅速转向。随之，正在顺利发展的电影批评也戛然而止，混乱与危机随即出现。当今中国电影批评的现状迫使我们对它再次进行回顾、总结、反思，找出问题的症结所在。

正是在这个意义上，我十分重视收集在这个集子中的文章。这个集子中的极大多数作品是新世纪以来社会与电影界对中国电影批评现状的研究、批评和探讨。尽管部分文章在深度上还有待于提高，但诸多文章的汇总，让我们看到了社会与电影界对电影批评的要求与渴望。李道新在《中国电影批评史》中提出了建构电影批评学的设想，我非常赞同。电影批评学是以电影批评本身作为研究对象的学科。建构电影批评学首先面临的是批评观念和电影观念的双重变革。"批评观念的变革体现在：不仅应该将批评理解为创作与欣赏之间的中介性环节以及理论与历史之间的互动，将批评学理解为实践与理论之间的媒介性学科，而且更重要的是，要将批评理解为'在'的姿态，即不同于有些研究所标榜的'中立'、'客观'和'求实'，从存在哲学的规定上就是'参与'与'投入'的那样一种姿态。只有禀赋这样一种姿态，批评才能摆脱许多反人性或非学术的阴影，成为人类精神建构和文化建设的重要一环"。而收集在这本集子中的文章可以说是庶几做到了这一点。在每一篇文章中，我们都能看到作者对中国电影"参与"与"投入"的姿态，无论是赞扬还是批评，立论之鲜明，观点之明确，论述之有力，足见作者对影评的热爱，对电影的热爱。至于电影观念，比之于批评观念更为重要。每一个批评者都要明白"电影是什么"，即电影的艺术特性、商业特性以及作为文化载体体现民族精神、国家意识形态的特性，这是"电影批评与电影批评学得以立足的关键"。这本集子的多数文章都能结合电影的多种特性来阐发自己的观点，避免陷入简单、偏颇的误区。建构电影批评学势在必行！而收集在这本集子中的文章应该成为构建新世纪电影批评学的基石。

中国电影改革已经走过了20多年的风雨历程，正行进在产业化发展的大道上。电影产量持续增长，电影市场不断开拓，电影创作总体上走出了低谷。从2004年开始，中国电影的年产量持续超过200部，2006年将突破300部。新的时代完全能催生出黄钟大吕式的作品。但就目前而言，创作上的问题仍不少。一些鼓吹畸形价值观念的作品，一些渲染邪恶心理的作品，一些远离

时代、对社会与人民缺乏人文关怀的作品时有出现。电影评论始终是创作的如形随影的伙伴。批评从创作中汲取营养，创作从批评中获得启示。电影评论也是观众不离不弃的朋友。评论从观众中获得灵感，观众从评论中受到教益。这本集子的出版不仅是批评家的好事，也将在创作界与观众中获得反响。愿本书在繁荣评论、促进创作中起到作用。

临末，我要对为这本书付出了最大心血的主编李建强先生表达我的敬意。作为上海交通大学改革与发展研究室主任、教授，李建强先生从青年时代起就酷爱电影，酷爱影评，并屡获全国影评征文大奖。他在全力为上海交通大学的发展出谋划策、殚精竭虑之余，花费大量精力，利用节假日从近年来浩如烟海的报刊中搜索、遴选电影批评研究的文章，编成这本论文集。如果我记忆不错，专事对电影批评本身进行研究的文集，这可能还是第一部。中国电影评论学会一直想出版这样一本书，却未能办到，李建强先生办到了。此乃评界幸事！

是为序。

2006 年 10 月于北京

目　录

文 化 观 照

域 外 视 点

附　录　一

附　录　二

目　录

新世纪中国电影批评生态描述

李建强

一

　　写下这个题目，我觉得很有必要先叙述一下"背景"。或者挑明了说，时至今日，你们为何还要费时费力，主编这样一本未必会有多少人想读的文集呢？我想可以说是事出有因吧，因为，此前有两件事情是那样强烈地催生了我的这种愿望。

　　一件是，去年下半年，我授课的电影电视艺术专业的几位研究生结合课程学习，满怀激情地写下一组探讨中国电影批评现状的文章，或短论或长谈，或批评或期许，但大都直抒胸臆，知无不言，言无不尽，读后禁不住深为青年学子对中国电影批评的责任和热忱所感染。我将其认真梳理后推荐给一家心仪的电影刊物。久无音讯后，我打电话去问，编辑倒也直率："稿子倒是不错，不过你想，这年头还有谁会发这种东西啊！实话实说吧，如今圈内已经没有什么人再关心什么电影批评了！"那一刻，我的心感到一阵莫名的惆怅。

　　另一件是，去年年底，为纪念中国电影诞辰 100 周年，一家有全国影响的报纸主办了一次"经典银幕形象全国征文比赛"，历时半年有余，结果却出人意料。尽管作为主办者的那家报纸在"编者按"中用了"真诚的情感"、"诗意的语言"、"感人肺腑的体会"、"精辟深刻的见解"等等华丽的辞藻，然而见诸报端的那几篇所谓"精心选出"的优秀作品，实在让人难以认同。我真的没有想到，这样一次声势浩大的全国征文比赛会是这样的结局和水准，特别是与 20 世纪八九十年代精心组织的那几次全国征文比赛相比更是无法等量齐观。看来上面那位刊物编辑说得不错，中国的电影批评确实是走向末路，确实是徒唤奈何了。然而，事情并没有到此结束。之后，偶然地与一位朋友聊天，得

知他也参加了这次征文比赛,虽然花了不少功夫,文章也决不比见报的那些"精选之作"差,但却与"优秀"不沾边儿。我是知道这位朋友的,多年来在艰苦的条件下坚持着写作,对电影批评有一种近似宗教般的感情,每写一篇稿子都倾注心血。看来,坚守和耕作是一回事,评奖、得奖和刊发是另一回事。我不由得感叹,今日电影批评之生态在很大程度上实际是由一些媒体和媒体人的趣味来左右的,但由于种种复杂和不复杂的原因,媒体的作用并不一定完全是正面的——特别是在市场经济日益浸润的条件下,他们或因为艺术趣味的偏颇,或由于自身利益的遮蔽,常常自觉或不自觉地成为"精神活动与公众之间的屏障和过滤器"。(布尔迪厄语)中国电影批评若想获长足之发展,必须摆脱目前主要由少量媒体和媒体人掌控的非正常局面,必须有更多的生存手段、更强的生存能力和更大的生存空间。

事实也确实如此,当我们放开视野审视近年来中国电影批评研究的成果时,内心就会变得略显充实并产生信心。说真的,当我陆续搜索到收在这本集子里的这些文稿时,内心有一种由衷的欢欣。它们不仅数量大大超出了我的预料,而且内容的丰富、视野的开阔、研讨的深入也都令人为之怡然。在欣喜之余,我觉得自己有义务尽一点宣传的责任。当我把这个想法与中国电影评论学会会长章柏青老师谈起时,得到他的极大支持。章老师不但答应担任主编,匡正编选思路,提供文章线索,联络各方作者,还欣然为之写序。于是,便有了这本集子的面世和我的这篇描述性文字。

二

收集到这本集子里40多篇文章,大多是由各种渠道搜集而来的。个人目力所限,自然难免会有遗漏,但就是从这一可能并不完整的汇集中,我们已经完全可以看到,近年来学人们对于中国电影批评学的研究是严肃认真、实事求是的,当然,也是深入透彻、卓见成效的。

1. 秉笔直书,不隐瞒缺失,不回避困境

要对中国电影批评的生态进行评述,首先当然必须了解它生存的真实状态。那么,当前中国电影批评的生存状态究竟如何呢?论者们大都慷慨直言,毫不隐讳。在论者们的笔下,我们看到当下影评种种尴尬的情状。

● 苍白无力,泛泛而论,很难听到影评家的心声,很难看到有个性的影评。论者们直截了当地指出,随着电影艺术创作的多元化发展,按理说,电影批评在整个电影业发展中的作用变得越来越重要,但现实的情况是,我们听不到批评的声音,即便有一些,也常常由于言不及义、无关痛痒、似是而非而显得苍白无力——中国电影批评呈现出一种集体缺席和整体失语的状况。我认为,两位老专家的意见尤为值得注意,王得后谈到:"商潮滚滚,理论寂寞……影视刊物争奇斗艳,可很难听到影评家的心声,很难看到有个性的影评。声音是有的,那是主流的声音,商人的声音,友情抚慰的声音。"(《现在还有几个影评家?》)邵牧君直言:"电影评论的现状不容乐观。我没有做过观众或读者调查,不好下结论。但有一点是可以肯定的:影评已经没有了市场……我认为今日之影评所以会落到这种可怜的地步,已不再是影评人没有摆正位置的问题,而是影评人找不到自己的位置问题了。"(《电影评论要着眼于大众》)话虽然说得有些尖刻,但的确是前辈的肺腑之言。面对艰难发展的中国电影、各色媒体的众声喧哗和物欲世界的各种诱惑,大都所谓的影评只是敷衍成篇,没有魂灵,不见个性。用史可扬的话说,由于个性的丧失,电影批评既"缺乏艺术的基点,又失去美学的支撑,而陷于空虚、渺茫和没有深度的语言游戏","在混乱和价值虚无的同时,它原先积极的意义全然消失了"。(《电影批评的缺失与重建》)因此,当下的电影批评实际上充当和扮演着一个双重尴尬的角色:一方面,电影创作者认为没有阅读和当真的必要,因为它们浮泛空疏,对指导实际创作毫无意义;另一方面,电影观众也没有观看和领情的义务,因为它们千篇一律,对于人们的审美和鉴赏很难提供实际的帮助。

●**江河日下,景象萧条,电影批评生存的空间越来越小。**曾记得,20世纪80年代,电影评论真可谓"浩浩荡荡、巍巍壮观"。当时的影评大潮被圈内外公认为"新时期不可忽视的文化现象"。其声、其势震撼社会,震撼影坛。然而环顾今日,电影评论早已今非昔比,完全是另一种景象了:阵地大大萎缩,队伍鸟兽四散,读者寥寥可数,影响微乎其微。如有的论者所说,真正对影片的思想性、艺术性、观赏性进行细致入微的分析、言之有物的解析、鞭辟入里的剖析的影评文章,竟像恐龙那样消失了。据记者王波报道,北京市广电局一位领导在接受采访时曾满怀忧虑地谈到:在电影产业化的链条上,影评这个环节几近掉落,不仅未能对电影产业的发展起到良好的借鉴和舆论导向作用,还脱离实际地瞎说乱弹——这样的评论怎么可能会有生存空间呢?中国电影评论学会会长章柏青则指出,电影批评在今天遇到了极大的挑战,一方面电影发行方不再看重电影评论的作用,影评被首映式、观众见面会等商业活动所取代;另一方面在商品大潮的刺激下,影评有时本身也脱离了公正客

观的轨道,沦为商业的附庸,并进而拖累整个影评事业,"使正常的评论也令人生厌"。(《电影批评:如何跟上产业化进程》)可以说,批评本身的萎缩加剧了读者和阵地的丧失;而读者和阵地的丧失则使批评的生态日趋萎缩。这种恶性的循环窒息了批评的生机,使整个影评呈现景象萧条的休克状态。

● 腹背受敌,四面楚歌,成为圈内外指责埋汰的对象。电影评论的种种生涩状态,理所当然地受到圈内圈外各方的批评。

首先是电影创作界的不满,郑洞天导演坦言,现在已经没有电影评论了,因为没有独立的人格,所谓的电影评论已经成为一种议论,甚至多数已经变成一种广告宣传。(关雯《影评:从文化看守到文化失语》)吴天明导演则明确表示,自己已经很长时间没有关注电影评论了,主要是真正对创作有帮助的影评太少,渐渐地失去了关注的兴趣,只要埋头把自己的作品拍好就行了。(王波《电影批评:如何跟上产业化进程》)以上提到的两位大导演,都曾经是评论界的挚友,如今对评论均侧目而视,避之唯恐不及——创作界的不满,由此可见一斑。

其次是理论界的不满。陈晓云指出,在 20 世纪后期,电影批评曾经显示出罕见的锐气、力度和前瞻性,然而面对电影创作的转型,却无法完成自身的转型,在一再失语之后显示出它的软弱和无力。(《中国电影批评的两难困境》)史可扬提出,在当代电影批评的实践中,许多电影批评已经成为各类大众传媒上的"脱口秀",严肃的理论思考和艺术批评蜕变为一些所谓批评家如同媒介明星般的表演,根本无法也无力站在更高的层面,从更深的角度对电影作出令人信服的深度阐释。(《电影批评的缺失与重建》)张会军谈到,中国电影批评在中国电影比较低迷的情况下,已经没有了声音,没有了地位,没有了责任,没有了思考,没有了文化意义上的品位。(《电影批评的思考》)邵牧君批评得更加干脆:影评的式微,责任多半在影评人一边。(《电影评论要着眼于大众》)

当然,不满的还有观众。这里仅以上海交通大学几位研究生的看法作为代表:"现在的状况多少有点这个样子,谁的胆儿大谁的嗓门就大,谁就能占更多地盘,就能接着用更大的嗓门吃五喝六。观众反而是这些所谓的影评家们不再关注的群体……更有甚者,自己电影都没有看过,也开始赶风潮,糊弄几个文字拼凑成一篇所谓的评论,这是商业操纵艺术的典型表现。这种文字伤害的不仅仅是观众,也是对影片的不尊重。""未看过电影就发表评论者有之;晃过预告片,翻译国外现成评论者有之;追随得奖规格与票房多少评论者有之;更有甚者,运用电脑'复制'、'粘贴'加上泛滥的后现代术语堆砌而成的也不在少数。这样的影评常常使得读者看完之后如坠云里雾里。""较之于上世纪80、90年代影评的繁荣期,今天的影评显得有点尴尬。当年的影评大多有感而发、朴实易懂。相信一个初、高中文化水平的人完全可以从中获得陶冶。相反,很难保证一个受过高等教育的人能完全看懂今天的一些影视评论,即使只是娱乐杂志上的文章,有时也足够他们抓耳挠腮了。""反观如今的大众媒体,除了少许专业的影视期刊,发表电影评论的已经屈指可数。其实,最大的尴尬还不在于此,即使有媒体愿意发一些有影响、有号召力的影评文章,又从何处去找到称职且广受大众欢迎的评论家呢?正是这种双重的缺失,使传统的电影评论无可奈何地淡出了公众的视野。"年轻人的话,可能有点儿气盛,但如此众口一词,直指弊端,着实发人深省,何况他们的见解与创作界、理论界是如此的接近呢?历史常常是"成者为王败者寇"的,看来电影评论沦落到现在这种地步,只能如一句俗话所说:"猪八戒照镜子,里外不是人!"

2. 自我省思,自我批评

当然,指出电影批评的种种困窘,相对还是比较容易的,困难的是找到它们的病灶并勇于加以解剖。我认为,论者们的真知灼见也更多地体现在这个层面。透过论者们犀利的笔锋,我们比较清晰地看到了隐藏在病态之后的致命病根,看到了藏匿在种种表象下面的深层缘由。

● 冷落市场,与大众脱节。电影评论虽然在很大程度上张扬着评论者主观的艺术感受,但它毕竟是"形而下"的产物,是要面向作品、面向读者的。如果一篇影视评论被创作出来之后,束之高阁、无人理会,那么它就如同没有被创作出来一样。从这个意义上说,电影评论(当然是好的电影评论)是当下影视史的产物,也肩负着引领受众更好地进行鉴赏和推进艺术继续向前发展的责任。因此,对于市场的走向,对于观众的祈望要求,是万万不该视而不见、置若罔闻的。然而,目下的情况似乎恰恰相反,电影批评背离市场、与观众需求脱节的现象可以说比比皆是。正像彭加瑾指出的,对于一些观众不满的作品,我们的批评并没有发出有力的声音;对于一些优秀的影片,我们的评论似乎也没有给以足够的鼓励;对于一些有缺点或需进一步提高的作品,我们的评论也并没有作出多少严肃的分析、中肯的批评和热情的帮助。观众喜爱艺术的多样化,我们的评论还未能通过自己的批评以推进电影创作的多样化。观众并不拒绝电影的宣传教育功能,但观众却绝对不满电影的"耳提面命"。面对社会大众的电影评论一旦与大众脱节,那么它被大众冷落的命运就不可

避免。(《电影评论的三分天下》)胡黎虹的剖析更为直接:在过去很长的时间里,中国的文化都是一种精英文化,人们通常把它形容为书斋情结或者士大夫情结。今天,把评论做成沙龙艺术的正是这样一批有士大夫之风的精英人士。他们端坐于庙堂之上,坐而论道,或远离人群,躲在屋中舞文弄墨,秀才不出门,便知天下事。他们之所以从事评论,只是为了自娱自乐,所真正在意的,不是他者,而永远是自我。他们甚至不希冀自己的评论能被大多数人理解、认可,因此也就不在乎远远背弃大家的感受。他们高居高打,言必欧洲,常常深不可究,极度学理化。总之,以坚决不说大白话为特色,虽玲珑精致却极为易碎。(《给影评会诊》)解玺璋明确指出,我们的很多电影评论,常常不是以电影观众作为目标读者,它们是写给自己或同好看的,它们对观众以及电影生产者的影响几乎也是微乎其微的。无论社会学的评论、感受式的评论、文化批评式的评论,还是以各种理论命名的评论,都只顾自说自话,没把观众放在眼里。你很难通过阅读这样的电影评论来了解一部影片的具体内容和风格样式,你也无法就此判断是否应该掏钱去看这部影片。它像个精灵一样,浮在半空中,上不着天,下不着地。这样的电影评论,显然不是电影营销时代所需要的。(《营销时代的电影评论》)论者们的分析可称一针见血:冷落了市场的批评必然被市场所冷落,脱离了大众的影评必然为大众所淘汰。

●丧失立场,经不住诱惑。如上说,"冷落"和"脱节"造成了严重后果,但更为严重和可怕的,则是立场的丧失。因为前者多少还带有一点自恋,维系着电影批评在社会转型时期仅有的那么一点自尊;后者则完全随波逐流、自甘堕落,沦为商品拜物教俘获的对象。君不见,近年来诸多大众新闻媒体参与下的所谓研讨,更多地只具有表演和作秀的性质,恶"捧"与"烂炒"的现象比比皆是,而畅所欲言、鞭辟入里的理论研讨与作品评价却显得少之又少。通常某一位名家或"大腕"的新作刚一面世,各种评论与"赏析"便蜂拥而至,自然还少不了"花边"和"内幕"新闻的襄助。这当中,什么"艺术元素"都有了,唯独缺少批评者的立场。这样一种"批评"方式,严格说来就是批评者与制作商们"共谋"去误导乃至欺骗观众,从而把严肃的电影批评演变为一种"傍大腕"的低俗行为。这些行为直接导致了批评的"变质"和堕落,也理所当然地受到论者们的猛烈抨击。陆绍阳就指出,在现在的文化语境中,只有新闻炒作,真正的电影批评家越来越少,而职业批评家却不断涌现,他们更关心的是红包的厚度,从他们的口中已经很难听到真实的声音,他们已经失去了自主的品性,不要说审美的知觉,有时连起码的道德的知觉也没有了。他们已经或正在践踏批评的纯洁性。(《电影批评:独立于媚俗与诱惑》)胡黎虹认为,一个日益市场化、世俗化商业时代的到来使评论者一时迷失了健康的心态,迷失了批评的精神。投资方的收买,广告商的拉拢取代了凭事实说话的原则,在这个喜欢用人气指数来验证成功与否的年头,先于语言判断而存在着的一种情境,支配着评论者的写作。很少有评论者再选择思考或保持沉默。现实中,大量评论让读者看到的已经不是一个客观公正的事实,而是文字背后的权利与金钱。一味捧场或无关痛痒的评论越来越多,一些原本平庸的作品被不遗余力地捧为精品,它们不仅起不到引导创作和鉴赏的作用,相反,观众看过之后方知上当匪浅。也有的评论抓住一点就尽情放大,好比只抓到大象身上的某个局部就断然告诉人们大象是什么一样,既不深究真伪,也不明辨好坏,只管一味地呐喊助威,以虚假的赞歌掩盖艺术良知的匮乏,以貌似热忱的华章丽语隐藏无时不在的商业动机。(《给影评会诊》)由此看来,批评的危机实际上首先来自批评者自身立场及其主体性的丧失。市场和金钱的力量是如此巨大和无所不能,它不仅迅速改变着物质世界的面貌,也急遽地变更着人们的精神世界。而作为精神生产者的批评家,一旦精神为物质所囿,其思想的翅膀必然为尤物所牢笼。我以为,明确指出这一点,对于匡正当前批评界的不良风气,激发批评家的社会责任感是很有意义的。

●浅尝辄止,人文内涵匮乏。当然,问题并没有严重到所有的批评和批评家都甘愿成为商品的附庸。无奈的是,在心浮气躁、急功近利的大背景下,从整体上说,批评的人文韵味日渐淡漠,正在消磨和贬抑着批评的思想深度和艺术品质。这种人文含量的不足具有多种表现形式,一是精神恍惚。如王卫平所言,在现有的影视批评文字中,整体上缺乏反思精神、批判精神,缺乏问题意识和深度阐释。从某种意义上说,批评家的使命常常在于反思和批判,他能发现创作者和接受者发现不了、认识不深的问题,他能在一片赞扬声中发现问题,在一派乐观景象里揭示隐患。这也许是批评家存在的理由和价值所在。但现在的问题是,我们的批评并不缺少歌颂和赞扬,而是缺乏反思与批判。(《影视批评的贫乏与丰富》)二是大而无当。如史可扬所论,真正的批评总是对某一确定对象的批评,是建立在对具体文本和现象确切读解基础上的。但现实的电影批评却是"宏观"和"概括"式的居多。类似"某某年度电影观察"、"某某'代'电影概观"之类的文章充斥着各类报刊。这类文章热衷于对电影形势的归纳和预言家式的判断,习惯于将丰富繁杂的电影作品做类似数学公式般的划一排列。在其中我们看不到作者的艺术感觉、美学意识,

有的只是慷慨激昂下的苍白无力、洋洋洒洒中的创造性缺失。(《电影批评的缺失与重建》)三是食评不化。如沈庆利所谈,影视批评的不足还与某些前卫影视理论家们缺乏起码的方法论意识,滥用、误用西方理论有关。对于从事专业批评的研究者来说,批评视角与方法论的选择是至关重要的,理论术语的运用只有恰到好处,才能让它们充分发挥作用,万万不可以理论术语的炫耀为能事。但有些前卫理论家们毫不顾及自己的艺术体验与批评对象的适用性,只是刻意追求理论辞藻的花样翻新,说得刻薄一些,不过是借着那些他们自己尚未完全理解的时髦术语来掩饰自己思维的混乱和生命感受的贫瘠罢了。(《呼唤科学的影视批评》)此外,桂青山对中国百年电影评论作了完整的回顾和扫描之后认为,中国电影批评的百年过程中,亦不无随时的好评、即时的批判、不时的争论与长时的宣讲。就其特定的文化氛围与背景而言,自然都有着各自充分的时代依凭与社会基础,但整体而言,却总给人一种“文化无根”的漂泊感,一种“与世浮沉”的喧躁感,一种缺乏时世审视与历史认知的“小儿女啼笑”感,一种商店橱窗式的“即时性标签”感。一言蔽之:缺乏深厚的文化根基与宏观的历史把握,深陷于即时的社会文化潮流中,是中国电影批评难出经典的根本性病灶。(《跳出三界外,再入五行中》)看来,历史的和现实的、历时和共时的种种纷繁复杂的原因,共同造就了中国影评的先天底蕴不足和后天营养不良。我觉得,这种全方位、大跨度的检视,虽不免可能使人憋气和惆怅,然而它给予人们的启迪,决不是廉价的褒扬和随意的鼓吹可比拟的。

　　● 形式呆滞,缺乏亲和力。我始终认为,好的电影评论应该是创作者思想认识和情感的结晶,从破题、立意、行文,到谋篇布局、遣词造句,都能体现自身的审美情趣和个性特征。这其实不是苛求和非分之想,早年,我们读钟惦棐、罗艺军等先生的文章,是常有这种感觉的。此外,一篇好的评论应当首先融入作者自身的真切感悟,汝欲动人,必先悦己,表达与接受之间最大的平衡点即在于情感投入的浓度和深度。因此,如果一个评论者只能像一般的电影观众一样,简单地说电影好或者不好,或者满足于把作为艺术创造的电影评论当作一般的学术报告来写,那怎么可能引发观众的阅读兴趣呢?令人惋惜的是,偌许年来,我们的大多数评论文章几乎可以说是蹈常袭故、陈陈相因:讨论着同样的问题,采取着同样的形式,操练着同样的腔调,重复着同样的结论,许多年一贯制,以不变应万变,渐渐失却了鲜灵的活力和张力。更有甚者,或热衷于赶浪潮,甘心当传声筒;或钟情于自说自话,满足于个人情感的宣泄释放;或受制于利益驱动,沦落为孔方兄的随从,已经失去了最广大观众的基本信任,人们避之不及,哪有亲和力可言!(《今天我们需要什么样的影评》)彭加瑾亦谈到,我们的影评总是一种类似报刊社论的语言与写法,而我们大家都知道,读者需求的是更活泼的语言与更生动多样的写法。(《电影评论的三分天下》)可见,电影批评的失信于世,失宠于众,既有思想认识上的问题,也有精神境界上的问题;既有内容上的原因,也有形式上的原因。只是在社会和艺术转型的时期,人们较多地关注内容,对形式的重要性认识不足、关注不多罢了。电影批评当然首先必须"讲究内容",但同时必须"考究形式"。特别是在艺术日渐呈现多元化,人们具有多种选择的权力和可能的时代,很难想像,一篇讨人嫌的评论能够产生对人的吸引力、感召力和影响力。指出这一点,既切准了当下中国电影批评的软肋和痼疾,也从一个侧面表明了论者们的清醒与真切。

三

自然,影评的疲软还是和创作的疲软紧密联系的,就事论事地将棍子全部砸在批评身上显然有欠公平,是谓"皮之不存,毛将附焉"。从某种意义上也许可以说,是创作的不景气带来了批评的大滑坡。但是,我们指出中国电影批评的种种病态及病灶,目的并不在于分辨和追究谁的责任,恰如鲁迅先生所说,揭出病苦,是为了引起疗救的注意。正因为此,批评也就没有必要再从客观上去寻找推诿的由头,而应该更多地从自身的角度来做反省,更多地从今后变革发展的方位来作思考。令人欣喜的是,绝大部分论者正是从立足自我反省和思考,既承认现实,又面向未来的角度切入的,这就使我们的讨论有了延续的基础,使改善批评生态的希求成为可能的共识。

1. 校正方位,更好地作用于电影实践

论者们清醒地认识到,影评的明天将取决于影评如何应对和回答时代提出的挑战,中国电影批评要自立于艺术之林和体现自身的价值,最终还是要作用于中国电影。因此,迫切需要曾经"缺席"的电影批评校正方位,重新参与到中国电影事业的发展中来。陈晓云认为,电影批评如何面对"商业"和"大众",是重构电影批评话语的关键所在。(《中国电影批评的两难困境》)陆绍阳指出,媒体炒作的目标、方法、原则、功用不能代替电影批评原有的理想和功能,电影批评家应该积极成为电影发展的现场参与者,同时纵向思考百余年来的中国电影历史轨迹,即通过对传统文化和当代文化的批判性反思,

将电影批评和电影史研究结合起来,以深入探讨当代中国电影的现状和特点。(《媒体炒作时代的电影批评建设》)彭加瑾强调,只要电影存在,影评也必然会继续存在。在新的世纪,我们希望电影批评能够得到新的发展。它不但能够准确反映电影创作的成败得失,而且能站在时代的前列,影响与引导创作健康而持续的发展。为此,我们再也不能不考虑如何适应新的时代课题了,我们再也不能只顾说自己愿意说的话。电影批评既要在促进国产电影与新的时代和观众的结合上作出贡献,还要在自身的内容、形式上作出开拓与探索,以充分满足新的时代和观众的新的需求。(《反思影评》)论者们对于振兴批评的见解不尽一致,但终极走向殊途同归,那就是希望批评重新回到创作的基点,回到大众的立场。这不仅是首要的,而且是必须的。天马行空形同虚设,自说自话等于自戕。中国电影批评只有校正了方位,才能够在新世纪中国电影发展的大业中找到自己的位置,作出自己的贡献。

2. 加大文化含量,开拓新的生存空间

如上说,人文内涵的匮乏,已成为批评界诟病的共同指向,而要摆脱这一顽症,必须对文化的要义具有更透辟的识见。正如解玺璋指出的:电影评论应该成为电影营销的灵魂。电影既然是一种文化产品,那么,它的营销和一般产品的营销还是有所区别的。这种区别就在于,它的营销比一般产品更需要文化含量。(《营销时代的电影评论》)沈庆利认为,科学的影视批评最主要的特征就是批判性、独立性与超越性的结合。这种批判性、独立性与超越性应该体现在对作为大众文化重要组成部分的影视文化的"提升"与超越上。(《呼唤科学的影视批评》)张会军指出,电影批评不只是要做影片的"量化"分析;也不仅是做创作手段和造型元素的过于具体的分析,电影批评也像电影创作一样,是一项艰苦的、创造性的精神劳动,要有独立的思考,需要有自己独立的见解和观点,其观点最好是要有理论的锋芒,对制作者和艺术家要有所帮助,对观众要有所教化和启迪。批评要产生思想和观点。(《电影批评的思考》)沈义贞则通过与域外的比较后提出,我们很多电影人一提起好莱坞的成功,就想起他们的大制作,其实,其在影片运作中始终将观众的接受度作为重要的考量,在宏阔深厚的人文思考中厚积薄发地推导出一个符合大众文化口味的主题,才是关键。(《艺术还是商品》)我认为,加强批评的文化内涵,是一个需要深入探讨的课题,除了上述诸点,还和大力开拓其生存空间相关联。这里说的空间,不仅是影评赖以生存的物理空间,更有影评人自身的心理空间。因为,终究先有"有文化的人",才有"有文化的文"。从这个意义上说,桂青山提出的"跳出三界外,再入五行中",先有宏观的文化审视与把握,后对即时的局部的个案的影视现象作相应的透彻评说,是纵览百年中国电影批评后应有的醒悟的结论,对于我们当是有很大启发的。我们欣喜地看到,许多论者身体力行,正在这方面进行着顽强的开掘。无论是李道新关于"后殖民主义与中国电影批评"、"意识形态话语与中国电影批评"、"电影理论与电影史视野里的中国电影批评"的研究,还是李亦中、陈犀禾关于电影批评方法和类型的研究,抑或任殷对于群众影评的关注,赵鹏对于"鲁迅与中国电影批评范式的双轨解读",还有孟君对于 20 世纪 30 年代"硬性电影"与"软性电影"论争的回顾,吉莉、李白璐对于网络影评的追踪,均显示了论者们对于文化的尊重和力图开拓视界的自觉。

3. 在培育观众、培育市场中提升自我

电影是大众的艺术,自然应为大众喜闻乐见,应受大众的青睐。作为与电影生死相依的电影评论何尝不是如此。批评的荣枯兴衰在很大程度上是和电影观众的喜怒爱憎,和电影市场的接纳排斥联系在一起的。因此,解玺璋认为,营销时代的电影评论不再是一种"独舞",不再是一种个人趣味、个人观点的阐发,它必须大踏步地向后倒退,完全退到观众的立场,不仅要了解观众需要什么,还要了解你手中的产品哪些方面是可以满足观众需要的。(《营销时代的电影评论》)彭加瑾的看法略有不同,他认为,培育优秀的观众,培育良好的艺术鉴赏的趣味,就是在培育一个健全而又健康的市场。有了广阔的市场,就会有中国电影的一切。现在的主要问题在于迎合世俗,观众已经被喂食了过量的代用品,却很少有批评家去一点一滴滋养、培育他们的品位。据此,沈义贞进一步提出,满足大众的需求,并非迎合大众的低级趣味,而是将带有某种超前性的真理尽可能用大众能够理解的方式表达出来,这里就有一个文化语境的培育、维护和引导的问题。(《艺术还是商品》)

应该说,上述几位论者从各种角度切入的探讨,都是有意义的。培育观众和培育市场好比是一对手足兄弟,它们从来就是两位一体的。我们既不能为了所谓的培育观众而牺牲市场,也不能为了所谓的培育市场而放弃对观众的引导,重要的是如何在统筹兼顾的基础上做到相辅相成、整体推进。这其实对批评理论的建设提出了很迫切和很高的要求。由是,对于市场和观众的研究也就自然成为新世纪电影批评界诸多有识之士共同关注的话题。我在这里想重点介绍的是章柏青和张卫创建的电影观众批评学。两位提出,电影观众学批评的着重点不是简单地去判断该影片的优与劣,好与坏,甚至也不是研究其优在何处，劣在哪里，它判断的是这部影片是受观众欢迎还是排斥，究竟受哪一部分观众欢迎，受哪一部分观众排斥，重点在于站在观众的立场上，找出其中的诀窍、奥秘与原因，从理论上给以阐述，从而作用于创作，给受众以启发。并设想从观影的心理结构、观影的过程描述、观影的反应评价、电影与观众的相互作用、观众的群体与个体的类分及描述等角度切入，建构起电影观众学的基本构架。（《建构电影观众学批评》）这一新的、着重对观众和市场的相关性进行研究的学科的创立与建设，对于批评的深入开展，无疑是具有重要意义的。

4. 造就队伍，扶持一批影评新人

中国电影批评面对的形势是严峻的，受到的批评是严厉的，发展的态势是严酷的。正是这种举足维艰的情状和社会各界近似苛刻的拷问，迫使电影批评学的研究者们深入地思考电影评论队伍的建设和新人的培养。王卫平认为，要切实解决影视批评的贫乏，重要的是解决好批评队伍散乱短缺、布不成阵的问题。他就此提出，要同时加强三支队伍、三种批评的建设，即媒体批评、批评家批评和学者批评建设，并对三支队伍建设的路径和要素提出了设想。（《影视批评的贫乏与丰富》）杨新宇提出要调整文学研究者相对过剩和从事电影批评的人文学者稀缺的现状，建议以人文学者为主体，建设电影批评学的队伍，并呼吁更多相关学科的学者投入到电影批评的队伍中来。（《电影批评的人文内涵》）陆绍阳强调，应该把电影批评队伍的建设作为整个文化建设中的重要一环，由政府有关部门提供资助和条件。（《媒体炒作时代的电影批评建设》）以上这些思考和建议，尽管尚显粗疏，但这种关注和热情无疑是值得肯定的。鲁迅先生曾说，首在立人，凡人立则万事举。我想，对于影评事业的发展来说，同样如此。现在的问题是，怎样变"立人"的大事由一般号召为扎实的举措和成效。从这个意义上说，我特别赞同陆绍阳关于把电影批评队伍的建设作为整个先进文化建设的一部分来对待的识见。不过，除了要求政府有关部门提供帮助，更多的恐怕还得依靠业内自身的努力、有为和作为。

思忖先生一直是笔者尊敬的批评界前辈，他虽然只以"半个影评人"自居，但他对影评事业的热情，对青年一代影评人的关注和期待之情着实使人深受感动。他认为，尽管中国电影业困难成堆，但一些很有活力的青年影评家正在迅速成长，他们将是大有希望的一代新人。（《半个影评人的六个念头》）确实，青年是电影的主要观众，影评事业的发展最终也要依赖大群新人的加入。为此,本书专门收录了5篇研究生的文章,尽管只来源于一所高校,大都也还没有公开发表,但他们思想的活跃,视野的开阔,参与的热情,以及文字的干练,可以从一个侧面佐证思忖先生的评价,也足以使我们对中国电影批评的未来产生信心和希望。

最后需要说明的是,本书收录的前35篇文章,均是2000年以来国内报刊公开发表过的。而此前的文章,许多非常精彩而有力,因为时间限定,只能忍痛割爱,私心颇以为惜的。附录一收录了著名电影评论家、中国电影评论学会第一任会长钟惦棐先生1982年撰写的《电影评论有愧于电影创作》、第二任会长罗艺军先生1999年撰写的《中国电影批评的黄金时代》,以表后辈对前辈的崇敬之情。我想,他们对于中国电影批评事业发展作出的巨大努力和贡献,后人是不会也不应该忘记的。附录二收录了上海交通大学几位研究生的文章,从内心说,笔者非常希望看到更多年轻人的心声和见解,但囿于篇幅,只能下次再作努力了。另外,文集分为"生态透视"、"学理辨析"、"文化观照"、"域外视点"4个模块,每一模块的文章均按发表先后排列。以上如有不妥,还望各方海涵。

2006年国庆节于上海

生

态

透

视

网络电影论坛和影评博客
发展态势扫描

李建强　吉　莉

谈到当今中国的电影评论，有一个现象不能不让人瞩目，那就是：当传统的电影评论仍坚守在报纸、杂志等纸质媒体的生态下艰难喘息之时，网络论坛和影评博客却在虚拟世界中悄悄为电影评论开辟了一片广阔的天地。短短几年之内，各类电影论坛和影评博客悄然四起，发展迅速，人气日升。影评与网络联姻所激发出的旺盛活力和纷呈形态令人为之心仪。

那么，电影论坛和影评博客的发展状态究竟如何？它们具有哪些特征，对网民产生和可能产生什么作用？今后的发展趋势如何？正是带着这样一些问题，我们以问卷形式在大学校园里进行了一次专题调查。之所以选择大学生作为调查对象，不仅是考虑这一群体是现今影视的主要受众及电影未来的潜在观众，还因为他们对网络的热情、敏感和熟稔程度均在常人之上。

此次调查共发放问卷 250 份，回收的有效问卷 225 份，有效率 90％。受访的对象包括本科生和硕士研究生，年龄在 18～32 岁之间，专业兼及广播电视艺术学、传播学、文艺学，以及计算机、电子信息、信息安全等文理学科。调查的主要内容包括大学生对网络电影论坛和影评博客的使用情况和接受程度，以及他们对网络影评主要特点的认识，浏览和使用网络影评所获得的帮助，对电影论坛和影评博客未来趋势的看法等，共 25 项问题，其中 3 项为开放式问题。我们希望通过调研，真实了解电影论坛和影评博客在当代大学生中的生存状态，并藉此对当今我国电影论坛和影评博客的发展做一番粗略的扫描。

一、现状：借势兴起，兀自繁荣

进入 21 世纪，互联网的迅猛发展，为影评和互联网的结合，以及电影论坛和影评博客的兴起创造了极好的机遇。

首先,一些综合性门户网站纷纷在其娱乐频道中开设电影或影视论坛,为网民提供自由交流影视信息和发表评论的平台,如网易娱乐论坛、新浪娱乐频道等。这些论坛以门户网站广泛的影响力为依托,往往能吸引较高人气,成为很多人在网上浏览影评的首选。与此相似的是一些综合性论坛的电影版,如天涯、西祠、猫扑等。这些论坛虽不如门户网站那样人尽皆知,但其人气和影响力却似乎不亚于前者,因为直接和电影相关,一些专业网络写手和论坛常客更偏爱这些舞台。

其次,一些专门的电影网站,如银海网、烂番茄影评网、IMDB 等,除了提供电影剧情、人物介绍、拍摄花絮等相关信息外,还会转载或发布一些专业电影评论。此类资讯和观点相互交融的半专业平台自然成为电影爱好者和 Fans 经常光顾的场所。此外,影视帝国、极限 DVD 等网站,也因其丰富的网络资源和便捷的下载方式而受到广大电影爱好者,特别是青年学生的追捧。

再次,与电影论坛的兴起相连,越来越多的电影爱好者,包括一些电影人和专业影评人开始在自己的博客中撰写影评,随心所欲、畅快淋漓地发表对电影的见解和看法,如徐静蕾的"老徐博客",周黎明、顾小白、孙昌建的影评等,不仅成为博客世界中独树一帜的一个分支,也成为广大电影爱好者学习和交流的一个重要平台。

表1 大学生使用程度最高、影响最大的十大电影论坛和影评博客(排名不分先后)

新浪电影论坛	易域风情电影论坛
雅虎电影论坛	电影新视界
网易影视论坛	天堂电影
天涯论坛电影版	老徐博客(徐静蕾)
西祠胡同电影版	后窗看电影博客

以上这些网络影评在大学生中都有着相当程度的影响。统计表明,有42.67%的受访者曾浏览过电影论坛或影评博客,另有25.34%的人曾在自己的博客中写过影评,或在电影论坛上发帖。37.34%的受访者表示,他们在论坛、博客中阅读的影评,已经超过报纸和杂志,并有49.33%的同学表示更喜欢前者的形式,48%的同学曾转载或引用过其他人在论坛或博客中所写的影评。可见,电影论坛和影评博客已经得到大学生群体的普遍认同,并为大学生们所广泛使用。

二、特点：自由灵动，情真意切

电影论坛和影评博客之所以拥有大量拥护者和使用者，除了网络文化的普及，更重要的原因在于，当影评和网络结合之后，产生了一些有别于传统纸质媒体影评的全新特征。（见图1）

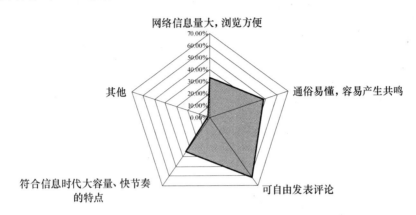

图1　网络影评的主要特征

在调查中，有61.3%的受访者认为，网络影评和报纸、杂志上的影评相比，其最大特征在于可以自由发表评论。的确，在传统媒体上刊登的影评，无不经过编辑的严格筛选，普通人想要发表自己的看法谈何容易。而网络则犹如一个不设防的港口，随时随地向任何人敞开，其开放性赋予了影评充分的自由度。无论是论坛还是博客，都是一个可以畅所欲言、尽情挥洒的空间。大众关于电影的任何感想都可以在网络上自由抒发，无需看编辑的眼色，也不受报刊容量的限制。

调查中，有超过三成的受访者表示，如果看到论坛或博客中某篇影评和自己的观点相同或相悖，他们会回帖或发表评论以表明自己的看法。这体现了电影论坛和影评博客的另一个重要特征——互动性。传统媒体上的影评，因为有编辑、印刷、出版、发行等诸多环节，很难在第一时间获得反馈与评价，即使是通过读者来信等方式，也有一个相对的时间差，且由于受版面限制，不可能照顾到各种不同意见。而网络的互动性很好地解决了这一难题。论坛和博客可以对影评作出最及时的反馈，而网络的巨大空间又足以容纳各种不同的表达与论争，使影评真正呈现出仁者见仁、智者见智、百花齐放、百家争鸣的景象。

此外，比起报纸、杂志上动辄数千、甚至上万字的影评，论坛和博客的影

评显然要灵活得多。洋洋洒洒的影评文章固然可以纤毫毕现,但在信息爆炸的当今时代,却很难吸引大众长时间的注意力,反而是那些短小精悍、无拘无束的网络影评,更能引起读者的关注和认同。简练的行文不仅节省了读者的阅读时间,也更能突出作者想要表达的思想。难怪有超过三成的受访者认为,网络影评更符合信息时代大容量、快节奏的特征,正是其"短、频、快"的特点为网络影评赢得了蓬勃的生机。

值得提出的还有,48%的受访者认为,论坛和博客上的影评情感更加真实,更加通俗易懂,也更加具有亲和力。因为大多来自普通人的写作,往往是有感而发,动于中而形于外,因此不仅体现出浓烈的情感内容,而且具有很强的个性色彩,与普罗大众有一种天然的亲近性。

可以说,开放性、互动性、灵活性、真实性、亲近性构成了当前网络影评的基本特征。这样,它的走进校园、走进青年、走进大众就具有了某种不可抗拒性。当然,对于当前网络影评的不足,大学生们大都亦有比较清醒的认识,主要是:常常停留在个人的感受和看法,不免带有局限性,难免出现偏颇;另外,大多数影评博客还缺乏系统、厚实的理论基础和批评经验,行文难免粗浅疏漏,评点质量良莠不齐。

三、趋势:方兴未艾,星火燎原

电影论坛和影评博客的兴起和发展,对于大众,尤其是广大电影爱好者有着重要的作用,也将对我国电影评论事业的发展产生深远的影响。

调查显示,在观影前后,分别有54.67%和61.33%的受访者会浏览论坛或博客中的影评,或查找电影信息,或寻求审美指导;有56%的人表示这些影评会影响自己对某部电影的喜好和评价。此外,认为电影论坛或影评博客对鉴赏有帮助的人占所有受访者的72%。他们觉得这种帮助主要体现为:了解新片动向,提供观影选择,获得精神满足,帮助认识提升等。(见图2)一些同学还明确表示,通过论坛和个人博客,可以争取自己的话语权,扩大自身的影响和号召力,利用网络媒体的传播速度和广度,为自己成长、成才提供积累。

电影论坛和影评博客尽管兴起的时间不长,但其在青年受众中迅速扩张和受欢迎的程度使我们有理由相信,在未来中国,网络影评有着广阔的前景。不管你愿意不愿意、承认不承认,它都会沿着自身的轨迹不断成长壮大。这一点在调查中也得到充分证实,有70.67%的受访者表示,将来愿意继续浏览和使用电影论坛或影评博客,有73.33%的同学愿意推荐其他人使用,62.67%的人对网络电影论坛和影评博客的发展前景表示乐观,并认为网络

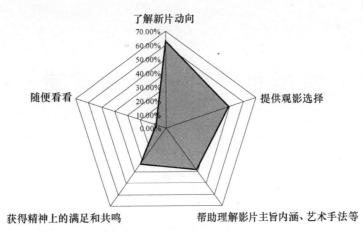

图 2　网络影评的主要功能

影评将成为一种潮流和趋势,而表示悲观的只占 25.33％。(见图 3)

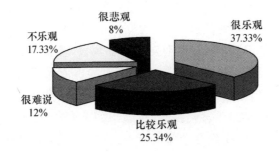

图 3　电影论坛和影评博客前景预测

　　当然,以上的扫描还比较粗略,但其中透露的诸多信息,相信对关心中国影评事业发展的朋友们会有所启发、有所帮助。

(原载《电影艺术》2006 年第 6 期)

电影批评的缺失与重建

史可扬

  20 世纪 90 年代以来,电影批评的声音日渐式微,对它的批评却不绝于耳,使其处境更加尴尬。电影批评承担的责任,是为电影提供可靠的判断,从而将这些判断转化为积极的再生力量;帮助观众不仅满足于"视觉奇观",还要具有穿透力的观照;对电影作品及其艺术家进行价值评估,同时,为电影再生产提供可资借鉴的理论支撑。

  这样的批评不仅要求批评者有对艺术的真诚,更要求他们以虔诚的内心对抗一己的伪善、丑陋和委琐,需要一个绝对的价值尺度作为艺术批评的准入证。然而,在当代电影批评的实践中,我们看不到批评者是如何看待作品的一些事关批评对象的要害问题的,也谈不到走向神性、永恒和绝对等等超验价值,更多的是封闭在孤立个体的点评之中。因此,这些电影批评所包含的内容被抽空之后,由于既缺乏艺术的基点、又失去美学的支撑而趋于空虚、渺茫和没有深度的语言游戏。尤其在目前的中国社会和文化环境之下,对中国电影中缺乏的美学意识、终极关怀、普遍信仰的漠视乃至无知,已经使中国电影批评走向可悲的窘境。面对 20 世纪 90 年代以来以"躲避崇高"、"消解神圣"相标榜的国产电影,面对当下商品逻辑取代艺术规律,商业制作代替精神追求的所谓"大片",电影批评界的集体"失语",已经抽去了中国电影批评尚存的一丝对精神家园的留恋,对社会历史责任的承担,这种没有基本美学标准和精神守望为立足点的电影批评,最终的结果是滑向价值的虚无。在某种意义上,这比电影本身的偏颇和浮躁更为可怕。

  我们的电影批评在自觉不自觉地拒斥向真善敞开的精神质素,因而也堵塞了美的道路,至少直至目前,仍走在一条简单、片面并最终导致没有深度的路上。在混乱和价值虚无的同时,它原先具有的积极意义全然丧失了。其结果，即兴式的、言不及义的、无关痛痒的、似是而非的批评比比皆是。批评家没有勇气明确说出自己的判断，不敢负起自己对电影史的责任，而对于电影文本态度暧昧、不做臧否的相对主义和王顾左右而言他的犬儒主义大行其道。另一方面，电影批评对电影文本阐释力的孱弱，也使读者和观众对批评家艺术感悟能力和影片读解能力大为怀疑。而且，许多电影批评停留在媒体批评的层面上，立体的有深度的批评被平面化的解说和介绍所代替，更由于电影的特殊性，许多电影批评已经成为各类大众传媒上的"脱口秀"，严肃的理论思考和艺术批评蜕变为一些所谓批评家如同媒体明星般的表演，这类批评紧跟大众传媒的新闻性，迎合大众对电影流行元素和时尚信息的口味需求，追求"可视"、"可读"乃至文本的故事性，热衷于随波逐流式的"访谈"、"笔谈"和就事论事般的影片概述。而这样做的同时，因为缺乏最基本的超越精神和理论立场，顶多只是做到了对影片基本艺术特征的大致概括，根本无法也无力站在更高的层面和从更深入的角度对电影做出令人信服的深度阐释，批评所应该承担的引导性、历史性也就无从谈起。

当下的电影批评中还有一种批评，它的所有批评都建立在某种理论和方法之上，活生生的电影文本和电影人物反倒成为演绎某种理论和方法的范畴和元素。众所周知，与其他艺术门类比较起来，电影是最年轻的艺术，电影批评的历史也相对较短。因此，电影批评借用其他门类的理论和批评方法（尤其是文学批评理论和方法）是非常正常的。但是，这样做的前提是充分注意到电影艺术的特殊性和排他性，要明白电影是视听艺术，是与现代科技相结合的大众艺术，还是与工业文明紧密结合的艺术门类，电影批评必须有适合其特性的批评理论和方法。而当下的电影批评中却有一种倾向，那就是把电影批评文体神秘化、陌生化、莫测高深化，表现为或者直接套用某种文学批评方法，把形象化的电影人物和鲜活的电影情节变成对某种理论的演绎，成为验证某种理论的棋子和例证；或者面对影片，批评家不去正面显示其艺术判断力与理论穿透力，而是让批评"玄虚化"，以闪烁其词的语言、模棱两可的理论、隔靴搔痒的分析"兜圈子"。在这样的批评面前，读者和观众如坠云里雾中。

批评本性缺失的直接后果就是批评功能的缺失。一般地说，电影批评具有两个功能：一是现实功能，使影片的美学和艺术内涵被更多的观众所理解，同时也使观众洞悉到影片的不足，并由此对电影艺术家形成反馈性意

见。二是历史功能,把影片置放在一个宏观的历史背景下,用客观和历史的尺度确立其在电影史中的地位。但是,在当下实际的电影批评实践中,既未能赢得电影艺术家们的赞许,也未得到广大观众的关注。同样,缺乏对电影作品的价值判断,其在电影史上的地位也就无法确立。电影批评面临着双重失落。

毫无疑问,真正的批评总是对某一确定对象的批评,是建立在对具体文本和现象确切读解基础上的。但现实的电影批评却是"宏观"的、"概括"式的。类似"某某年度电影观察"、"某某'代'电影概观"之类大而无当的批评文章充斥着各类报刊。这类文章热衷于对电影形势的归纳和预言家式的判断,习惯于将丰富繁杂的电影作品做类似数学公式般的划一排列。阅读这些电影批评文章,我们看不到作者的艺术感觉、美学意识、文化标准,有的只是慷慨激昂下的苍白无物、洋洋洒洒中的创造性缺失。我们习惯"类比式"的认识方法,习惯于从"类"和"代"的角度来判断电影对象,而电影一旦被纳入这种"归纳"式的思维框架,就变成了一种可把握、可控制的对象,尽管这种"归纳"是以对电影的丰富性、复杂性和无穷奥妙的伤害为代价的。这种貌似"全面"和"宏观"的批评,因为具体指代对象模糊不清,缺乏具体的针对性,其实已经丧失了批评的理论指导价值和与导演及电影文本的血肉连结,从而也成为毫无意义的批评家的自言自语,根本触及不到电影实践的脉搏,也不可能走进电影艺术家的心灵。艺术史上流派和学派的形成和得到确认,最根本的依据是他们有着共同或相似的艺术主张甚至哲学、美学立场,无论意大利新现实主义、法国新浪潮电影莫不如此。而我们的电影批评家所概括的中国电影的"代",可曾有明确的理论主张或者共同的艺术实践?答案是否定的,建立在"代"际划分基础上的电影批评价值几何也就不言自明。实际上,当今许多批评文章都毫无学术性可言,根本无法企及电影的美学层面、精神高度。批评家们对"代"的热衷还来自对"名分"的考虑,抢占由此产生的话语权,满足自己的虚荣心和成就感。

这种电影批评至少暴露了两种倾向:一是好大喜功,可看做是浮躁的学术和严重的功利心态在电影批评中的反映。电影批评已经日益蜕变为博取功名的手段。无须有真知灼见,只要掌握了一般人很难获得的资料,就可以想当然归纳出似是而非的"总评"、"概览",作者也就成了"权威"。二是艺术感觉和学理准备不足,电影批评既是艺术的评判活动,也是理论性的思考活动,但时下的电影批评两者都缺乏。批评家"印象"式、"偶感"式的观影经验,使他们很难真正触及电影的美学根基、文化品格。于是,宏观论述便是他们的必然选择,一切从作品出发的基本原则便遭到普遍背弃。现在,每年国产片达到了 200 多部,可许多批评家的年观影量恐怕不到十分之一。即使他们走进影院,观看的也只是所谓"大片",而驱使其走进影院的往往既不是专业需求,也不是艺术敏感,更多的是媒体或大众的众声喧哗,甚至他们观影恰恰是为了在公众面前不至于"失语"。其结果是最滑稽的现象出现了:不是电影批评家引导大众,倒是批评家成了观众的应声虫。

中国电影批评家来源复杂,基本上由三类人组成,一是专职从事电影美学和电影批评研究的学院派专家,二是在电影创作第一线的电影艺术家及专业人士,三是其他领域的专家及非专业人士。客观地说,这一结构是非常合理的,因为这三个方面各有特色,可以互相取长补短。专业理论学者的优势在于理论逻辑严谨、说理透彻以及独具的历史和哲学眼光,弱势在于同实践环节隔膜,易于"坐而论道"。电影艺术家们的优势在于对电影艺术的把握更具专业敏感性,现实感更强,缺点是心得、偶感随意性大,缺乏理论的完整性和逻辑力量。非专业人士往往能从独特的角度给人意外的惊喜,但离成熟的美学形态还有相当距离。当下电影批评的许多缺陷都与队伍的复杂构成有直接关系。

曾几何时,批评家们似乎已经羞于谈论批评的使命,随着时间的推移,这一缺失日益成为电影批评的致命伤。因为,批评不应是作品的附庸,也不仅仅只有冷漠的技术分析,它应该是一种投入了批评家热情甚至生命的主体性活动。在批评实践中,批评家必须是一个对批评对象的体验者,一个深邃理解了艺术家和作品之后的揭示真相者,一个有价值立场和美学信念的人。发现能力、忧患意识和批判精神,是批评家必备的品格。它们的弱化会直接导致批评丧失其应有的使命感。

就当下的电影批评现状而言,批评家现在最需要恢复的品质是批判性,以及支撑批判性的忧患意识。当文化工业和低俗越来越威胁到我们的电影,并日益扭曲大众的文化需求和审美品位的时候,电影批评必须要发挥起它固有的否定与批判的作用,批评家也应该承担起自己的使命。

在晚近的西方学术界,已经将技术型知识分子和批判型知识分子分为两类。批判型知识分子的角色在黑格尔、马克思那里得以奠定,在法兰克福学派得到继承和发扬。电影批评作为以电影艺术为对象的批评活动,质疑和批判同样是其必备的品质。做批判型知识分子,也应该成为电影批评家们的自

觉认识。电影批评理应给理想以冲破现实藩篱的梦幻空间,让有限的艺术形象焕发出无限的光芒,给艺术的受众以永恒和超越性的慰藉。而要达到这个目标,我们的电影批评仍然任重而道远。

（原载《电影艺术》2006 年第 4 期）

中国电影批评的两难困境

陈晓云

2005 年底,《如果·爱》、《无极》、《千里走单骑》、《情癫大圣》4 部大片的密集轰炸、贺岁档期和各种庆典的华丽谢幕共同制造了"中国电影百年"的辉煌场景。而电影批评在一再失语之后再次显示了它的无力。在各色媒体众声喧哗的喧闹中,我们似乎听不到多少真诚的声音。在 20 世纪 80 年代中国电影复兴的黄金岁月里,与电影创作形成对应,电影批评曾经显示出其罕见的锐气、力度和前瞻性。新电影在电影语言和文化意识上的狂飙突进,与成为当代中国电影批评主要资源的西方现代电影理论与批评方法之间似乎在瞬间找到了对应点。当"现代电影"不再是一个遥远的期许而成为可见的现实,"中国现代电影理论"的构建也在引进和介绍西方理论中开始萌动。那个年代创作与批评的良性互动让今日身处大众文化和大众媒体包围的人们怀念不已。21 世纪初,当《英雄》、《十面埋伏》、《功夫》、《天下无贼》等"国产大片"为整体低迷的中国电影业不断制造票房神话,当产业成为中国电影文化的主体,电影批评的声音却渐渐淡出了。网络空间取代学院,甚至取代报刊成为电影批评的主要阵地。而我们看到的现象是:网络上越多尖锐乃至尖刻的批评越是无法阻止观众潮水般涌入电影院,正如绯闻越多明星就越红的道理。电影批评面对电影创作的转型,却无法完成自身的转型。在批评文字中加入"产业"二字或者简单地罗列票房数字,无法改变电影批评本身的无效状态。面对转型时期如此纷乱的"电影事实",批评者都会感受到一种两难的困境,尤其是面对《英雄》、《十面埋伏》、《无极》这样的电影文本以及由此引发的电影现象。当我们习惯于从文本分析的视角进入这些影片建构的电影世界,可以轻易地找出其中的种种"裂隙",比如剧作的漏洞、表演的不准确、特技镜头的穿帮、视听奇观背后的空泛所指等等。因为有了网络,人们可以更加轻

而易举地即时宣泄对影片或者导演的不满。网络给每一个人提供了自由说话的空间,批评不再是批评家的专利。然而网络语言的极尽夸张、意气用事和虚张声势,同时也使网络空间成为倾倒"废弃"情绪的巨大垃圾场。有时候,与其说人们在批评一部影片,还不如说更多是借题发挥,借批评对象来宣泄自己对现实压抑的不满。批评对象越是耀眼的明星,下嘴就越狠,宣泄快感自然就越强烈。在网络集体讨伐的喧嚣声里,如果谁认同张艺谋、陈凯歌的商业转型,如果谁声称自己喜欢《英雄》、《无极》,立马会被当成制片方雇佣的"枪手"而被狂暴的唾沫淹死。骂《英雄》、骂《十面埋伏》、骂张艺谋是曾经的时尚,骂《无极》、骂陈凯歌是如今的时尚。尖刻,才能显出"品味",显出"个性"。网络看似"民主",然而每个人在给自己"民主"权利的时候却恨不得把别人的声音掐死在摇篮里。语言暴力同样存在于网络这样看起来谁都可以自由说话的媒体中。换个角度,当我们把这些影片放置于艰难发展的中国电影氛围里来讨论,似乎更多会抱着一种宽容的心态,对于中国电影来说,张艺谋、陈凯歌、冯小刚这样具有票房号召力的导演不是太多,而是太少,《英雄》的无奈,《十面埋伏》的困惑,《无极》的迷乱,不仅仅属于张艺谋和陈凯歌,而同样属于转型时期的中国电影。这样说并非想为这些影片的失误辩解,电影一旦走入公众,种种辩解都是无力,也是徒劳的。这些影片的成功,这些影片的失误,恰恰从一些重要方面折射出世纪转折时期中国社会文化的矛盾景观。在中国电影如此困难的时候,能够出现这样一些创造票房奇迹的影片,我们应该多些宽容。事实上,当我们去批评《英雄》、《十面埋伏》或者《无极》的时候,恰恰是因为它们值得我们去关注,它们是中国电影里面最值得关注的部分。面对那些数量更多的烂片,说任何话都是抬举。"第五代"的幸运在于,他们刚出道就遭遇了电影批评的众声喧哗,批评起到了推波助澜的作用。与"第五代"相比,"第六代"遭遇的困境不仅有电影制作、发行大环境的变化,更面临电影批评的失语状态。与"第六代"更多以"姿态"而非作品引人关注一样,对"第六代"的诸多批评文字也更多关注其"地下"或者"半地下"的创作状态,或者简单地套以"自恋"、"边缘"之类的价值判断。"第六代"浮出海面后普遍遭遇的票房尴尬,并没有在电影批评里得到深入的探讨。很多人喜欢"第六代",只是因为他们"地下"的"姿态"或者"艺术"的"名义",而未必是影片本身。当"地下"或者"艺术"变成创作者或者观众自我标榜的时尚,那才是中国电影的悲哀。迷恋好莱坞一度被许多人看成"没有文化",占有大堆盗版碟、开口伯格曼闭口安东尼奥尼,不见得就"有文化"。当欧洲电影大师如模特走秀和超女 PK 般变成媒体热炒和大众热衷的时尚,对中国电影来说未必就是幸事。在批评失语的年代重构批评话语,已然摆在我们面前。如今的电影早已是大众文化阵营里的一部分,电影依然可以"艺术",但电影文化的主体已然是"商业"。如果一部影片的主要指向是商业,那么,检验它成败的最好标准应该是票房,而不是"艺术"或者"美学"、"主题"或者"深度"。用当年看《黄土地》、《红高粱》的感动来批评《无极》、《英雄》,评判的错位在所难免。电影批评如何面对"商业"和"大众",是重构电影批评话语的关键所在。如果说,创作关乎人的生命体验,那么,批评同样应该是生命体验的表达,只不过借用的媒质不同而已。批评,或者说并非所有批评都必须对创作构成影响或者指导创作,更不应沦为解释创作的传声筒。但真正的批评,应该是能够揭示出电影文本与社会文化文本之间的那种"裂隙",应该是能够直抵观众、读者的心灵,即使面对的是作为大众文化的电影,也是如此。

(原载《当代电影》2006 年第 2 期)

今天,我们需要什么样的电影评论

李建强

2005 年下半年,我给广播电视艺术学的研究生开设了一门《影视评论文体分析》课。因为此前自己断断续续有过二十余年的电影评论实践,还写过两本关于电影鉴赏和评论的书,自觉有些驾轻就熟。不想,在讲课过程中,我作为范文精心选出的一些曾经受到过各方好评或得过各种奖项的电影评论文章,在同学中的反响并不强烈,有的甚至缺乏起码的认同感。这使我惊诧,也促使我比较深入地思考了一些问题。电影评论虽然在很大程度上张扬着评论者主观的艺术感受,但它毕竟是"形而下"的产物,是要面向作品、面向读者的。如果一篇影视评论被创作出来之后,束之高阁、无人理会,那么它就如同没有被创作出来一样。从这个意义上说,电影评论(当然是好的电影评论)是当下影视史的产物,也肩负着引领受众更好地进行鉴赏和推进艺术继续向前发展的责任。青年是国家的未来,也是中国电影的未来。特别是青年大学生的感同身受、喜怒好恶,在很大程度上代表着当代青年的审美诉求,还可能对今后的影视创作产生潜在和深远的影响。因此,对于他们的祈望要求,是万万不该视若不见、置若罔闻的。

说实在的,作为一个年逾"知天命"的业余影评人,对于上世纪 70 年代末、80 年代初"浩浩荡荡、巍巍壮观"(中国电影评论学会会长章柏青语)的中国电影评论大潮我是十分留恋的。我本人就是在那个年代受到这一潮汐感召、进而被裹挟进大潮并得到锻炼长进的。其实何止我一人,当时的影评大潮被圈内外公认为"新时期不可忽视的文化现象"。其声、其势震撼社会,震撼影坛。然而环顾今日,电影评论早已今非昔比,完全是另一种景象了:阵地大大萎缩,队伍鸟兽四散,读者寥寥可数,影响微乎其微。我们当然可以找出千条万条的理由来为影评的式微开脱诠释,而客观地说,影评的兴衰也确实是与电影创作的发展势头和放映市场的景气指数成正比的。皮之不存,毛将附焉?但是,我们是否也应该从评论自身的角度来做一些反省和思考?或如鲁迅先生所说,有一点"解剖自己并不比解剖别人留情面"的勇气呢?只要我们勇于这样做,就不难发现,偌许年来,我们的大多数评论文章几乎可以说是蹈常袭故、陈陈相因:讨论着同样的问题,采取着同样的形式,操练着同样的腔调,重复着同样的结论,许多年一贯制,以不变应万变,怎么可能博得受众(特别是当代青年受众)的青睐、赢得社会(特别是进入了多元文化的社会)的共鸣呢?那么,我们今天需要什么样的电影评论?或者说,当下电影观众的主体——青年观众们更希望看到怎样的电影评论呢?这是一个可以见仁见智、各抒己见的话题。我想,抽象的论述、概念的罗列可能于事无补,因此我以"生活·读书·新知三联书店"2004年出版的影评文集《楼上楼下,屋里屋外》作为例证,结合与大学生们几度坦诚的交流,就这个问题具体地谈几点个人的看法。

一曰内容广博,富于知识性。电影评论是依托于电影的,但一篇好的电影评论又必须"高"于电影,完全依托于电影的文章只可能是电影介绍。电影评论不仅仅是在评论对象,也是在传达评论者的思想,背后支撑的则是评论者的学识。如果一个评论者只能像一般的电影观众一样,简单地说电影好或者不好,那怎么可能引发观众的阅读兴趣呢?而随着时代的进步,观众的文化水平正在不断的提高,如果电影评论者的学识和能力仅仅和受众处在同一个纬度甚至低于受众的高度,那这种电影评论也就很难获得生存的价值。应该承认,当今的不少评论实际就停留在这样的层面上。《楼上楼下》是一部20多万字的文集,分别由18位作者完成,本身就保证了它的视野宽度。更何况作者们都有所涉的文化背景作为支撑,更增添了评述的丰赡。一些作者几乎是信手拈来,借一部电影的情节或人物发散开去,漫游在中外数千年的历史长河中,为读者揭开文化本源和人物原型的神秘面纱,说它们是一篇篇厚实的知识小品并不为过。如在《"青蛇"如何成"传"》一文中,作者林杏从徐克的《青蛇》一片说起,洋洋洒洒介绍了白蛇故事从古代神话的缘起,以及唐宋以降白蛇传说在民间流传的脉络与变迁,探讨民俗文化在不同时代的解读与书写,发人之未发,启人以思考,让人有一种"与君一席谈,胜读十年书"的感觉。吴冠军的《沉默与疯狂》一文,重点介绍的是电影《美丽心灵》的男主人公——世界著名数学家和经济学家小约翰·纳什(John Forbes Nash, Jr.)一生传奇的经历,挖掘这一位徘徊在"天才"与"疯人"之间的传奇人物的真实生活和思想旅程。电影中非此即彼、避重就轻的内容铺陈,削足适履、刻意创造好莱坞

主流英雄的主观故意,在作者犀利的笔锋下渐渐遁出原形。文章起始以20世纪法国著名哲学家福柯的《疯癫与文明》为发端,结尾则以《知识考古学》为收口,几近完整地介绍了福柯哲学思想的精髓和要义,最后引用福柯的那句"在我们自己思想的时代中,我们最为害怕的就是设想他者"的扼腕长叹,像重锤敲打着观众的心,并启迪人们对于人生的理性和非理性进行全新的认识与思考。写此类文章看似轻松,实则大不易。宽厚的知识背景、敏锐的眼光见解、执著的精神追求、灵动的驰骋笔法,几乎是缺一不可。当然,它能给予读者的,是丰腴厚实的知识积累,是由此及彼的精神满足;它所收获的,是读者的肃然起敬、心悦诚服。毕竟,画面是易逝的,一次性过的;文字是绵长的,可以反复咀嚼的。

二曰文字鲜活,富于趣味性。我们正处在一个快速表达的时代,平面媒体的不断扩张,网络的迅猛发展使得人们的日常生活被各种各样的资讯所充斥。在这样的文化语境下,观众走进电影院,更多的是为了娱乐身心,而不是为了自己跟自己较劲,像我们过去理解的那样,去接受教育或提升觉悟什么的。按理说,电影评论是应当审时度势,承担起满足观众健康的审美趣味,并引导观众提高趣味之职责的。只可惜,伴随着艺术的"缺位"和"失语",目前国内的电影评论正日益分野为两大形态:一类是见诸于一些影视学术刊物或大报大刊上的文章,另一类是见诸于某些文娱杂志或小报小刊上的作品。前者要不是正襟危坐,仍然习惯或沉湎于"道德正确"和"政治正确"的评判,就是高头洋马,乐于耍弄赵本山们在春节联欢晚会上屡试不爽的"忽悠"技巧,有的甚至行文晦涩、布满高深莫测的学术符号,令一般人望而生畏,怯而止步。后者倒是通俗,心猿意马,随心所欲,花边套秘闻,小道满天飞,奈何趣味不高,很难给观众提供审美的享受,更遑论健康趣味的导引。这里,实际上就提出了两个问题:第一,电影评论必须讲究趣味,在传媒快速生成的现代社会,各种资讯呈集束轰炸状,人们甚至没有时间去看一部好看的电影,那人们又有什么理由费精耗神地去读一篇乏味的电影评论呢?所以电影评论一定要有自己的趣味,一定要有诱人和可人之处。第二,这种趣味必须是美丽和健康的,传播点小道消息,捕捉点花边新闻,除了为稻粱谋,于人于己、于创作于鉴赏,有甚价值,有何益处?是故,趣味的健康总是和心灵的美丽联系在一起的。从这个角度看《楼上楼下》,我们同样可以受到启发。据介绍,文集收录的大多为非专业影评人士的评论,这些融入了个人感情色彩和生活经历的文章读起来妙趣横生,非一些专业人士可比。正如一位网友所说:"比起那些透着一股学究气息，动不动就平行蒙太奇的说法要可爱许多。"我想，也许正是因为"非专业"，就少了圈内的羁绊与自我的膨胀，述说起来就少有俗套与腔调，文风自然飘逸，文旨蕴涵深厚，文情充沛流动，所言所谈，均是真情流露，均是经过自己体验和思考的，这样的文字自然是好看的，这样的趣味无疑是可人的。以恺蒂《楼上楼下，屋里屋外》一文为例，她在看过电影《高斯福庄园》以后，对英国"楼上楼下"的主仆关系产生了浓厚的兴趣，除了细致严谨的历史考察，行文中还饶有兴味、细致入微地描述了自己在南非"屋里屋外"的一段亲身经历，意趣盎然，韵味悠长，让人读后忍俊不禁。这样的谋篇，完全是可以当作小说或散文来读的，岂有不引人入胜之理？

三曰娓娓道来，富于亲和力。邵牧君先生曾在一篇文章中谈到："电影评论的现状不容乐观。我没有做过观众或读者调查，不好乱下结论。但有一点是可以肯定的：影评已经没有了市场。"当然，重要的还不仅在于毫不留情地指出影评面对的尴尬和困境，而在于找到隐藏其后的原因和缘由。多年来，我们的一些电影评论或热衷于赶浪潮，甘心当传声筒；或钟情于自说自话，满足于个人情感的宣泄释放；或受制于利益驱动，沦落为孔方兄的随从，已经失去了最广大观众的基本信任，人们避之不及，哪有亲和力可言！很难想像，一篇讨人嫌的评论能够产生对人的吸引力、感召力和影响力。反过来，看《楼上楼下》的书名，读者一般不会想到这是一本影评集——书名本身就很富有亲和力。翻开目录，每一篇的题目也很轻松，如诗如画，如叙家常，与读者的距离又立马拉近了许多。当然，重要的还是内含。看惯了剑拔弩张的影评文章，内心就有一种心仪温良敦厚的冲动；读多了拿腔拿调、忸怩作态的篇什，心中就有一种渴求率真的强烈愿望。《楼上楼下》正好就满足了人们这种合乎天性、潜藏已久的愿望。比如恺蒂的另一篇《你在乎别人称你老姑娘吗》，就从影片《单身女人日记》的故事说起，生动细腻地描绘了电影和现实生活中"30多岁整天忧心忡忡生怕找不到男人的没有安全感的女人"寻找爱情的历程，不失时机地穿插了个人的经历，还将自己英国朋友凯丽曲折的爱情故事融入其中，轻松诙谐、娓娓道来，并进而探讨男人与女人在家庭中谁占上风这样一个现实生活中人人都可能遭遇的问题，就好像议论我们的家常事、身边人一般的亲切——读这样的评论，作者和读者之间几乎不存在任何心理的隔膜，而是像久违的朋友一起进入影像造就的三维世界去寻求生活给人带来的温馨和回味。由此我想，一篇好的评论应当首先融入作者自身的真切感悟，汝欲动人，必先悦己，表达与接受之间最大的平衡点即在于情感投入的浓度

和深度。《楼上楼下》的作者们是深谙此道的,特别是海外的几位作者,几乎每一篇都有个人经历的融合与穿插。这种放下身段写的影评文章,比起那些板着面孔、装腔作势、斧凿有痕的影评不知要亲和多少倍。对于思想活跃、厌倦强制灌输、竭力想摆脱传统思维模式束缚的年轻人来说,尤其会有这样的感受,甚至可以说是充满内心的期待。

四曰风格纷呈,富有个别性。记得塔尔可夫斯基说过,拍电影就像是雕刻时光。的确,电影大师们曾为我们营造了一个又一个韵致无穷、回味不尽的影像空间。而电影评论的作用,正在于借助文字的载体将转瞬即逝的影像和暗藏其后的意味一一展现。尽管切入角度不同,分析的手法有异,但是我认为好的电影评论应该是创作者思想认识和情感的结晶,从破题、立意、行文,到谋篇布局、遣词造句,都能体现自身的审美情趣和个性特征。这其实不是苛求和非分之想,早年,我们读钟惦棐、罗艺军等先生的文章,是常有这种感觉的。

遗憾的是,我们心想往之的评论历来称得上是稀罕之物,雷同化、一般化的评论总是大量泛滥。更令人焦虑的是,随着网络时代的到来,早先的“评家”纷纷淡出,原先的论坛大都鸣金收兵,代之而起的是博客们的共舞和喧闹。各路墨客写手纷纷登堂入室,他们时而故作深沉,让人不知就里;时而呓语喃喃,让人雾里看花;敷衍成篇成为他们的专利,快餐制作替代了艺术创造。还有一些俨然成为了电影的“吹鼓手”和“催命郎”,不是通篇溢美,就是盖头大骂(更有甚者,自己连电影都没有看过,连猜带蒙地也能拼凑出一篇篇所谓的评论)。真正沉下心来观赏电影,品味电影,进而予以镂心刻骨评说的人真的是越来越少了,更不用说走在电影实践之前,潜心研判、矢志不移,有心指点江山的行家了——电影评论陷入了从来没有过的一片荒芜与死寂。也就在这个时候,我们读到了《楼上楼下,屋里屋外》。正是酷暑之夏,读着它,就像品茗新壶刚刚沏出的龙井茶,散发着别样的清香,使人感到浑身清凉。品味一篇篇清新洒脱的文字,我们恍然大悟:原来,电影评论也可以这样写,也可以这样率性而发、尽现本色!恺蒂的评说自不待言(前面屡有提及,这里不再赘述),张巍的《凉风有信,秋月无边》、刘森尧的《心有千千结》何尝不是如此。前者以条分缕析、辟肌分理见长,将香港影片《胭脂扣》内含的情怀张扬极致;后者以简洁明了、人情练达为胜,把美国电影《时时刻刻》描绘的人生经纬尽情展露。文集的作者们似乎有同一个特点,从容不迫,心照不宣,不急欲表达什么,尽可能地让自己的思想和感情掩藏在场面、人物和情节的分析中,或长吁短叹,或幽咽低徊,心之相托,情之相伴,形成了各种不同的审美意境和个性特色。恰如《文心雕龙》所说:"夫缀文者情动而辞发,观文者披文而入情,沿坡讨源,虽幽必显。"正是通过品尝这一篇篇美文,我们触摸到了创作者们的率真之心和人文情怀。我想,影评者只有诚实地面对作品和燃烧自己,全身心投入,才可能写出如此个性鲜明、情怀涌动的真挚评论,也才使这些评论令人耳目一新,获得独特的存在价值。法朗士曾说:艺术评论应该是评论者的灵魂在作品中所作的一次探险。此话看来不假。只是,不是所有的评论者都能具备这样的自觉,而评说的高低、优劣和文野,就在这里划出了疆界。

当然,好的电影评论不会也不可能是一种形态、一样模式的。我们把《楼上楼下,屋里屋外》作为一种参照,一点也没有追捧,甚至定为一尊的意思。它给予我们的启示在于,电影评论要摆脱眼前的困窘,必须着力开拓新的空间。传统的耳提面命的模式自然令人讨嫌,新起的文化快餐制式恐怕也难能为继。发乎于情,出之于真,饱含知识,讲究情趣,崇尚亲和,彰显个性,也许不失为一种带有普适价值的追求。毕竟,有人愿意说,有人愿意看,才是电影评论的初衷。

(原载《电影艺术》2006 年第 1 期)

现在还有几个影评家

王得后

　　有研究报告指出：医疗改革失败。这和老百姓的意见是一致的。君不见新民谣有："万家医院相继开，高楼大厦盖起来。富人有钱住进去，百姓门外苦徘徊。"可卫生部不买账，并表示将按既定方针改下去云云。

　　又有香港丁学良教授一句话："国内真正意义上的经济学家不超过五个。"《中国青年报》于是开展调查，结果是"公众信任率超过10％的经济学家仅两人"，一个是刮起了"郎旋风"的郎咸平（31.0％），一个是敢于说真话的吴敬琏（19.8％）；12.5％的人回答"谁都不相信"。

　　我这个老影迷不禁胡思乱想：中国现在还有几个影评家？假如也作个调查，不也很有意思吗？

　　我是粉碎"四人帮"后满北京城追看"内部批判影片"开始迷上电影的。到鲁迅小说改编座谈会后，有幸被影协认可为影迷。更蒙栽培，让我参加大型讲习班，讲课的主要是影协的资深电影理论家，电影学院风华正茂的如今的教授、博导，他们都是我的老师，是教我怎样看电影——"什么是电影？"的引路人。遥想当年，当《一个和八个》在北影试映后，走出礼堂的人激动得跳跃、挥拳，高声赞颂，那情景依然令我心动。《黄土地》、《黑炮事件》、《天云山传奇》、《牧马人》、《如意》、《被爱情遗忘的角落》，一部影片是一场论争、一场挣扎，欢呼的、斥责的、提出修理的、软磨硬泡的、下禁令的、放行的，此起彼伏，真是紧张兴奋。那年在新外大街的年终座谈会上，有老革命电影家拍案而起（这不是套用成语，是纪实），高声质问道：还要不要历史唯物主义！全室肃然，一时语塞。然而，那时，有为了《社会档案》不怕丢掉官帽的影评家，有冒险犯难指出被修理后的《一个和八个》是"化神奇为腐朽"的影评家，有敢于议论大牌导演的《时代有谢晋，谢晋无时代》的影评家，有为自己的学术观点大打笔战的影评家。

"十年一觉扬州梦",留得青衫湿泪痕。一位我敬佩的影评家感叹"商潮滚滚,理论寂寞"。影评家有的仙逝,有的退休,有的高升,有的发财,有的出国,新的闯将在哪里呢?

影视刊物争奇斗艳,可很难听到影评家的心声,很难看到有个性的影评。声音是有的,那是主流的声音,商人的声音,友情抚慰的声音。

是的,这不单是影评家的问题,而是整个知识人的问题。有一位引导我看电影的前辈讨厌我常常引证鲁迅,只有抱歉了,我还要引证一次,请听:

我从前也很想做皇帝,后来在北京去看到宫殿的房子都是一个刻板的格式,觉得无聊极了。所以我皇帝也不想做了。做人的趣味在和许多朋友有趣的谈天,热烈的讨论。做了皇帝,口出一声,臣民都下跪,只有不绝声的 Yes,Yes,那有什么趣味?但是还有人做皇帝,因为他和外界隔绝,不知外面还有世界!

总之,思想一自由,能力要减少,民族就站不住,他的自身也站不住了!现在思想自由和生存还有冲突,这是知识阶级本身的缺点。

然而知识阶级将怎么样呢?还是在指挥刀下听命令行动,还是发表倾向民众的思想呢?要是发表意见,就要想到什么就说什么。真的知识阶级是不顾利害的,如想到种种利害,就是假的,冒充的知识阶级,只是假知识阶级的寿命倒比较长一点。像今天发表这个主张,明天发表那个意见的人,思想似乎天天在进步,只是真的知识阶级的进步,决不能如此快的。不过他们对于社会永不会满意的,所感受的永远是痛苦,所看到的永远是缺点,他们预备着将来的牺牲,社会也因为有了他们而热闹,不过他的本身——心身方面总是苦痛的;因为这也是旧式社会传下来的遗物。

现在承认文化的多样性了,那么也当承认思想、意见的多样性。现在又提倡和谐社会了,那么难道不是有矛盾才求和谐的吗?和谐不是和稀泥,您好、我好、他好,编导演统统的好。要有出色的影片产生,是比攀登古之蜀道还难的。

(原载《大众电影》2005 年第 23 期)

电影批评:如何跟上产业化进程

王 波

曾几何时,影评在各大报章杂志上掀起阵阵热潮,有从政治高度的激情讴歌,也有对西方理论的借鉴和跨越,也有大众影评的群体狂欢。但在今天,在电影日渐产业化与规模化壮大发展的今天,影评却陷入沉静和寂寥。业界抱怨着影评人的集体失语,影评人则表达着对电影现状的心灰意懒。

电影批评的六神无主

上世纪80年代风风火火的影评岁月,注定将只留在那一代人的心中,自90年代初渐行渐弱之后,尽管国内电影票房和市场有逐渐攀升之势,电影的产业化进程也在不断推进,影评则继续江河日下,情境萧瑟。

"与80年代相比,90年代影评的确衰落了。当年数百种电影报刊已所剩无几,幸存的报刊中除少数几种,也已不发影评了。"中国电影评论学会会长章柏青在其最近主编出版的《中国大众影评长编》里,不无惋惜地写道。据他介绍,当年遍及全国的两万多个各级电影评论学会或组织,有的解散,有的瘫痪,绝大部分已经名存实亡,停止活动了。

而在全国电影工作会议分组讨论时,北京市广电局副局长李春良满怀忧虑地指出,在电影产业化链条上,影评这个环节几近掉落。当前的电影批评已经进入一种很不健康的状态,不仅未能对电影的创作和产业化发展起到良好的借鉴和舆论引导作用,还脱离实际地瞎说乱弹。而其他省市与会的一些副局长,也几乎异口同声地表达着对影评现状的担忧。他们认为,影评现在成了制片发行方不注重,一般观众不关心的可有可无的环节。导演吴天明也坦言,自己已经很长时间没有关注相关的评论了,主要是真正对创作有帮助的影评太少,渐渐地也就没了关注的兴趣,埋头把自己的作品拍好就行了。著有《中国电影批评史》的北京大学艺术系副教授李道新,则将现状总结为

"众声喧哗,没有主流,没有权威,以至于六神无主"。

为什么会"六神无主"?

向影评人自己追索影评衰落的原因,是一件揭人伤疤、近乎残忍的事情。但当笔者把问题抛给章柏青的时候,他的坦诚与清醒、无奈与期待出人意料:"电影批评在今天的产业化时代的确遇到了极大的挑战。原因在于,一方面不少电影公司不再看重电影评论的作用,影评被首映式、观众见面会等商业活动取代;另一方面,在商品经济的刺激下,影评自己有时候陷入了广告炒作,脱离了'评论'公正客观的轨道,沦为商业手段之一,最终形成了种种恶果——庸俗化,任何有价值的分析被排斥,再加上一些不良娱记刻意引导观众的偷窥欲等炒作方式充满低级趣味。这种运作方式,把炒作和评论混合起来,使正常的评论也令人生厌。"他对当前这种状况充满义愤和无奈。

李春良则将影评的这种非正常状态,归因为影评人和媒体批评的心态不正确。他认为,当前的影评人批评起影片来,好就好得完美无缺,坏就坏得一无是处,这显然是一种不负责任。相形之下,一直关注和研究中国电影批评历史的李道新则更愿从学理的角度,对这种"六神无主"的局面进行剖析。

他认为,当前资讯和媒介发达,与传统的电影批评方式相比,今天的观众有了更多的接受和表达电影批评的途径,也不再认同以前那种所谓"权威式"的一锤定音的批评。不仅观众和影评人之间难以达成共识,就是影评人之间,由于价值观念的多样化以及着眼的层面不同,批评界本身也存在分歧,这种"内忧外患",让影视批评处于一种很混乱的状态。从文化和文学角度审看电影的,更注重深度和精英式表达;而经常从事电影实践的人,则更乐于关注商业电影,关注电影的市场前景,因此对张艺谋和冯小刚这样的导演给予了更多的宽容和支持。这种分歧,造成了权威的消解,"权威的声音不一定是必需的,但没有了权威,就容易六神无主,容易惶惑"。李道新表示,影评失去了中心话语的位置,令一些专业的影评人渐渐心灰意懒,开始怀疑影评对观众、艺术和市场的功能,不愿再发言。专业批评的缺失,反而让一些无谓、无聊的炒作和宣泄有了障人耳目的机会。

电影批评如何适应产业化?

李道新介绍,在美国电影产业中,其产业链已非常完善和成熟,作为其中重要环节的影评具有重要的位置,一些影评人的作品很大程度上左右着人们是否去观看、去消费一部电影,但在今天的中国,还远远没有可能形成这种效应。

他称,国外的电影批评分化很明显,分学术评论和一般评论,他们的学术评论比中国更学术、更注重对相关学科理论的借用,一般评论则有被票房排行和各种评奖取代的趋势。对此李春良认为，电影评奖也是电影评论的一种方式，与奥斯卡等奖项能提升电影的票房收入不同，国内的不少情况是，有些电影虽然获奖，但票房成绩并不好，观众并不认可。加强对评奖的把握，从而引导观众的电影消费，才可能对产业化发展有所促进。

章柏青更是一针见血地指出："现在评论与市场、票房很多时候是相反，'评'得越好，票房越低；'评'得越低，越有人看；这是很可悲的。"不过，他认为，要想让电影批评适应电影产业化的进程，制片方应加大相关的投入。电影公司应该在市场营销中保留评论的地位，研究如何将评论导入自己的整个营销方案中。首先要重视评论，而作为传播评论的媒体也要正确理解"炒作"（正确"炒作"是一种商业行为，也是一种艺术行为，有社会学、心理学等相关学问的应用），恶意的炒作是"欺诈"，是一种堕落；媒体对评论的彻底抛弃是一种文化的缺失，是自降品格的行为。

如果说制片方的物质投入和媒体的版面、时间投入，刺激影评人的评论热情，是促进电影批评紧跟时代向前发展的外部条件的话，那么，最根本的改变也许应该从影评人内部开始。章柏青表示，影评在产业化时代急需改变自身的固定模式，除了改变走向"炒作"，也要改变"学者式自说自话"和"故作高深"及"无病呻吟"，消除"文化霸权"。前段时间"文化人"群起攻击张艺谋《英雄》、《十面埋伏》，实在是一种对市场与观众的蔑视行为。这种故作高雅的"高深评论"，同样是媒体"炒作"的另一种形式。两部影片分别上亿元的票房与文化人的自说自话，是对评论的莫大讽刺。总之，评论要更贴近观众，更生动活泼，为大家喜闻乐见，从而建立大众的信任度。

而几乎每个人都提到的是，制片方和影评人都要摒弃急功近利的心态，影评人要在"好处说好，坏处说坏"中建立自己的威信，制片方则要有足够的勇气和信心面对各种不同的意见。李道新表示，电影批评的发展，就像电影向产业化发展一样，也是一个系统工程，仅靠个别批评者的努力是远远不够的。电影界需要从体制上对电影批评给予支持，让影评人重拾当年对电影的使命感和责任感，而有关部门也要增强对电影批评的投入，让影评人还愿意在电影产业化过程中建言。

"什么时候，评论成为观众看片指南了，也就是评论的黄金时代来临了。"章柏青如是说。

（原载《中国电影报》2005 年 9 月 21 日）

影视批评的贫乏与丰富

王卫平

在我们这个时代,在诸种艺术欣赏的门类中,最具有吸引力的是什么?当然要属影视艺术。这自然仰仗着电影技术的高度发达和电视的广泛普及。在文化市场上,最能夺走人时间和心魄的无疑是影视剧作品,尤其是每年以成千上万集电视剧的制作和播放,消磨了十多亿观众的时光,甚至与他们朝夕相伴,成为生活的一个组成部分,不可或缺。没有哪一种艺术形式拥有如此丰盛的创作产量,也没有哪一个艺术品种拥有如此庞大的消费群体。小说、诗歌、戏剧、音乐、舞蹈等都望其项背、望尘莫及、甘拜下风。唯其如此,也没有哪一种艺术样式像影视作品那样有更多的机会对受众给予精神的、思想的、性情的、艺术的、审美的影响。事实上,影视艺术已成为当今时代的意识形态中心、文化消费中心、精神活动中心。因此,建设好它,真正繁荣它,其价值与意义无法估量。

然而,影视剧的高产与层次的低下,观众的众多与精品的稀少恐怕是公认的事实,对此我们也无须讳言。"量"的堆积和繁荣与"质"的低劣形成了强烈的反差。原因何在? 不是资金问题,也不是技术问题,而是人的问题——影视编导和从业人员素质不高,甚至对商业利润的追逐压倒了对艺术的追求。对此,批评家也不批评、不愤怒,不去"诊断"与"号脉",不做像鲁迅所说的"剜烂苹果"的工作。如今是影视创作热闹而影视批评贫乏的时代,这也形成了强烈的反差。而影视批评的匮乏,会直接影响到影视创作的进程与走向,影响到影视作品的水准与品位,它是影视艺术整体质量上不去的原因之一。影视批评的贫乏首先表现在现有影视批评文字中,整体上缺乏反思精神、批判精神,缺乏问题意识和深度阐释。从某种意义上说,批评家的使命常常在于反思和批判,他能发现创作者和接受者发现不了、认识不深的问题,他

能在一片赞扬声中发现问题,在一派乐观景象里揭示隐患。这也许正是批评家的存在理由和价值所在。当然,批评家也要善于发现新人、新作,揭示作品的隐含价值和深层意义,这也是批评家责无旁贷的任务。但现在的问题是,我们的影视批评并不缺少歌颂与赞扬,而是缺乏反思和批判,这对于作为后起的、新兴的影视艺术学科是十分不利的。艺术的发展道路离不开理论、理性之光的照耀,坎坷行进的电影创作需要高层次对话,一拥而上的电视剧制作更需要批评家参与。而我们的影视艺术批评总是滞后于创作,那些描述性的、介绍性的、经验性的、归纳性的评论文字老是尾随在创作之后。在影视批评中,包括在最具权威性和覆盖面的《影视艺术》专集(人大复印报刊资料)里,我们也很难看到像《文学评论》刊发的具有学理价值和深度阐释的高屋建瓴式的论文。影视批评远远落后于文学批评,这是一个不争的事实。与文学批评相比较,影视批评往往是"时评性"、"印象式"或"综述式"的批评,翻开《文艺报》、《当代电视》、《电视艺术》,这种批评随处可见。它们往往是罗列作品,简单归类,就事论事,显得简单、肤浅,缺乏深度阐释,更缺乏广泛的联系与比较。比如将当下的影视作品与以往的经典之作相比较,看其有何发展与创新? 将现在的与过去的联系起来,看其承传与发展,将中国的与外国的贯穿起来,看各自的审美把握和表现方式,然后加以系统的综合研究、比较研究,这种具有广度和深度的影视史论、比较论的大块儿力作还十分少见。

影视批评的贫乏,其次表现在专业刊物少,报纸的专门栏目少,因此可供发表文章的阵地远远不能满足影视批评发展的需要。目前,全国共有影视艺术专业报纸、期刊不过十几种,其中,绝大部分期刊又都是将创作、批评和消遣、娱乐混杂在一起,甚至消遣、娱乐的驳杂与喧嚣以及所占的版面远远压过了批评的声音,使原本应该有品位的刊物变得花里胡哨,失去了典雅,使得批评家与学者不愿意"光顾"。截至目前,全国专门的电影批评与研究刊物似乎只有《电影艺术》、《当代电影》,专门的电视艺术研究刊物也只有《中国电视》、《当代电视》、《电视研究》、《电视艺术》等几种,这和每年数以万计的电视剧创作相比是不成比例的,也是极不相称的。再说专业性和综合性的报纸也极其缺乏有特色、有品位、长期稳定具有权威性的影视批评栏目,大量的商业广告占据了有限的版面,五花八门的"软新闻"吸引了好奇的读者目光。文化建设、文化创新、道德建设、人格塑造将如何体现也未可知。至于大量的非专门性刊物,比如全国各大学的人文、社会科学学报,各省、市的人文、社会科学研究期刊也极少刊发影视艺术批评与研究的文章。翻开"人大复印报刊资料"

《影视艺术》，不仅"质"上不能和相邻的《中国古代、近代文学研究》、《中国现代、当代文学研究》相比，而且在"量"上也远逊于它们，全年只有 6 期的《影视艺术》每期仅 80 页，还不及前述任何一种的四分之一。（前述两种报刊资料，全年均为 12 期，每期都在 200 页左右。）这反映了影视艺术批评与研究在教量上的匮乏。

影视批评的贫乏，再次表现在批评队伍的布不成阵。影视批评，尤其是电视批评，由于是新兴的学科分支，存在的历史尚短，故职业批评家和专门的研究者从量上说都还有限。在这有限的批评队伍中，有不少是从原有的文学研究、理论研究、文化研究等分离出来的，是"半路出家"。他们从总体上说学问有余而专业根底不足，缺乏影视艺术的特殊体验与感悟，这使他们的批评常常显出是文学批评的延伸，是文化批评的拼盘，不免有"隔"之感。而真正"科班"出身的人数极其有限，因为我们在影视艺术研究高级人才培养的学科点设置上数量偏少。大量的、过剩的文学研究人员、人文学者，都把自己固定在以往既定的研究圈子里，从事着难免重复与撞车的传统研究。面对影视艺术这一最庞大、最有影响力的精神阵地，大批的人文学者则不去涉足与占领，不去积极参与，而总是以"局外人"的姿态置身于影视艺术"风景"之外，甚至于不屑不顾，内心和潜意识里似乎有一种想当然的轻视。这种种的状况和心理造成了影视批评人才队伍的短缺，在这其中，权威的、有影响力的批评名家、大家更不多见，这势必影响影视批评作用的发挥。

总之，相对于创作、相对于文学批评，影视批评是贫乏的，它所发出的声音是微弱的，常常是被淹没的，对影视艺术创作的影响力是有限的，同时也是脱离大众的。创作需要批评，没有批评的创作必然是跛脚的。观众需要批评，没有批评的接受，其审美品位是难以提升的。文化建设需要批评，没有批评的影视文化必然是有缺失的。精神文明同样需要批评，没有批评对于人文关怀的倡导，对于人文精神的重铸，当代人将无法实现精神拯救，甚而将失去精神家园，灵魂要到处流浪，无所栖息。可见，繁荣影视批评十分重要。

那么，如何使影视批评从贫乏走向丰富？依笔者之见，首先要铸造一种精神：反思与批判精神；要树立一种信念：人文知识分子的精神守望。中国传统的人文知识分子历来具有"感时忧国"、"明道救世"的优良传统，他们目光敏锐，善于思索，具有社会良知和正义感，具有批判和抗议的精神。这也许正是他们的身份特征和角色定位，也是他们存在价值之所在。当代批评家应该继承和弘扬这一优良传统。面对飞速发展的影视艺术，面对良莠混杂、精品、

上品、真品与次品、下品、赝品相互交织的电视文化,批评家不能有批判退位和精神逃逸。对那些催人泪下、启人心智、让人反省的作品,当然要大书特书,挖掘其精神价值、艺术价值和审美价值,从而最大限度地发挥艺术的功效,而对于那些"注水猪肉"式、"掺杂使假"式的作品,批评家要敢于说"不",不能一味地顺情说好话、唱赞歌,只当"歌德"派。只有这样,才能使那些低劣的、掺假的、注水的作品无处存身,才能使艺术精品不断脱颖而出。我们看到,在电视剧的评论中,敢于求疵挑错的批评是十分少见的。在电视批评园地,像文学批评中那种直言不讳的风气、争鸣与商榷的风气还没有形成。令人欣喜的是,《文艺报》刊发的对 2003 年电视剧的点评中,既充分肯定了成绩,又深刻地指出了问题,作者对农村题材、军事题材、反腐题材、公安题材、社会题材等电视剧创作各自的欣喜与遗憾作了中肯的揭示(见《文艺报》2003 年 12 月 25 日"艺术周刊")。这是值得赞许的,也是一个良好的开端。

其次要克服与超越两个偏见:重创作、轻批评,重文学研究、轻影视批评。创作与批评犹如一车之两轮,不可或缺,否则车将倾斜或失控。在辉煌灿烂的俄国文学中,凝聚着别林斯基等批评家的劳绩。在中国现代文学中,茅盾的现实主义批评、李健吾的印象主义批评也都曾与创作并驾齐驱,让作家难以忘怀。到了当代,不知从什么时候开始,作家与批评家的对话、交流、切磋被渐渐淡出了,甚至是两方面关系紧张,或者是彼此孤立,互不往来与交流。这种状况似乎愈演愈烈,在影视艺术圈子里同样如此。从创作者到接受者似乎都不关注批评,对批评表现出空前的冷漠。这不能不让批评家反思:我们的批评太微弱,太缺乏权威性了。美国好莱坞的权威影评与权威批评家不仅能影响片子的质量和走势,甚至能影响到票房的收入。相比之下,我们的批评恰恰缺乏这种权威,缺乏这种力量,正因为如此,才被轻视,这是自然而然的事,而越是轻视,就越需要批评家。至于说到重文学研究,轻影视批评,从如前所述的研究队伍状况便可窥一斑。在不少人文学者心目中,搞文学研究才是"正宗",才是"正路",具有恒久性。而搞影视研究似乎是"小道",它不具有恒久性,只具有时评性。影视作品大都是过眼烟云,消费主义特征明显,缺乏理论积淀和经典积累。如果把新兴的影视与古老的文学相比,上述看法似乎不无道理。这也提醒影视艺术制作必须尽可能地超越商品化倾向和消费主义特征,以自己视觉艺术、综合艺术的无穷魅力赢来更多人文学者惊奇和关注的目光。事实上,中外影视艺术精品与经典也不乏其例,《泰坦尼克号》、《西游记》等影视作品绝不是过眼烟云,而是让人震撼,让人联想与回味。只不过中国的影视精品,尤其是当今的电视剧精品还不多。所以从根本上说,重文学研究,轻影视批评仍然是一个"偏见"。

第三要造就三支队伍、三种批评,即媒体批评、批评家批评、学者批评,使影视批评的阵容强大起来。媒体批评伴随着大众传媒的高度发达而日益强盛起来。媒体批评者以报纸、时尚杂志的编辑、记者以及网络制作者为主体,也包括一些电视栏目的策划与制作者,并以上述这些为主要阵地而展开的影视批评。媒体批评原本就贴近新闻、贴近大众、贴近时尚,具有迅速性、及时性、敏锐性等批评优势,因此不能小视。在德国,许多文学批评、影视批评就是在媒体上进行的。媒体批评者往往能敏锐地捕捉到影视文化市场的新态势、新动向,并以他们的文章引导着观众接受的新潮流、新趣味。同时,他们的批评也常有"低俗"、"炒作"和寻找"卖点"之嫌。要尽力克服后者,向高雅化、深刻性挺进,要在各自的阵地上精心打造影视批评的权威栏目和精品文字,拓展批评的阵地与空间。

批评家批评更贴近创作。比较而言,当今专业的影视批评家阵势明显不足,整体的声势还远远不够。如今,职业的文学批评家、职业的影视批评家都呈萎缩之势,其中一部分改行从事文学、艺术的创作与制作去了,一部分从事泛文化的研究去了,剩下的人在坚守。因此,职业批评家队伍建设迫在眉睫,刻不容缓。要在专门化、职业化和权威性上下功夫,积极、有效地去干预创作、影响创作、提升创作,为此,就要比创作者站得更高,看得更远。同时,还要积极地、有效地向大众媒体渗透,去影响观众,树立威信。实际上,职业批评家应该是"一手托两家",担负着提升创作和提高鉴赏的双重任务,应该不辱使命。

学者批评更贴近研究,他们都执教于高校讲坛,他们也担负着双重任务——学术研究和人才培养。学者批评一般又被称为"学院派"批评,他们具有理论优势和学术优势,但也容易故作高深而脱离大众文化。因此,应多走出高楼深院,置身于色彩缤纷的影视艺术现实之中。自上世纪 90 年代以来,学者的影视艺术批评发展较快,方兴未艾,黄会林、曾庆瑞、高鑫、尹鸿、张颐武、周星、张同道等一批学者的影视艺术批评与研究成就卓著,影响良好,他们不仅为影视艺术专业的学科建设做出了贡献,同时也为影视艺术的文化建设、艺术建设提升了品位和档次。但同时也应该看到,仍有相当的人文学者在影视艺术批评中是缺席的,因此,要吸引更多的人文学者加盟于影视批评与研究的行列,走出书斋,走出狭窄的研究领域和"形而上"的研究层面,而面

向更为广阔的影视文化现实,使自己的研究更具有现实意义、文化价值和人文关怀。

如上这三支队伍建设,三种批评形态同等重要,缺一不可,而且三者要良性循环,互动共存。这样,影视批评必将呈现出另外一种"景观",影视批评繁荣的时代一定会到来。

(原载《中国电视》2004 年第 3 期)

电影批评：独立于媚俗与诱惑

陆绍阳

到了 20 世纪 90 年代末，大批娱乐刊物、报纸如雨后春笋般出现，娱乐文化呈现空前"繁荣"的局面，报刊上大量的娱乐版需要各类影评文章，而且，随着中国电影产业化的进程，套在中国电影身上的绳索正在清除，国产影片渐渐从好莱坞大片的挤压中突围出来，已经呈现出复苏的迹象，每年的拍片数量和质量都有较大的改观，国产电影良好的发展势头和媒体的繁荣理应使电影评论家更有作为，但一个奇怪的现象是，原来大家熟悉的那种电影批评差不多完全消失了，曾经在 20 世纪 80 年代意气风发的批评家也大部分处于边缘状态，有些评论家干脆"退出江湖"，转行从事别的职业，影评家的缺席成了当今影坛一个令人惋惜的现象。崔永元对电影《手机》的批评虽然有些尖刻，但确实是一针见血，他非常直率地道出了影片的缺陷，只是由一位新闻系毕业的电视台主持人来评论电影艺术，多少折射出了当下电影批评的脆弱。如果稍加留意，和电影有关的、充斥在报刊版面上的无非是两类资讯，一类是千篇一律的、某部新片在京试映获得"专家"好评的"利好"消息，这是记者和"专家"共谋的"互搭梯子"把戏；另一类就是让人眼花缭乱的花边、内幕新闻，在貌似热闹的"地毯式轰炸"中，严肃的影视评论家的声音消失了，而各种报刊的娱乐记者迅速扮演了"代言人"的角色。

现在的娱乐记者凭着他们占据舆论阵地这一先天优势，的确有能力"炒热事件"，把他们关心的热点问题一天一天强加在公众面前。如果是记者不感兴趣的问题，信息就传不出去。更令人担忧的是，有相当一部分娱乐记者已经不再满足于传播信息，他们要生产信息，而这些行为的后果就有可能使记者成了"精神活动与公众之间的屏障和过滤器"。❶ 法国著名社会学家布尔

---

❶ 布尔迪厄：《自由交流》，第 22 页，三联书店 1996 年版。

迪厄已经在他的著作中流露出对这种行为的恐惧感。由于存在着自身的利益，在很多娱乐记者的报道中，在真实性和正确性上都存在很大的问题，有些娱乐记者已经被各式各样的交换变异为"寄生物"，金钱、权力、人情，都可以成为他们的依附对象。他们已经失去了自立的品性，不要说审美的知觉，有时连起码的道德知觉也没有了。当娱乐记者替代了影评家，批评界本身的独立性、自主性不断受到形形色色的外力威胁时，观众和读者接受到的只能是布尔迪厄所说的"真正的假象"，而大批娱乐记者炮制出来的信息越来越呈现出两种不良的趋势。

庸俗化的趋势——娱乐新闻的目标不是严肃地讨论影片的得失，艺术的内涵，它的创造性，它的实验性和它对传统的挑战意味。娱乐新闻主要针对的是明星，明星的隐私、纠纷、桃色新闻，娱乐记者对发生在演员和导演之间的某种交易细节的兴趣远远超过对影片本身的兴趣，他们可以每天腾出大量版面刊登所谓的"独家报道"、"现场连线"，追踪各种"名人纠纷"，而有些记者更是把媒体当作自己发泄私怨的场所，口诛笔伐，大动干戈，字里行间的私人意气一览无余，有些"酷评"专拿名人开刀，明显是用带着表演性、作秀的姿态打击别人，抬高自己。

有些娱乐记者一味迎合大众的心理，通过富有煽动性的言辞和激烈的情绪，通过娱乐性的"狂欢文化"毫无节制地"复制"着大众的口味，满足人们的"偷窥癖"和"暴露癖"，把公众的注意力集中到轶闻趣事、流言蜚语上，控制受众对事件的理解，达到特定的目的。娱乐记者炒作的第一个目的，也就是最直观的目的就是"引起轰动"，而最终的目的是获得最大限度的利润。为了引起轰动，获得利润，记者打着满足"公共需要"的旗号，不惜夸大事件的重要性、严重性，从通俗走向庸俗，把低级趣味视为至宝，不惜为一种虚假的感官快乐而牺牲了许多历久弥新的价值观念。事实上，这些娱乐记者的文章已经变成毫无意义的"噪音"，从中找不到任何有价值的观点和分析，他们已经或正在践踏批评的纯洁性，纯洁意味着"批评必须拒绝庸俗和偏见，具备防止其影响电影的话语能力，以及后反应状态下的自我补偿、修复功能"，❶真正的电影批评应该维护电影的自由精神和纯洁。

碎片化和平面化的趋势——大量娱乐媒体的出现，也许能为群众性影评的再次繁荣提供了一个技术基础，现代人的信息需求远大于过去任何时期，

---

❶　戈多：《批评电影批评》，《电影电视艺术研究》2000 年第 3 期。

但在传统媒体的信息发布过程中，从最初的信息源到最终的成品，都必定经过许多"把关人"的关口，但随着纸媒体和网络媒体的发展，媒体之间的竞争加剧，抢时间、抢新闻成为娱乐记者们的第一要旨，一有"热点"就闻风而动，趋之若鹜，他们以最快的速度，连续不断地把信息发布出去。2003 年 10 月，《明星 bigstar》报记者潜入防范严密的电影《十面埋伏》拍摄现场，率先把偷拍到的剧照在自己的报纸上发表，引来制片方新画面公司强烈的不满，双方几乎闹上法庭。类似的纷争越来越多，娱乐记者被摄制组人员暴打的消息也时有传出（娱乐记者的敬业精神另当别论）。为了吸引大众的眼球，大量未经甄别的消息被炮制出来，娱乐记者不愿意成为严格意义"把关人"的特点可能会造成批评的异化，公众只能把宝贵的时间浪费在空洞无聊或者无关痛痒的谈资上。

娱乐记者的文章显然带有大众传媒所特有的时尚性、瞬时性、夸饰性、商业性等特点，一种不要思想，只要感性，不求深度，只求享乐，不要观众参与的逃避主义文化应运而生，印象式的批评也就自然而然代替了学理批评，从而使生活在消费时代的大众处于一种平面化的、单向度的经验之中，被动地接收形象，排斥意义，而不是主动地参与到意义的流程和生产过程中，而真正的电影批评是一种负责任的发言，是批评者"用自身与电影拥抱从而实现感知影片与感知自身的视界融合"。❶ 商业炒作和电影批评自身要求的文化内涵的矛盾日益激化，无形之中就导致了真正的电影批评生存所需要的空间越来越小。

媒体炒作时代的电影批评建设在我们的公众活动范围内，电影批评正受到各方面的挤压，这些挤压也构成了电影批评的生存危机。现在的观众已经被喂食了过量的代用品，却很少有批评家去一点一滴滋养、培育品位，台湾导演何平有句话说得很有道理，电影本来就不只是一种意义，它争一时，也可以争千秋，而我们又靠谁去延续这一息的文化命脉呢？

新时期以来，电影批评对电影创作起了很大的推动作用，由电影学院教师白景晟提出的"扔掉戏剧拐杖"理论主张，使 20 世纪 80 年代上半期出品的很多影片摆脱了内容虚假，表现手法陈旧的毛病。张暖忻、李陀的《谈电影语言的现代化》和邵牧君的《现代化与现代派》等一批极具深度的论文，进一步廓清了创作人员对"真实美学"的认识，不但出现了像《邻居》这样异常贴近现

---

❶ 汪方华：《电影批评：渐渐消逝的声音——中国电影批评之现状》，《影视艺术》2001 年第 3 期。

实的作品,而且出现了像《黄土地》、《一个和八个》这样在电影造型上取得惊人成就的影片,舞台化的场面调度受到了唾弃,而摄影机的能动作用前所未有地受到了创作者的重视;上海批评家朱大可对"谢晋模式"的批评,也从某种程度上对中国电影摆脱单一的叙事模式,走向更广阔的表达现实的空间,提供了另一种思路;而以王一川、张颐武、尹鸿、王宁为代表的新一代批评家,运用"后殖民理论"对张艺谋、陈凯歌的电影进行的剖析,成了 20 世纪 90 年代初最引人注目的理论热点。著名导演郑洞天认为,当时拍电影的人都特别在乎评论家的看法,"理论指导实践"并不是一句空谈,而随着时间的推移,电影评论家似乎很难保持对国产电影持续的热情。电影批评的任务并不仅仅在于阐释已有的电影作品和既成的电影现象,真正的电影批评应该是批评家和创作者之间的"对话",而不是亦步亦趋的读解,批评并非科学,科学是探索意义的,批评则是产生意义的。

批判精神是一个真正的电影评论家所必须具备的基本素质,这种精神的基础在于对"世俗的要求与诱惑表现出独立性,在于尊重文艺本身的价值"。❶而哲学家福科认为,批判性思考应该界定为对被认为是普遍的和必要的东西的提问,"我的目标之一是向人们表明,许多他们认为是普遍的、是他们风景的一个组成部分的事情,实际上是一些非常确切的历史性变革的结果。我所有的分析都是为了反对关于人类存在着普遍的、必要性的想法",❷也就是说,普遍性应该从历史性这一角度来理解,批评的目的不是指出事物没有按原来正确的方向发展,它的职责是要指明,我们的行为实践是在怎样的假设、怎样的随便和不加思考的思维模式上建立起来的。

真正的评论家,他应该密切关注着电影,对重要的电影及时做出自己的反应,而不是被雇佣的,他的评论作为一种文化时评,应该是市场机制中一个有效的、不可缺少的环节,要在市场的意义上建立一种有商业信誉的专业影评。被称为是"美国影评第一人"的宝琳·凯尔可以成为我们的榜样,尽管她毕业于著名的伯克利大学,学的是艰深抽象的哲学,但她并没有被自己的学术背景所累,更没有排斥、歧视大众文化,作为对大众文化和严肃艺术都有深刻理解的影评人,她拆掉了横亘在两者间的高墙,把她对艺术的知识和热忱传递给其他人,她用流畅、朴素的文字,不带任何偏见又不乏知性的观点,改

---

❶ 布尔迪厄:《自由交流》,第 51 页,三联书店 1996 年版。

❷ 福科:《权力的眼睛》,第 3 页,上海人民出版社 1996 年版。

变了别人看电影的方式，她那"稳定、良好的品位"不仅影响了几代影迷，也成为昆丁·塔伦蒂诺等导演最初的引路人。像哈贝马斯在《公共领域的社会结构》中所说，影评家存在着双重使命，他们既把自己看作是公众代言人，同时又把自己看作公众的教育者。

娱乐记者的炒作不能替代真正的电影批评，炒作的目标、方法、原则、功用不能代替电影批评原有的理想和功能。现在，我们迫切需要曾经"缺席"的电影批评重新参与到中国电影自身的建设中来。

（原载《电影艺术》2004 年第 3 期）

营销时代的电影评论

解玺璋

　　据说,中国电影业正在步入它的营销时代。它将区别于以往的计划经济运行模式和艺术至上的价值观念,直接将电影作为文化产品来考察。它的意义就在于,我们不可能脱离了生产和消费这个现代流行文化的语境来理解所有关系到电影的问题。

　　譬如电影评论。以往的电影评论,一直是作为电影艺术的一部分,或者说,作为它的一个分支而存在的。在 20 世纪 80 年代,甚至 90 年代的初期,一部影片的价值主要还是由电影评论家来阐述和确认的。那时,电影评论家的发言是一种非常重要的声音,他们的文章也总是刊登在媒体最重要、最突出的位置上。

　　但是,随着电影价值的实现越来越依赖于消费市场,近年来,电影评论也遭遇了前所未有的困境。一方面,它正在从电影的生产和消费过程中淡出,媒体不再刊登或很少刊登电影评论家所写的文章,影片的艺术研讨会也被首发式或观众见面会取代了;另一方面,像有些人所指责的那样,正在沦为商业炒作的手段之一。总之,它的尊严和存在的必要性都受到了来自新的社会评价体系的挑战。电影评论的写作者也由从前的专家、学者变成了大众传媒的娱乐记者,这种转变甚至被认为是中国电影业进入营销时代的表征之一。

　　发生这种转变不是我们所希望的,也不是我们所能挽回的。营销时代的电影,是不是不再需要评论了呢? 或者说,在电影营销中,真的没有评论的位置吗? 我想,这一定是一种误会。我是不相信电影评论作为一种文体,进而作为一种自我评价体系,会从我们的生活中消失的。电影评论在当下的"沦落",也许真实地反映了营销时代电影评价系统对现实的屈从和适应。但即使如此,电影评论也不应该无所作为,它完全可以为新的价值标准的确立和大众趣味的塑造做出必要的努力。

问题在于，我们目前的市场营销根本不给电影评论保留一席之地，它在整个营销方案中往往处于可有可无的地位。这种情况，除了做电影营销的人对电影评论可能发挥的作用还缺乏认识之外，电影评论不能适应新的文化语境，从而实现自身的角色转变也是很重要的原因之一。实际上，从供求关系的角度来说，电影评论也有写给谁看的问题，而这个问题很久以来一直是被我们所忽略的。我们的很多电影评论，常常不是以电影观众作为目标读者，它们是写给自己或同好看的，它们对观众以及电影生产者的影响几乎也是微乎其微的。无论社会学的评论、感受式的评论、文化批评式的评论，还是以各种理论命名的评论，都只顾自说自话，没把观众放在眼里。你很难通过阅读这样的电影评论来了解一部影片的具体内容和风格样式，你也无法就此判断是否应该掏钱去看这部影片，它像个精灵一样，浮在半空中，上不着天，下不着地。这样的电影评论，显然不是电影营销时代所需要的。而电影评论的再生，很重要的一点，就是要转变其立场和态度，它是写给电影观众看的，因此，我们必须了解这种需求并尽可能地满足他们的需求，这是市场营销的特殊规律所要求于我们的。

电影评论符不符合市场营销的要求是一回事，市场营销是否把它当作重要的营销手段又是另一回事。近年来，市场营销在电影界已渐成气候。2003年，任何一部获得良好票房业绩的影片，几乎都拥有一个颇具可操作性的营销策略。我想举《手机》的例子，作为贺岁档大片，《手机》的营销方式是经过精心策划的。鉴于《大腕》国内、海外两线作战的尝试并不成功，《手机》主动放弃了海外市场，专攻内地市场，而且从一开始，就吸引企业介入到生产过程中来，将自己的产品及技术全面深入地融入情节，以达到更生动的传播效果。在影片中，所有角色都使用摩托罗拉的手机，他们拿着不同型号的摩托罗拉手机出现在各种场合。男主人公更是到哪里都开着那辆张扬的宝马车。而走下银幕的摩托罗拉更是将其新款手机 A760 与《手机》的广告宣传融为一体，无论户外广告还是网络广告，处处都可以看到 MOTOA760 的身影。中国移动和美通通信公司也借助《手机》开通了短信平台，正式推出了与电影同名的短信游戏《手机》，围绕《手机》的短信业务也迅速增长，电影还没上映，短信的发送量就已经超过了 2 000 万条。

此外，摩托罗拉、国美电器、宝马公司也都与《手机》开展了不同形式的合作，他们都希望借助《手机》在岁末的热映，提升自己的品牌，促进产品的销售。摩托罗拉通过电影海报等多种方式将产品信息融入电影的前期宣传；宝马公司赞助了《手机》的首映式；而《手机》与国美电器的合作形式更加多样化，《手机》的片花广告在国美100多家连锁店的电视屏幕上反复播放，《手机》的海报、展架和DM宣传品也进了销售大厅，《手机》剧组的主创人员还在国美的12家店内进行签名售书、促销等形式多样的活动。这种大规模的整体性营销活动不仅刺激了票房，其背后所蕴藏的商业价值有时是无法估量的。像《手机》这部影片，由于题材本身所提供的与企业进行商业合作的空间非常之大，所以，电影还没开拍，就已经与摩托罗拉、中国移动、美通通信以及宝马达成合作，而四家企业的赞助费用就占了影片投资总额的一半。

有人将电影合作营销方式总结为"六大攻略"，其中包括：贴片广告、推广宣传、产品赞助、素材拍摄广告、联合促销和主人公为产品代言。如果以产品为中心，将所谓"六大攻略"做一下区分的话，我们就会发现，这里所看重的只是电影产品与周边相关企业的联系，而并非电影产品与消费者的联系；所强调的也只是企业宣传效果，而并非影片本身的宣传效果。所以，在这个意义上，《手机》的营销，得也在此，失也在此。它与企业的合作固然是成功的，但这种成功却更多地带有可遇而不可求的性质，又是不足为训的。如果就影片的推广宣传而言，《手机》的营销则暴露出明显的缺陷。也就是说，这个营销方案太多地强调了与企业合作可能获得的经济效益，而忽略了用什么方式吸引观众观看影片。从目前的实际情况来看，大多数观众是在好奇心的驱使下走进电影院的，而他们走出影院的时候，其中有很多人，特别是女性，对影片所表现的内容却很少认同感，有人甚至由于觉得它"脏"而心生反感。这种情绪蔓延开来，对于《手机》实现其社会价值，以及冯小刚希望通过《手机》实现其艺术追求，都是无益而有害的。遗憾的是，这种情况并没有被《手机》的营销方案考虑进去，因此，情况发生之后，他们也就不可能采取积极的对策。

这种情况在电影营销中不是个别现象。我们还可以举《恋爱中的宝贝》为例。作为情人节特别推荐的影片，《恋爱中的宝贝》并没有像生产者所期待的那样，赢得青年观众的好感。由于与观众的心理期待相差太远，甚至南辕北辙，反而引起了观众的愤怒。心有余悸的观众甚至在走出影院后称这部影片为"爱情恐怖片"。这种情况，不仅影响到影片社会效益的实现，也给投资人实现其市场价值制造了巨大的困难。有人说，李少红欺骗了观众。我倒觉得，这不是一个谁欺骗谁的道德问题，而是如何认识市场营销的问题。一个成熟的营销者及其市场营销方案，必须能够科学地预见一部影片在进入市场之后可能在观众中引起的反响以及应该采取的对策,而所有这些,都必须建立在专业人士对影片的内容、内涵、表现手法、风格特征所进行的全面研讨,以及市场调查、统计分析和社会心理预测的基础上。《恋爱中的宝贝》进入市场之前,显然没有在这方面做好准备。李少红和周迅确有市场号召力,但要使用得当,否则也会适得其反的。《宝贝》的市场反应充分证实了这一点。由于过分依赖李少红和周迅的市场号召力,反而忽略了对影片本身的研究和推介,以至于媒体关于影片的描述竟会如此离谱,有媒体这样写道:魂飞魄散的爱情、明星阵容、全裸暴露……简直是抓住一点,不及其余,借题发挥,信口开河。李少红曾责备记者太随意,报道不准确。但从另外的角度说,营销者也没能更有效地发挥自己的作用,对媒体施加强有力的影响。我甚至怀疑影片的生产者和市场营销人员是否很好地研究过这部影片如何与消费者沟通的问题。一位营销专家曾经指出:"后工业时代营销的本质就是沟通,与消费者的沟通。"作为电影产品的营销者,如果不能将产品的真实内容通过媒体告知消费者,那么,是不是负有不可推卸的责任呢?

影片《来了》是另外一个例证。它的制作人胡小钉一直是搞电影理论和评论的,许多年前,他也是一个影评人。这种身份对于他制定电影营销策略是有很大帮助的。他对影片优势、市场影响力以及收视人群的分析,都能看出电影评论的背景。但是,到目前为止,他的影片营销并不能说已经成功。影片本身的问题暂且不论,仅就营销而言,问题也是很明显的。比如他对收视人群的分析,将核心观众群想像为五种人:有一定经济基础和文化素养,对精神生活有较高需求的观众,艺术电影发烧友,情侣,时尚青年小资以及具有丰厚的社会阅历和人生体验的观众。那么,如何调动他心目中的这些观众走进影院呢?他在实施具体营销策略时,主要选择了在媒体上炒作"无规则主义"这个概念。然而,无论媒体还是院线,对炒作这个概念都并不热心。这也透视出观众对这种炒作的态度。不是不能炒概念,问题是,你炒的是个什么概念?这个概念和你的目标观众之间有什么关系?实践证明,《来了》的营销更多地反映了制作人的主观意图,对于现实中的观众则缺乏具体的了解,不知道他们到底需要什么。

这几个或成功或不成功的电影营销案例告诉我们,营销时代不能没有电影评论的位置,然而,营销时代对电影评论的需求又完全不同于以往我们经过的那个时代。在营销越来越成为影响观众走进影院的主要方式的时候,电影评论要想继续生存和发展,继续影响观众的审美趣味,就应该主动地做出

调整和转型。主要体现在两个方面：形式上，营销时代的电影评论不再是指专家学者根据自己的评价体系、学问素养对电影文本所作的具体分析和评判，实际上，它在产品上市之前，即制定产品营销方案的时候，就积极地介入进来，它将利用自己的优势，对产品即影片在生产和消费的全过程中所应体现的价值进行全面的论证和分析，从而提出相应的产品营销策略。在这个意义上，电影评论应该成为电影营销的灵魂。电影既然是一种文化产品，那么它的营销和一般产品的营销还是有所区别的，这种区别就在于它的营销比一般产品更需要文化含量。换句话说，没有电影评论的支持，电影营销很容易走上歧途，成为纯粹的"商业炒作"。

观念上，营销时代的电影评论不再是一种"独舞"，不再是一种个人趣味、个人观点的阐发，它必须大踏步地向后倒退，完全退到观众的立场，不仅要了解观众需要什么，还要了解你手中的产品哪些方面是可以满足观众需要的。长期以来，电影评论既不能赢得电影生产者的信任，也不能赢得电影观众的信任，原因之一，就是电影评论喜欢自说自话，喜欢自以为是，喜欢越俎代庖，以自己的感受代替观众的感受，甚至把自己想像成艺术与道德的立法者和执法者。这都使得人们对电影评论敬而远之。这样的电影评论在市场营销中得不到重视和有效的开发利用，也是很自然的。一般的市场营销理论在解释市场营销这个概念时，都把它归结为简单的一句话："了解需求并满足需求。"这也是我们建立新的电影评论观念的前提和基础。

但是，这样说并不等于市场营销只能被动地适应观众即消费者，它也可以主动地影响观众即消费者。有人说，中国电影实在应该提升自我推介的意识和技巧，其中很重要的一点，就是要主动地将某一产品，特别是有新意又不为消费者所了解的产品介绍给他们。事实上，有些营销专家已经注意到了这种情况，他们说，需求也是制造出来的，在很多时候，营销能否成功，不仅看你如何满足消费者的需求，还要看你如何调动消费者的需求。这是对营销者的更高需求。具体到电影产品来说，消费终端绝非影院，而是每个个性化的消费者。所以，占领市场绝不只是占领影院，还要占领消费者的大脑和内心。因为，人的消费行为是由消费意向支配的，消费决策决定人的消费行为，你要影响消费者的消费行为，首先要影响他的消费决策和观念，而电影评论所提供的评价体系正是用来影响人的观念的。在电影界有一种说法，以为可以靠口碑自发地建立对电影产品的评价，这是一种片面的见解。口碑固然是有效的，但也是十分有限的，电影营销要最大化地实现其目标，一定要有目的地开发大众传媒的传播效应,善于利用传媒来影响消费者。事实上,电影营销对传媒的利用,绝不限于召开新闻发布会,在各媒体发布消息,炒作名导演与影星,也不等同于炒作突发事件或有意制造的事件,而是通过与消费者的沟通来影响消费者,使消费者心甘情愿地接受营销者的观念。正是在这个意义上,我认为,营销时代不会使电影评论无所作为,只会给电影评论开创更加广阔的发展空间。

堅冰已经打破,航船已经起锚,我们没有理由悲观!

(原载《电影艺术》2004 年第 3 期)

影评的光荣、希望与悲哀

章柏青

当我写上《中国大众影评长编》(三编)这一书名,郑重地将沉甸甸的书稿送到中国文联出版社责任编辑手里时,霎时心里便涌上一股喜悦夹着些微酸楚的复杂感情。

这个书名是我国影评大家、中国电影评论学会首任会长钟惦棐先生定的。1985 年春天,在宣武门饭店的一个会议室里,钟老在领导我们编完由全国各地通过中国电影发行放映公司报来的影评稿后,侃侃而谈:"窃以为书名以《中国大众影评长编》为好。我们习惯称某些影评为'专家影评',某些影评为'群众影评',其含义并不确切。写群众影评者未必是群众,而专事影评吃饭的专家则几乎没有。因此,不如统称为大众影评,即写给广大观众看的。至于'长编',指的是肯定以后还要编下去,过两年出续编,以至三编、四编……合起来便长了。"

钟老首编的《中国大众影评长编》于 1986 年 12 月出版,这段话的意思被写在该书前言之中。之后,不到四个月,钟老便离我们而去。

1990 年,我与金忠强遵钟老之遗愿,再编《中国大众影评长编》(续编)。继任会长罗艺军欣然为《续编》作序,并同时为获奖影评写下长文《遗憾篇》。

时间又过去了整整 12 年,世界跨入 21 世纪。《中国大众影评长编》(三编)到今天才与大家见面。作为中国电影评论学会的第三任会长,我深感不安与惭愧。

与 20 世纪 80 年代相比,90 年代影评的确衰落了。当年数百种电影报刊已所剩无几,幸存的报刊中除少数几种,也已不发影评。特别是各级电影发行部门办的报刊,以前是大众影评人的园地,如今多数已销声匿迹,仍在办的,其版面让位于影坛轶事、明星趣闻之类。《电影评介》是"浴血奋战"到最后的一个,最终也败下阵来,毫无例外地成了包装精美的"明星一族"。许多以往十分活跃的大众影评人已经搁笔,更为严重的是,80年代中期遍布全国的两万余个群众影评组织,有的解散,有的瘫痪,大部分已名存实亡。

电影市场的持续低迷,电影人普遍存在的急功近利思想,那种电影转轨后心态的浮躁及无所适从,应该是影评衰落的主要原因。

然而,从另一方面而言,坚持下来的影评组织、影评人反而更加执著了。就省、市一级而言,山东、湖北、云南、安徽、浙江、重庆、辽宁的影评已经坚持了二十余年。上海、天津、广州、苏州的影评以大、中学校的学生为主,而峨山、威海、余姚、宜兴、福清、旬邑、赣州、扶风等基层县、市的影评已为当地整个社会所关注,成为所在县、市文化生活中的一道亮丽的风景。90年代影评异军突起的是部队影评。从战功卓著、德高望重的老将军,到初入军营的新战士,从闻名全国、全军的英雄模范,到在平凡的岗位上默默无闻作奉献的普通家属、职工,一同挥笔上阵,真可说是其声也壮,其势也雄。在部队各级领导的关怀、支持下,影评作为军营文化的奇葩,在90年代却开得越来越灿烂、鲜艳。

衰落与繁荣共存,危机与希望同在。中国电影评论学会之所以对大众影评始终没有丧失信心,不仅在于影评本身的价值与这种价值正在越来越被社会所认识,更在于有那么一批矢志不渝的影评人和那么一批影评的组织者,几十年来一直在这一精神的园地里默默地耕耘……

回顾这12年来,我常想的一个问题是,我们究竟要通过影评得到什么?在1986年的全国影评工作会议上,大家把大众影评的作用主要归结为三点:一是媒介作用。媒介即桥梁,大众影评是电影与观众沟通、交流的桥梁。二是信息反馈作用。大众影评中包孕了广大观众对电影的情绪、反应、意向、评价等各方面的信息,对创作、制片、发行业而言,这是非常有益的内容。三是自我审美、教育、娱乐作用。这是指广大观众运用大众影评形式加深对生活的再认识,从而培养自己高尚的道德情操,提高艺术鉴赏能力,娱乐身心。追究下去,其作用还有许多。那么,对影评人个人而言有何实质性的作用呢?

几年前,我写过一篇《影评的光荣、希望与悲哀》的短文,叙述了这么一件事:南京军区有个小战士杨华红,在"珠光杯"影评征文评选中荣获一等奖,且名列榜首。他在钓鱼台国宾馆从宋平手中接过奖杯的镜头还上了中央电视台《新闻联播》。南京军区是一个非常重视影评的单位,归去后给他记了功,他可以暂不复员继续留在部队。但他想着家里穷,要养家,吵着要复员,他以为到地方后，凭着这个奖，怎么说也得给安排个工作，哪里想到地方上根本不买账。他愤而坐硬席、啃干馒头到北京，寻找中国影评学会，以为只要凭中国影评学会一纸证明，一个电话，地方就得听从吩咐。对杨华红此举，我甚觉感动，又甚觉凄然。感动的是他对学会的信任，一次得奖，终生为托。但他的确太天真了。在权力机关林立的京城，中国影评学会无权无势且无钱，空有几个学者，在商品经济社会中，除了落笔为文，实无其他能耐。况且，影评得全国大奖固然不易，但正如鲁迅先生所言，难道因此要让人民大众捧着牛油面包向你做敬献之状吗？从某种意义而言，杨华红遭此打击有其必然性。影评人究竟要通过影评得到什么？如果没有必要的思想准备，难免最终要悲哀与失望。

想以影评获利者，趁早放弃影评。有写剧本致富的，有拍影视致富的，没听说写影评能致富。偶见一些为影坛大腕写吹捧之作，多得了几分钱，那已与影评无涉。身边发现不少由影评"迷途"知返的朋友渐为发迹，且确有成为大款的，前些年就有一位 20 世纪 80 年代以群众影评带头人而广为人知的朋友来看我，他如今已是老板，以 6 000 元一桌的价格请影界熟人赴宴，问起发迹的经验，他答道：放弃影评，投身商海。听了使人感触万端。

想以影评做官的更近似痴人说梦，充其量当个宣传干事，且往往是做官之日，也是其影评生涯结束之时。以影评而立功进步是有的，那得有个好环境，像部队这样的地方确实是令人羡慕的，但一旦离开这个环境也是枉然。杨华红便是一例。

那么写影评真的是一点用处都没有了吗？非也。

我就不谈影评促进电影创作、促进精神文明建设、提高观众欣赏水平等大道理了。实实在在说，就对影评人个人而言，影评虽不能带来实利，但确实是提高文化素质的重要手段。尤其是对于诸多业余作者来说，虽不能使其升官发财，却能促其成为国家有用的人才。举几个例子。沈阳军区边国立，15年前，我在大连陆军学院见到他时是个年轻的教官。其对影评的执著使其学业大进，终被发现，调入解放军艺术学院，早已是教授，且已被公认为京城有数的中年影评家之一。记得 80 年代初期在影坛叱咤风云过的北京青年影评学会吗？其会长王忠明如今已成为中国领导决策层的经济理论高参，其关于宏观经济理论方面的长篇论文对商品经济的发展起着导向作用。由于忙，他已多年不写影评，但他承认是当年的影评实践锻炼了他的理论思维。安徽有个李建强，在全国影评征文中曾数度夺冠，这位当年在皖北插队吃过大苦的上海知青,在年近不惑的当口以其才干与学识被中国著名大学上海交通大学选中,携妻带女重返大都市,步入大学讲坛,如今也已经是受广大学生欢迎的教授。想起这些我所熟悉的业余影评人的成绩,我常觉兴奋与安慰。自然,业余影评人不可能个个都如此佼佼,但在影评园地上不断地思考、耕耘,其思想文化收益的增多当无异议。正是从这一点看,影评事业依然充满着希望。

《中国大众影评长编》(三编)与"首编"、"续编"相比在编辑方针上有一些变化。"三编"只收录在全国影评征文比赛中的一等奖作品。其原因是,这次相距《续编》出版的时间过长,碍于篇幅与人力,已很难在长达十多年的时间里,在数量巨大的大众影评中重新淘金,而历届全国影评征文比赛的一等奖之作则是历年来已经淘出的金子。我们只要把这些金子收集在一起,就可以使之集束地闪闪发光了。这虽说是偷懒的办法,但却是能够保证质量的方法。本来也曾经想再增加一些专业作者或二等奖中的优秀作品,但八次征文一等奖之作合在一起,已近40万字,只能不选其他作品了。这自然是令人遗憾的事。此外,由于都是影评征文,在文章形式上与前两卷相比,变化少了点。

在这本书稿即将付梓的时刻,我对新时期以来对影评给予莫大支持的领导与专家充满了由衷的感谢。首任会长钟惦棐与第二任会长罗艺军对大众影评的支持我就不多说了,他们的为人与为文一直是我从事影评、组织影评活动的动力。此时此刻,我最为感谢的是电影界的前辈夏公,早在20世纪80年代末,他就鼓励我们要把好的群众影评收集起来,说这是影评学会的一项工作。90年代初的几次全国影评征文,他欣然允诺担任总顾问,直到他离世为止。同样支持影评活动的还有陈荒煤同志,记得百部爱国主义影片影评征文开始时,他为了帮助学会筹到资金,甚至屈尊陪一个乡镇企业老板吃饭,为征文充当说客。广电总局、总政宣传部与电影局、中国电影集团公司、电影频道节目中心的历届领导都是征文活动的积极支持者,孙家正、田聪明、赵实、刘晓江、王兆海、田爱习、滕进贤、刘建中、童刚、吴克、杨步亭、陈景亮、阎晓明、明振江、马维干、孙军、马兴文、李洋、陆弘石等几乎每次都出席征文比赛评选或颁奖大会。2001年中国共产党建党80周年影评征文开始之际,广电总局副局长赵实同志在一份情况汇报上批示道:"此项群众性的评论活动影响很大,效果很好,希望评出优秀影评,促进电影创作与电影评论的共同繁荣。"赵实同志的批示给了影评人以很大的鼓舞。最令人难以忘怀的是电影局长刘建中同志,1998年初夏,为了考察影评盛况,他亲临南京军区,一直下到连队。自此后,每次大的征文活动他都要求电影报刊专业委员会与电影评

论学会合作,并批示电影局要给予一定的经济资助。另外,我们的影评也得到了全社会的关注,尤其是广州俏佳人文化传播有限公司的李燕总经理,她以发行国产优秀影片 VCD 闻名全国。她说:征文非常有意义,只要你们办,我们就支持。这是十分难得的允诺。

大众影评是大众的事业,在中国电影评论学会组织的征文比赛活动中,新闻界的朋友们,尤其是《人民日报》、《光明日报》的向兵与沈卫星同志,《中国电影报》的主编倪强华同志,《电影艺术》与《当代电影》的主编王人殷、张建勇同志,以及各大军区电影报刊的同志都给了我们切实的支持,他们以很大的版面来发表征文得奖文章,使得征文在社会上的影响越来越大。本会秘书长张卫历年来也为征文活动开展付出了诸多心血。

最后,我还应当感谢我的合作者陈庐山先生,他是《电影评介》的主编,为大众影评事业勤勤恳恳地工作,直到古稀之年。这次之所以邀请他与我一同担任主编,不单是因为他在大众影评界的威望,也是因为唯有他完整地保留了近 10 年来的全部影评征文比赛的资料,使得我们这本书中每篇一等奖的文章都不遗漏。

中国电影诞生 100 周年的日子就要来临,通过这本书的出版,我们希望能有助于大众影评事业的进一步发展,从而促进电影创作的繁荣。

(原载《中国大众影评长编》(三编),中国文联出版社 2003 年)

给影评会诊

胡黎虹

对媒体而言,最可怕的莫过于无声无息。听不到一声喝彩,也无人出来痛骂,固然有些惴惴不安,但倘若虚假的声音、撒谎的文字充斥媒体,则远比这更为可怕。眼下,且不说盲目轰炸、失去理性的广告和无聊却漫天飞舞的短信如何令观者生厌,就是大量的影视评论也到了难以容忍的地步。

不可否认,影视评论的确为提升观众影视文化水准立下了汗马功劳,在引导观赏影片的热情与欲望方面更是功不可没。在观众对真相还一无所知的时候,随处可见的评论就成了引导他们消费的指南,评论聚光之处,观众总是一轮又一轮地被收编进来,成为创造票房佳绩的一颗颗棋子。只可惜,这样的票房通常是以虚张声势、夸大其词为代价的,和票房同时创下的还有观众的信任危机,那些看来情真意切,曾经激起观众观影憧憬的评论在事后看来,不过是一堆写满黑字的废纸。

那么,评论到底应该做些什么?这问题其实并不复杂,正如人们生产鞋子是因为有脚,保护环境是为了生活拥有更高质量一样,评论也有它存在的理由。对创作而言,它促进创作的发展,同时也接受创作的检验。对受众而言,好的评论能开启他们对艺术的认识,擦亮他们感受艺术的心灵,引导他们进行精神消费。可以说,评论是架在创作和受众之间的一座桥,创作和受众既是评论的出发点,也是评论的归宿,三者构成互动或者说良性对视的关系。这是创作和受众对评论的要求,更是评论的职责,而评论家们则应该有承担起这职责的勇气和责任。

然而,眼下的评论看得多了,即使这简单的道理也变得可疑起来。

收编与拉拢式的征文评论拉拢了观众,那么,是谁、什么力量收编了评论,使评论欣然接受招安呢?如果说违背事实、虚张声势是对评论职责的背叛,那么是什么东西或者力量在后面为其支撑?今天,使影视评论陷入尴尬境地的,也许正是这样一个日益市场化、世俗化商业时代的到来使评论者一时迷失了健康的心态,迷失了批评的精神。投资方的收买,广告的拉拢取代了凭事实说话的原则,在这个喜欢用人气指数来验证成功与否的年头,先于语言判断而存在着的一种情境,支配着评论者的写作,很少有评论者再选择思考或保持沉默。现实中,大量评论让读者看到的已经不是一个客观公正的事实,而是文字背后的权利与金钱。一味捧场或无关痛痒的评论越来越多,一些原本平庸的作品被不遗余力地捧为精品,它们不仅起不到引导创作和鉴赏的作用,相反,观众看过之后方知上当非浅。也有的评论抓住一点就尽情放大,好比只抓到大象身上的某个局部就断然告诉人们大象是什么一样,既不深究真伪,也不明辨好坏,只管一味地呐喊助威,以虚假的赞歌掩盖艺术良知的匮乏,以貌似热忱的华章丽语隐藏无时不在的商业动机。

评论当然并不排斥激情,但更需要理性,而理性的评论首先就要做到真实。只有尊重事实,保持健康的心态,才能产生健康的评论,也才配拥有长期、真诚的读者,否则,评论就会成为脱缰的野马,给创作者和观者都带来伤害。如今,广告尚有公益之说,"反误导、打虚假",关注社会责任已成为广告的一大亮点,而评论界却依然故我。长此以往,创作者将不屑于看评论,观众将不相信评论,直到评论与创作脱节,与观众之间的鸿沟愈演愈烈,直到评论终于陷入自身堆筑的死胡同,找不到通向健康和辉煌的前进之途。

独语式的自我把玩和收编式征文不同,有的评论则走向了另一种极致,成为"独语式"的把玩。这种纯粹拿艺术当成个人游戏的传统在中国可谓由来已久,在过去很长的时间里,中国的文化都是一种精英文化,人们通常把它形容为书斋情结或者士大夫情结。今天,把评论做成沙龙艺术的正是这样一批有士大夫之风的精英人士。他们端坐于庙堂之上,坐而论道,或远离人群,躲在屋中舞文弄墨,秀才不出门,便知天下事。他们之所以从事评论,只是为了自娱自乐,所真正在意的,不是他者,而永远是自我。他们甚至不希冀自己的评论能被大多数人理解、认可,因此也就不在乎远远背弃大家的感受。他们高居高打,言必欧洲,以深不可究的电影理论,极度学术化的镜像语言——总之以坚决不说大白话为特色,虽玲珑精致却极为易碎。在这个崇尚知识、创造知识并使知识为更多人所共享的社会,他们热衷甚至沉醉于传达个人的体验,在个人的精神领地里追寻话语把玩的乐趣,因此,他们的评论既不生动活泼,也不清晰明了,既缺乏社会意识,也缺乏开放的胸怀和气度。这样的评论也许偶尔能够超越肤浅或者潮流，却很难听见有力的回声，拥有更多的读者和成为有效的社会行为，因为，孤独即便再深刻，也毕竟只属于私人。

还有一类评论则反映出评论人员专业知识和文化素养的匮乏，浮光掠影的扫描随处可见，评论成了"复述剧情"一类可有可无的闲话，至于主题思想加人物形象再加艺术特色的所谓评论，更将影视批评变成无聊而乏味的文字游戏，充其量是把文学评论的一套话语生硬地带入电影中来，使视听艺术在评论中文学化和平面化。然而，电影就是电影，电影从来就不是文学；文学就是文学，文学也从来就不是电影。所以，电影评论当然也有别于文学评论，它应该拥有独特的个性和属于自己的声音。

《宰相刘罗锅》中有一句歌词：天地之间有杆秤，那秤砣是老百姓。这话原本是冲当官者说的，可拿它来做评论家的座右铭也同样非常合适。评论的目的是为创作者和广大的受众提供指导，评论的好坏最终也要靠创作者和受众来检验。所以，当评论者选择发言时，一定要特别慎重，否则，宁愿保持沉默。当他们提出某个概念，表明某种态度，使用某个词语时，他们应该想到的是他们的发言代表着一种立场，表达的是一种倾向，而这种立场和倾向只有来自于对创作本身实事求是的评价和对观众的理解、尊重才能赢得人们的信任和支持。所以，评论可以是望、闻、问、切，可以是富有诚意的对话，可以对问题寻根究底，甚至还可以是热情而犀利的指责，但绝不是毫无原则的投靠，更不能背叛自己的职责。

评论家或者从事评论的人，应该是这样一位荷戟的战士：他有坚定的立场，不懈的精神，同时保持一种开放的姿态。为了寻求表达的自由，寻求真实，他提起笔来，同时也不忘记抬起他的头。即使他永远不知道自己总结归纳的结果离事实真相到底有多远，但至少可以肯定，他在努力表达真诚，表达对中国电影和中国电影观众的赤诚。

（原载《电影》2003 年第 2 期）

电影评论的三分天下

彭加瑾

电影不很景气,电影评论则更不景气。电影评论虽然不景气,但电影评论却依然活着,并没有完全消亡。如果我们把电影评论视为专业的学理批评、网络、媒体的大众批评,以及专业、准专业的面向大众批评的三分天下,那么可以说其中的情形则大不相同。

专业的学理批评无疑是在坚韧而顽强地生存着。他们或以论题的方式,或以单篇影评的方式,学术性是其显著的特点,而学术价值则是它的灵魂。专业的学理批评本质上是对电影创作、电影现象的一种理论观照。它从一定的理论基点出发,通过批评再达于新的理论认识。理论基点往往是社会已有的成果,新的理论认识与把握则是专业人士的发现与贡献。专业学理批评的此种性质与特点,决定了它交流、传播的范围大体上只能在专业、准专业的范围内进行,它很难达于普通的社会大众,一则是因为社会大众对此并无兴趣,二则社会大众也缺乏能与之对话、交流的必要的条件。

网络批评是近年兴起的电影现象,现在已经引起了许多人士的关注。从宏观而言,网络的电影批评实际上仍是网络社会、文化批评的一种。至今为止,似乎还并未出现持续地坚持电影批评并产生了较大反响的批评家。也许只是我的臆测,网络电影批评的作者大都出于一时之感、一时之兴,直感与即兴是它的显著特点,它的长处在纯粹表达意见,无需伪饰,无需客套,陈述己见,不带功利之心。它的缺点是常常停留于个人感受、意见,不免有较大局限性;另一方面是多数的作者还缺乏较系统、全面的理论学识基础与批评经验,评论不免粗浅与偏颇。但是无可否认的是,网络批评正以其真实、坦率、锐利、迅速的优势,越来越引起人们的关注与兴趣。在大众媒体部分放弃自己职责的地方,网络批评获得了极大的生存空间。可以预计,随着电脑网络的进一步发展,上网人数的进一步增多,网络电影批评的水平将会越来越高,影响力将会越来越大。如果有关部门或机构能够抽调力量,对其批评意见加以分析、整理,再反馈电影界或社会,那么则不但可以进一步激励批评者的积极性,而且也可以使这些分散、零碎的意见成为更有效的信息,促进电影事业的发展。

大众媒体的电影评论现在正陷入于一个尴尬的境地。20 世纪 80 年代大众媒体电影评论的黄金时代已经一去不返,那时的大众媒体都曾把发表影视信息,登载影视评论作为自己的幸事与乐事,然而现在,除了专门的影视报刊以外,经常发表电影评论的大众媒体已是寥若晨星。无可否认,现在的电影评论文章,也已经不复再有当年的影响力与可读性了,如果要说电影评论的滑坡,那么最为明显的就是以报刊为代表的大众媒体的电影评论的滑坡。经常看报的读者会发现,现在的大众媒体为了追求发行量,在扩版、改版的形式招牌下,实际上都在悄悄地调整了自己报道、传播的内容,"快餐文化"的风行与魔力,逼迫大众传媒把兴趣与关注的焦点投向时尚与世俗,电影在一定的意义上也是时尚与世俗的产物,电影中的时尚与世俗便理所当然地成为"评论"的替代物,大量的当红女演员介绍,大量的演员私生活描述,大量的拍摄影片的广告式预告,大量演艺圈内幕乃至黑幕的曝光……

电影评论与对电影界的一些花絮式的采访报道存在着本质上的差别,把两个本来不能互相替换的东西去作等价置换,必然会出现尴尬的局面。尤其是一些本身性质与定位都十分"严肃"的媒体出现这样的置换,让人读后不免有啼笑皆非之感。此外,在众多言不及义的采访、报道中,敏感的读者也会觉察出这些美其名曰"适应读者"的内容,其实只是利用你的一时好奇,他们不是真正为了读者,在本质上,他们还是为了自己。

然而,大众媒体电影评论的最大尴尬还不在于此,而在即使他们意识到了电影评论的必要,一时也难以找到称职而又能广受欢迎的批评家。在谈到创作的尴尬与窘态时,我们的许多评论家都明确地指出,当前的严重问题是艺术家与新时代观众结合的问题。

如果要再细细分析电影评论何以会与时代观众脱节,那么必然会涉及到主体与客体,现实与历史的巨大变化。新时期至今,现在每一个哪怕是最迟钝的人都能感受到这种历史的巨变了,计划经济时代的电影依靠教育性的内容与形象传达的单纯美感,征服了几代电影观众,电影评论与之相应,阐发的正是创作者希望作用于观众的那些思想内容。市场经济条件下的电影则有

极大的不同,在某种意义上,我们可以说市场经济下的电影不再是宣传教育、艺术的二重组合,而是更为复杂的宣传教育、艺术、商品三位一体的系统工程。商品性带给电影的绝不仅仅只是某些风格、类型、题材的变化,而是一系列的调整与更新,其中最突出与最重要的是观众地位的变化。如果说以往的观众往往是电影宣教的对象,制作单位与艺术家拍什么,他们就看什么,观众自身难以选择,在观映关系上,他们是被动的一方。那么,现在的情形则正相反,观众已经上升到了主导地位。艺术家不能只是为自己与制作单位拍片了,他必须考虑市场,适应市场,而市场的主体就是广大的社会公众。

因而,这是一个巨大而深刻的变化,它涉及到观念、体制、制片方针、生产方式等等方面的深刻变革。就创作而言,除了一如既往须重视的认识、教育、审美功能以外,娱乐功能不能不被提到一个从未有过的重要地位。艺术家不能不走上一条艰难的探寻、创新之路。

评论的状况与创作可谓一脉相承,以往的评论之所以集中在思想内容与人物形象的分析评判上,一方面固然是因为它们在作品中的重要性,另一方面也因为这是艺术家创作的目的所在。评论家常常把自己的工作定位于帮助艺术家总结创作得失上,他们常常忽略了观众需要什么样的评论,以及怎样为满足观众的需要而写评论。

电影批评与观众需求脱节的现象可以说比比皆是,对于一些观众不满的作品,我们的批评并没有发出有力的声音;对于一些优秀的影片,我们的评论似乎也没有给以足够的鼓励;对于一些有缺点或需进一步提高的作品,我们的评论也并没有作出多少严肃的分析、中肯的批评和热情的帮助。观众喜爱艺术的多样化,我们的评论还未能通过自己的批评以推进电影创作的多样化。观众并不拒绝电影的宣传教育功能,但观众却绝对不满电影的"耳提面命"。现在有不少的影片在追求娱乐性与观赏性,但得到令人满意效果的并不多,其中原委如何?教训如何?我们的评论似乎语焉不详,少有精到的分析与论述。电影演员始终是社会兴趣的焦点,演员的成就与价值最终体现为银幕形象的塑造。然而,在全国每年数以千万计的采访、报道、介绍文章中,我们的表演评论文章又占到了几成?达到了一个什么样的水平?我们的影评总是一种类似报刊社论的语言与写法,而我们大家都知道,读者需求的是更活泼的语言与更生动、多样的写法……

毫无疑问,大众媒体上的电影评论必须面对社会大众,面对社会大众的电影评论一旦与大众脱节,那么它被大众媒体冷落的命运就不可避免。当前电影评论的三分天下中,最困难、最急需解决的就是面向大众的电影批评,专业、准专业的面向大众的批评应该成为电影评论中的主导,成为连结电影与社会的纽带与桥梁。它的重要性在于它既能直接作用于创作,又能直接作用于观众,培育优秀的观众,培育良好的艺术鉴赏的趣味,就是在培育一个健全而又健康的市场,有了广阔的市场,就会有中国电影的一切。

　　面向社会大众,对于专业、准专业的电影评论工作者来说,决不意味着放弃自身的艺术感受、艺术爱好与艺术评价的标准。真诚而严肃的艺术评论总是首先从自身的感受出发,"动于中,而形于外"。但诚如大师所言,"专家的话多悖,杂家的话多泛"。人各有所长,亦必各有所短,专家的长处在于专业,在精深;但对于面向大众的评论,则往往反而又会成为一种局限。面向大众的电影评论自然也是"百家争鸣"、"百花齐放",但不可轻忽的一点就是万万不可忘记观众需要什么样的评论,我们的评论怎样才能满足观众日益提高的多方面的需求。在中国电影面向市场、开拓市场的困难时刻,再也没有什么能比准确的社会评价的信息反馈更为重要的了;在中国观众急切地盼望电影优秀之作的时刻,再也没有什么能比呼喊出他们心愿的声音更重要的了。专业、准专业的面向大众的电影评论,正可以担当起这样一种责任,大众媒体有责任、也有义务为这样的批评创造条件,提供舞台,培养出一批杰出的批评家,以促进中国电影的发展与繁荣。

(原载《电影》2002 年第 6 期)

一个渐渐消逝的声音

——从第九届"金鸡百花电影节"看中国电影批评之现状

汪方华

　　很久没有这样热闹过,张艺谋、巩俐、谢晋、谢飞、潘长江、章子怡等知名的和一些不知名的电影人欢聚一堂,衬托着中国电影的又"一次高潮"。期间,一些不和谐的声音又增添了这两类大奖的声势,冯小刚冲冠一怒拒绝再玩评奖游戏,潘长江突受"恶记"攻击莫名受冤……最令人惊诧的是《生死抉择》、《横空出世》、《我的父亲母亲》同获"最佳故事片"的奖项,再加上"最佳导演"一项的两个导演并列,本届电影节远远打破了国际电影节的记录,4个奖项出现了并列,为历届之最!也许是评委找平衡的心理作怪,但是两项最重要的奖项出现并列,而且这么多,也太出格了。若真想找平衡,似乎也还有更好的办法。《共和国不会忘记》、《顽主》、《晚钟》当年同时被提名"最佳故事片",最后不就评出个"空缺"吗?难分高下、举棋不定的情况下,并列不如空缺。再说,本届并列获奖的这三部影片绝对没有出色到非给奖不可的程度,也许中国电影批评真的是已经到了一种无序、失语的地步。

　　电影在中国的处境特别尴尬,随着网络文化的兴盛,"电影是不是一种艺术形式"这样大是大非的问题在中国竟然成了一个"伪问题",一夜之间闪亮登场的不可胜数的网站中,"影视"被随手扔在了"娱乐"大类中,点开"艺术"的筐子,装的只是音乐、美术、话剧、雕塑等等,而影视这个类目中更多的是"星"闻逸事。也许这正好切合了电影所属的类目本性,也印证了世纪末人文精神失落的悲凉处境。

　　"中国电影人妖化"的惊世谣言尚未从电影学人耳边放去,"to be or not to be"的警声又不约而起,电影的命运已是如此,电影批评及电影理论的处境可见一斑。

一、中国电影批评现状

1. 以学院派为主的学术性批评缺席

中国的电影理论相对于电影创作来说是相当薄弱的,中国电影学术批评的黄金时期是在 20 世纪 80 年代至 90 年代初期。1986 年,以上海《文汇报》为主掀起的一场谢晋电影大讨论,历时三个月,波及全国,被认为是中国电影新时期以来第一次深入的、有意义的理论探索。其中朱大可的《谢晋电影模式的缺陷》和钟惦棐的《谢晋电影十思》这两篇文章是运用中国文艺批评传统进行中国电影批评的典范,对电影的观念和具体创作具有深远的影响。1988 年,以《当代电影》杂志为主要阵地,一批年轻的电影学者以新的批评方式,对中国经典影片进行了重新阐释,从叙事学角度分析《农奴》、《红高粱》、《鸳鸯楼》,从精神分析角度评价《末代皇帝》、《芙蓉镇》,从女权主义角度审视中国女性电影,从意识形态角度重读《红旗谱》……这为中国电影批评成为一门体系化的学科奠定了基础。90 年代中后期,学术性电影批评进入低谷,一方面因为中国电影创作的衰退,另一方面也与整个文化氛围息息相关。借用一个作者的话来说:"思考的、严肃的、真诚的被压制,恶俗的、遁世的、虚伪的大行其道。"在利益的驱动下,原来就没有太多独立精神传统的中国学者、理论研究者纷纷转向,学术性电影批评园地一片荒芜。作为 90 年代出现的电影现象:"第六代"青年导演的创作,"第五代"以及之前的电影导演在这个时期的创作转变,贺岁片以及《红樱桃》、《红河谷》、《红色恋人》等"红色"影片现象,它们都呈现出新的艺术风貌以及不同以往的审美文化内涵,都具有研究的意义。但可悲的是,对这些现象深刻而全面的艺术文化批评缺席。

2. 以职业批评人为代表的文本性批评失语

新时期伴随着电影创作的蓬勃发展,电影理论以及电影批评开始活跃并与创作相互依托,共同促成中国电影的第二次高潮。三代导演互相辉映,焕发出的电影活力使中国电影在世界电影舞台上风光无限,使"文化中国"有了新的内容和涵义。从 1982 年至 1988 年,《如意》、《人到中年》、《城南旧事》、《乡音》、《女大学生宿舍》、《黑炮事件》、《红衣少女》、《老井》、《黄土地》、《红高粱》、《盗马贼》、《孩子王》、《末代皇帝》等影片的批评和分析促进了中国电影多样化的良好态势,也影响和推动了这批中青年电影创作群体的成熟。特别是对"第五代"导演的艺术探索相对宽容、中肯的批评鼓舞了他们的创作热情,使他们成为中国电影一支强大的力量。

职业批评应该是以审美、娱乐标准引导电影的消费,影响电影创作者的实践,提升观众的鉴赏能力。职业批评产生的前提应该是电影的繁荣和媒介的自身独立,由此形成电影职业批评者的精神独立。

但是由学院派和部分媒体从业者转变而成的职业批评者却忽视了电影批评的品质,即没有坚持把电影看成一种现代的艺术形式,也没有把电影批评作为创造性的、思考的力量去参与电影创作,职业批评进入脆弱、无序、乏善可陈的无奈和失语状态。

90年代初电影批评已经显示出颓势,一些在形式探索或者是主题开掘中具有重要意义的影片没有引起批评的重视,更令人忧虑的是批评人本身的蜕变。电影批评被意识形态和商业趣味渗透,用一位学者的话来说,打开《中国电影报》、《文汇电影时报》,"精品"和"史诗性"巨片的溢美之词让你觉得中国电影的状况不仅是好得很,而且是好得不得了,而事实上,一些"精品"影片无论是在形式还是内容上都具有商榷的可能。这种丧失批评原则和批评立场的做法导致了电影批评信誉度的失效。

3. 大众化的随感式、装饰性、时尚性影评也在逐渐消失

新时期中国电影的一个显著特点是群众性影评的繁荣,一部优秀的影片如《红衣少女》曾经引起全国性的关注,从《文艺研究》、《电影评介》、《电影新作》、《电影艺术》、《文汇月刊》、《大众电影》等刊物到《文艺报》、《文汇报》、《光明日报》、《解放日报》、《新民晚报》、《中国电影周报》、《戏剧电影报》以及地方性的党报都刊发了来自各地、各条战线的影评。据1986年12月在广西柳州召开的"全国首次群众影评工作会议"的统计,各种类型的群众影评组织有2万多个,达300万人次,仅上海一地就有1000多个组织,上万名会员。像影片《高山下的花环》在沪上映期间,竟有一半多的市民参加了当地组织的影评"征文"活动。群众对影片的热情,对电影所反映的生活情感的认同或反驳,都直接影响着创作。同时学院批评和职业性批评也开始走向大众,理论批评有了一定的可读性和趣味性。

90年代的两大特点是话语权的转换,"谁在说"已经取代了传统"说什么"的中心,民间的声音通过消费选择权力试图在意识形态、精英文化、大众文化的冲突中占得上风。一种个性化的、随感式的、时尚性的影评开始兴起。同时一批知识程度较高的电影爱好者加入、以优秀的艺术电影为主要对象的电影批评也开始在媒体上占有一定的位置。但是伴随着过分追逐利益的倾向明显加深,一批传统的追求深度或意义的媒体逐渐失去影响力,这一类较为优秀的大众电影批评也逐渐走向无语。为迎合大众某些趣味,电影批评更表面化、游戏化,电影批评愈来愈陷入失语状态。

二、现今中国电影批评的具体表象

1. 批评阵地大部陷落,批评队伍愈加凋零

20 世纪 80 年代,电影刊物以及各类报刊媒介对一些有影响的影片都会展开讨论或批评,批评的环境相对来说比较好,一些群众性的电影刊物如《大众电影》、《电影评介》、《电影之友》都拥有相当数量的作者群,一些理论性的刊物如《当代电影》、《电影艺术》也异常关注国产新片并及时作出批评,而且也会引起创作者的重视。《文艺报》、《文汇报》、《光明日报》、《中国电影周报》以及各级党报都会对有影响的影片进行广泛而深入的批评。90 年代,报刊媒介关注点的转变造成中国电影批评的困境,传统电影刊物纷纷没落,理论性的严肃报刊《当代电影》、《电影艺术》、《文艺报》、《中国电影报》、《文汇电影时报》、《光明日报》等也因为国产影片的信誉度降低以及电影批评自身的失落而忽视了电影批评。更为可悲的是,一大批电影刊物纷纷改版,成为娱乐、消费性刊物。同时,学院派批评者或职业批评者也很少从事批评,或者以应景式批评为主,批评者的态度与批评阵地的丧失形成恶性循环。

2. 群众性影评衰弱,电影评论者与创作者、观众、主管者缺少联系的纽带

从中国电影百花奖曾收到的 290 万张票的辉煌时期到 5 万多张选票的窘境,中国电影陷入信任危机。"百花金鸡奖"愈来愈演变成一场商业性、娱乐性节日晚会,失去了原有的批评意义。大众对国产电影热情的消退,职业批评人队伍的凋零,批评成为一种独语的边缘化状态,创作者对批评的忽视,观众对影片的冷漠,主管者对观众趣味和审美能力的置之不理,电影各个环节之间的联系不畅,造成了国产电影的现状。

3. 电影教育不足、电影文化素质的普遍不高是深层原因

看电影不是一件难事,只要有视听能力就能欣赏电影,但会看电影就不是一件简单的事,电影所涵蕴的丰富含义足以使普通观众陷入阐释的困境。电影批评在某种意义上可以说是起着引导观众看电影的目的,作为一个电影批评人,对电影艺术的了解,对电影史知识的储备以及对电影编剧、导演等主要创作人员的了解都是先决条件。职业批评者和学院派的电影批评往往因为表述的专业性导致曲高和寡,在这个方面,改刊后的《电影评介》和三联出版社的《书城》杂志做了有益的尝试:文笔流畅、情感真挚、批评的视角独特但持之有理,形如散文,实是批评。中国观众的欣赏能力总的来说并不高,群众性影评的质量往往不尽如人意,如果要想再现 80 年代电影的辉煌,电影教育

就是基础,作为一种综合艺术,是美育的最好内容。

4. 电影批评失落,陷入伦理危机

20 世纪 90 年代人文精神大讨论并没有解决知识分子的伦理危机,一些国产片中流露出来的宗法意识、清官意识、武侠意识竟然被批评者以各种华丽辞藻称颂,一些艺术价值不高、思想观念陈腐、制作粗糙的影片竟然被批评者推崇,造成一种虚假的繁荣,观众对电影批评的信任度不断降低。批评者的视野狭窄,只把目光投向少数几部影片,如引进片《泰坦尼克号》、《卧虎藏龙》、《完美风暴》、国产片《我的父亲母亲》、《一声叹息》等,大部分的国产影片被遗忘在"批评的角落"。网络批评是一种新近出现并被某些人称做改变传统批评意义的新形式,但是网络批评缺少严格意义"把关人"的特点可能会造成批评的异化。电影批评是一种负责任的发言,是批评者用自身与电影拥抱从而实现感知影片与感知自身的视界融合,批评者以自身对影片的批评负责,而网络批评缺乏的就是这种真诚和责任感。但是网络批评作为一种便捷的、互动的新批评方式,也许能为群众性影评的再次繁荣提供一个技术基础。

中国的意识形态毕竟和电影批评有着千丝万缕的联系,"风起于青萍之末",从电影《武训传》的批判到《电影的锣鼓》,从谢晋电影模式的讨论到"新民俗"电影的批评,电影批评负载、传达着时代与民族的声音。在市场化进程中出现的审美精神缺失、道德标准扭曲、理论素养降低等现象,导致中国电影批评的衰弱,电影批评对创作者和大众的意义也在丧失。在这时期,描述电影批评现状,重提电影批评的意义,呼唤健康、繁荣、多样化的电影批评,也许是一个现实的文化实践问题。

(原载《电影评介》2001 年第 3 期)

电影评论要着眼于大众

邵牧君

电影评论的现状不容乐观。我没有做过观众或读者调查,不好乱下结论。但有一点是可以肯定的:影评已经没有了市场。何以如此? 我想只能是大众不需要。要问大众为何不需要,我想可能是大众根据阅读经验,觉得如今的影评写得不足以指导或引导他们的看片意向,因而影评的式微,责任多半在影评人这一边。

大家知道,影评要发挥作用,除了影评人本身要摆正位置和作出努力外,还涉及发表的园地、发表的时档、话语的自由空间等一系列因素。影评应讲求时效。如今的影评,甚至发在影片行将落幕之时,那又有多大作用呢? 电影报刊本应以影评为主体内容,但如今已被"星闻"、"追星"、"访星"之类所挤占,在最好的情况下,也只能蜷缩一角,当个摆设而已。综合报刊中辟有影评专栏的也不多见。有的影片由于观众如潮,"影评"也突然多了起来,但是实际上能称得上影评的寥寥无几,对人不对片的多,骂街的多。更可悲的是,一些被骂的影片或影人,越骂却越走红,这也是中国特有的怪现象。

再看广播和当前最有影响力的媒体电视,影评在那里有一席之地吗? 好像没有。北京电视台和电影频道倒是有过,如"银帆之旅"和"边看边说"等便是,但由于各种原因而无缘再见。我认为,今日之影评所以会落到这种可怜的地步,已不再是影评人没有摆正位置的问题,而是影评人找不到自己位置的问题了。

电影作为一门产业和一门艺术,将会获得大的发展,影评该承担什么任务,该怎么写,应该提到讨论日程上来。有过争论,有过经验教训,会对新一代影评人有教益的。

(原载《人民日报》2001 年 4 月 14 日)

守 望 影 评

任 殷

最近几年,中国电影市场一直徘徊在低谷之中,影院门可罗雀,观众日渐稀少,可是报刊及各种媒体关于电影的新闻、影人的秘闻却常常不断,热闹非凡。迎俗媚时的花边新闻、捕风捉影的流言碎语,不一而足。也真有一些小报靠炒作影人秘闻提高了销售量,还有些娱乐记者一稿多投捞了不少外快。而真正有见地、有水准的影评越来越少了,撰写影评的人也越来越少了,影评阵地更是大片沦失,当我捧着这本《银海守望——全国微型影评选》,心中油然升起的是欣慰,是感慨,还有一丝悲怆。我由衷地钦佩坚持编辑出版微型影评的人们。由白莲主编的《全国微型影评选》,从第一集直到这本《银海守望》,已是第九集了!这本书的书名意味深长,她道出了编者、作者对电影的挚爱,对影评事业的忠诚。我赞赏"守望银海"的精神!

时下关于电影太多的是商业炒作,太多的是无原则的吹捧和廉价的溢美。当然,炒作宣传是电影进入市场不可少的手段,然而,唯有炒作,恐怕对电影创作就不会是什么好事了。电影艺术家和普通观众都需要实事求是的评论来滋养创作,提高观众的鉴赏能力。《银海守望》收了多篇有的放矢的影片批评,哪怕是对著名大家的作品,也不留情面地指出存在的问题,观点鲜明,文辞犀利,但又有根有据,态度中肯、以理服人。我以为这样的文章,真正好似匕首,发挥微型影评尖锐、敏捷的积极作用。20 世纪 30 年代在中国出现一批颇有影响的影评人,如王尘无、黄子布(夏衍)等,当年他们撰写影评就起到了鼓吹进步思想,追求真善美,引领观众欣赏影片的作用,为中国电影评论的发展奠定了良好的基础。

80 年代,中国的专业和业余影评队伍浩浩荡荡,尤其是群众影评很有些声势,而今影评队伍稀稀落落溃不成军。可我通过《银海守望》看到了一批默默耕耘的业余影评人,更为可喜的是,在教师指导下,中学生(如上海市大华中学学生)乃至小学生写的文章,竟占了全书三分之一的篇幅。文章写得认真而有见地。例如,出自上海市永和小学的一位小学生不足 400 字的小文章——《白字先生》,列举了影视作品中的白字后,呼吁演员要"提高文化素养","注意'教师'形象"。读了这篇短文,我真为那些自认为了不起的明星汗颜。中小学生动手写影评,一些学校结合素质教育开设了影评课,建立了影评小组,可见我国普及电影文化的工作正在起步,这是中国电影后继有人,葆有生命力的星星之火。

电影评论和电影创作相伴而生,相辅相成,如鹏之两翼!中国电影观众离不开电影评论,中国电影市场也离不开电影评论,中国电影需要健康、健全的评论环境。愿创作者和评论者携手共进,为开创新世纪中国电影的繁荣局面而努力。

(原载《电影》2001 年第 1 期)

学理辨析

中国电影评价体系初探

李亦中

本文尝试探究中国电影评价体系的基本架构,所涉及的范围如影片审查、发行宣传、电影批评、媒体舆论、票房上座、电影评奖等等,此前都受到业界人士的关注。然而,将所有这些因素纳入电影评价体系展开全方位、整合性的考察与研究,尚未成为普遍的共识。值得强调的是,引发笔者进行探究的初衷,很大程度上受到近年来我国影坛诸多现象的触动,仅举以下三个现象为例。

现象之一,张艺谋导演的两部大片《英雄》与《十面埋伏》,在海内外赢得巨额票房的同时,却遭到国内媒体舆论一片骂声与苛求,对其评价明显存在偏颇,不利于国产片在入世的严峻挑战下理直气壮地进入国际市场参与竞争;

现象之二,全国性文艺评奖活动(包括电影)出现较大幅度的整改,中央主管部门最近颁布了《全国性文艺新闻出版评奖管理办法》,着手纠正设奖、评奖过多、过滥带来的负效应,借以提高评奖活动的公平性、科学性和权威性;

现象之三,面临中国电影产业化进程以及媒体时代舆论环境的新格局,曾经数度辉煌的中国影评界陷入"集体失语"的困境,现已引起有关人士的诘问:"在电影产业化链条上,电影批评这个重要环节为何失落?"凡此种种,均表明中国电影评价体系亟待建构与完善。

一、评价因素分解

美国学者帕姆·库克指出,电影"不仅仅通过生产、发行和放映系统而存在,同样通过为它提供文化语境而使其从中汲取营养的评论圈而存在";评论圈已成为好莱坞电影的"重要亚工业"。❶ 受此启发,笔者进一步将"评论圈"

---

❶ 理查德·麦特白:《好莱坞电影》,第455页,华夏出版社2005年版。

扩展为电影评价体系,结合我国电影评价的现状及发展态势,探究电影评价体系多元性制约与互动的深层关系。

电影是一种高成本、高投入的大众化艺术,投资方、制片方追求功利性可谓天经地义。业内人士曾概括出"叫好又叫座"、"叫好不叫座"、"叫座不叫好"、"不叫座不叫好"的说法,任何一部影片面世以后,必然会从上述四种结局中找到自己的归宿。广义地说,"叫好"与"叫座"构成电影评价系统的两大基准。但电影作为一种大众传播活动,实际上并不存在评价影片的划一的、静态的标准,而是非常庞杂的互动系统,包含了意识形态、艺术审美、市场运作、媒体导向、受众趣味、评奖激励等错综复杂的合力因素。

观赏电影是一种非常个人化的审美体验,即所谓"仁者见仁,智者见智",但又不是在"真空"中进行的。事实上,观众在观看某一部影片之前会受到外界各种讯息的干扰影响,难免先入为主,在一定程度上修正其个人的价值判断。正如前苏联美学家斯托洛维奇所指出的:"评价不创造价值,但是价值必定要通过评价才能被掌握。价值之所以在社会生活中起重要作用,是因为它能够引导人们的价值定向。同时,评价当然不是价值的消极的派生物。在社会历史发展中形成的评价活动的'机制',具有一定的独立性。"[1]为此,笔者将中国电影评价机制分解为下述构成因素。

(1)基于评价主体,划分为领导部门、新闻媒体、影评人、普通观众四类。其中前三类主体手中掌握着话语权,能通过各种手段去影响受众。但受众不全然是被动的,最终以是否进电影院消费的实际行动以及诉诸口碑或文字的褒贬意见反馈给电影业。

(2)基于评价导向,划分为舆论导向、观影消费导向、专业学术导向等三类。它们构成不同意义的"叫好"或"不叫好",在一定程度上能影响某部影片是否"叫座",但此中存在着变数,取决于受众的逆反心理。

(3)基于评价载体,划分为印刷媒体、视听媒体、网络媒体等三种。当今值得关注的是迅速崛起的网络媒体,使网民观众拥有了畅所欲言的渠道。网上影评数量多,质量参差不齐,具有参与随意性、发布匿名性、褒贬极端性等特征。

(4)基于评价环节,划分为预评价、映期评价、后续评价三个阶段。预评价主要指电影审查、发行准入和媒体炒作,意味着一部新片在公映之前即已

---

❶　斯托洛维奇:《审美价值的本质》,第141页,中国社会科学出版社1984年版。

获得某种价值评定,无形中能诱导受众的期待视野;映期评价包括媒体评价、票房上座率和影评舆论,贯穿整个上映时段;后续评价的时效性不强,而以学术深度取胜,还包括各种各样的评奖等等。

二、强势话语

根据笔者观察,将近一个世纪以来,我国有四个历史时期分别出现了某一种强势话语,在电影评价实践中起着主导作用。

第一个时期为 20 世纪 30 年代,是中国影评最辉煌的时期,其特征是"影评人说了算",在电影创作者及广大观众中形成令人信服的权威性。韦彧(夏衍)在《电影批评的机能》一文中提出左翼影评追求的目标:"电影批评不仅对观众以一个注释家、解剖者、警告者、启蒙人的姿态而完成帮助电影作家创造理解艺术的观众的任务;同时还要以一个进步的世界观的所有者和实际制作过程理解者的姿态,来成为一个电影作家的有益的诤友和向导。"郑正秋当年由衷地感叹:"靠着前进批评家的努力,便造成了新的环境的需要,它这种力量,好比是新思潮里伸出一只时代的大手掌,把向后转的中国电影抓回头,再推向前去。"张石川亦坦陈:"当我导演的影片出映后,第二天我就得细心的读一遍人家给予我的批评。在这些批评中,我可以得到不少的益处。"左翼影评的力量于此可见一斑,这一宝贵传统值得我们在新的历史条件下传承发扬。

第二个时期是 1949 年新中国成立以后,由于党和国家极度重视电影作为阶级斗争工具的功能,强势话语转到了政权机关,其特征衍变为"领导人说了算"。建国初期,席卷全国的第一场政治运动是从批判电影《武训传》入手的,1951 年 5 月 20 日《人民日报》社论《应当重视对电影〈武训传〉的讨论》出自毛泽东手笔,由此造成了非常深远的影响。用钟惦棐的话来说:"在中国,能够真正对电影发表评论的不是电影评论家,而是政治家和行政长官。"❶有心人曾翻阅 1949~1976 年的报纸杂志,结果发现当时 95% 以上的影评都是纯粹谈论政治问题的,评价结果通常只有两个:或作政治上的肯定,或作政治上的否定。到了"文革"后期,"四人帮"一伙蓄意围攻《创业》,在仗义之士富有政治智慧的策动下,《创业》编剧张天民斗胆给毛泽东写申诉信。1975 年 7 月 25 日,毛泽东对《创业》作了亲笔批示:"此片无大错,建议通过发行。不要求全责备。而且罪名有十条之多,太过分了,不利调整党内的文艺政策。"最高领导人一锤定音,这一震动全国的政治事件方得以暂时平息。电影界老领导陈

---

❶ 钟惦棐:《论社会观念与电影观念的更新》,载《电影艺术》1985 年第 2 期。

荒煤晚年反思道："长期以来，在'左'的思想影响下，不具体分析作品的主题、题材、风格、样式的多样化，简单片面地强调文艺从属于政治，为政治服务，以阶级斗争为纲，严重地影响了创作人员的心态：不求艺术有功，但求政治无过。大家都怕犯政治错误，结果都犯了一个严重错误：忽视或否定艺术的客观规律，这是一个惨痛的教训。"❶

第三个时期是 20 世纪 80 年代改革开放时期，中国电影抓住历史机遇重新起飞，老片复映、新片献映、外片开映，全国人民踊跃进电影院观赏，也迎来了电影评论又一个黄金时期。在普及层面，群众性影评生机勃勃，据统计，全国约有两万多个影评学会或社团常年开展活动；在专业层面，专家学者压抑已久的学术激情空前焕发，加上吸收西方现代电影理论精华，一批理论含量很高的电影评论应运而生，其特征是"学术说了算"。例如白景晟的《丢掉戏剧的拐杖》、张暖忻与李陀的《谈电影语言的现代化》、钟惦棐的《谢晋电影十思》等文章，均对电影创作实践产生重要影响。80 年代前期，在评论界推崇纪实美学及巴赞"长镜头"理论的促动下，韩小磊、丁荫楠、郭宝昌等几位中青年导演活学活用"打擂台"，结果郭宝昌导演的《雾界》(1984)后发制人，硬是超过《他在特区》和《见习律师》，以全片 168 个镜头数创出中国影坛长镜头新纪录。

第四个时期即当今所处的媒体时代，特征是"媒体说了算"。信息社会媒体竞争异常激烈，中国报刊业近年一再扩版娱乐影视版面，迅速集结起一个"娱乐记者"职业群。众所周知，市场营销素来是中国电影的软肋，既缺营销意识也缺营销手段，可一旦明白"酒香只怕巷子深"的道理之后，也开始使劲吆喝。投资方计入营销成本的宣传费首先投向娱乐媒体，配合着新片首映式、观众见面会、新闻发布会等商业性活动，"炒作一把"的做法在业内盛行开来。然而，炒作的出发点毕竟是谋求商业利益和小团体名利、个人名利的最大化，在电影评价体系中所起的作用乃是具有排他性的"观影消费导向"。有识之士指出，"娱记"们现在并不满足于传播信息，而热衷于"生产信息"，他们拥有进行炒作的版面优势，凭借自己掌握的话语权，"能吸引无数不明真相的观众轻易相信媒体所作出的结论"。❷ 我们注意到，这些年来媒体对国产电影的报道总量不能算少，竭力满足人们对影片拍摄幕后花絮、明星名导花边新闻的阅读需求。应该说，只要趣味不低俗、不出格，娱乐新闻自有存在的价

---

❶ 转引自马德波、戴光晰：《导演创作论》，第 5 页，中国电影出版社 1994 年版。

❷ 陆绍阳：《媒体炒作时代的电影批评建设》，载《电影通讯》2000 年第 6 期。

值。然而,有个现象必须引起重视,如果媒体停留于浅层次"热炒",媒体持论不能受到公众的信赖,将导致公众仅仅从纸媒了解电影的"外围讯息",可就是缺乏走进电影院观赏的欲望,那岂不成为"纸上看片"了吗？近年备受媒体"围剿"的张艺谋为此大声呼吁:"中国电影发展需要健康的电影评论,需要有一支有力量的、有权威性的影评队伍。但是今天中国哪里有影评队伍？主要是媒体一些记者们自己的观点。"语虽偏激,不啻是一帖清醒剂,透出电影艺术家对健康舆论导向的热切期待。

三、评价环节

1. 预评价

"预评价"意指一部新片正式公映之前获得的相关评价,未必诉诸公众,但在一定程度上能够左右影片的命运。

(1) 来自领导部门的评价。中国电影业目前纵向或横向的管理层涉及中宣部、国家广电总局、文化部、国家发改委、财政部、商务部、国家税务总局、新闻出版总署等近十个中央部委。况且,国产片送审有个不成文的惯例,出品单位习惯于将制作完成的样片按题材归属(尤其现实题材),对口送达有关领导部门审查,如体育题材送体委、教育题材送教育部、警匪片送公安部审查等等。电影人潜意识中有着浓重的"红头文件"情结,指望在新片发行放映时获得中央部委的认可与支持。因而,领导部门对具体影片作评价在所难免。其实这种做法利弊互见,有利之处在于某些影片(尤其主旋律影片)确实符合当下形势需要,能获得"红头文件"撑腰组织公费包场;弊处在于电影毕竟是艺术品而非宣传品,部门或行业痕迹太重反而不利于吸引更多的观众。再则,"婆婆"多了会发出不同的声音,有时让人无所适从。汤晓丹导演曾回忆当年执导《红日》犹如"走钢丝",为的是在军委与文化部相左的审查意见中寻找平衡点。❶ 有必要强调,周恩来总理是尊重艺术规律的典范,他的忠告是:"艺术是要人民批准的。只要人民爱好,就有价值;不是反党反社会主义的,就许可存在,没有权力去禁演。艺术家要面对人民,而不是只面对领导。"❷

(2) 来自发行部门的评价。影片发行属于发行部门的一项常规业务,其决策者客观上处于市场"把门人"的特殊地位,这道"准入"门槛实质上也起到预评价的作用,因为发行公司的取舍标准直接影响到影片能否同观众见面。

---

❶ 参阅蓝为洁:《〈红日〉拍摄内幕》,载《上海滩》2005年第6期。

❷ 转引自《周恩来与电影》,第488页,中央文献出版社1995年版。

在"一夫当关"式的态势下,即便获得审查通过甚至已经在电影节捧奖的片子,照样会吃闭门羹或者仅开一丝门缝。例如,《三毛从军记》的导演张建亚就抱怨在发行上遭遇的令人啼笑皆非的遭遇:"发行公司经理们承认这片子老少咸宜,但只因片名听上去是'儿童片',就不敢多订拷贝!"又如,在戛纳电影节获奖而归的《青红》,在本土备受冷遇,四川成都院线便对该片"婉言谢绝",因顾忌艺术片没有票房。可见,这种一叶障目的草率判断,事实上已介入评价体系,其后果立竿见影。希望发行部门不单纯以票房预测作为评价准绳,因为电影毕竟是文化产品,过于单一的评价标准,无形中剥夺了偏爱欣赏艺术电影的那部分观众的权利。

2. 映期评价

顾名思义,映期评价是最直接的评价,"叫好叫座",此时不叫,更待何时?

(1)来自媒体的评价。媒体对影片的公开评价往往引人注目,其功利目标是引导"讯息受众"接受媒体记者作出的褒贬。目前,媒体评价多以新闻报道"本报讯"形式出现,"娱记"行文则采用"夹叙夹议"的文体,随意性较强,个人观点亦很鲜明,时常呈现"捧杀"或"封杀"某人某片的倾向。这方面最典型的事例莫过于去年众多媒体肆意"伏击"张艺谋的《十面埋伏》,惹得制片人张伟平怒斥:"给那些心态不健康的媒体记者提个醒! 应该有职业道德,不能通过媒体去哗众取宠、误导观众!"后来还惊动国家电影局局长召集媒体见面会,"呼吁大家以宽容平和的心态看待国产电影,给国产电影提供一个好的舆论环境"。❶ 这里不妨摘抄媒体记者两段文字体味一下:其一属主观武断型:"在《英雄》概念化主题遭到几乎众口一词的痛批之后,张艺谋看来是走向了另一个极端,在《十面埋伏》里,你找不到任何有价值的思想内涵。"其二貌似客观报道:"看过影片的观众大多以'恶俗'、'老土'、'弱智'、'无厘头'等字眼,对影片给出了直感式的点评。"须知这些文字均见诸首映当日的报纸,对《十面埋伏》显然起了负面宣传作用。不过,由于受众存在逆反心理,最终《十面埋伏》仍拔得票房头筹。

(2)来自票房的评价。票房不足以全面承担对影片的价值做出公正的、终极的评价,但至少能从市场角度去验证一部影片是否受到观众的欢迎。票房营收及上座率可视作观众通过消费方式对影片的选择性评价,通过全国影院计算机售票终端系统每周公布的"票房排行榜",能即时反馈给影片的投资

---

❶ 参阅新华社 2004 年 8 月 14 日北京电讯《给国产电影好的舆论环境》。

方、制作方与发行方。"叫座"是硬指标,"叫好"有弹性。不同的观众群体常因不同民族文化、地域背景以及年龄、性别、学历等等形成审美趣味的差异,也可因上映档期是否"天时、地利、人和"而造成截然不同的反响,有不少必然或偶然因素制约观众进电影院。例如2004年引进的好莱坞大片《烈火雄心》在美国十分叫座,不料在中国票房表现不佳,令业内人士大跌眼镜。原因是美国观众基于"9·11"情结踊跃观看此片,而中国观众的感应度相对不那么强烈,仅视作一般的消防行业故事。再如山西电影制片厂近年推出的"暖"系列通俗煽情三部曲,在内地的票房表现远远高过沿海城市。

(3)口碑。长期以来,我们对依靠人际传播的口碑评价缺乏跟踪研究。事实上,正如海外学者戴安娜·克兰所言:"一部影片的成功,在很大程度上取决于它在一座城市公映之后马上出现的口耳相传的荐举。"观众的口碑好像看不见、摸不着,但最终结果是会体现出来的,而且力度大、底气足,是可遇而不可求的。最新案例是2004年6月发行的好莱坞大片《后天》,上映之时恰逢举办第7届上海国际电影节,档期并不理想,媒体也没留出多少版面给这部具有科幻色彩的灾难片。岂料此匹黑马后劲十足,倚仗观众的口碑成为2004年度最卖座的好莱坞大片。在电视剧领域,由于电视深入千家万户的收视特点,观众的口碑效应比起电影更容易辐射放大。例如近期在央视8套创出上半年收视率第一的家庭伦理剧《错爱一生》,在首播前几乎没有什么炒作,完全依靠观众自发的欣赏热情,收视率节节攀升,促使央视8套破例在新剧播出后仅一个月便安排重播,可见老百姓口碑的威力!

3. 后续评价

电影是有生命力的。有些影片短命夭折,舆论来不及反应;有些影片昙花一现,舆论任其自生自灭;也有些影片生命力顽强,即便过了上映档期许久,依旧招来舆论说长道短,构成了后续评价。

(1)总结式。这种类型的评价绝非急就章,一般经过较长时间的观察与思考,具备学术性和深度感,对电影文化的积累大有裨益。试举《主旋律与新时期广东的影视创作》为例,该文作者从宏观上着眼,评价广东影视作品弘扬主旋律持续达20余年的特色,归纳为"广东立场"的文化态度,即"广东影视文本是出于对改革开放、市场经济的衷心拥护和切身体验而讴歌主旋律的,是为自己所认同的生活方式进行价值辩护";概括出"一个是宽容,一个是进取,构成了广东影视剧人物的普遍性格;对财富和都市时尚的表现,构成了广东影视剧的美学特色";最后顺理成章地得出结论:"主旋律创作在对人民选择

87

的尊重下构建起对人民的引导。"❶这种总结式评价超越了就事论事、就片论片的局限性,给人以启迪。

(2)秋后算账式。目前我国影坛流行此风。2004年岁末,有一家《艺术评论》杂志召开"张艺谋和中国电影艺术研讨会",会议名称将张艺谋个人姓氏与整个国家的电影艺术尊列一起,会议传出的信息却似瞄准张艺谋的一次"集体开火",替他开列了"六宗罪"。针对在美国赚得盆满钵满的《英雄》与《十面埋伏》,有位知名作家以不屑一顾的口气发难:"不要认为张艺谋在美国成功就怎么、怎么样,美国那些观众是什么观众? 一个大胖子坐在那里嚼着爆米花,你飞来飞去,打来打去,他觉得挺好看。我们不要为这些东西过分的感到骄傲,我们应该有自尊,应该有自己的人格。"光凭一句发挥形象思维的推论,就轻轻抹煞了国产片首次走向世界的成功之举。在中美两国电影交往近一个世纪的岁月里,美国片大批量地在华倾销(解放前有两个年头分别达到350部左右,几乎每天有一部好莱坞新片登陆上海),而中国电影走出国门,特别是通过市场渠道一举占领美国主流院线2000多块银幕,《英雄》堪称先锋,更难能可贵的是连续两周夺得北美地区票房周冠军。长久以来,国人期待中国影片早日走向世界,但当这一天不期而至时,部分人士却显出叶公好龙的模样,故作惊人之语,对《英雄》、《十面埋伏》这样成功运作的商业大片冷讽热嘲。传播界认同这样的规律,即100%正面报道的宣传效果等于零,90%正面报道的宣传效果约为10%,而批判性写作(负面报道)的接受效果反倒强烈。曾几何时,坊间冒出黑色肃杀封面的《10导演批判书》,在著者笔下,张艺谋、陈凯歌、冯小刚、王家卫、吴宇森、李安等华语电影一线导演被刻薄地称作"一把辛酸泪,一堆烂拷贝,再丑的媳妇因其'无辜',终将能熬成婆。他们把无数的垃圾真诚地献给了我们,而自己却也终究逃不过两手空空"。另有一书名为《野调无腔:中国当代影视文化另类批评》,扉页内推介本书"更像是一块为专门打碎中国当代影视文化梦境而造的'砖头'";作者在《自序》中用的动词是"我决定开始'抡'了",摆开了"愤青"对"失宠的贵妇"(指中国电影)和"乱妆的娇娘"(指中国电视)大动干戈的架势。在当今以酷评为时髦的舆论生态环境下,看来导演们要练就经得起恶骂的心理承受力。

(3)评奖式。电影评奖是具有权威性、荣誉性、商机性的评价方式,对获奖影片能带来"锦上添花"或"雪中送炭"的效应,对影人的激励亦非同小可。

❶ 罗宏:《主旋律与新时期广东的影视创作》,载2005年7月12日《文艺报》。

例如查理兹·塞隆荣获第76届奥斯卡影后,南非总统姆贝基特致电祝贺:"继诺贝尔和平奖、诺贝尔文学奖后,南非又诞生了奥斯卡最佳女演员。塞隆的胜利证明了南非是一个可以培育出最佳人才的国家。"总统的自豪之情溢于言表。中国电影评奖历来喜欢"多多益善",评出的最佳影片通常不是"唯一"而是多部并列,激励作用随之大打折扣。按理说,凡评奖必有一套游戏规则,但前些年曾发生过这样的怪事:某些获得"百花奖"最佳故事片的影片,实际上是观众很少、票房很低的片子,更有甚者系尚未公映的样片,完全背离了"百花奖"奖励广大观众最喜爱影片的初衷。难怪有人拍案而起,批评影坛上上下下一年四季都在忙评奖,结果"离评委近了,离观众远了;离奖杯近了,离市场远了"。

鉴于"入世"后中国影片参与国际电影节赛事的机会日渐增多,有必要辩证看待国际电影节的评价标准及评价效果。不少第六代导演频繁接触海外电影节,他们的创作走向自觉或不自觉地被西方评委的口味牵着走,忽视了本土观众的欣赏口味与评价反馈,结果造成"墙外开花墙里不香"的尴尬结局。

(4)传承式。在高科技时代,电影爱好者用DVD等新载体保存、收录经典电影已成家常便饭。面对汗牛充栋的影片,全球销量最大的电影工具书《里奥纳德·马尔廷电影指南》独创"电影打星"评价系统,自1986年之后每年更新一版,迄今已出版26版,总共收录了2万多部影片资料。"马尔廷给过几颗星"成为一代代影迷选看经典名片的重要参照。

自20世纪50年代开始,国际电影界相继举办一系列"有史以来最佳影片"评选活动,既是对世界范围经典影片的盘点与认定,也可视作对入选影片的后续评价甚至是"终生评价"。当初比较权威性的一次,是1958年在比利时布鲁塞尔世界博览会电影节上,由26个国家的117名电影史家投票评选出的"电影问世以来12部最佳影片"。今年欣逢中国电影百年华诞,由中国电影评论学会和中国台港电影研究会发起,将邀请100名评论家评选"中国电影百年百部名片",以褒奖性、专业性评价来为中国电影历史做一次总结。

(原载《当代电影》2005年第5期)

电影批评的人文内涵

杨新宇

2004 年 6 月,田壮壮导演在复旦大学展映其新片《茶马古道——德拉姆》时,曾谦称自己没有文化,因为年轻时恰逢"十年动乱",而后来上的又是一所技能性大学。田导的这番话让我想起了杨乃乔教授发表在《文艺争鸣》2001年第 3 期上的长篇论文《批评的职业性与话语的专业意识——论电影批评的文学化倾向及其出路》。这篇论文猛烈抨击了电影批评的文学化倾向,并将之归咎于中文系学者的染指,因而顺带否定了中文系学者研究电影的道路。这篇论文不仅被当年的人大复印资料《影视艺术》转载,而且还被北京广播学院出版社 2002 年 12 月出版的作为中外影视研究系列丛书之一的论文集《电影批评:迈向 21 世纪》收录。从人文科学的评价指标体系来看,这篇论文可谓受到了较广泛的关注,而且没有看到相关回应文章,不知是否可以理解成杨乃乔教授的观点得到了普遍认可,正是人文学者电影技能的缺失,成为这篇论文立论的基础。尽管我十分赞同加强电影批评的专业性与话语的专业意识,也对电影批评中文学化倾向泛滥的现象不敢苟同,然而我却要大声呼吁人文学者,包括中文系的学者积极投入到电影学研究和批评的实践中去,文学研究者的相对过剩和从事电影批评的人文学者稀缺的现状应该得到调整。

首先,从电影本身来说,电影的历史很短,虽然发展得很快,但还来不及形成深厚的人文传统,尤其是中国电影,实际上,电影传统与文学、文化传统的关系是极为密切的,如前苏联电影,虽然在文艺政策上所受到的束缚也很多,但还是出现了像《雁南飞》、《伊万的童年》、《士兵之歌》、《一个人的遭遇》等上乘之作,这和俄罗斯深厚的人道主义文化传统是紧密相关的。而中国文学由于从古典向现代的演变事实上导致了一种断裂,在某种程度上说,中国文学是一种重新开始,虽然不能说在文学影响下的电影进展受到限制,但至少电影是和文学同步同趋的。而到了新中国建立,由五四新文化发展而来的文学传统再一次断裂,中国文学在某种程度上又经历一种重新开始,电影创作也是同样的命运,而电影中人文含量的欠缺严重影响了电影的人性深度和艺术品质。在电影越来越走向产业化的今天,资本运作的巨轮使这一忧虑更为现实和直接,如果张艺谋可以作为中国电影代表的话,我们看到他带给我们的《英雄》和《十面埋伏》已完全是全面向商业利益和以奥斯卡为标志的浮名拜伏的产物。

其次,目前电影批评学的研究及电影批评的现状都不尽如人意,正因为电影在外在形式上看起来对技术的要求相当高,吓走了一些对此有兴趣的研究者,生怕自己的研究被别人讥笑为"外行"。从某种程度上说,因为条件的限制,长期以来资料的缺乏,电影研究基本上被限制、垄断在电影学院或数量极少的专门的电影研究机构当中,其他综合性高校的电影研究基本上处于边缘的地位,或是仅仅服务于影视鉴赏之类公选课的需要,不能上升到电影学学科的高度。而电影学院等机构的学者们往往由于知识结构相对单一,并不能全面、深入地把握电影批评和理论研究,从而导致电影批评现状的裹足不前和人文含量的稀缺。

第三,随着影像技术的不断发展,电影文化越来越膨胀,电影频道的不断开通、DVD及网络的普及等为电影的传播铺平了道路,其传播速度越来越快,范围越来越广,已与许多人的生活密不可分,乃至潜移默化地影响着社会的文化和精神生态,甚至许多年轻人已渐渐习惯用 DV 来表达个人情感和纪录他们所关注的生活现象。而在这些大量传播的影像中间,良莠不齐,鱼龙混杂,这一形势势必要求人文学者高度关注,实现视觉转型,承担批评者的职责。

因而,应该以人文学者为主体,建设电影批评学的队伍。事实上,电影作为一种综合性的事物,具有多个触角可供人研究,作为一种重要商品,它也可以是经济学家研究的一个重要领域,似乎从不曾听说有人批评经济学家研究电影。同样电影作为一种传播媒介,也可以是传播学者的研究范围,它的发展与技术的进步有紧密的关系,因而有专门的科技工作者从技术科学的角度来研究电影,以促进电影技术的进一步提高。此外还有表演学等,也是电影学研究的一个重要领域。那么同样电影作为文学体裁之一,其主要作品作为叙事性作品,其内容又多与现实、人生相关,为何文学研究者投入电影研究就会受到非议?我甚至认为文学化的电影批评也有它存在的理由,但它只是电影批评的一小部分,绝不应该成为众多电影批评家的一种共同倾向。电影作

为一门艺术,中文系的学者对电影美学的研究难道不是天经地义的吗?电影作为目前几乎最重要的一种文化形式,对人类的日常生活产生了极为重要的影响,已从第七艺术变成了名副其实的第一艺术,"电影在现代生活和文学中的地位是有相似之处的,而且电影集中体现了'文化工业'的特征;因此电影其实也是一种'文化文本',是和莎士比亚、艾略特同样重要的文化现象"。❶人文学者在文化研究的框架内纳入电影,当然也是很正当的。

人文学者要做好电影研究,最重要的就是要有电影思维,而并不一定要有电影制作的直接经验和技能(曾在互联网上看到电影学院某学生为了写好关于王家卫的论文,于是跟剧组很久,结果所获不多)。"电影思维也就是运用画面和声音来进行思维、想像和联想的一种思维方式"。"电影思维原本广泛地存在于人类的思维现象之中,是人类天生具有的思维方式之一。众所周知,对于每个人的眼睛来说,客观世界就是一个不断流动的画面空间,人的视觉行为就是不停地从一幅生活画面转向另一幅生活画面,并通过从这些生活画面中接受到的各种信息,在头脑里建立起一个被认知的空间图像。与此同时,人的耳朵也连续不断地接受各种声音,并在头脑里形成一定的声音模式。人在感知具体事物时,又往往是视、听两种感官(包括联想及其他心理活动)共同起作用的,而且会产生这样的现象:面对熟悉的画面,会不由自主地联想到它的声音,而听到耳熟的声音,又总会在内心唤起声源的形象。这种视觉和听觉之间的互相联想及有机统一的神经反应,既构成了电影思维的原始形态,也构成了电影思维的生理和心理基础"。也就是说,电影思维自古即有,并不是在电影发明之后人类才发展起来的,这在中国古代诗歌中有大量体现,如"两个黄鹂鸣翠柳,一行白鹭上青天。窗含西岭千秋雪,门泊东吴万里船"、"欸乃一声山水绿"等,在今天看来,都是很出色的电影语言,古代诗人在动静、远近等方面的描写上积累了大量的经验,只是无以名之罢了。此外,列锦等修辞手法在古诗文中的普遍运用,也产生了"枯藤老树昏鸦"等这样很有电影剪辑感的句子。自从电影诞生之后,这种思维方式由于与电影的完美契合,才被称作电影思维,又在电影艺术的发展中得到进一步的开拓和自觉化。"电影的发明和电影艺术的诞生,使这种原始形态的电影思维现象找到了自己物化存在的方式。于是,原始形态的电影思维转化为动态的电影艺术,而

---

❶ 杰姆逊讲演,唐小兵译:《后现代主义与文化理论》,第5页,北京大学出版社1997年版。

电影艺术的逐步发展又促进了人们电影思维的日趋成熟"。❶

诚然，如杨乃乔教授所说："电影就是电影，电影从来就不是文学。"这也是他反对文学学者从事电影研究，而标举电影技术的理由。这我们并不反对，然而电影从来就离不开文学，却也是不可忽视的事实。首先，电影必须有剧本，即使是那些善于即兴创作的导演，也必须保证最后完成的电影具有浓厚的文学性。比如王家卫这样一个不要剧本的导演，在《花样年华》的片末感谢的刘以鬯正是一位著名的小说家。其次，电影史也证明了这一点。不仅早期电影由于新文学作家的参与而实现了繁荣，即使是如今，包括"第五代"在内的经典作品都大量改编自文学作品。尽管"与文学离婚"的提法早有人在呼吁，毕竟还在苦苦纠缠（如果纯粹追求电影性，那么我们看到的恐怕只能是像美国的布雷克·海奇的实验电影和安迪·沃霍尔的《切尔西姑娘》这样的向极限探索电影表现力的影片了，这些影片不要说普通观众，就是艺术素养甚高的学者也不忍卒睹），而且有的学者如董健也提出了不同意见：影视界有人提出要与戏剧、与文学"离婚"，从某种意义上也是人文精神的失落。这种"离婚"如果是为强调影视的艺术特性，还可以理解；但是，如果是像邵牧君等人那样，是为鼓吹电影是工业、是商品、是娱乐，而连影视原有的那点批判精神和艺术追求都丢了，那不是人文精神的失落吗？

文学与电影水乳交融的登峰造极的典范，我以为是鲁迅先生那篇著名散文的开头："在我的后园，可以看见墙外有两株树。一株是枣树，还有一株也是枣树。"这种不可模拟的表达方式，来自于电影手法向文学的一次绝妙转化，"后院有两棵树"，不像是电影的一个全景镜头吗？"一棵是枣树"，特写镜头打在一棵枣树上，"另一棵也是枣树"，镜头缓缓移动，推到另一棵枣树上。体会到这一点，会令读者在阅读的层次上感到无比的愉悦，显然这不是只看到"一棵是枣树，另一棵也是枣树"的文字或看到一部影片有这样的推移手法时能享受到的，若仅是这么几个字，固然新奇，却不免被讥为"简直堕入恶趣"，❷确乎有些文人的无聊，仿佛只是在追求一种文字之趣。若真的是电影，则更是平淡无奇。正是这种跨艺术的转化，才焕发了无比的魅力，化平常为奇崛，让人们惊叹文章居然可以这样写。事实上，鲁迅是爱看电影的，他对电影技巧的借鉴，将生命的沉痛和空虚刻画得触目惊心。这正是文学天赋与敏

❶ 周斌：《反思与重构——关于电影批评的美学思考》，第19页，沈阳出版社2003年版。
❷ 李长之：《鲁迅批判》，北京出版社2003年版。

锐的电影思维相交融的完美产物。这也说明从事文学的人完全有可能出色地掌握电影手法,中文系学者并不是只能操用文学术语进行电影批评,事实上人文学者由于宽厚的学科背景,他们实现学科转向还是比较快的,恐怕要比科班出身的纯电影学者转向其他学科的研究要成功得多。杨乃乔教授已举了很好的例子。

对电影技术的过度强调,极易陷入唯技术主义的泥沼,从技术到技术,在娴熟的技术后面,往往掩盖文学应有的对人的深刻关怀,而他们津津乐道的专业技术的搭配所组合而成的震撼效果,却需要普通观众有解剖的本领,以猜谜的手法来一一解读。可是并不是每个普通观众都能做到,这又如何能领会电影的真实意图? 中国电影资料馆助理研究员张锦在分析《漂亮妈妈》时说:"孙丽英把郑大送到小学门口,她对于能否考上也已失去自信,看着郑大随着其他小朋友涌进校门,但郑大没有穿他平时爱穿的假校服,于是其他小朋友的红色校服使唯独穿蓝衣的郑大与众不同,象征着他融入主流人群的荒谬。值得一提的是,这种视听编码方式是典型的学院派做法,只有受过一定训练或有视听素养的人才能明确读出这一信息,普通观众则可能从孙丽英最后的旁白理解为对未来的说不清的期待:'其实我心里也怕,我一直觉得郑大是我的失败,我不想承认(他是不同的),可那天晚上,他问我了(这个问题),比我强(我认识到他比我勇敢)。'"❶导演对这一场景处理的意图,一般来说学者还是能够通过电影手段(一件蓝衣和众多红衣)看出来,但普通观众却只能通过文学手段(孙丽英的旁白)理解。这一表现手段还不算多么虚浮高深,却仍被认为是"典型的学院派做法",但普通观众毕竟是观影的主体。

杨乃乔教授提到20世纪80年代"上海某一无名青年学者曾以一种功利性的极端偏激把谢晋的一系列电影文本解释于他所编构的'谢晋电影模式'中,给予批判,企图以一种炮轰名人的批评效应在短时期内摆脱自己想出名却又找不着门的窘境。面对这一学案炮制者的肇事与喧哗,谢晋先生仅以一句'他不懂电影'的轻描淡写,在一种雅量的冷漠中把这位急于成名的青年学者打入电影外行的圈子中,同时,也让他在专业上喧哗于电影批评的外行话语中。就电影圈子内的行家眼光来看,这种操用电影批评之外行话语的喧哗在专业圈子内,本质上是一种既无人理睬也无人喝彩的寂寞,也正是电影圈

---

❶ 张锦:《无声的河——中外聋人题材电影中的文化意味》,载《文化研究》第4辑,中央编译出版社2003年版。

子内之行家们表现出来的冷漠让这位想成名且找不着门的学者,在寂寞中窒息而死"。这里指的是朱大可。谢晋说他不懂电影,其实是一种不负责任的表现。如果一位大学教师尚且不懂电影,又有多少普通观众懂电影?对于这样一个几乎所有人都能够接触到的艺术形式,岂能简单地以懂与不懂来下判断。在诗歌界,有所谓"只有诗人才读诗"的怪现象,在电影方面难道成了看电影的都是不懂电影的了?何谓"懂",有一个什么样的"界限"?普通观众不懂得空镜头的术语,但是知道这是景物描写;我们不知道《红高粱》中"野合"的经典镜头用了俯拍手法,但能感受到一种高高在上的视角。诸如此类,究竟算不算懂呢?食客便没有能力鉴别厨师手艺的好坏吗?从另一个角度说,不懂技术,是否更可以从普通观众的感受出发来进行批评也说不定。朱大可固然一贯文风刻薄,写作角度也避重就轻,仅从叙事模式的角度来分析谢晋电影,但还是有他的独到见解的。何况谢晋电影本身就是非常文学化的。事实上朱大可的这篇文章被大量引用,并编入各种电影理论文选,研究谢晋电影的人几乎都读过,并不如杨乃乔教授所说"窒息而死"。当然,作为一个电影批评学者,应充分掌握电影的基本知识与手法,不能仅停留在文学的角度和层次。

杨乃乔教授还指出:"大概没有多少电影制作人、导演、摄影及演员阅读栖息在'非电影性电影批评圈'中的电影批评人绞尽脑汁撰写的电影批评文本。据我们所知,不要说谢晋那一代导演,就是陈凯歌、张艺谋这一代导演对这些电影批评人的发言给予的回应也是'懒得看',说白了也就是'不看'。其实,能够对张艺谋在电影制作中有所启示的对话,只能是李保田这样的专业演员带有表、导演专业体验的职业对话。"电影人所一贯操持的自以为是,大都源于对人所不能的某一门技术的掌握的沾沾自喜,而他们标榜如此,事实上却也未必,小说家也总爱声称从不看文艺评论借以自炫,这几乎是相同的。即便是专业的导演、摄影师(我们不对如今的专业演员寄予多大希望,他们与赵丹、金山等留下重要论著的前辈相比,在艺术素养上不啻是天壤之别)所写的经验总结之类的很职业的文章,是否其他的电影人就会格外关注并吸纳其影响呢?我看恐怕也未必,同行相轻,专业电影人也无闲情逸致去做深入研究固不去谈它,就将目前所见电影人撰写的文章与文学背景的电影批评者的文章加以比较,其高下当可立判,思想深度姑且不论,人文学者艺术触觉的灵敏也未必比专业电影人差。

不仅中文系的学者如此,更应呼吁大量历史、哲学、社会学等相关学科的

学者投入到电影批评的队伍中来,开拓电影批评的视野,深化、提升其品格,以补救人文传统的欠缺。电影批评学者的队伍充实起来,自然电影批评的文学化倾向也会得到调整,面临批评方法的日趋多元化,具有开阔视野的人文学者,必大有其用武之地。

(原载《艺术广角》2005 年第 4 期)

影视艺术批评三题

姜　敏

影视艺术批评是影视艺术活动的一种基本形式,它对影视艺术欣赏和创作具有导向、规范、调控乃至推动作用。同时影视艺术由于自身构成及效应的特殊而具有相应的批评形式,这也对批评者提出了更为复杂的素质要求。

一、影视艺术批评的功能和效应

影视艺术是最大众化的传媒样式,拥有其他任何一种艺术样式不可企及的影响,因此,影视艺术的批评功能与效应也就具有极为重要的价值和地位。

首先,影视艺术批评为欣赏者建构一种理解的桥梁。影视艺术作品是凝结了艺术家丰沛的情感、对生活的深刻理解与美学追求的灵感创作,加之其构成的多元化,为正确的解读增添了很多障碍。因而对这种具有最多信息量的大众化传媒需要给以多方面的解读引导,影视艺术批评正是扮演了这样一个角色。批评家通过基于对作品感受与理解的基础上对其进行鉴赏、解读、评论,将艺术家蕴涵于作品中的信息以逆方向的创作路程作深入浅出、抽丝剥茧般的剖析,给观众以引导,不但将受众很好地带入对作品的了解中,更诱导、培养他们对影视艺术的审美趣味和审美能力,使其学会在欣赏的基础上,解析出作品中蕴涵的情感、知识与哲学意味,从中获得美感的涵养,从而提升自己的综合素质。

例如,在欣赏电影《拯救大兵瑞恩》这部描写六十多年前的那场世界大战的影片时,观众一定会被斯皮尔伯格营造的惨烈场景吸引住,久久不能忘怀。但若想全面深入理解,是需要"批评"这一手段作引导的。首先,就其内容而言,战争与人性是两个相悖的主题,战争导致许多生命的灭亡,而小分队的任务却是在疯狂的战争中深入敌后寻找并带回一名士兵,为的是还母亲和家族一个希望。影片中把生与死、救人与屠杀进行强烈的对比,使对灭绝人寰的战争的诅咒、对人性的歌颂这一主题显得生动而深刻。在未经批评与解读的引导下观看这部影片，人们一般会简单地置疑，为了救一个人而冒牺牲许多生命危险的做法是否可取，由此更会对故事的真实性持怀疑态度，而故事深刻感人的主旨便会在这种置疑中削减与流失。通过影视艺术批评的指引，受众才可以从更高的角度认识到，影片用狭隘的个体生死与大概念中的生命与死亡的比较来凸现对战争进行批判的深刻主题。再如，影片通过一系列细节，刻画了小分队战士在刚刚接受任务时各个人物茫然若失的精神状态，这在过去的战争影片中是很少加以表现的，在影视艺术批评的阐述下，使受众认识到这种生活的真实性在折射战争的残酷，表现人性深处的勇敢精神方面的作用，从而对影片产生更加深刻的认识。

在稍纵即逝的影片放映过程中，受众一般很难定神去进行深入的思索，通过批评家的分析、批评，可以帮助观众拾起记忆中的片段，从读图到读义，加深理解，从中获益。艺术的审美批评像"催化剂一样，大大促进欣赏者对作品艺术构思的理解和掌握"。❶ 把不易觉察和理解的对象的深刻意义和美学价值集中揭示出来。

其次，影视艺术的审美批评对影视艺术创作者和艺术本体是一种巨大的促进。

通过反馈，创作者的艺术创作有了参照，可以从中了解受众对创造题材、表现手法的兴趣和要求，从而调整创作思路，促进影视创作的实践。批评同时也影响着艺术家对世界的认知，指引他们去认识生活的特定方面，优先注意某些特定的题材。例如，美国发动持续多年的越南战争，造成巨大的伤亡和环境破坏，尤其是对人性的扭曲，在美国、越南乃至全球都引起了极大的反应。对战争的反思及其对人性的摧残、心灵的伤害……这些涉及政治、社会、艺术的评论在科波拉拍了《现代启示录》之后，铺天盖地展开，为后来的越战题材影片，如《生于七月四日》、《猎鹿人》、《野战排》、《细红线》等的进一步思考，提供了方向和动力。影视艺术创作者在创作中不断关注着评论的去向，从而在提高自身素养的同时，调整或提高艺术的方向和水准。阅读影视批评文章，了解来自不同层面的影评信息，创作者从中不断提高欣赏、解读其他作品的水平，这一学习过程是对自身的提高。如果创作者只是孤芳自赏，一味固守"个性"，就失去了创作的生命力与社会价值。影视艺术的批评执行了一

---

❶ 鲍列夫：《美学》，中国文联出版公司 1986 年版。

种社会监督和大众舆论导向的作用，帮助创作者了解、分析自身，而只有这样，才能更好地把握自己、找准方向，投入到新的创作中去。

第三方面，影视艺术批评还具有影视文化发展导向与消费市场调控的作用。影视艺术批评既然在欣赏者（接受者、消费者）和创作者之间起到了对话、沟通的桥梁作用，促进了双方关系的适应与和谐，也就可以减轻甚至消除影视艺术创造和欣赏中的消极因素和影响，从而引导并强化积极的文化倾向，提高它们的影响力，进而促进社会与人类思想的进步。比如，当年谢晋导演陆续拍摄了《牧马人》、《天云山传奇》、《芙蓉镇》等一系列反映那个时期中国特殊国情民生的影片，引发了一场大范围的关于"谢晋模式"问题的讨论。其焦点大致为"谢晋模式"的生成和消亡、失败和成功、进步和倒退、政治和人性、有指导意义还是有负面影响、是否主旋律等等，甚至引发了人们关于民族、民情、国民性的质疑。不论怎样，这场批评与论争都引起了人们深切的思考。谢晋影片中活跃在人物身上的乐观态度（如郭㛃子"导演"的结婚喜剧，秦书田扫街时的探戈等）在极大程度上寄托了导演对生命的敬畏和期盼。影片蕴涵着强劲的生存力量，这既是中国特定历史时刻的真实，又是挣扎在那一历史时期并走过这一过程的人们一种痛定思痛的思考。轰轰烈烈的批评活动为人们对一个时代中生存的人的特殊状态的历史性、社会性、可能性等都做出了较为理智的判断和探讨，这对以后的创作、文化发展、市场需求，乃至人们的心理建设、政治素养而言都是极为有价值的讨论，使影视的阅读者和创作者在讨论中走向新的成熟。

总之，影视艺术批评在促进影视健康发展，提高观众审美品味和能力及调控影视文化导向等方面具有很重要的作用，是不可或缺的重要环节。

二、影视艺术批评的类型

影视艺术的构成和蕴涵的思想内容是多元的，以其为媒介的批评也是多元的，如侧重精神与心理解读的心理分析批评，侧重从社会历史及作品关系研究的社会学批评，注重艺术品构成语言和成分的结构学批评，注重艺术作品文本内涵解读的阐释学批评，以及注重接受者对艺术品感受、理解与领悟的审美批评。这里介绍几种比较常见的影视艺术批评形式。

影视艺术社会学批评。社会学批评是一种非审美的批评，一般说是从社会与艺术作品的关系出发，对作品进行艺术批评。社会学批评认为社会环境、历史条件对艺术的发展起着决定的作用，艺术家受社会的制约，反映、描写社会，并力图改造社会，实际上我们从作品中看到的就是人类特定的社会生活,因而在艺术批评中特别注意和强调作品的社会功利即非审美价值。如卢卡契总是把文学艺术演变与社会进化联系起来进行文学艺术批评,他认为一些现实主义作家之所以伟大,就在于紧紧抓住了他们时代的重大问题,无情地再现社会现实的真正的本质。他强调文学艺术批评一定要注意作品是否真实反映社会,能否在现实生活中发挥作用并引导我们面向未来,也就是说,要特别注意文学艺术作品的社会功利价值。比如对巴西影片《中央车站》的开头部分的评论是十分社会化的,尽管它是在艺术创作的基础上得以显现的。这是一部呼唤人性与情感乃至母性回归的亲情片,它是对社会现实的反映,也是社会对自身缺陷的补救,于是出现在人们面前的巴西首都中央车站是一片混乱的局面:求助写信者报出各种城市名称,说明人们文化水平的低下;大量青年从车窗鱼贯涌入车厢;一个小孩仅仅抢了一块面包而被追杀……一切视觉细节的收录都向我们表明了巴西时局混乱、道德沦丧的社会现实。这些社会学的解读与批评帮助我们了解到那段故事的社会大背景,为人性与生存之根的回归过程提供了反照性的突出环境,并更加凸现了这种回归与找寻的难能可贵的价值,强调对社会大人文环境优化的必要性。

结构学批评大多是针对艺术本体构成的多元语言和因素而进行的解析和批评。结构学和符号学的艺术批评,专注于对作品语言结构的分析,反对单纯从作家意图研究艺术作品。后结构主义代表、法国批评家罗兰·巴特就直接宣称:"作品本文一旦产生,作者就已经'死'去。只有分析作品结构或层次,才能揭示艺术作品本文的价值。"❶比如对灾难影片《K19》的结构学批评,就涉及到声音、音乐、人物形象、行为,这些表现手段对故事的叙述和主题的阐明都起了符号化的说明,引导人们去解读。

影视艺术审美批评是所有影视艺术批评中的主要批评形式,它涵盖了阐释学批评、心理学批评、接受学批评、美学批评等特点,是一种最为常用的批评形式。其中,阐释学批评涉猎到对文本创作元素和形成表象的深入解析,一般不应过多融入接受者个人的主观评价;心理学批评强调批评家在对影视艺术作品的批评过程中对艺术家个性心理的深层进行探寻,进而去解读作品的意味。例如对斯皮尔伯格部分作品(如《辛德勒的名单》、《拯救大兵瑞恩》、《兄弟连》等)的"犹太"情结的了解,将有助于深入理解他的作品深义。

如果说前几种艺术批评的立场,有的重视影响艺术品的社会历史情境,

---

❶ 杨恩寰、梅宝树:《艺术学》,人民出版社 2001 年版。

有的重视影响艺术品生成的艺术家个性心理,有的重视艺术本身(形式结构),那么接受美学的批评则侧重于艺术品的接受者,主张从接受者欣赏艺术品所获得的艺术感受方面给艺术品以解释评价。这样,就把批评的重心从艺术品、艺术家以及历史情境移向了受众,强调接受者对艺术品价值的实现与创造的参与作用。

接受美学的艺术批评把接受者与作者的关系视为一种价值关系,作品作为一种价值客体作用于接受者,在接受者身上实现自己的价值。同时,接受者作为主体也反作用于作者,对作品在自己身上的影响与效果做出反应,并理性化为对作品的价值评价,这就是批评。因而艺术批评应指向包括艺术接受、艺术创造和作品本身在内的全部艺术活动及其成果。接受美学的批评本身又形成了许多模式,如读者反应式批评、二级阅读经验式批评、本文召唤结构式批评、直观感悟式批评、调查实验式批评等。由此可见,接受美学批评的特点就是以艺术接受者为艺术批评的出发点和归宿。这种批评确有其积极意义,因为任何艺术的创造和批评,最终是为了艺术的接受者,而不能只为创造者或批评者自己,所以接受美学的批评理论一出现,就迅速在西方乃至全世界产生广泛的影响,拥有众多的支持者,预示着其必然导致传统批评理论的巨大变革。

美学批评则是对艺术的审美价值的评判,是所有批评类型中最具理论性的一种,也是最为全面和高层次的评论。

影视艺术的审美批评是综合了批评家感知、情感、理解与神悟等审美活动,融主体与客体双重涵义被解读的批评过程。比如《我的父亲母亲》中,父亲看见母亲时,母亲倚靠在门边,穿着红色的棉袄,那美丽的色彩与美好的情感相融合,是留在父亲记忆中刻骨铭心的永久的一瞬,直接的审美感受一睹即得,这种批评饱含着情感的审美成分。而影视艺术的审美感悟则是在对作品有所把握的基础上对作品的审美理解,是审美主体凭借审美鉴赏力从对对象的领悟与反思中把握其内在意蕴、审美倾向、结构、风格等,从而判定对象深层的审美价值。其特点是审美主体对客体意蕴的深刻领悟、理解与主体对自身的体验、反思的统一,通过这种统一对心中形成的审美对象所做的情感与理性的评价,这是一种较高层次的审美批评。它所采取的批评形式,大多是以富于情感色彩的概念词语,对对象做出具体的描述、阐释和评论。

电影《美丽的大脚》的结尾,用光束打出山上的校舍全景,夜空中远看酷似雅典的帕特农神庙一般,一种神圣感油然而生,因为那是教室,是教育、进

步、美好的象征。影视艺术的审美批评还有更深一步的精神领悟,是审美主体对客体的理解与情感深处的对应,是主体通过对新的审美意象及其本质完整的体验把握而进行的一种最深层次的审美评价活动。其特点是审美主体对审美客体以及主体自身的超越而进入一种审美境界,是对这种超越性的体验和神悟所做的情感和理性的评价,它所采取的批评形式主要是极富思辨性和体验性的概念词语,给予客体审美价值以哲学和美学的本质阐释。与前两种审美批评形式比,神悟性的审美批评是深层次的批评,因而更能全面深刻地揭示对象审美品位和内在价值,也更能体现审美批评的深刻性。

三、影视艺术批评主体的素质要求

影视艺术批评家应具有相应的素质,才能对影视艺术进行批评活动。批判主体的素质包括知识结构、生活经验、审美能力、文化素养等几个方面。首先,批评主体应具备丰富的知识结构。由于影视艺术是综合多元的,影视批评家亦应具有相应的宽泛的知识积淀。因为他们面对的研究对象是综合反映千变万化、丰富多彩的自然和生活的作品,没有广博的知识是难以胜任解读和批评的,否则懂文学的只说影视的文学叙事,懂政治的只看到作品的政治色彩……这样,影视艺术批评就只会是片面的、单一的,而无法接近科学。因而丰富的学科知识积累是影视艺术批评的基础。其次,要有系统思维和想像的能力。影视是综合艺术,声、光、电、绘画、音乐、雕塑、书法等在影视艺术创作中互相渗透又各显其能,因此影视艺术批评家应该具有全方位思维的能力、对影视艺术的信息进行多层次剖析和综合处理的能力,为影视艺术从形式到内蕴的理解和认识提供接收的可能,并能够运用想像力,将那些蕴含在一切造型手段和叙述方式中的思想、精神及意味提炼、传授出来。

另外,要有良好的审美鉴赏能力和高水准的情感体验能力。影视艺术批评家必须要有超过常人的审美感知和理解能力。只有自己在欣赏影视时进入了感觉、知觉、理解、情感、想像等审美心理状态,才能对影视作品进行深厚的内涵理解,并由于这种理解的丰富而使作品的外延被发展出来,这是影视批评家培养其自身审美能力的最高境界,只有当与影视艺术进行了生动活跃的交流,才可能以其交流之得进行评价并启迪他人,使受众达到情感上的共鸣,使艺术品的价值和功能被受众感知、理解,达到心灵的碰撞,从而发挥艺术的作用。同时,由于影视艺术是运动的,连续进行的画面不可能停下来让人们在瞬间咀嚼和感悟,这就更要求影视艺术的批评家训练并积累很好的审美经验,对运动的画面快速感知并解读。

任何审美批评都不可能是抽象的空洞说教，它必须建立在审美主体长期积累的丰富的审美经验基础之上。大多数审美批评的客体都是审美经验物化或物态化的产品，它必定包含着某种审美价值，或隐或显，或平直或含蓄，形态不一，风格多样，只有具有丰富审美经验的人才能够深入而又符合实际地体会作品，因而做出的审美批评比一般人更为中肯、深刻。因此，通过各种各样的审美欣赏活动，提高感悟能力，积累审美经验，是进行有效审美批评的极为重要的条件。

要想积累审美经验，进行中肯的审美批评，既要有审美欣赏经验的积淀，也要有审美批评经验的积累，只有这样才能做到感受、体验丰富，并使鉴赏、评判突破死板一样的局限，抛弃非此即彼的简单化倾向。

当面对《美丽人生》中二战时期集中营里的犹太父子时，要求批评者理解那种人鬼无间、亦鬼亦人的特定历史背景，从而深刻地发掘影片对亲情的歌颂、对保持生命的乐观精神的赞扬；当观摩《钢琴师》时，要切合波兰斯基的思维模式，回到那段惨痛的历史年代，学会去理解生命、生存价值及作为人类最出色的智慧与创造的艺术的价值。

另外，影视批评家还应具备迅速而有效地审美感受能力。感受，就是感觉对客观的一切的接受和领悟，这种心理现象清晰、迅速、直觉的引导，易于接近事物的本质。影视由于时空限制稍纵即逝，艺术形式的特殊，"感受"尤其具有重要意义。知识的积累和生活的经验，为能迅速对作品产生综合的感受提供了客观基础。

影视批评家具有这种迅速感受的能力，才可能对批评客体做出及时的、深入的、溶浸着自己特殊心理认识的反应，才能以其感受去与他人交流，起到指导作用。一个青花粗瓷碗碎了以后，又被认真地锔了起来，并且那过程持续了一分多钟的时间，镜头将那只锔好了的碗以特写画面推到面前，通过相应的情感、理解和领悟的审美过程，才能认识到碗作为一个视觉符号，承载了母亲与父亲之间的情感而彰显出的无价。

因此，要求批评者具有符合时代要求的审美观念，对艺术作品做出慎重、严谨、实事求是的分析和评价。如刘勰所说，要"无私于轻重，不偏于憎爱"，[1]不能"崇己抑人"，以个人的喜好代替客观的评价。

通过对以上三个问题的梳理和阐述，可以看到影视艺术批评由于影

---

[1] 周振甫：《文心雕龙注释·奏启》，人民文学出版社 1981 年版。

视媒介的特性而具有明显的独特性。影视艺术批评家应不断超越自己，提高自我的素质水平，掌握多种不同的批评方式，充分展现批评的主体性。只有这样，才能对影视艺术活动予以正确的引导，真正实现批评的功能和效应。

（原载《河北大学学报》2005 年第 4 期）

呼唤科学的影视批评

沈庆利

  文艺批评在当下社会语境中所遭遇的尴尬与困境,已经为越来越多的批评家和学者所关注。有学者提出要"让科学的评论发出声音"(见《中国艺术报》2005 年 1 月 21 日第三版),笔者深有同感。在笔者看来,影视(艺术)批评虽然是文艺批评的重要门类,但长期以来一直在文艺批评大家族中处于边缘化的地位,近来又受到整个文艺批评不景气的负面影响,可谓"雪上加霜"。这与影视艺术借助于现代传媒而取得的蓬勃发展形成了鲜明对比。因此,让真正科学、理性的声音进入到影视批评领域也就显得更为迫切。

一、当前影视批评的不足

  没有人会否认影视传播在当代社会所产生的巨大影响,影视已成为当今时代名副其实的"天之骄子","文学电视化"也已是不可逆转的大趋势。但是,与影视艺术,尤其是电视艺术的红红火火相比,我国当前的影视批评则显得冷落许多。与那些时常处于镁光灯聚焦下,成为大众传媒和广大影迷追逐对象的明星演员、导演等影视"大腕"们相比,影视批评者不论其社会影响还是社会地位都要"寒碜"许多。影视批评必须借助语言文字来表现和传播的传统属性,更使得它在影响范围与传播速度等方面与影视媒介的直观生动性、快捷方便性相比存在着"先天不足"。在当今物质化越来越严重,直接经济利益越来越成为人们关注焦点的社会环境中,影视批评的相对边缘化与弱势化也就不可避免了。

  当前影视批评的不足,首先是不少影视批评者将所谓批评、研究与影视作品的新闻发布、广告效应等商业运作结合起来,恶评与炒作现象颇为严重。很多评论名为"研讨",实为广告。一场场在大众新闻媒体参与下的研讨会与批评活动,更多地只具有表演和作秀的性质,而纯粹的畅所欲言的理论研讨

与作品评价却显得微乎其微。通常某一位名家或"大腕"的新作刚一问世,各种评论与"赏析"便蜂拥而出,甚至可以就某一问题"争论"一番,再来一点"花边新闻",目的只是如何吸引观众的眼球。这样一种"批评"方式,在某种程度上可以说是批评者与制作者(商)们"共谋"去误导乃至欺骗观众,批评者们完全忘记了作为"群众代言人"的职责,丧失了批评的主体性和独立性,从而把严肃的文艺批评蜕变为一种"傍大腕"的低俗行为。

其次,影视批评的不足还与某些前卫影视理论家们缺乏起码的方法论意识,滥用、误用西方理论有关。笔者始终认为,对于从事专业批评的研究者来说,批评视角与方法论的选择是至关重要的,理论术语的运用只有恰到好处,才能让它们充分发挥作用,万万不可以理论术语的炫耀为能事。但有些前卫理论家们毫不顾及自己的艺术体验与批评对象的适用性,只是刻意追求理论辞藻的花样翻新,说得刻薄一些,不过是借着那些他们自己尚未完全理解的时髦术语来掩饰自己思维的混乱和生命感受的贫瘠罢了。这样一种浮躁、华而不实的批评风气,怎么能够赢得广大观众与读者?难怪有影迷通过网络尖锐地指责:"影视评论,我怎么才能读得懂?"

影视批评的边缘化与不景气状况可谓由来已久。早在1982年,老一代文艺理论家与电影评论家钟惦棐先生就曾写过一篇题为《电影评论有愧于电影创作》的文章,不无忧虑地指出了当时电影评论与创作极不相称的尴尬状况。时隔20多年后的今天,这种批评与创作不相称的局面不仅没有本质性改善,反而呈现出越来越加剧的态势。

二、科学影视批评的特质

对于任何文艺形式而言,批评都绝非可有可无的摆设。没有批评就没有持久的创作,对于影视创作更是如此。批评是一面镜子,没有这面镜子,创作者就无法真正看到自己;批评也是一座桥梁,它有效地沟通了创作者与接受者(读者或观众)之间的关系。批评虽然不创造什么价值,但是文艺作品的艺术价值应当通过公正严肃的评价才能被掌握。

科学的影视批评是以科学精神为主导的。所谓科学精神,绝非专指技术主义指导下的工具理性,而是一种广义上的独立批判精神;一种充满怀疑、永不停止探究的创新精神。从这个意义上讲,科学的影视批评最主要的特征就是批判性、独立性与超越性的结合。这里的道理是显而易见的:没有独立性就没有批判性,没有超越性也同样没有独立性和批判性。

这种批判性、独立性与超越性,应该体现在对作为大众文化重要组成部分的影视文化的"提升"与超越上。处于商业运行机制中的影视艺术作品,如果要获得广大观众的认可与接受,就必须在文化姿态与传统主流价值观念,以及社会时尚等方面达成一定妥协与同构。也就是说,影视文化必然要具备大众文化的一般性质。大众文化虽然满足了人类最基本的需要,却又是应该得到提升和引导的文化形式。关于大众文化,尤其是现代传媒主导下的大众文化,西方很多学者如法兰克福学派,早已给予了系统的批判和深刻的反思。对于影视作品过于"媚俗"的大众文化倾向,中国当代知识分子应该及时入列,通过批评承担起本应承担的责任。

这种批判性、独立性与超越性,还是针对影视传媒,尤其是影视艺术的语言特性而言的。影视媒介的出现与推广虽然体现了人类在超越时间和空间方面的伟大成就,极大地丰富了人类的感觉世界,但正像许多评论家指出的那样,它同时也助长了人类对感官刺激的过分痴迷与盲目追求。没有一种艺术媒介能像影视艺术这样,拥有如此强大的模拟人类视听感官的手段和人类心灵感受过程的能力。作为观众,在这样一种庞大的、扑面而来的、充塞四周的全能语言体系面前,究竟有多少能力给予清醒的体认乃至抗拒? 谁来监督与评价影视等大众传媒的"话语霸权"? 谁来保证它们对民众的教育是恰当而正确的? 如果观众在不知不觉中被灌输了太多落后、陈腐乃至有害的观念,又应该由谁来指出与批评? 这一部分职责与功能很大程度上需要批评家来完成。因此,影视越是蓬勃发展就越需要批评家的参与,但在当代中国,这样一种科学化的影视批评机制尚未建立起来。

三、期待理论界的加盟

笔者认为,当前影视批评边缘化与不景气的状况,还与我国学院派或精英知识分子们对于影视艺术的轻视密切相关。在许多精英知识分子们看来,影视艺术作为正在生长中的新兴艺术形式,它那短浅的历史远不足以产生"经典"作品,在泱泱数千年传统文化与文学艺术面前,更不过像是茫茫"沧海"旁的一条溪流,因此他们根本不屑于将其纳入批评视野。他们恰恰忽略了一个起码的事实:正在发生着的新兴艺术形式,却很可能最具生命力与发展前景;而当前通俗的、低级的文艺作品,在不久的将来很可能就成为经典。

正是这些精英知识分子在影视批评中的"不作为",使得当前整个影视批评的学术水准不高,无法与传统文学艺术的批评相媲美,而且也给影视批评中的商业化运作、恶俗化批评方式以可乘之机。当前我国影视批评的主体往往是影视业余爱好者和新闻传媒工作者,专业化的学院派知识分子少之又

少。当然,不是说作为大众文艺评论形式的影视批评就没有其应有的价值和地位,事实上那些感悟式的清新活泼的评论文字,即使是一些专业评论者也难以企及,但对影视艺术的宏观性深入把握来说,仅靠这些学理性欠缺的大众文艺评论是远远不够的。

事实上,很多精英知识分子与影视制作者都有一个共同的认识误区:影视艺术是一门实践性、操作性很强的艺术形式,不需要太多的理论指导;作为通俗文化组成部分之一的影视文化也不需要太高深的理论观照。这一认识的偏颇是显而易见的:正是在那看似最基本的行为模式与最简单却最流行的文艺现象那里,最集中地体现了人类强烈而真实的需要,因为它们与人性的本质乃至人类社会的本质直接相连。作为一名富有社会责任感与使命感的学者,怎么可能对此熟视无睹?

(原载《中国艺术报》2005 年 3 月 25 日)

艺术还是商品？

——关于影视批评标准特殊性的考察

沈义贞

恩格斯的"美学的"与"历史的"观点可以说是包括影视批评在内的一切文艺批评的一般标准，然而，任何艺术由于其所运用的艺术媒介不同，以及即使运用同一媒介，由于在漫长的艺术实践中所形成的各种不同的艺术种类所积累或约定俗成的自身艺术规范不同，各种不同种类的艺术作品在这一基本标准的前提下，仍然形成并发展了自己的一系列独具特色的评判标准。影视作为一门既综合了一切传统艺术又迥异于一切传统艺术，并且还具备着一切传统艺术所不具备的种种特殊要求的、新型的艺术样式，其在评判标准上的特殊性也就尤为鲜明。

这种特殊性主要就体现在一系列矛盾之中，诸如艺术性与商业性的矛盾，本土化与全球化的矛盾，普世价值与现世价值的矛盾，共时性与历时性的矛盾，等等。本文着重考察的，是一直困扰着影视创作与批评实践的最为突出和普遍的一组矛盾：艺术还是商品？

一

电影在问世之初，其艺术特性一直得不到学界的承认，以至于巴拉兹在1924 年"向博学的美学和艺术史卫道士们"大声疾呼，"我们请求允许入场"，"一门新兴艺术已经站在你们高贵艺术殿堂的门口，要求允许进入。电影艺术要求在你们古典艺术中占一席之地，要求有发言权和代表权"。❶ 但电影作

---

❶ （匈）巴拉兹·贝拉著，安利译：《可见的人：电影文化　电影精神》，第 3 页，中国电影出版社2000 年版。

为一门艺术的观念确立之后,理论界在很长一段时间内在推崇电影艺术性的同时,又自觉不自觉地偏向了另外一个极端,即否定、贬抑电影的商业性,且视电影为"民众教育最有效力的工具"。❶ 所以,在 30 年代,茅盾针对《火烧红莲寺》等通俗电影才提出了异常严肃的批评,主张"要进行清理、抵制和批判",直到去世前还坚持认为,电影的通俗化、娱乐化倾向"足以迷惑一般小市民,故而其毒害性更大"。❷ 同样的认识在 20 世纪 90 年代也有表述,譬如,我们可以想像,如果电影艺术家们也同电影商人一样,把赚钱当作主要的或首要的目的,那么充斥我们电影屏幕的将是些什么东西,那些三级片、庸俗的所谓喜剧片、类型化的动作片往往会成为商业电影院线的支柱,难道它们代表的就是电影的本质? 是电影百年的骄傲?"商品拜物教的电影观念"会助长电影的媚俗倾向和降低电影的文化和美学品位,对电影的艺术和文化探索也会产生负面影响,还可能使人们在电影评价中用物质生产的标准来代替文化创造的标准。❸

不可否认,电影史上,为了追求商业利润一味地迎合大众的低级趣味的粗制滥造之作一直不绝如缕,且数量庞大,不讳言地说,在世界各国和地区的电影领域都存在着这股庞大的、不容小觑的浊流。上述意见对于抵制电影艺术的滑坡,捍卫电影的艺术尊严并推进电影艺术的革新的确是大有裨益的,是所有严肃的、有所追求的电影人必须牢记的准绳。然而,不容忽视的是,一部电影的成功与否,又的确同其票房价值有着至为关键的联系。有关这方面的事实可以说不胜枚举,例如:①电影史上有无数曾经在本国电影艺术中作出巨大贡献或具有较高艺术才华的导演,如俄国的爱森斯坦、瑞典的斯约史特洛姆、奥地利的斯特劳亨等一旦来到好莱坞这个"造梦工厂",如果他们不能给好莱坞带来巨大的利润,其结局要么是被迫离开,要么就屈从好莱坞的商业原则,如果既不离开又不屈从的话,那么他将发现"制片厂的大门已永远对他关闭了"。❹ ②一个优秀的导演可能由于种种因素拍出了某些经典的艺术杰作,但如果票房价值持续溃败,则其虽有可能在电影史上占有一席位置,但个人的处境和出路却不美妙,要么终生穷困潦倒,如曾经拍出《猪与军舰》、

---

❶ 顾仲彝:《中国电影事业的前途》,载《电影杂志》1948 年第 7 期。

❷ 丁亚平:《论中国电影与通俗文化传统》,见《中国电影:传统文化与全球化趋势》,中国电影出版社 2001 年版。

❸ 尹鸿:《世纪转折时期的中国影视文化》,第 104～107 页,北京出版社 1998。

❹ (法)乔治·萨杜尔著,徐昭、胡承伟译:《世界电影史》,第 258～263 页,中国电影出版社 1995年版。

《日本昆虫记》、《人贩子》等日本电影史上少见的反思日本国民性的严肃之作，始终不肯向商业性低头的今村昌平；要么被视为"票房毒药"，如拍过艺术性较佳的《细路祥》、《去年烟花特别多》、《香港制造》等影片的香港导演陈果；要么难以为继，如大陆第五代导演中的陈凯歌等。在传统的文艺创作中，一个作家可以无视同时代的回馈，宣称自己的作品是为下一代人创作的，甚至无论个人的生存条件如何恶劣，都并不妨碍其创造出伟大的作品，如吴敬梓之于《儒林外史》，曹雪芹之于《红楼梦》，以及一生困厄却杰作频出的印象派大师凡高等，但此种情形在电影创作中无异于痴人说梦。因为电影作为一项昂贵的艺术，没有任何投资方愿意仅仅为满足某个人的才华发挥而让自己投入的巨资打了水漂。③从一个国家或地区的电影事业看，衡量其繁荣与否，除了看其为世界电影提供了哪些重量级的导演与经典性的文本之外，很重要的一个尺度就是看其在世界电影市场上所占的份额多少，因为无论从关贸总协定中关于知识产权的谈判，还是从各国所制定的保护本国电影生产的政策、法规中都可以看出，各国对影视的态度，除了将其看作是意识形态输出的重要媒介之外，很重要的一个认识还在于，把影视看作是支撑、发展本国国民经济的文化产业，在很多国家，影视业实际上已被视为国民经济的重要支柱性产业。以美国为例，在其各行各业中，"电影业的纳税额始终名列前茅。2000年，全美电影国内票房总额是74.5亿美元"。❶ 今天，人们谈论好莱坞的成功或本国电影业的不景气，很大程度上也即着眼于这种经济的考量。

所有这一切都表明，电影的商业性是不容忽视的。如果说在文化垄断时代，社会的娱乐渠道比较单一的情况下，电影家们坚持自己的艺术追求，别无选择的观众还可以自觉不自觉地认同的话，那么，在大众文化崛起之后，电影作为一种商品能否为市场最大限度的接受，在电影创作中已愈来愈重要，这也就是有学者所说的，"历史的发展已发出了内在的要求，那就是影片创作及其心态要纳入中国政治经济改革的新的社会文化语境中，换句话说，就是要与以世俗精神和当下原则为核心的大众文化观念、大众文化意识相适应"。❷

二

然而，能否据此以大众对电影的欢迎程度或电影票房价值的多少作为衡

❶ 袁玉琴、谢柏梁：《影视艺术概论》，第79页，中国文联出版社2002年版。
❷ 饶朔光：《论电影的感性娱乐功能》，载《西部电影》1987年第4期。

量一部电影或一个导演的重要标准呢？譬如，据资料显示，"李安 1992 年执导的《喜宴》，制作成本仅 75 万美元，但全球票房总收入却达到了 3 350 多万美元，投资回报率高达 43 倍多。斯皮尔伯格执导的《第三类接触》赢得了 3.3 亿美元的票房，《外星人》赢得了 7 亿美元的收入。卡麦隆执导的《泰坦尼克号》全球票房更是高达 19 亿美元"。❶ 那么，能否因为李安的《喜宴》仅仅获得 3 350 多万美元，就可以断定其艺术成就低于获得 19 亿美元票房的《泰坦尼克号》？或者，能否因为《第三类接触》的票房低于《外星人》，就认定前者的艺术价值一定低于后者？此种做法显然是荒唐可笑的。

由此就产生了一个问题，一方面，拒绝承认电影的商业标准是片面的、错误的，另一方面，直接以票房多少来衡量电影的成败又是荒谬的，那么，究竟应当如何理解电影的商业标准？或者说，究竟应该在何种意义上运用商业标准？并且，这个商业标准同艺术标准又是一种什么样的关系？

我们认为，电影的商业标准当然与票房有一定的联系，但必须注意，第一，电影的票房当然是越高越好，但票房数额的多少却并不说明全部问题，有着较大的随意性与偶然性；第二，票房价值较高的电影并不一定就是艺术价值较高的电影。譬如，霍建起的《那山那人那狗》在国内的拷贝卖不出去，但意想不到的是在日本却获得了巨大的轰动，不仅获得了"日本电影笔会"等部门颁发的大奖，而且观众达到 30 多万人，累计票房达 4 亿多日元。按理说，这是一部艺术价值较高的电影了，事实上情况并不如此。为什么其在国内根本无人喝彩？是中国人的艺术水准、艺术眼光都不如日本人？当然不是！国内观众对这部影片的拒绝可以说有着充足的依据：这是一部故事单薄、人文底蕴单薄，仅仅靠一个粗陋的情节框架和肤浅的主题串联起无数风光场面的平庸之作。这些风光场面对于国土面积狭小、局促于海中小岛之上、整天在经济的压力下疲于奔命的日本人来说可能有一时的新鲜、刺激，对于成天就生活其中的中国人来说就毫无吸引力了，甚至今天任何一个稍有摄像经验的旅游者随身携带一部摄影机都可以毫不逊色地拍出霍建起片中的那些风光，因为在中国如此丰富多彩、具有民族特色的风光委实是俯拾可取的。换言之，日本观众以及日本影评界对《那山那人那狗》其实是从旅游的层面而非艺术的层面接受的，其所获取的票房并非艺术意义上的，其性质犹如博览会上展出的某个不为人知的新奇玩意儿引得人们趋之若鹜并带来丰厚的收益一

---

❶ 袁玉琴、谢柏梁：《影视艺术概论》，第 79 页，中国文联出版社 2002 年版。

样,并且一旦人们的新鲜劲儿过去,其也就失去了接受的可能。遗憾的是,没有弄明白个中道理的霍建起在《那山那人那狗》之后又再接再厉地拍出了《暖》,同样以单薄的故事和主题串联起又一处中国风光,而且将这些风光处理成极富"中国特色"的"水墨画",甚至还在片中不失时机地卖弄了一点"中国特色"的婚俗,企图凭借"风光加民俗"在海外市场上再侥幸一把的动机也就十分浅陋了。

所以,所谓的票房价值在商业标准中仅仅是一个并不太绝对的参照,影视批评中的商业标准严格地说,并非指一部影片赢得了多少数额的票房,而是指其究竟能在多大程度上最大限度地争取到最广泛的、不同层面的观众。如果一个导演在影片摄制之初除了关心自己的艺术追求之外,还能够具备一定的观众意识,即能够大约估计出本部影片可能有哪些观众接受,并在影片中尽可能地照顾到不同层面观众的审美趣味以期获得最大范围的观众欣赏的话,那么,可以说这个导演就是在运用商业标准运作自己的影片导演,而批评家运用所谓的商业标准评判一个导演或一部影片,也就是探查其是否具有观众意识,以及如何在实践中具体地贯彻观众意识的。

以好莱坞影片为例,在其电影实践的早期,富有眼光的电影人就发现,美国的黑人阶层是进入影院的最大观众群体,于是,为了争取这部分观众,好莱坞除了在影片中偶尔地设置黑人为主角、反映黑人的命运或社会问题之外(如《谁来吃晚餐》),在其余几乎所有的影片中都会设置一个或数个黑人为配角,且大多以正面形象出现。这一成功的策略为其赢得了不少的利润。近年来,随着全球化浪潮的一泻千里,我们看到,为了在全球市场上获取到不同国家、不同民族的观众,好莱坞惯常采用的策略之一就是选择一个为世界绝大多数人都能接受的、具有全球色彩的主题,如《廊桥遗梦》、《泰坦尼克号》中的"爱情",《天地大冲撞》、《埃博拉病毒》中的天灾人祸,《星球大战》、《指环王》中的世界各民族团结起来,共同对付人类自身的邪恶或有可能左右人类命运的神秘或超自然的破坏力量等。这些主题的确并不深刻,但"一种畅销的产品往往是按照社会的平均口味去设计的",[1]这些看似简单的主题如果没有一种全球化的战略眼光以及对"社会的平均口味"的精心设计,却是无论如何也提炼不出来的,看似简单并不简单,成功容易却艰辛。我们的很多电影人一提起好莱坞的成功,就提起他们的大制作,其实,其在影片运作中始终将观众

[1] 江晓雯:《当代世界电影文化》,第35页,中国电影出版社2004年版。

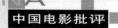

的接受度作为重要的考量，在宏阔深厚的人文思考中厚积薄发地推导出一个符合社会平均口味的简单主题，才是关键。

三

明乎此，再来看电影制作与批评中的商业标准的运用，许多问题也就迎刃而解了。

电影的迎合观众口味问题。为了追求电影的商业利润，许多导演往往在影片的奇观性上大做文章，但由于人文性、想像力与制作条件等等因素的薄弱，其所理解和展示的奇观也无非是在片中大量插进色情与暴力镜头，以为可以获得观众的青睐，具有所谓"观赏性"，甚至有许多严肃的导演、严肃的影片也常常硬生生地在影片中加进女主角脱衣洗澡的镜头，为此招来了不少批评家的指责，认为是诲淫诲盗，迁就、迎合观众的低级趣味。批评家的这些意见应该说是对的，因为事实证明，几乎所有的这些希图凭借如许镜头招徕观众的影片，都不能挽救其票房惨败的厄运。但批评家在批评中始终蔑视大众的口味，一味强调思想的先锋性、推进性，可以说也在某种程度上导入了误区，即没有能理解知识分子文化与大众文化的关系。一般来说，知识分子文化无论从何种角度看，无疑都高于大众文化，但不可忽视，大众作为社会最广大的群体，所谓历史发展的必然要求，其实就隐含在由其所构成的社会心理之中，或由其所构成的社会心理所孕育，知识分子所谓的优越性，说穿了也无非是在大众尚未获得话语权或无法说清自己的诉求之际，能够在错综复杂的社会表象构成的一片混沌之中率先把握、理明了历史发展的逻辑、可能性与趋势，从而具备着某种精英性或超前性。换言之，所谓思想的先锋性、先进性并非知识分子的专利，其本身归根到底来自于大众。所以，所谓迎合大众的需求，并非迎合大众的低级趣味，而是将知识分子所揭示的带有某种超前性的真理尽可能用大众能够理解的水准传达出来。能够做到这一点的导演或影片，用商业标准衡量就是成功的，至于其究竟获得多少数额的票房回报，也就不很重要了。

文化语境的培育、维护与引导问题，或商业性与艺术性的关系。坚持了影视制作与批评的商业标准，是否就一定意味着纯粹的艺术电影就没有市场或只能为小众所欣赏呢？也不尽然。一方面，不可否认，电影史上也曾经有部分美学诉求高雅甚至前卫的、纯粹的艺术电影获得较高票房的情况存在；

另一方面,所谓高雅的、前卫的艺术追求只要是符合人类发展正确方向的,从理论上看就一定潜藏着广阔的接受市场。这里就有一个文化语境的培育、维护与引导的问题。还是检视电影史时,我们就发现,在全球化浪潮尚未真正展开的那一段不短的日子里,世界各国或地区的电影领域都曾有过本国或本地区电影发展的黄金时期,都曾诞生出一批杰出的、代表着本民族骄傲的导演与影片,譬如英国的"自由电影"运动、意大利新写实主义电影、法国新浪潮电影、中国 30 年代电影甚至 17 年时期电影、香港区域性电影等,这些电影之所以能在当时繁荣一时,究其根底就在于世界各民族或地区都曾经存在过一个接受这批电影的相对封闭、独立的文化语境。而这些国家或地区电影的衰落,很大程度上也是因为其曾经拥有的文化语境在全球化浪潮的冲击下逐渐解体或变得支离破碎、找不着北所致。

在这方面,韩国影视剧的成功可说是一个有力的证明。近年来,韩国的影视剧在中国大陆大行其道,很多人百思不得其解,因为韩国作为一个深受中国儒家文化辐射的国家,其文化何以能反过来回流到母体文化并获得承认？是韩国经济的成功还是韩国影视剧中的俊男靓女策略使然？我们说,这些因素都存在,但根本的原因还在于:①其虽然走进了现代化进程,但对其所接受的中国儒家文化传统却保有着一份纯正的解读与传承。比如《八月照相馆》,影片中那个已知自己身患绝症、不久于人世的青年,既没有呼天抢地痛不欲生,或变态地在临终前疯狂享受一把,也没有悲观、可怜地乞求别人的同情、安慰,而是淡淡地、平静地处理着自己该做的事务,不着痕迹地安排自己的后事;照常认真细致地为顾客拍洗照片,教老父开启电视,与朋友聚会不失时机地留下一页可能在将来对活着的人有纪念意义的照片,深深地爱上一个女孩子却又为了怕这份爱成为其负担而刻意地与她保持距离。所有这一切,都无不流露着儒家文化所倡导的那种积极处世的精神,对亲情、友情(当然还有儒家文化有意回避的爱情)的珍重,以及面对生死的那份达观与从容。值得注意的是,其对儒家文化的诉说,并不是靠提供所谓的东方文化的奇异镜像,而是就蕴涵在影片所呈现的那些具有现代气息的日常生活的画面、人物的一言一行之中。相比之下,中国大陆由于现代历史上的内忧外患、当代政治上的历次暴风骤雨,其所拥有的悠久、丰厚的文化传统反而变得面目模糊起来,而成长于这一环境之中、特别是由于教育制度的摇来摆去未能很好地接受本民族纯正文化传统影响的中国导演们,也就反而说不好自己的文化了,等而下之者也就只好靠生硬地、外在地拼贴某种奇异、甚至丑陋的东方文

化"奇观"以图博取西方观众一笑。②也许我们无法说清韩国人是如何保持着对儒家文化这种纯正的解读与传承的,但我们分明看到,韩国人对自己所拥有的这个既传承着儒家文化传统又并不拒绝现代化要求的文化语境是如何捍卫的。据1998年4月23日《上海译报》报道,就在美国大片《泰坦尼克号》在全球市场上狂卷了巨额美金之际,韩国的高中生却自发地发起了抵制《泰坦尼克号》,不到影院观看此片的运动!也许此举有点幼稚甚至狭隘,但《泰坦尼克号》在韩国的沉没所反映的韩国观众对于自己文化语境的维护却表明,维护住自己的文化语境,实际上就是维护住了自己的电影市场。这不仅解答了韩国影视剧为什么盛兴的原因,而且深刻地启迪了我们,一个国家或民族的电影市场能不能存在、壮大,就看这个国家或民族是否能培育、维护甚至引导出一个接受本民族电影的文化语境。

也正是在这个意义上,我们说,强调最大限度地争取观众的商业标准,实际上仍然离不开文化的参与,商业标准的实质仍然是一种文化标准。只要培育、维护、引导好本国或本民族的文化语境,不仅可以培育接受本民族电影的最大的观众市场,而且这种引导越是成功,观众的文化素质必将不断地提高,那些纯粹的艺术影片也就最终能够获得巨大的市场。

(原载《南京师范大学学报》2005年第2期)

电影批评的思考

张会军

随着当代电影艺术创作的多元化发展,电影批评在整个电影研究体系中变得越来越重要。但现实情况却是,我们听不到电影批评的声音,即便是有一些,也由于显得苍白而无助于电影的创作。

辩证唯物主义世界观认为:存在是第一性的,意识是第二性的。艺术来源于社会实践和社会生活,一切艺术及其作品都是社会生活的反映,是艺术家头脑中的产物,是一种属于意识形态的精神产品。而世界电影教育基本上是按照两大系统进行划分的:①制作系统:编剧、导演、摄影、录音、美术、剪辑、管理;②理论系统:理论、历史、批评(评论)。电影批评是电影理论系统中最为重要的一个方面,因为在当前的情况下,它是唯一可以直接影响和改变电影制作与创作的方面。

一、电影批评

对于电影作品的批评,我们可以有各种理解:

电影批评,是影片欣赏、读解的过程;

电影批评,是一种思想观念的自我表达;

电影批评,是一种复杂的电影思维现象和手段;

电影批评,是影片创作技巧、规律的总结;

电影批评,是评论家自我直觉、感觉的细化过程;

电影批评,可以充满个人强烈的主观意念;

电影批评,可以成为我们进行电影专业论辩和抗争的主要方式;

电影批评,应该体现我们对电影历史和理论的了解与掌握;

电影批评,应该是对影片的艺术特征总体把握的一种理论表述;

电影批评,可以促进电影制作人的思想转变;

电影批评,在宏观上影响和左右电影的创作走向。

而我们的一些电影批评者,仅仅是将影片的批评定位于对历史或者对政治、军事、文化等的思考与讨论,从不涉及电影制作专业的各个方面,不谈电影的本体,这种批评只会停留在表面,永远不会深入到电影的深层结构。

进行电影批评,首先要求批评者对电影本性、电影观念、电影美学、电影理论、电影技术、电影技巧等诸多方面有一个相对全面的了解和掌握,否则,我们就会停留在表面,无法超越电影本体。我们的一些批评往往是在进行一些缺乏专业、缺乏理论的批评研究和泛泛的评论,甚至游离于电影专业之外,在批评中玩弄各种各样莫名其妙的华丽辞藻,搞一些不着边际的、空洞的文字堆砌。

在专业现实中,我们阅读(看)电影,思考(想)电影,分析(写)电影,就是一种艺术感觉、体验的过程,也是一种心理欣赏的过程。电影批评则是一个对电影的全面检查、思考的过程。

电影批评——是在批评和否定的同时提出自己的艺术主张;电影评论——是讨论和评价电影艺术上的成败得失。电影批评不是作影片的"量化"分析;不应该作创作手段和造型元素的过于具体的分析,也不是对某一部影片的更为"深入"的研究,重要的是要提出观念的、专业的和尖锐的问题。

电影批评是一种特定的艺术传播方式。

电影批评过程中的审美体验是一种复杂的生理和心理活动过程。

批评本身需要更多的内心体验、理论研究、制作研究,更重要的是关注电影的技巧、规律、文化的研究。

在电影理论和批评的研究过程中,每个人常常倾向于用一种特定的方法,或者从一个特定的观点去读解、分析、研究、批评电影,诸如用马克思主义理论、符号学、语言学、心理学、女权主义、意识形态批评等方法进行分析,这些都仅仅是我们进行电影理论和批评研究的一种方法。但是,更多的人还是习惯于对电影进行理论研究而从不介入电影的批评。

批评——需要专业知识,需要勇气,需要提出自己的理论观点;要敢于否定电影中所表现的倾向与内涵;要敢提出对电影所表现的主题的不同看法。电影批评中存在的问题是目前的电影批评与电影创作、电影理论、电影市场相脱节。中国电影批评在电影市场比较低迷的情况下,已经没有了声音,没有了地位,没有了责任,没有了思考,没有了文化意义上的品位。

今天的电影批评已经成为了"象牙塔"里的东西,成为了"阳春白雪",这两个词在这里完全是贬义的概念。电影批评在今天甚至已经成为"程序有病"的代名词。在电影理论界几乎形成了一个不争的共识,那就是,电影批评要对电影创作不容乐观的现状承担一定的责任。

回顾电影批评的历史,在 20 世纪 80 年代曾对中国电影创作和电影理论的繁荣起到了极大的推进作用,相反,在今天经济全球化、中国电影不断发展、网络媒体日益发达的状态下,电影批评失语了,这一席位被一些非电影媒体和娱乐媒体所占领。尴尬的局面是,对于这样一种现象和状态,专业人士和观众群体谁也不认。

电影批评发展到今天的状况,与电影整体上的不景气有关,同时,也与批评缺少权威性、专业性和独立性有关。

一些在"主流媒体"上各领风骚几分钟的所谓的"电影批评",连这些人本身也不知所云,显示给我们的是"文不对题"和"献媚",没有自己的"独立观点",没有"审美观点",没有"价值判断"。

在电影业内部,电影批评的研究不如电影历史和理论的研究,第一是不重视,第二缺少研究队伍,第三缺乏专业刊物。

电影批评目前所遇到的令专业、媒体、观众误解、非议的原因是多方面的,主要集中以下几个方面。

(1)具有太多的个人意志和主观性。你根据什么就认为你的批评与评论就是绝对的艺术风向标和价值尺度?在一部分观众和审美者(甚至很多人)的心目中,电影批评中的主观性是一个有害的东西,是一个跟作品风马牛不相及的东西,主观性往往忽略了客观和定量的分析,结果造成一些肤浅的臆断;

(2)缺乏电影的专业性的技术和艺术。电影的特性中具有一种多义的东西,在创作的过程中也需要技术、艺术层面的具体指导。甚至我们有时都觉得有的批评还仅仅停留在文化特征和艺术特征的层面上,而更深刻的东西是在批评的所指上缺少科学的分析和客观的解释;

(3)在电影制作专业上缺乏科学的内容和形式诠释,批评往往是非科学和专业本身的批评,缺乏沟通与理解,主观性是有了,但真正绝对的"客观"也是根本不存在的。

研究理论问题,一切要做的学问都是带有强烈的主观性和个人意志的,人文社会学科尤其如此。学问研究的主体——人的意识本身就具有较大的主观性,艺术创作本身也具有较大的主观性和排他性。虽然批评者有意识地

选择的电影作品,即客观体,作为研究对象本身有很大的客观性,但批评者运用研究方法的过程也离不开思想和意识的主观性。

所以,我们需要更多的是一种专业的批评——理论与技巧的批评,由于其明显的专业性、选择性而会对作品的认识产生非常关键的作用,从而改变人们的功利思想,这一点则不能被遮蔽掉,非常重要。

二、电影批评的五种形态

从层次上来看,我们的电影批评形态,主要表现在如下五个方面。

(1)前瞻性批评——这种批评是纯学术性的,应该是在电影观念上、电影语言上、电影美学上关照电影作品,指点迷津,分析问题,讨论思想,而在今天市场机制下,传媒商业风格浓重的情况下,电影批评无法在势态上、声音上、分量上呈上升和壮大趋势,又有谁能坚守住这块阵地而耐得住城市的"喧嚣"和商业的"寂寞"呢?

(2)权威性批评——这种批评是完全建立在个人风格上的权威表述,可以是纯专业上的,也可以是个人品位上的。但问题是,今天的"权威"不再具有"权威"作用,取而代之的更多是学术、专业的讨论。这一类批评的主要参与者一般应该是电影学者和电影专业人士,因为这种权威批评的崇拜度、信任度完全取决于批评者的学术水平、艺术修养,但是,目前的现实是这类批评没有市场。

(3)文化性批评——这种批评往往是想介入的人都可以介入,而且涵盖的范围更为广泛,当下似乎更具有影响力。因为,它是一种建立在纯文化学、价值观、品位层次和大众审美上的深入讨论,更加有被欣赏和关注的意义。由于这种批评不向电影专业靠拢,不向市场依赖和投降,更不理睬个人意志的心理暗示,不为"五斗米"折腰,就更显现其个性特征的鲜明。文化性批评可以在文化学的角度上更真诚的批评电影,给电影更多的关怀,给电影更多的指导。而在观念的层面上,文化批评则能帮助大众深入了解电影这种文化现象所应具有的特质,对于创作者的创作需要来讲,文化批评从根本上可以找出电影在文化意义上的差距,就目前来讲,这种批评太少,即使有也缺乏一定的水准。

(4)娱乐性批评——这种批评的出发点完全是从娱乐工业角度阐释电影的娱乐功能,往往将电影艺术作品中的"思想性、艺术性、娱乐性"三性中的娱乐性放大,这种批评也无非是两种状态:一是从娱乐性切入,指导电影创作更关注娱乐点,更多考虑关注观众的娱乐需求,使电影创作中的娱乐潜能充分发挥;二是从市场切入,指导电影创作更为关注市场和商业,更多考虑电影的商业成果与利益。娱乐批评往往由于自身的原因也根本地改变了性质,迎合商业,迎合操作者的意愿,有"商业买断"的倾向,更像促销广告。

(5)混乱性批评——我一时找不出一个更好的词来形容和表述我的这样一种感觉和归类,更无法给社会上目前这样一种"声音"下一个准确的定义。这种批评让你感觉它不知所云,无事生非,既不懂专业,又没有文化,道听途说,东拼西凑,文章既无美感享受,又无专业指导。然而,这种批评情况还会继续存在。

坦白地讲,这五种状态的存在都不十分健全,其中(1)、(2)、(3)种批评模式比较薄弱,第(4)种在今天似乎更为繁荣。

三、电影批评的作用

在理论的层面上和观念上认为,创作是一种生产,批评也是一种生产。电影的批评应该涉及文化的、审美的、市场的、技术的、艺术的、技巧的。电影批评,首先是在于对电影作品的文化理解和审美理解,而且,在审美理解中的专业理解是最为重要的。电影的批评可以引导创作,可以提高欣赏,可以刺激消费,可以梳理理论,可以改变制作。

电影批评要全面总结电影制作与创作,解释已经出现的电影现象,批评者与制作者是"对话"的关系,不是谁陪衬谁,批评是要产生观点和思想。

批评家也是生产者,生产出的商品是批评(文字),消费者是读者。虽然批评家的经济回报由承载批评文字的媒体支付,但批评文字是要被人读的,也只有被人读或听到才有意义,而不同的批评文字所造成的影响又各不相同,有的读者众多,影响大;有的读者少,影响小。

批评无论是在哪一个层面,都需要正直和良心。在批评的过程中,要有全方位的批评,要有正面的批评——指出值得肯定的元素、结构、手段、风格,特别要指出作品在理论意义与研究中所提示和确立的东西;要有负面的批评——指出作品中最为失败的地方和致命的硬伤,特别要指出作品中在理论意义上失败的东西;电影批评作用的生效不仅仅依赖于电影文化的规定情境,还依赖于电影创作者对电影创作的观念、文化、理论、技巧、制作的反思与批判。

电影是电影技术工业的一种特殊的商品,是按照市场规律进行批量生产的产品,要有投入产出的概念和经营思想,要有票房回报和利润的产生,要产生其他的社会效益。

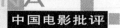
四、电影批评要形成话语的权威性

电影批评的作用,是要通过对电影作品的立意、观点、内容、形式、风格的剖析,对电影作者,(编剧、导演)的研究,对影片所表现的形态进行分析,把浸透在作品中的思想、主题揭示出来,把显现在影片镜头和画面中带有电影发展倾向和具有本质意义的一些现象挖掘出来,加以艺术的、专业的总结与概括,上升到规律、理论的层面,从而在根本上推动电影艺术创作的发展。

我们理解的电影批评的话语权威性是在几个层次上起作用的。它应显示具有警示作用的语言力量;它应具有肯定影片某些内容、形式的因素;它应具有让大众和传媒接受其所表现出的形态的煽动性;它具有必须予以排除和否定的东西;它具有监督创作和影响制作本身的力量;它应具有把电影作品区分为不同层次的能力;它应具有鉴别影片是否有创作新意与可以在市场上流行的判断;它应具有直接面对专业制作人士和理论人士的(说服的)权威力量。

电影批评无论是在哪一个层次上,无论是文化的还是专业的,都应该明确地指出作品的意义和价值,论述影片所表达的东西是否为未来电影发展指出某种正确的方向,特别是要指出其影片在观念上、艺术上、风格上的主体实践和行为存在什么样的问题? 影片艺术内涵是怎样被设定和在怎样的思维模式上建立起来的。电影的思想经常是存在于话语体系和结构之内的,它经常被隐藏起来,为影响和改变人们对生活和社会的看法提供思想和情感的动力。

对传统的电影批评进行了详细分析之后,我们发现人们更多认为电影批评归根结底是一个政治的问题和意识形态的问题,其实,这只是电影批评的一个方面的功能。电影批评的另外一个重要功能是对电影的专业现象进行价值分析时,所确立的话语应该具有专业风范的标志。政治性、专业性,一个都不能少,而我们所感兴趣的是在确立了政治性标准以后对电影艺术的叙述形式、论述形式、语言形式、表现形式的具体运用。在当代各种电影理论和美学批评中,马克思主义与女权主义使用得比较多,因为这两种理论观点更多的正视文学艺术及其作品的政治性,而且是按照文化与艺术特质与现实社会权力结构的关系来批评、分析、评价艺术作品。

纯专业的批评应该是艺术价值观、艺术风格、艺术倾向的批判。在这一点上,需要我们的批评(文字)具有尖锐性、批判性、攻击性、颠覆性、前瞻性。只有这样才会产生批评的权力。一切的吹捧、献媚、炒作、不深入实际的东西只会毁坏批评者本人的名誉，影响作品的传播。批评的过程要让制作者真正意识到电影作品中存在的问题，批评的专业性、批评的权力、对作品的关系不只表现在对其只谈好的东西，更不能对作品中存在的问题一味地妥协、缺乏尖锐批评甚至"献媚"，长此下去，批评形象、话语权力、专业程度都会失去作用。如何保存这一点，成为电影批评保持自己专业性、尖锐性与前瞻性的迫切问题，也是电影批评在整个电影制作环节和电影研究中发挥作用的关键所在。

五、电影批评与电影创作的关系

作为正常的分析，电影批评者和电影制作者的关系是一种相互依存的关系，是互为生产和消费的关系。电影批评者生产出批评供电影制作者和电影观众消费，电影制作者生产出影片供电影批评者和电影观众消费，这是一种物质和精神、生产和消费的关系。同时，他们也是一种精神合作的关系，批评与影片是由不同的生产者、制作者生产出来的精神产品，两种精神产品所产生的作用和面对的消费对象不尽相同，但是，其直接的目的基本是相同的，那就是造成一种循环往复的精神消费和精神愉悦的过程。

我们以往的观点，或者是大多数电影制作者经常认为的那样：电影批评家是电影艺术家的附庸，没有电影创作就没有电影批评，电影批评作为一种专业可以存在，但是作为一种职业是无法存在的。批评的工作实质就是对电影作品中的意图和作品本身进行解释，把导演、艺术家的世界观、影片的意义阐释出来。电影由于专业的原因和艺术本身的特性，观众在一般的欣赏过程中可以从叙事的层面理解一些东西，但是，对于更为深刻的东西无法去进行审美。批评家的作用就是告诉观众，影片想告诉我们什么，也告诉制作者，你的影片中表现了什么连你自己都没有意识到的更深刻的东西，这是批评家最引以自豪的关键点。这种观点多少在我们的思想中是能够得到认同的。我们相当多的电影批评的论著一方面是在表述批评者的理论观点和学术思想，另一方面是在制作者与观众之间进行相互理解、相互沟通、相互提高。其实，在创作的意义上，批评的主要作用是完善电影的创作，提高电影制作者的技术、艺术水平；在经济的意义上，批评的首要作用是解释电影，帮助观众全面理解电影的意义，吸引观众参与电影消费，从而产生经济效益；在专业的意义上，批评的重要任务是总结创作经验和纯理论的东西。

电影批评者是一个专业层面的社会角色，它融在我们的社会关系中，阶层、性别、年龄、经历、价值观、世界观、学术水平决定了他们在社会中的地位，决定了他们批评的权威程度。

批评者要有专业标准，要受过相应的职业或者专业的训练，具备一定的电影专业技术、艺术知识，这两点是决定批评者对电影作品做出批评的基础。电影批评者与电影制作者之间应该有一条界线，批评者在对电影制作者和影片的解读过程中，会形成自己一系列的看法、观点、专业认同，从而生产独特的理论思想。当这种理论思想以批评的方式或者说是以文字的方式表达出来以后，才会产生社会影响和理论影响，电影制作者和电影观众才会对批评的意义有所了解。

电影批评也像电影创作一样，是一项艰苦的、创造性的精神劳动，要有独立的思考，需要有自己独立的见解和观点，其观点最好是要有理论的锋芒，对制作者和艺术家要有所帮助，对观众要有所教化和启迪。

六、电影批评应该确立的地位

电影的批评在艺术的整个活动过程中，处在一种连环和纽带的状态，其两个基本的排列结构是：①"电影作品—电影批评—电影受众"；②"电影作品—电影批评—电影制作者"。如果仔细分析，我们会发现，在这个由社会形成的排列结构中，电影批评既处于一种影响的主动地位，又处于一种传输的被动地位。在我国目前实际电影创作与发展过程中，电影批评还无法将两者之间完全、有机地统一起来，在社会传媒和电影制作的角色中，电影批评仅仅起到一个独立存在的观点和一个作品理解的传声筒作用。

在中国，电影批评家作为一种独立的职业还没有确立。我们的电影批评在电影的制作层面和电影消费层面还没有成为权威话语，还没有形成像美国好莱坞那样权威的"影评人"所产生的作用，向上或者向下一竖大拇指，就会影响和决定影片的票房和市场命运。我们的电影批评实际上在承担和扮演着一个尴尬的双重角色：一方面，电影艺术家不把电影批评看作是他们的代言人，电影制作者又不想把电影批评当作自己的专业教育者，认为电影批评无助于提高电影的创作技巧和艺术水平；另一方面，电影观众也不认可电影批评对电影作品的评述，认为电影批评中所表述的观点与自己认同的观点相去甚远，对自己的审美和欣赏没有更多的帮助。

所以，电影批评应该保持中立的地位，力图使批评和批评者本身与电影制作者、电影观众保持一定的距离。

从文化、理论和学术的角度去分析，批评的结果或者是效果应该定位于专业的影响力，可以这样说，我们目前存在的电影批评还不是严格意义上的批评，充其量是一种泛媒体的"炒作"，批评的结果不能像美国好莱坞那样用市场的票房和后产品的开发等直接经济利益来衡量，它所生产出来的理论意义、影响为电影制作者带来的不只是电影经济上的回报，应该是对社会和电影产业的一种文化上的回报，这是一种文化积累、理论积累。批评者对电影的理论表述和批评表述的方式是文字符号，内涵是对专业理论的总结与提高，对影片带不来直接的经济效益，即使为下一部影片，以至更多的影片带来的效益，也是如此。这是一个文化和理论的储备过程。如果想依赖电影批评带来直接电影制作者名誉上的效果和电影作品经济上的效果，也只是暂时的个例。

七、电影批评的意义

批评的重要意义在于，给电影制作者和电影观众直接带来一种文化的、专业的、精神的积累，造成一种追求和目标，形成一种信仰。

那么，电影批评到底应该处在一个什么样的位置？电影作品无疑是一种商品，存在的意义产生于市场的交换过程中，电影批评严格上讲也是一种商品，而且是一种特殊的商品，存在的意义产生于与电影制作者和观众的交流过程中。批评就其本身来讲，具有经济领域中的商品价值、使用价值、交换价值，甚至产生剩余价值，更具有其特殊的精神教化的价值。

艺术批评尤为显然。有的观点认为：因为电影批评的主体人物千差万别，是否批评带有明显主观性而会影响其理论的价值？对于真正的电影批评，一定是要在批评的内容和形式中体现批评者个人品位，应当是充分表达个人的理念和思想，要与作为客体的电影现象、电影状态、电影风格有相应的疏离感与距离感，这是其保持批评和思想独立性的重要条件。作为电影批评的结果和专业正确性，取决于批评者对电影技术、艺术、专业知识的有效拥有及个人独特文化背景的综合融会。

电影批评作为当代文化生活、理论生活和电影系统研究的一部分，既离不开电影技术、艺术的发展，也离不开社会对电影文化的认同，更离不开电影学科对特定历史时代的社会地位以及电影文化语境的认知。

电影批评的专业性决定了批评的作用范围，电影批评的尖锐性决定了批评的深刻性，这或许在某种程度上妨碍了其批评的关键——思想性，但这不应该妨碍作为电影研究的重要组成部分的批评的发展。电影批评归根到底是批评者的批评，批评者在批评电影作品的时候，其实也在改变电影的历史，也在影响电影导演的创作，更是在潜移默化地教育每一个观众，同时也是对

个人电影专业知识的程度进行自我反省和自我批评。

电影创作上有一种危机，许多人已经没有了自我，许多人在迎合，在失去个性，在急功近利地想表达一种什么目的。这种浮躁和变化在电影体制、市场变革时期存在是必然的，但是很危险，艺术家如果没有责任感，没有个人信仰、文化品位的追求，那么电影作品必然会缺少经典，缺乏隽永。

电影批评有一种危机，许多人的文章和话语言不由衷，既缺乏高瞻远瞩，又缺乏润物无声，既不懂专业的渲染，又没有文化的深刻，这种电影批评的状态不利于电影创作的深入与繁荣，更无益于电影的研究与拓展。

在本世纪之初，我们讨论电影批评的问题，是要恢复或重建电影批评权威话语的位置，在真正意义上调整电影批评的状态，使电影批评更加贴近市场，更能影响电影制作，使电影批评能指引观众，更贴近学术，更关注艺术创作，更关注文化价值。我们应该让电影批评的声音重新发出来，不能因为电影市场的不景气而放弃电影批评的权力，不能因为这一类文章没有多少人看就对所有的人媚俗，更不能削弱电影批评自身的功能而总让创作者感到茫然。总之，我相信，电影批评在广义上的加强一定会对未来的中国电影创作产生不可低估的作用。

（原载《北京电影学院学报》2003 年第 4 期）

电影评论对电影创作的期待

倪　震

一、电影创作繁荣是理论和评论发展的前提

　　文艺批评的突破和建树,通常是一场思想运动和文学革命的产物。五四文化运动和 20 世纪 30 年代中国文学繁荣所带来的文学批评的现代化和批评理论发展有目共睹。20 世纪 40 年代延安革命根据地文艺创作的活跃和工农兵文艺理论的确立,同样体现了两者相辅相成的关系。

　　就电影艺术的百年历程而言,创作启发理论,创作推动理论,也是人所共知的事实,至少在 20 世纪上半叶传统电影理论的发展,是和各次重要的电影创作高潮紧密相关的。前苏联学派的探索、法国和德国的先锋派实践、意大利新现实主义的创作,直接导致了蒙太奇理论、先锋派理论和真实美学的建立。法国新浪潮运动的前前后后都跟现代电影理论休戚相关,法国《电影手册》因此而享誉世界。20 世纪 60 年代的这次艺术运动真正体现了"理论触发灵感,创作滋养理论"这句回味无穷的格言。

　　中国有中国的国情,以评带论,在评论中透发理论思辨,一向是中国电影理论的文体特色。即使经过 20 世纪 80 年代的大声疾呼,提倡论、评分家,各司其职,但潮起潮落之后,似乎仍难改变这种思维习惯。这正如美国电影以英雄神话而中国电影始终以道德神话为主类型一样,文化的河流总是体现出一个民族传统精神的流向和走势。

　　20 世纪 30 年代中国影评异常繁荣,可以说是中国电影批评美学的第一个高潮,社会学评论应运而生且成为一种习惯的模式,就是从那时候开始的。这和当时电影创作迫切地关注民族救亡、电影和民众的卫国情绪密切结合是一致的。20 世纪 80 年代形成了中国电影第二个理论和评论高潮,这一场充满活力的电影美学大讨论,同样是电影创作的活泼和繁荣带来的结果。1982

年，前辈影评家钟惦棐著文《电影评论有愧于电影创作》，足见其形势喜人、形势逼人。

20 世纪 80 年代，电影理论和电影创作紧密配合，水乳交融，是一些电影人至今常常怀念的。资深理论家、导演张骏祥以《用电影手段完成的文学》为题，谆谆告诫后来者要注重电影的文学价值（实质是指思想内容），但命题关乎电影本性，当即引发一场热烈而深广的学术争鸣。青年评论家朱大可对谢晋电影模式提出尖锐而中肯的批评，持续数月之久的诸家辩论，无论对创作者本人或是论者、观众，都引发深省。检讨所及，远远超出谢晋电影本身，撼动了中国主流电影传统模式的稳定形态。

20 世纪 80 年代，第三代导演如谢晋、谢铁骊、汤晓丹等人，欣逢盛世，再现青春；第四代导演初登银坛，一吐压抑既久的艺术心声；而第五代电影接踵而至……创作态势多元并存，理论、评论跟踪辨析。因此，20 世纪 80 年代生动的体现了"创作激发理论，理论回应创作"的交流关系。

20 世纪 80 年代，围绕着电影本体论的中心，既吸收、评介外来文论，亦涌现本土著述。在 10 年左右时间里，不但对经典电影理论充分地辨析，而且补上了现代电影理论因"文革"十年留下的空白，大致赶上了国外研究的步伐。这 10 年间出版了大批电影理论论著、译著，而且培养了一批年青理论和评论家，他们正是当下中国电影理论界的中流砥柱。全国各高校文科院、系渐次开设了电影课程，迈出了电影理论机构化的最初步伐。

20 世纪 90 年代是中国电影动荡起伏、分流更新最激烈的 10 年，也是创作和批评关系变化层出不穷的 10 年。由于新因素的生长太快，电影创作多元化的形势始料不及，经过 10 年的孕育和阵痛，到了 1999 年，中国电影创作和工业体系已经走到了脱胎更新的前夜。

在 90 年代，弘扬国家意识形态的主旋律电影、明确迎合市场的娱乐性电影、力图贴近现实，触摸社会问题的写实性电影和反映另类心态的体制外电影……形成了多元并存的局面。随着新世纪的到来，多元、自主、独立的文化潮流更是不可避免的趋向。

90 年代初期，主管部门以创作规划、资金、技术投入和发行保证为手段，强势领导弘扬主旋律的电影产品。而且，此种领导和规范，一直贯串在整个 90 年代之中，只不过随着社会主义市场经济体制的确立和全球一体化进程与中国社会之关系迅速加深，弘扬主旋律进程本身也发生了许多变化。

在 90 年代初期，弘扬主旋律是跟重大革命历史题材摄制计划紧密关联的。随着时间的推移，"主旋律"定义愈益科学和准确，题材范围也因社会反馈而愈益广泛和丰富。它体现在以下三个方面。

第一，描写重大历史题材的电影，由聚焦于中共革命斗争史、胜利史和领袖人物传记而变为90年代后期将民族精英人物也构成为历史题材影片中的一个部分。宏大叙事历史视野之拓宽，尽管在电影领域比较迟缓，但毕竟在20世纪的最后时刻开始呈现，这是一个民族进入新世纪的精神跨越的表现。

第二，道德伦理片中的英雄平民化、叙事悲情化和语态亲情化，使主旋律的道德宣扬与中国电影传统类型得以结合，取得了社会宣教和市场效益合一的目的。

第三，主旋律电影的娱乐化变异。既使革命历史和英雄人物摆脱史实局限，获得演义化的魅力，又使政治意义借助娱乐、消费实现市场化的普及。政治主旋律娱乐化和类型拓展，是90年代电影演变的最重要现象之一。《红樱桃》《红色恋人》《黄河绝恋》《绝境逢生》《紧急迫降》的产生，其意义远远超出影片自身，而在于一种新类型——政治娱乐片的出现，这是对中国电影产品格局的重构。由于半个世纪以来中国主流电影政治意识形态与主要英雄人物严密合一的强大传统，只有在这一主要领域取得突破才能改观中国主流电影的面貌。

当然，娱乐片数量大增和地位显著提高，这是市场导向的直接产物，也是10年来电影主管部门、观众和电影制片、发行机构最关注的对象。没有市场，就没有电影。然而中国娱乐片品种不全、质量不高又是各方十分焦虑的现实，特别是在1995年开始引进外国10部大片实行发行分账制之后更是如此，众所瞩目的冯小刚电影《甲方乙方》、《不见不散》……成为繁荣年初电影市场和发行部门指望获利的唯一依靠。

因此，20世纪90年代中国电影的主流形态实际上是由两种电影构成：一种是弘扬主旋律和国家意识形态的政治历史和道德伦理片；另一种就是以喜剧、悲喜剧为主，伴以武侠和侦探类的商业娱乐片。

90年代电影理论正是电影创作多元化的对应产物。它体现为：

第一，电影理论和批评方法的多样化。

围绕主旋律电影创作的批评理论，以总结经验和肯定主流文化价值的方式，贯串在10年历程之中，意识形态批评理论经过改造和重构，成为中国式电影批评的新权威话语。

面对中国电影市场和娱乐片的勃兴，文化分析和工业分析相结合的电影

经济研究显著增多,除了以专著和论文形式出现以外,观众调查和市场分析亦成为常见的文体。类型电影研究和观众心理学的论述也蓬勃展开,呈现出学科分化、各司其职的初步局面。

电影文化学批评最突出的现象是后殖民主义批评和女权主义电影批评在中国的实践运用。张颐武的《全球后殖民语境中的张艺谋电影》、王一川的《张艺谋神话的终结》和王宁的《后殖民语境与中国当代电影》是运用后殖民主义批评方法对"第五代"电影进行剖析的突出例子。

女权主义批评的运用使 20 世纪 80～90 年代中国女导演的创作得到了性别分析和女性视角的文化评价,杨远婴的专著《她们的声音》、论文《女权主义与中国女性电影》,戴锦华的《不可见的女性:当代中国电影中的女性与女性电影》,具有理论上的开拓意义,但距离深入的女性性别研究和方法论的丰富还有待时日。

第二,电影评论方式的多样化和读者分流的新格局。

报刊影评和网上影评随着时间的推移愈益变为受众面更大的媒介方式。自由影评和话语交流取代了 20 世纪 80 年代专家评论的单向传递方式,成为人们关注中国电影的对话渠道。广告式和推荐式影评与市场的密切结合,对迅速传递影视信息、引导观众的消费大有助益,但是过分密集的商业化操作和严肃犀利的影评的缺失,也影响到公正舆论的确立和审美标准的强化。然而,《北京青年报》《南方周末》的影评栏目常常发表读者关注的有见地的影评文章,针对不同受众,区别影评的话语方式和文化功能,成为 90 年代理论运作的新策略。学术刊物《当代电影》在近年来开辟的国产电影一片一议、创作分析的专栏,中外电影导演焦点分析和系统研究,就是在电影文化研究远距离、高层次、小众化状态下有意密切理论和创作的关系,大力加强电影理论应用性和实践性的一种努力。据笔者了解,这种努力不但受到创作界和评论界的欢迎,而且也得到海外同行的好评。

第三,电影理论和评论作者的更新频密、新人辈出,实现了跨世纪的人才准备。

20 世纪 80 年代脱颖而出的一代后起之秀当下也已进入中年,成为中国电影理论的中坚力量。王志敏的《现代电影美学》、戴锦华的电影论集《雾中风景》、尹鸿的《世纪转折时期的中国影视文化》、杨远婴专论中国女性电影的《她们的声音》、贾磊磊的《电影语言学导论》、武侠片专门研究及李道新的《中国电影批评史 1897～2000》,都体现了相当的理论深度。以上电影学者们的研究呈现出两个特点:首先,他们以承上启下的学术目光,接续着 20 世纪 80 年代电影研究的文化思潮,使 90 年代电影理论的本土化和系统化研究更趋扎实。其次,他们大多数都在高校或研究机构任职,承担着培养新一代理论人才的任务,直接推动着理论队伍的建设更新。

更年轻一代的电影理论研究者以较少的历史包袱和前瞻的文化视野迎接新世纪的到来。徐峰的《1979 中国电影语言的裂变点》、程青松的《国外后现代电影》、郭小橹的《电影地图》和《电影理论笔记》,对应着他们同代人的创作步伐进行写作。程青松、黄鸥的新书《我的摄影机不撒谎:先锋电影人档案——生于 1961~1970》,聚焦于新生代导演的创作和足迹,预示着摄影机深入年轻人生活的另类话语和自由写作时代的到来。

二、电影理论对新世纪电影创作的期待

如果说 20 世纪是中华民族战斗和独立的世纪,那么,21 世纪将是我们发展、繁荣、建设现代文明的世纪。伴随着国家工农业、国防和科技现代化的逐步实现,中国国民的人文价值、生活方式和理想观念必然有新的内涵和表征。面对 20 世纪 90 年代和新世纪出生的新一代国民,文艺需要回答和昭示的主题,银幕需要展现的人生画卷,不仅仅是昨日的硝烟和牺牲精神,文艺必须探寻新的主旋律和触及当下的社会问题。自强、自尊而步入国际、不畏强暴而善于斗争、科学理性而积极创新、乐观诚信而崇尚法制……变迁中的民族心理和民族性格,渴求新的故事载体和人物形象,才能得到生动的体现。

从屈辱中崛起,在硝烟中挺立的巨大身影,经过 20 世纪 90 年代银幕上的反复呈示,已经使人耳熟能详,变成一段长久缭绕的历史之音。在将来的岁月里,即使要再度讲述 20 世纪革命和独立的历史,亦需要新世纪的视角和语式,以便拉近和当时观众的距离,引起当代与历史的共鸣。

新世纪之初,我们就经历了申办 2008 年奥运会成功、国际社会接纳中国加入 WTO、中国神舟号载人飞船两次进入太空、基因研究获得突破性进展、优秀的中国企业(比如青岛海尔)的产品与资本实现跨国经营……青藏铁路建设者们在艰苦施工中还细心地保护藏羚羊的生存环境;生态农业和绿色工程在知识化农民手中摸索成长;中关村科技园区一日一变地渐显身影……这一切变化,也促使文化产业和文化消费观念的更新。

根据有关部门统计,以 2000 年我国人均 GDP849 美元这个标准对城乡居民分别测算,我国居民与文化相关的消费应该在 6000~6500 亿人民币之间,在此基础上,按照国家"十五"计划明确的文化产业年增长率为 20%,到 2005

年,中国的文化消费总量应该在一万亿人民币以上。这当中包含着电影消费在内。相较于我们电影业 2001 年 17 亿元的票房收入和年产电影约 80 部、人均进入电影院 0.5 次的消费状况,中国电影还是有巨大的拓展空间和迎头赶上的迫切性的。中国观众有理由期待中国电影创作在新世纪开端的 10 年里,有一个不同于以往年代的观念性的变化。

第一,期待中国电影特别密切关注当代生活,多视角、多样式地描写中国人民现代化进程中的生活形态和心理状态,使银幕拉近和广大观众的距离。

在 20 世纪 90 年代末期,电影市场连年滑坡,国产电影生存维艰的状况下,2000 年的社会问题片《生死抉择》在北京一地就达到 1500 万以上的收入,全国票房数字超过 1 亿元人民币。这部揭示一个工厂的干部集体腐败,清明廉政的好市长挺身而出的反腐倡廉影片之大受欢迎,并不是由于它在艺术上特别精致,而是表明了国民关注现实矛盾,对当今损民利己的腐败之风同仇敌忾的强烈感情。

《离开雷锋的日子》和《一个都不能少》这两部关注道德危机、忧虑农村教育贫困的影片,不以市场牟利为初衷,却获得了丰厚的市场回报,同样是人心渴望现实性文艺的好例证。真话的震撼力和诚实性,是打动人心的最基本元素。冯小刚电影固然以新春娱乐、贺岁吉庆为策略,但在调侃、揶揄中,注入的对普通人当下处境的同情和关怀,不能不是其保持连年红火的内在原因。我们要关注市场,但不唯市场论。我们并不认为只有上述几部影片才是反映观众好恶取舍的唯一标准,但至少说明了观影选择与现实关注之间的紧密联系。2002 年播出的一部以家庭暴力为内容的电视剧《不要和陌生人说话》,既没有宫廷阴谋的夺权斗争,亦没有爱情加破案的悬念渲染,但是它的批判触角伸进了千万中国家庭的隐秘深处,涉及了男权主义和轻重不同的家庭暴力现实,从而引发了民众普遍的关注和热评。

无论从 12 亿观众这个巨大的受众数字而言,还是年产量 80 部的中国电影工业规模而言,每年只有几部可圈可点的现实题材影片,始终是我们的一块心病。认为触及现实社会矛盾而又不走商业路线的影片注定赔光,谁涉足谁就倒霉的宿命观点,不但被上述影片的票房事实所否定,而且说明票房价值的创造,是由多种社会心理因素造成的。连最商业化的美国好莱坞也照样有触及现实社会问题的作品不断问世,成为一个固定的类型。表现中年危机的《美国美人》、几乎不可能拍成电影的数学家传奇《美丽心灵》都问鼎最佳,至于《克莱默夫妇》、《为戴茜小姐开车》、《雨人》和《死囚的妻子》的既叫座又叫好，已是人所皆知的事实。2001年的法国电影竟以一部《天使艾米丽》为票房的佼佼者。这表明，关注现实、描写动人的性格和形象仍是电影艺术满足观众的基本需要之一。以道德伦理片为主类型的中国电影，继续在新的现实矛盾、人生命运中不倦开掘，还是唤起本土观众共鸣的主要片种。问题是我们的剧本和剧中人物是不是真正触及了大众关注的社会焦点和情感热点，真正用精致语言和热销形式送到了受众手里。

第二，期待中国类型电影蓬勃发展，使类型电影跟现实生活和高科技更密切的结合。

神舟号宇宙飞船成功进入轨道又顺利返航，中国太空探索（包括登月）计划的推行，也触发了电影人试图拍摄太空题材影片的欲望。但据说为了防止泄密而暂置高阁。实际上，描写中国人踏入外太空的探险活动，可以有两种电影处理方法。一种是如实描写中国航天发展进程的讴歌式电影，在国外如前苏联的《驯火记》、美国的《阿波罗13号》；另一种是科幻太空片，像《星球大战》、《第三类接触》、《E·T》、《异形》。为了避免现实反映而带来的副作用，尝试后一种形式，以假定性手法描写中国太空人登月或是中国西部地区接触到外太空航天器的来往，用前瞻式的目光试探中国科幻片的拍摄，可不可能呢？这一创作本身就可能触发中国观众巨大的观影热情，带动电影工业和相关科技的协同性跨越。中国电影界在幻想空间和电影工业拓展上，未来20年内将以什么动作和多大的跨度回应中国科技在宏观和微观领域的成果？中国国民的幻想权利和想像空间，在21世纪将被置于怎样的位置和规模之上？一个在经济上、技术上和科研上奋起直追，有的领域已经迈入世界前沿的民族，在科幻文艺和想像空间方面却严重滞后，作为一种精神结构是很不相称、颇堪忧虑的。它直接影响到少年儿童的心智发育和创新能力的培养，关系到此后几代人科技素质和探险精神的养成。

中国类型电影迫切需要除了低成本喜剧以外的多类型、配套化、成比例的格局，这既是观众的期望，也是中国电影工业发展的需要。建成这一电影工业体系，应该是我们几代人坚持不懈的目标。一般发行人员满足于当下市场利润和个别类型的赞扬并不奇怪，冯小刚电影从当下市场回报来看，是赢利优先的产品，但从类型结构上被推到不适当的高度并不利于中国电影的长远发展。因《卧虎藏龙》而引发的巨型武打片热潮，可能在短时期内成为发行人和媒体追逐的焦点，然而不满足于现成类型的沿袭，仍将是有创见、有胆识的制片人"偏向虎山行"的历史任务。滕文骥导演苦心孤诣、为之一搏的《致命一击》在市场上商情不佳,但是否意味着现代枪战片和侦破动作片就注定不能开发了呢?《紧急迫降》和《冲天飞豹》投入了大量的数字化技术力量和资金,市场回报尚未尽如人意,但这样有突破意义的类型,要不要再度开发、精益求精呢? 肯定要的。中国电影在实现类型化、成比例、多样式生产上不管还将遇到多少困难,我们一定要坚持创新,非跨出这关键性的一步不可。否则的话,整个电影工业体系将难以胜任与其他文化产业的较量,也难以胜任参与国际电影市场的竞争。

由于多种娱乐形式和文化消费方式中的信息含量和视听强度剧增,对于传统电影构成明显的冲击和压力。我国类型片在智慧含量——无论是题材的新颖、科幻的探幽还是台词的机智——和信息含量上的增大,成为对创作者智力的一项挑战。随着新一代观众年龄结构和知识结构的更新,这种压力会愈益加大。因而,中国电影生产力的更新是迫在眉睫的任务。

第三,期望中国电影有更广阔的国际化视野和国际文化品格,逐步进入国际市场。

20 世纪 80~90 年代,中国电影在柏林、威尼斯和戛纳各大电影节上确立了自己的地位,以中国第五代导演为代表的一批电影作品赢得了公认。在新世纪里,中国电影不以个别作品,而以一种文化产品有数量、成规模的进入国际市场,首先是进入亚洲电影市场,应该成为一个力争实现的目标。

在亚洲国家中,印度和韩国作为按电影产业格局经营的国家,实现着电影产品推向地区性市场和国际电影市场的策略,形成了逐年增长的外销趋势。我国香港地区,商业电影由来已久,前 30 年间也一直是亚洲电影市场的主要供片地之一。这说明,亚洲电影产品以其一定的文化认同而进行交流是有其传统的,在某种意义上,可以形成跟好莱坞电影进行文化对峙的一个地域性市场。20 世纪 90 年代以来,以日本的东京和福冈电影节和韩国的釜山电影节为交流地,探讨亚洲电影的合作和拓展,有相当的助益,可惜我们的重视和参与不够,今后有待加强。在这方面,我国电视剧的产品外销,也许走在了电影的前头。

一个经济大国必然也将成为一个文化大国,这无论从自我文化定位还是文化产品的开发而言,均无例外。美国作者道格拉斯·麦克格雷撰文指出:"目前,日本文化在全球的影响力已悄然攀升。从流行音乐到家用电器,从建筑到时装,从动画到厨艺——日本看上去比 20 世纪 80 年代更像一个文化超级大国,而当时它只是一个经济超级大国。"在《日本的总体威胁》这篇文章中,他还指出日本文化已经深深侵入到美国文化中的事实:"畅销的索尼游戏机和任天堂家庭游戏机就从日本动漫画中获得了非常多的灵感。近期的好莱坞电影和电视连续剧,如《黑客帝国》和詹姆斯·卡梅伦的《黑暗天使》也是如此。"而美国有线电视网在学生放学后和周六上午的时段里以播放日本卡通片为主。在 65 个国家播放,被译成 30 多种语言的家庭电子游戏"宠物小精灵"的卡通形象甚至上了《时代》杂志的封面。

在全球经济一体化的时代,无论是从意识形态的疆域还是纯粹民族化的界定都早已被冲破。电子媒体和后现代商品文化的语境促使文化成为跨境流通的共同消费品,时尚文化以模糊的民族特征引领着世界潮流,无往而不在地流向世界任何一个角落。

日本电影从 20 世纪 60 年代被西方称为离不开"武士、艺妓、富士山"的纯东方文化,演变成以宠物小精灵和 Kitty 猫这种兼具东西方特色的卡通形象融入西方世界,生动地表明了经济全球化过程的文化变异。

中国电影在拓展国际市场,实施产品开发和营销策略中,将逐步调整电影文化观念,适应全球一体化的跨国经营方式。国际资本的进入,大而至于投向张艺谋的《英雄》、何平的《天地英雄》,小而至于扶植冯小刚的《大腕》,都已是人所共知的实例。《大腕》在中国内地市场虽然创造了 2002 年国产电影最高票房纪录,但在海外的销售却并不尽如人意(据报道在香港只有 40 万港币左右),表明了地域文化的情趣和视野难以覆盖更广泛的文化市场,还有待在不断的调整中优化策略。而另一部中国电影《那山·那人·那狗》却以 4 亿日元的票房数字在日本引起观众的兴趣。这"无心插柳柳成荫"的意外收获,正可以引发中国电影创作人员和发行人员的深长思之。

电影理论是跟电影创作同步发展、相互依存的学科。很难想像,面对贫弱的电影创作、冷清的市场和疏离的观众,可以产生繁荣的电影理论和评论。好在中国电影正孕育着文化精神重建、产业结构大调整的改革,给人以巨大的希望。电影理论对于电影创作的直接推动是有限的,但是电影理论思潮和文化研究在一定的社会语境和电影生产条件下又确能影响电影创作和创作者观念的演变。应用型电影理论和工业分析、市场策划如果被智慧地、民主地整合进现代电影生产力之中,那么,它的作用和价值也是不能低估的。

电影理论期望中国电影创作在新世纪取得突破性的进展。

(原载《北京电影学院学报》2002 年第 4 期)

论影视批评的方法和类型

陈犀禾

电影和电视是当代社会最重要的文化现象之一。影视批评作为对影视作品的一种理性思考,是影视文化不可或缺的一个组成部分。它和影视创作构成一种积极的互动关系,推动和促进影视文化的发展。创造性的影视批评具有其独立的文化价值,它对推动和形成特定的影视文化具有不可替代的作用。20世纪50年代法国以《电影手册》为核心的电影批评活动对法国"新浪潮"运动的形成和发展起了关键的作用。80年代中国内地电影批评活动对新时期的电影创新,特别是对"第五代"的崛起也作出了不可磨灭的贡献。创造性的影视批评本身也可以成为"经典"。

中国传统的影视批评一直比较单一。20世纪80年代改革开放以来,中国影视学术和批评界曾经有过一个引进西方方法论的高潮,并形成了影视批评方法多样化的格局。各种影视批评方法论为分析影视作品提供了不同的分析工具,并代表了各种不同的文化价值取向。它们为我们理解电影电视中的人物的精神创造活动提供了多方面的视角。本文试图对这种方法论上的发展进行一个系统的梳理和总结。在以下文章中,我想先对各种影视批评方法的大的分类及其关系进行一个界定,然后重点对现代影视批评的各种方法进行一个概述。

——

1. 新闻性评介和学术性批评

广义而言,影视批评一词被用来描述各种关于影视的写作。但是许多被一般地称为影视评介的新闻性写作和学术性的影视批评是有明显区别的。

这些区别可以表现在以下六个方面：①读者，②风格，③时间性，④词汇，⑤长度，⑥论证。

（1）**新闻性评介。读者**：新闻性的影视写作发表在日报、周报和许多通俗杂志上，其写作意在针对广泛的、一般性的读者，即由各种年龄、性别、职业以及社会经济地位构成的一个广泛的读者群体，他们对影视的知识和兴趣也各不相同。

风格：为了吸引更多的读者，一般报纸杂志上的影视文章在写作风格上强调生动，在文章选题上强调抓住读者的兴趣。换一句话说，文章的趣味性比知识性和洞察力更重要。

时间性：一般报刊杂志上的影视文章强调及时性，注重当下的事件和发展。因为报刊的性质决定了它必须每一期都要有新的信息。对于已经过去的节目和观众无法看到的节目则不予讨论，除非它有新闻的价值。

词汇：一般报刊杂志上的影视文章用词讲究通俗易懂，一般采用简短扼要的报道和评述，避免专业的批评和理论术语。

长度：报纸上的影视文章一般比通俗杂志上的文章短，大都在 500 到 1000 字之间，甚至更短；通俗杂志上的文章可以长到 2000 到 3000 字；而一般学术性的影视文章则在 5000 到 10000 字之间，甚至更长。

论证：新闻性写作由于时间和篇幅的限制，不可能在文章中充分展开他们的观点和论述，提供充分的理论依据，即使在一些带有观点性的文章中，作者也更多的是通过他们的机智和感觉来支持他们的评价和阐释。读者除了同意批评者的观点以外，在文章中很难找到更多的东西来估价批评者的可信性和洞察力。

我们可以使用多种方法来给新闻性影视写作进行分类：根据它们发表的媒体（日报周报或杂志），根据它们的长度，根据它们的主题，根据它们的风格，根据它们对读者的功能（信息、娱乐）等。根据西方某些学者的观点，最实用的分类方法可能是根据它们对读者的用途。这样我们可以把新闻性的影视写作分成侧重消息的报道和侧重观点的评论，它可以包括以下三个类型：①创作和工业动态报道，②人物或明星花絮，③评论。

工业动态报道：文章包括有关影视制作和发行的各种新闻报道，侧重消息性内容，如新的节目和人员的计划，政府主管部门的新的政策条文。

人物或明星花絮：这是一些关于影视界人物个人或专业的生活和活动的报道。其中许多自传性的、历史性的或有关节目制作进展的材料是由明星或

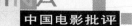

节目制作单位的代理人发布或通过各种渠道透露给新闻界的,以期通过媒体的炒作引起公众对某个人物或节目的兴趣。以前这一类文章主要见于通俗的影视杂志(如《大众电影》),现在由于受港台报纸娱乐版的影响,其踪迹似乎遍于各种报章杂志(除了少数严肃报纸如《人民日报》和专业刊物)。

评论:提供观点性的评述。又包括针对某一个节目播出前的推介性文章,播出后的反馈性评论,以及针对一组节目和人物或某一个现象的专题性评论。

(2)学术性影视批评。学术性的影视批评主要发表在专业学术会议、学术杂志或论文集中。学术性的批评和新闻性的批评最关键的区别在于它们的受众(读者),由此也决定了它们不同的目的。新闻性批评针对的是一般读者,它的目的是为了有关信息的传播和吸引最大量的一般读者。而学术性批评针对的是特定的读者,如影视界的专业人员、学者以及相关专业的学生和知识分子,它对读者的知识文化背景有一定的假设,并在写作时已经假定读者对批评的方法、词汇和形式有基本的了解。它的主要目的是提供一种有深度的批评或理论观点,以促进我们对影视作为一种社会文化形式和力量的理解。

风格:学术性的影视批评在写作上遵循了一定的形式和风格的规范,它的论点建立于严密的论证过程和充分的论据之上。它的论据可以是作者自己对作品或事实的研究和分析,也可以引自其他权威或可靠的来源。

时间性:学术性的批评在时间性上不如通俗出版物来得紧迫,它们通常不是实用性的观赏指南,而是为了获得对影视现象更深刻的理解。当它针对一些特定的人物和作品时,那常常是因为这些人物和作品具有普遍的意义。所以,学术性批评也可能会涉及一些面对大众的新闻性评介不可能涉及的历史的、深奥的、非同寻常的作品和现象。

词汇:批评的词汇是工具,批评家使用专门术语不是为了使主题和批评家的分析深奥难懂,而是为了有效地界定支持批评家分析过程的假设。学术性的批评或者依靠已经确立的批评理论、方法和词汇(例如列维·斯特劳斯用于分析神话的结构主义方法或弗洛伊德的精神分析方法),或者用在传播和其他领域里已有的理论的、概念的或批评的建构创造出一套独特而系统的方法(例如结构作者论)。虽然学术性的批评家假定他们的读者对批评方法有一定的常识,他们仍然会为那些不是所有读者都熟悉的批判性术语提供某些基本的定义,他们也会对那些在特定的批评中和日常使用有不同含义的术语进行界定。

长度：学术性的批评文章比流行媒体上的新闻性评论要长得多，这常常是由于学术性文章必须清楚地说明所使用的理论和批评词汇所造成。同时，为了更充分地展开论点和更详尽地引用例证也增加了文章的长度。虽然学术性论文可以短到5000字左右，但是长到二三万字也是常有的事。当然，字数和长度不是判断学术性批评质量的标准，重要的是它是否增加文章的说服力。

论证：在学术性批评中，批评家通过以下方法论证文章的论点：①展开在中心命题和问题中的观点和论辩，②提供支持这些观点和论辩的证据。这种支持性的证据通常包括从影视文本中来的细节和场景，从其他批评家、理论家或适当来源（如编剧和导演）那儿来的引文，以及从可靠来源获得的有关事实。

在下面我们主要讨论学术性的影视批评。

2. 传统批评和现代批评

前面提到，中国传统影视批评的方法论一直比较单一，其实它主要指的是历史较为悠久的电影批评（中国的电视批评是在八九十年代以后才发展起来的）。20世纪80年代改革开放以来，中国电影理论和批评界介绍和引进了许多西方的方法论并努力加以本地化，逐渐形成了目前影视批评方法多样化的格局。它们包括作者批评、类型批评、符号学批评、结构主义批评、意识形态批评、精神分析批评、女性主义批评、读者批评、文化研究批评、后现代主义批评、第三世界和后殖民主义批评、大众文化批评等等。所以根据中国内地的影视批评现实，我们可以把80年代初作为区分传统批评和现代批评的一个界线。80年代初以前的批评方法称为传统批评方法，80年代初以后发展起来的方法称为现代批评方法。

这种划分方法和西方的划分方法既有联系又有区别。说有联系是因为中国的现代批评是在引进西方的方法论基础上发展起来的，许多批评的概念和范畴基本上是沿用了西方有关方法的概念和范畴。说有区别是因为：①西方现代影视批评是60年代以后就发展起来的，它和中国的现代影视批评有一个时间差。②一些我们在80年代作为新方法论引进的西方批评方法实际上在西方是跨传统和现代两个范畴，而我们的引进常常是偏重其传统模式（如作者批评、类型批评）。③最重要的，所有这些新方法在本土化过程中不可避免地（无论是无意还是故意地）发生了某些调整和变化。所以，我们在方法论

的阐述中将首先对西方方法论的要点和发展概貌进行介绍,并努力描述这些方法论在本地化的过程发生了哪些变化。

20世纪60年代是西方现代主义电影理论和批评的起点。在60年代初,法国电影理论家米特里对传统电影理论中的形式主义(爱因汉姆的造型学派和爱森斯坦的蒙太奇学派)和现实主义(克拉考尔的物质现实复原说和巴赞的影像本体论)的理论争议作了一个总结。两种关于电影本质的观点互相结合,从此不再分开。与此同时,其他领域里带有理论性质的批评活动十分活跃,不久便涌入电影理论和批评的领域。符号学和结构主义开花结果,马克思主义和精神分析再次复苏,女性主义成为世界性的运动,并在这些新兴的学科里找到了学术的基础。对语言、政治和文化的新分析的话语(discourse)始于法国,扩张至英国,接着来到美国。1958年巴赞死后,《电影手册》的编辑群开始推动西方马克思主义的编辑政策,英国的电影杂志《银幕》也于60年代采取相同的方针。英国在70年代大量翻译法国文化批评学家的作品,他们根据符号学、结构主义、西方马克思主义、女性主义和新弗洛伊德主义来撰写电影批评,一旦翻译成英文,新的批评方式——有时称为"后现代主义"——便在美国学术圈流行起来,成为《广角镜》(WideAngle)、《电影季刊》(Film Quarterly)、《The Velvet Light Trap》和《电影研究评论季刊》(Quarterly Reviewof Film Studies)等电影期刊的主要话语。

西方现代影视批评明显地偏离了西方传统批评的路线。西方传统批评把影视节目看作是"作品",而现代批评把它们看作是由符号(sign)以及一定的组合法则(code)所构成的"文本"(text);传统批评强调艺术作品的自律性,而现代批评则强调文本(即作品)和其运作法则之间的关系;传统批评以艺术家为中心,而现代批评则强调文化产品生产的语境以及作用和引导那种生产的力量;传统评判通过分析作品来揭示世界永恒的事实,现代批评则把文本看作是一个被建构的世界;传统批评把意义看作是艺术作品的所有物,而现代批评把意义看作是读者读解文本的产物;传统批评常常不但把为作品建立意义作为它的功能,而且还担负起把"艺术"从"非艺术"中区分出来、在艺术作品中区分等级的功能,现代批评则质疑这些评判文本的标准和批评话语,并把其研究范围扩大到"非艺术"的文本。

而中国的现代批评虽然学习了西方的现代批评,但是中国传统批评毕竟构成了中国现代批评成长的一个出发点。更重要的是,西方现代批评的引进是为了满足中国影视批评从传统批评模式中更新和发展的时代需求,所以它在引进的过程中与中国的批评现实就有一个对话和协商的过程。所以中国的现代批评不是西方现代批评的照搬,而是对话和协商的结果。这样,对中国现代批评的性质必须从和传统、和西方两个方面的关系去把握:和西方有联系,但不是照搬;和传统有断裂,但它又是为了回应传统中的某些缺陷和不足。

由于批评传统的差异,西方的现代批评引进中国、和中国的批评现实结合以后,有一个重新对话和协商的过程,其重点产生了一些微妙的转移。众所周知,中国传统的影视批评长期以来并没有一套自己独立的批评话语,无论政治批评还是美学批评都是对来自影视批评以外的主流话语的阐释和演绎,不具有文化上的创造性和独立性。在新时期改革开放的大气候下,西方方法论的引进成为中国影视批评摆脱僵化的传统模式的一个契机,使得中国的影视批评在创造中国当代影视文化中发挥了创造性和想像力,成为推动中国电影走向世界的一股重要推动力。所以,比起西方传统批评和现代批评转变的关键是从人文批评模式向语言学模式的转换,中国传统批评和现代批评转变的关键还应该加上和主流意识形态话语关系的转变:从原来的被动服从变成了现在的积极对话的关系。中国现代批评特别注重汲取了西方新方法中注重意识形态批判意识的那些方法(如意识形态批评、女性批评和文化批评等),就西方现代批评中的语言学模式对中国现代批评的影响而言,则是不彻底的。

3. 文化研究和"银幕理论"

当现代批评中的电影符号学关注于专门的电影符码,如画面和声音等时,被称为文化研究的运动则对把媒体如电影置于更大的文化和历史背景(语境)中更感兴趣。文化研究的根可以追溯到上世纪 60 年代并通常被认为开始于英国的左派,如理查德·霍加特(《历史的用途》)、雷蒙德·威廉姆斯(《文化和社会》)、E·P·汤普森(《制造英国工人阶级》)和斯图亚特·霍尔。斯图亚特·霍尔和迪克·海德格、理查德·强生、安吉拉·麦克罗比以及拉雷·格劳斯伯格都和英国的伯明翰当代文化研究中心有关。由于意识到英国阶级体制的压迫性质,伯明翰中心的成员(他们中的许多人都和成人教育有关)开始关注意识形态的压迫以及寻找社会变化的新因素。一个关于文化研究的更为广泛和国际化的渊源可以追溯到这样一些人物的作品,如法国的罗兰·巴特、美国的莱斯利·菲德尔、法国和北非的弗兰兹·弗农和加勒比的 C·R·L·杰姆斯,在时间上也可以回到 50 年代。

文化研究吸收了不同的知识来源:最初的马克思主义和符号学,后来的女性主义和种族批评理论。文化研究在吸收不同知识的同时建构了一套自己的概念:雷蒙德·威廉姆斯的文化的概念是"生活的全部方式",格雷姆斯的"霸权"和"地位的战争"的概念,迈克·德·塞迪奥的"盗取"(poaching)的概念,弗罗希诺夫的关于意识形态和语言紧密关联着语言的"多种口音"现象的思想,克里福特·格尔茨的文化作为叙事逻辑整体的概念,福柯关于知识和权力的思考,巴克丁关于嘉年狂欢作为社会倒置的概念,以及布尔地欧的"习惯"和"文化场"的概念。当电影符号学开始于法国和意大利然后传播到英语世界的时候,文化研究开始于英语世界然后传播到欧洲和拉丁美洲。

文化研究由于它明显的折衷主义和开放的方法论而非常难于界定。弗雷德里克·杰姆逊称提到过"文化研究的欲望"。文化研究中的"文化"曾经是指人类学的和艺术的概念。人们可以从开放的观念来界定文化研究,因为它认为所有的文化现象都值得研究。《文化研究》的作者内尔森、特雷克勒和格劳斯伯格把文化研究界定为一种学科的混合:"文化研究致力于社会的艺术、信仰、机构和实践的整个范围的研究。"但是,人们也可以从传统学科的角度界定文化研究。在这个意义上,它标志着在人文学科领域里任何一个主导学科的终结。内尔森称文化研究为反学科分类的"模糊学科界线的学科集合体",是对过于细分和过于传统的学科压制力量的反拨。

从它的研究目标来看,文化研究对"媒体特性"和"电影语言"的兴趣不如对文化作为一个广为分布的话语连续体的兴趣,在那里文本是处于社会的背景中并对世界产生影响。改造论者和文化研究注重意义产生和接受的社会的和制度的条件。这代表了一个从文本本身的兴趣到文本、观众、制度和周围文化之间相互作用的过程的兴趣的转变。它使得经典的符号学对所有文本——而不仅仅是高雅艺术的文本——的兴趣更为激进,注重霸权的操控和政治或意识形态的抵制的研究。尽管内尔森、特雷克勒和格劳斯伯格拒绝文本分析的合法性,但是假定文化研究从来没有进行过文本分析那就错了,它确实做文本分析,但是所分析的"文本"不再是约翰·福特的《关山飞渡》或希区科克的《晕眩》,而是麦当娜、迪斯尼世界、购物中心和芭比娃娃。

文化研究把结构主义和精神分析方法看作是反历史的,并把自己区别于这种反历史的方法,它把文化作为主体被建构的场地来探索。对文化研究而言,当代的主体性是和各种媒体的陈述不可分割地交织在一起的,主体不但在性别方面以不同的方式建构,而且也在许多其他方面以不同的方式建构,在建立于阶级、种族、性别、年龄、地区、性倾向和国籍基础上的物质条件、意识形态话语和阶层的社会定位之间进行不断的、多方位的协商。在这个意义上，文化研究试图为边缘的声音和受损害的群体打开一个空间，加入了考乃尔·维斯特后来所称的"差异的文化政治学"的思潮。

在电影领域，文化研究既反对"银幕理论"（由英国电影杂志《银幕》而得名，其主导性倾向是克利斯汀·梅茨的符号学–精神分析电影理论和阿尔图塞意识形态理论），也反对量化的（数字的）大众传播观众研究。它也是西方各大学英语系和比较文学系可以把电影研究结合进来，但是不用担心电影史和电影特性问题的一种方式。不像银幕理论，文化研究不集中于任何一个媒体，如电影，而是集中于更大范围的文化实践。确实，有时候由于文化研究的追随者对媒体特性不够注重，导致了忽视不同媒体（电影、音乐电视、录像等）产生的"特定"快感和效果的现象。

在英国，在伯明翰中心的文化研究小组批评银幕理论小组的精英主义和非政治化，即从整体上而言过分地考虑意义系统的运作机制而没有充分考虑社会的运作。一般来说，文化研究通过以下方面和银幕理论区别开来，即它更关注文本的用途而不是文本本身，更倾心于格雷姆斯而不是阿尔图塞，更强调社会学而不是心理分析，对观众读解银幕的能力更为乐观主义。

文化研究中的一个关键问题是有关处于中介位置的观众的问题：在一个充满大众媒体的世界里，是否抵制和改变是可能的？尽管左派政治的衰落，文化研究对抵制的可能性比阿尔图塞的机器理论更乐观。文化研究对自下而上的从属文化所可能进行的抵制，比对由机器和精英实现的自上而下的意识形态的操控更感兴趣。它对发掘出颠覆"时刻"的强调继续了 70 年代的马克思主义符号学对"裂缝和鸿沟"分析的思想脉络，但是又引进了一些来自格雷姆斯思想的新的词汇，如"协商"和"争论"。与此同时，文化研究又对文化产品采取了一个不那么好战的姿态，它反映了政治激进主义在整体上的衰落和当代激进主义本身调整了的社会位置，他们不再抵制体制，而是在它内部进行不同程度的工作。文化研究的关键思想是：文化是在社会形成中的冲突和协商的场地，这种社会形成虽然由权力所主导，但是它也被与阶级、性别、种族和性倾向有关的种种张力所阻隔。在英国，文化研究开始时更倾向于阶级的问题，对性别和种族问题的处理相对较"晚"。在 1978 年，妇女研究小组曾悲叹"当代文化研究中对女性主义问题缺乏关注"。在 80 年代，文化研究被要求更多地注意种族问题，这部分是由于美国文化研究的影响，他们更注重性别和种族而不是阶级。

电影研究和文化研究之间的准确关系不是一个轻易能说清楚的问题。文化研究是完整和丰富了电影研究还是威胁着要冲淡它？某些电影理论家欢迎文化研究作为在电影研究领域已经完成的工作的一个合乎逻辑的扩展和延伸,而另一些则把它看作是对电影研究中媒体特性基本原则的背叛。但是,可以清楚地看到 80 年代以来在电影研究和文化研究中的许多共同的方向。首先,致力于"高深理论"的努力(如《银幕》杂志所做的)已经明显放松了。其次,由于文化研究从文本转向观众,转向观众所处的社会结构,电影研究也转向了电影所构成的文化和经济背景。今天经典好莱坞电影的研究常常是制片厂的工业史以及电影"产品"的国际贸易问题,以此作为对经典电影文本的一个评论。近年来在影视讨论中居于主导地位的关于全球化的广泛辩论也影响到了好莱坞电影和它对其他较小的"民族"电影关系的讨论。今天,讨论"民族电影"就是详尽地质询民族性的话语,在国际竞争压力下小的电影工业的处境,以及当地补偿系统、保护系统和立法系统的原则和效果,这样就把民族电影工业制作的电影文本置于这个复杂的话语、经济和文化框架中。对地区电影如亚洲电影、对小国电影如澳大利亚电影,或对在第三世界电影中更广泛的文化政治表现的讨论成为当代电影研究中的根本问题。这些问题把电影置于关于国家的构成、关于后殖民性、关于文化产品的国际贸易的法规的辩论中,在许多情况下,这些讨论会优先于对个别电影文本的阐述性处理。在这一点上,文化研究和电影研究有着共同的考虑和追求着类似的目标。

从 90 年代开始,文化研究批评成为中国影视批评中的一个重要倾向。如果说中国的影视批评在接受西方现代批评中过于分析性的语言学和符号学模式时始终有点隔膜、生疏,那么在借用西方文化研究的方法时则显得更为得心应手。事实上,文化研究在从文本出发来把握文本所处的话语的、经济的和社会政治的语境这一点上和中国传统的批评有相通之处。但是,中国的文化研究少有质疑文本对观众的决定性力量,少有对观众可能具有的抵制和对抗性的阅读的分析,从而凸现了中国文化批评中注重文本、精英、权威的价值取向。

4. 电影批评和电视批评

电视在中国长期以来被看作是新闻媒体,在研究方法上以社会学和传播学的方法为主。20 世纪 90 年代以来,人文批评的方法在电视研究中逐渐发展起来,但仍是一个相当年轻的领域。这一情况和美国 80 年代以前的情形十分相似。

自 30 年代美国大众传播研究兴起之后半个多世纪以来,主导美国广播和电视研究的基本模式是媒体研究和经验主义的方法。媒体与观众关系的研究偏向自然和物理科学的模式。美国的广播机构赞助了许多早期媒体与观众的研究,要求其成果必须是"客观的"和"科学的",然而却很少去关注研究者陈述的观点。因此,媒体研究方法就类似自然科学的实验方法。为了减少以前的结论对整个研究过程的影响,于是调查研究的过程试图将现象转换成一组限定的变项来作研究(常设定一个"自变项"和一个"依变项"),最后将结果以量化的术语表达出来。

在 80 年代以后,用这样的研究模式解释观众和电视关系的复杂本质,逐渐地受到了挑战。一些学者认为,化学或生物研究的程序并不适用于社会和美学现象的研究。他们争议,社会和美学现象研究是无法转换和简化成实验调查的。他们还声称,科学家深信其客观性和不掺杂任何价值评断的态度是虚幻的。总之,量化的研究方法固然回答了"什么时候"、"什么人"看了"什么节目",但是它并不对"文本"及其"意义"进行分析;它只关心观众"是否"看了节目,但是它并不关心他们"为什么"看这个节目。如果某个"宫廷戏"或"武侠片"连续剧的收视率达到了 20%,那么这个"20%"告诉我们的东西是有限的。因为我们并不知道观众从节目中获得了什么意义,我们也不知道节目的叙事和风格手段如何产生了意义。

因此,一些电视的研究者转而关注"主观的"或"非科学的"媒体研究取向。他们研究的程序不是来自于实验科学的模式,而且诠释的方法也不以量化分析为基础。这类研究视观众与电视之间的关系是复杂而多面向的,研究者拒绝运用类似化学实验的程序来解释现象。比如我们和虚构的电视节目之间有趣的互动,用科学法则如何能解释呢? 我们都知道电视剧中的角色和情境不是"真实的",连续剧中角色的"死亡"只是演员的表演,演员结束一天的工作之后,一如平日地回家吃晚饭。那些角色和情境赋予了"类似真实"的特性,因而感动我们,使我们生气或哭泣。如果将肥皂剧的世界转换为内容分析的类别,则这如何能说明我们的矛盾情结呢? 每次我们进入连续剧或肥皂剧的叙事世界中,对于我们"暂停怀疑"的意愿,观众的收视行为或观众对调查问卷的反应能告诉我们什么呢?

然而在其他领域中(文学、电影、文化研究),已经发展出一套不同于传统媒体研究的理论与取向,并对我们与电视的关系提供了新的观点。因此近年来在美国的电视研究中,受人文学科影响的"批评的"方法变得越来越活跃。

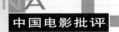

中国电影批评

这一发展就把电影批评方法和电视批评方法打通了。这也是我们为什么在本文中把电影和电视批评放在一起讨论的原因。

二

前面已经谈到，影视批评的方法可以分为传统和现代两个部分。中国传统的电影批评主要是现实主义批评（以真实性为最高美学原则）和社会主义现实主义批评（在真实性的基础上强调社会主义或革命的倾向性）。西方的传统批评有作者批评、类型批评、场面调度批评以及一般的人文批评等。其中作者批评和类型批评在现代批评中又有所发展，形成了结构作者论、结构类型论等。

现代批评又可以分成两个部分。第一部分是以银幕理论为核心的一些方法，它们在西方出现于20世纪60年代以后，但是在80年代末以前就已经介绍进中国。它们包括符号学批评、结构主义批评、意识形态批评、精神分析批评和女性主义批评。第二部分是以文化研究为核心的一些方法，它们大都是在90年代才介绍进中国，包括文化研究批评、读者反应批评、社会学批评、后现代主义批评、第三世界和后殖民主义批评以及大众文化批评等。

当然，还有许多其他的批评方法没有包括在内。同时，这些划分也只是相对的，特别是当我们看到批评方法如何在批评实践中互相结合和互相渗透时尤其如此。例如女性主义批评是建立于精神分析批评基础之上，文化分析批评中则包含了意识形态批评的角度，更不用说结构作者论批评和结构类型批评了。同时，当写作批评文章时，人们也会发现，在实践中很少文章单纯依赖一种批评方法。大多数批评模糊了方法之间的界限，使用的词汇、结构和其他关键元素来自几种批评方法。鉴于传统的方法已经为人们所比较熟悉，以下的介绍主要侧重现代批评方法。

1. "银幕理论"批评

（1）符号学。符号学可以最简单地界定为有关符号的科学。符号学的基本前提是：所有的传播形式（电影、电视、书本、绘画、交通信号灯以及其他）都可以分割成个别的意义单位，它们可以从各自的特征加以研究。更重要的是，它们也可以从它们如何与其他意义单位互动的角度加以理解。最小的意义单位是符号（sign），它和其他符号组合起来成为系统，这就构成了"文本"（text）。现在的许多学术性批评中用文本来指称影视节目事实上揭示了符号学对影视研究的影响。电影研究学者克利斯汀·梅茨(1974)还发展了一个关于好莱坞的符号学系统的电影理论(著名的八大组合段)。在这个方法中，关键的建构包括符号(图标性的、索引性的和象征性的)、编码(符号的组合规则)、纵聚合和横聚合的结构、历时性的和同时性的分析、外延和内涵以及隐喻和转喻。符号学提供了基本的描述工具，被用于许多其他批评方法中(例如精神分析、文化研究、女性主义分析、话语分析、神话分析以及叙事分析)。符号学的分析关心在影视文本中意义和快感是如何制造出来的。符号学的批评家观察影视文本和试图理解文本中的符号系统和发现这些系统如何产生意义的规律。"纯粹的"符号学主要是以文本为中心的，那就是说，它不研究该文本制作者的原始企图或者读者与观众的接受情况，而是集中于文本"自身"(电影、电视剧、广告和新闻节目自身)。将影片视为一套惯例与符码的系统，一套支配并限制个别影片终极可能性的结构，将减低个别电影艺术家的重要性。对符号学来说，艺术和非艺术、艺匠和艺术家之间并无差别。所有事物都逃不出决定文本意义最终可能性的表意实践的网络中。

(2) 结构主义。欧洲结构主义的奠基性人物是索绪尔，同时也是电影符号学的奠基性人物。索绪尔的《基本语言学教程》在语言学思想中引发了一场"哥白尼式的革命"。他不是把语言看作我们抓住现实的工具，而是结构现实的工具。结构主义关注构成语言和所有话语系统的内在关系。各种结构主义和符号学共同的一点是强调语言的深层规则和惯例，而不是语言交流中的表面结构。虽然结构主义是从索绪尔在语言领域内的开创性成果中发展起来的，但是直到60年代它才开始广为传播。结构主义构成一个主导性范式的过程是相当清晰的。由索绪尔的《基本语言学教程》所代表的科学方法的发展最初由俄罗斯的形式主义者、后来又由布拉格的语言小组转化到文学研究领域。布拉格小组1929年正式发起了结构主义运动。布拉格学派的著名语音学者特鲁贝茨基和雅克布逊用索绪尔的方法研究语言获得了具体的成果，从而为结构主义在社会科学和人文领域的兴起提供了基本的范式。后来，列维-斯特劳斯以极大的知识性胆略在人类学研究中使用索绪尔的方法，并由此把结构主义确立为一个运动。列维-斯特劳斯把作为语音系统组织原则的二元论观念扩展到整个人类文化。神话的构成元素，就像这些语言的构成元素一样，只是在和其他元素的关系中才获得意义，其他如神话、社会实践和文化法规也是如此。它们只是在结构对立的基础上才是可理解的。结构主义和符号学的分析关心影视文本中意义和快感是如何制造出来的，结构主

义和符号学的批评家观察影视文本和提出以下问题：在这个文本中什么是重要的符号和编码？什么样的神话和意识形态系统赋予了它们意义？什么样的双元对立在叙事中构成了中心的话语？文本的横聚合结构如何传达这些对立？在叙事的结尾为它们提供了什么样的解决方法？对结果可以作出任何其他的读解吗？通过这些文本关系所优先传达的叙事的、社会文化的、神话的或意识形态的读解和意义是什么？

（3）意识形态批评。意识形态批评产生于西方60年代的"新左派"运动（以法国1968年的五月运动为标志）中。"新左派"在政治上不是"老左派"的产物，他们不再强阶级剥削，而是把精神分析、女性主义以及反殖民主义的思想结合进了更广泛的对社会异化的批评。在这些左派电影研究中的一个关键概念是"意识形态"。意识形态通过"询唤"的方式运作。"询唤"一词最初是从法国立法程序中借用过来的，它使人想到一种对个人进行号召的社会结构和实践，通过号召赋予他们一种社会身份和把他们建构为一种主体，使他们不加思考地接受一定生产关系体制内所赋予他们的角色。在电影批评中，意识形态貌似"自然"的特征和电影影像貌似"自然"的特征被联系起来了。如果说爱因汉姆把摄影机固有的现实主义看作是一个美学的缺点，那么阿尔图塞的理论则把它看作是一个先天的意识形态的缺点，就像巴赞和克拉考尔欢呼电影的现实主义是民主参与的催化剂，阿尔图塞把它看作是镇压的专制主义工具。他们认为，正是摄影机固有的现实主义使得它和资产阶级意识形态有一种共谋关系。电影机器远远不是推进到达影像多义领域的民主的渠道，它和它的现实主义风格只是把观众缝合进资产阶级尝试。因此，马克思主义影评人的工作有两方面，第一，影评人要揭发电影在故事层面和符号运用层面的幻觉——灯光、剪接等符码的运用，造成时间和空间连续的幻觉。第二，影评人要推崇并支持那些在主题或形式上真正激进或具革命性的影片，以寻求整体制度的建设性改变。在意识形态批评中，阿尔图塞的一些重要概念，如"多重决定"、"主流结构"、"或然性"、"理论性实践"、"询唤"、"结构性空白"在电影理论话语中广泛流传，阿尔图塞的"症候性阅读"在电影理论和分析中变得特别有影响。症候性阅读读解文本不是为了它的本质或它的深度，而是寻找它的断裂点、它的过失、它的沉默、它的"结构的空白"和"建构性的空缺"，以打破资产阶级的幻觉。意识形态的电影批评提出以下问题：电影工业的社会决定因素是什么？电影作为一种体制，它的意识形态作用是什么？有一种马克思主义的美学吗？电影制作者应该采取什么样的风格和叙事结构？批评家应该采取什么样的策略对电影进行政治上的分析？电影应该怎样来推进社会公正和平等？

（4）精神分析批评。电影中的精神分析批评有时也称为"第二符号学"。和符号学（第一符号学）主要采用语言学的研究框架不同，第二符号学主要采用了精神分析作为主要的理论框架；同时电影研究和批评的注意力也从电影语言和电影结构转到了由电影机器所制造的"主体效果"上。在第二符号学之前，电影批评和研究中也已经有某种精神分析方法的运用。例如早于第二符号学、注重电影人物精神分析研究的著作《电影：一个心理学研究》（1950，玛萨·沃尔芬斯坦和纳森·列茨著）认为，电影凝聚了大众共同的梦想、神话和恐惧。另一本著作《好莱坞：梦幻工厂》（1950，豪坦斯·鲍德尔迈克尔）以一种人种学的方法描述了制造这些梦想的神话的好莱坞。70年代中期开始，精神分析和传统的精神分析有明显的区别。以法国《传播》杂志1975年的特刊"精神分析和电影"为标志，显示符号学的方法开始为新的精神分析概念，如窥视癖、窥淫癖和恋物癖，以及拉康的镜像阶段、想像和符号的概念所影响。拉康的精神分析强调本能冲动、无意识和主体的概念，他把心理分析和哲学的传统综合在一起，在多层意义上——心理学的、哲学的、语法的和逻辑的意义上探讨主体的问题。在符号学的精神分析阶段，电影研究兴趣的焦点从电影影像和现实的关系转到了电影机器本身。这里的电影机器不但是指摄影机、放映机和银幕等工具，也是指作为欲望主体的观众，因为他们是电影机构所依赖的对象和合作者。精神分析的方法强调电影的元心理学领域，它的激发和调节观众欲望的方式，这些方法的使用者对其他"心理的"方法的传统兴趣领域完全不感兴趣，如作者、情节和人物的心理分析。相反的，在这个阶段的兴趣从"什么是电影符号的性质和它们的构成法则"和"什么是文本系统"转到了其他问题，如"我们想从文本中得到什么"和"我们在观看中投入了什么到文本中"，许多精神分析的问题和西方马克思主义的意识形态问题交织在一起。观众如何被"召唤"为主体？我们和电影机器以及电影所提供的故事和人物认同的性质是什么？电影机器塑造了什么样的主体、观众？电影为什么能够激发情感的反应？如何理解它的魅力？为什么它如此重要？电影和梦的相似之处是什么？在梦的运作和电影文本的运作中甚为典型的凝缩和移置之间有什么类似之处？电影叙事如何重演俄迪浦斯的故事、法律和欲望的冲突？

（5）女性主义批评。女性主义是20世纪70年代推动西方电影研究兴起

的最重要的社会运动和文化批评话语之一。反过来,电影研究在当时作为一个相对年轻和政治化的领域则为女性主义理论提供了肥沃的土地,使其能在学术领域里扎下根。从这样一个结合中成长起来的女性主义电影研究,一方面在有关表象、观众和性差异的理论辩论中是高度专业化的;一方面在文化的涉及面和影响又是非常广泛的。它同时介入了批评和文化生产两个方面。作为一种批评方法论,女性主义在所有的知识形式和质询领域内都提出了有关性别和性别等级的重要观念,女性形象一直是电影和有关视觉媒体的中心特征。在电影批评和理论中,性别问题成为分析中心的思路彻底改变了传统的对女性形象、女性制作者和女性观众的理解,并要求重新确定电影研究的规则。女性主义电影批评的主要贡献是把性别问题引进了以前无视性别的"机器理论"和精神分析等批评方法,从女性主义的角度关注和分析在影视文本中性别的建构。性别被看作是文化的而不是生物学的术语,并界定为通常联系或看作特别适于男性或女性的那些角色、属性和活动的社会观念。通过考察各种策略,如语言、人物、布景、叙事结构、摄影机的工作、笑声频道和音乐声道,性别的意识形态批评家评价影视文本如何保持或破坏现存的关于男性和女性的文化观念。这些批评家还进一步考察一种和现存观念不同性别观念的建构,并讨论性别对待方式的社会和意识形态含义。性别的意识形态批评家在词汇和概念上受符号学、心理分析、语言学、社会学和电影研究的影响,在性别的意识形态批评中使用的关键概念包括:性别化的主体、窥淫癖、恋物癖、女性的、男性的、性别以及程式化的性角色、父权制、发音以及法规等。性别的意识形态批评家会提出以下问题:观众因摄影机角度、剪辑、情节等暗示来认同的是什么样的视点、感情和经验? 女性是被表现为窥淫癖快感的对象(从男性的视点被作为一个性对象加以展示)吗? 男人被表现为窥淫癖快感的对象吗? 这种视点是通过什么形式的和技术的策略传达的? 对男人或女人或两者,什么属性和态度被表现为是适当的? 角色、价值和情节是否保持或重建了关于性别的主流文化观念? 如果存在的话,文本鼓励何种对立的读解?

2. 文化研究批评

(1) 文化研究批评。当电影符号学关注于专门的电影符码如声音等时,被称为文化研究的运动则对把媒体如电影置于更大的文化和历史背景(语境)中更感兴趣。文化研究的方法开始于雷蒙德·威廉姆斯的作品,然后由斯图亚特·霍尔和他在伯明翰大学当代文化研究中心的同事和学生发展起来的。在电影领域,文化研究既反对银幕理论,也反对量化的(数字的)大众传播观众研究。不像银幕理论,文化研究不集中于任何一个媒体,如电影;而是集中于更大范围的文化实践。在那里,文本是处于社会的背景中并对世界产生影响。文化研究注重意义产生和接受的社会和制度条件,这代表了从对文本本身的兴趣转到对文本、观众、制度和周围文化之间相互作用过程的兴趣。它注重霸权的操控和政治或意识形态的抵制的研究。这一方法假定:意识形态、经济结构、社会结构和文化是不可分的。这个批评方法根植于新马克思主义的政治经济学理论、结构主义符号学和弗洛伊德的精神分析理论,它通过引用意识形态、霸权和话语作为中心的批评概念,考察影视节目中的阶级、种族和性别问题。文化研究分析关注影视文本和提出以下问题:这个节目是对谁说话? 在文本中和在观众观看节目中,什么样的社会关系被建构或再生产出来? 节目的叙事确认了哪些话语(例如男性主义、个人主义、资本主义经济学、教育等)作为自然的、首选的方式观看世界和各种社会角色? 这种观点最好地服务了谁的利益? 文本允许观众建构另一种意义甚至质询主流意识形态的反面的读解吗?

(2) 读者反应批评。在 60 年代晚期,罗兰·巴特预言了"作者的死亡"和"读者的诞生"。但是在某种意义上,在电影理论中说观众的诞生是不妥当的,因为电影理论"一直"关注观众的观看问题。无论是在明斯特伯格关于电影在精神领域运作的思想,还是爱森斯坦对由理性蒙太奇激发的认识论跳跃的信念,还是巴赞关于观众具有阐释自由的观点,或是墨尔维关于男性凝视的思考,几乎所有的电影理论都暗示了一种观众理论。在 70 年代,电影理论对观影情景的快感进行了精神分析。在 80 年代和 90 年代,这种分析变得对观众观看形式中由社会所造成的差异更感兴趣。这一倾向表现了一种已经在文学研究中发生的转变,称为读者反应理论或接受理论。观众现在被看得更为积极和关键,不是被动的"召唤"客体,而是同时在建构文本和被文本所建构。使用读者反应方法的批评家(包括读者为主的批评和接受理论)所共享的最基本假设是:意义来自于读者的阐释而不是停驻在文本中的什么东西。然而,读者为主的批评方法认识到文本提供了基本的参数——人物、动作和场景的叙事结构,它们导入了价值、态度和信念的标准的等级制度——一个联系到这些结构的优先的观众位置。这个视点是通过摄影机角度、场面调度、剪辑技巧还有叙事和情节技巧这样一些技术性策略"写入"文本的。但是,读者为主的批评方法也认识到:观众可以拒绝文本为它的理想观众创造

的位置,可能对文本采取一个不同的、甚至对立的立场和态度。所以,读者为主的批评的焦点首先分析:谁是文本企图面对的观众和读者(包括辨别这些理想观众所可能和作者共享的美学、社会和政治的价值、态度和信念)。这个方法会关注把这个虚构的理想的读者刻写进文本的策略。最后,这个方法可能会提出一个读者可以采取的不同的位置,这种文本分析并讨论和说明某些文本何以在它们的观众中拥有名声和产生快感。使用读者反应方法的批评家对影视文本可能会提出的问题有:谁是这个文本理想的读者? 文本鼓励理想的观众采取什么视点(社会的、政治的、经济的、美学的态度、价值和信念)来观看人物、场景和动作? 文本通过什么叙事和技术策略指出谁是理想的观众? 如果实际的观众选择对文本采取一个不同的或对立的位置(即观众以不同于被刻写进文本的优先读解位置对节目进行"读解"),那么对节目的效果有什么含义? 什么是节目制作者和观众以及社会之间关系的含义?

(3) 社会学批评。社会学起因于试图正确理解工业资本主义以来巨大的社会变化,如今已经成长为一个集理论、方法以及大量实质性研究的丰富多样的综合体。在这个综合体内,各理论派别可能在其他方面会有一些不同,但是它们在努力探索那些正在浮现的、制约人类活动的社会组织模式这一点上是共同的。电影和电视作为最大的文化生产的体制,典型地表现了 20 世纪传播新模式的许多特征,这样一个重大的社会发展自然成为社会学研究的一个焦点。首先和最重要的,社会学关注电影和电视的效果,更具体地说,关注对那些最缺乏抵抗力的青少年有害影响的可能性。由于一直关注电影和电视的影响,他们必然关注衡量这种影响的方法和测量手段。怎样测量电影前后的态度呢? 如何科学地分析内容以及估价电影特定的冲击呢? 他们为这些方法论的问题寻求了各种答案,并对这一社会科学的新方法论达成了一个共同的承诺:即在试图证明电影确实具有重大影响的过程中,使用实验性研究、调查研究、广泛的面谈以及内容分析的方法。今天,影视文本的社会学分析关注表现在文本中的社会角色、关系和过程,关注观看影视的社会作用和效果。社会学影视批评其中的一个模式使用社会学的建构(概念),例如角色(职业的、社会的、性别的角色)、阶层、反叛和遵循以及种族等到节目情节中,以辨别和估价影视作为社会媒介的作用。社会学分析中的另一个模式分析观看影视对个人和社会可能产生的作用——积极的或消极的。采用社会学方法的批评家可能提出的问题有:这个文本中的人物被表现为什么类型的(社会的、职业的、家庭的)角色? 在这些角色中,他们表现出来什么属性、态度和行为？什么角色在心理上、感情上、社会上或经济上被表现为积极的？通过这个角色直接地或非直接地传达了什么社会规则和教训？

（4）后现代主义批评。后现代主义这个术语本身被应用于几乎无限广泛的经济、社会和文化现象中。在哲学领域里，后现代主义的辩论集中在对"普遍的"或包容一切的思想和阐释系统的越来越严重的怀疑。它强调社会和文化"现实"和个人身份的异质性和片断性，以及对它们统一的、全面的理解的不可能性。在文化实践中，"后现代"则反映了对在艺术和设计中的现代主义的价值和进步越来越缺乏信心。后现代主义的特征可以被称为是折衷主义、美学界限的模糊以及对原创性要求的降低。就像后现代哲学和后现代文化和多元化联系在一起，后现代主义最通常强调的特征是它的折衷主义——它吸收和混合了不同的风格、类型和艺术规范，包括现代主义的东西。在这个意义上，一些批评家把后现代主义描述为表现了"一种风格的杂乱"，而其他的批评家则强调它"挪用"和"杂交"的策略。它的核心特征是"高雅"文化和"通俗文化"元素的混合。但是杰姆逊认为后现代艺术并不仅仅是以现代主义艺术曾经使用过的方法"借用"通俗文化，而是在这种"借用"中抹平了"现代主义和大众文化"之间的传统区别。后现代艺术"借用"风格和技巧的特征可以联系到对原创性和"作者"个人印记评价的降低（作者和"启蒙主义的主体"都同时正在经历一个走向"死亡"的过程）。因此，对迪克·海德格，后现代使用"调侃、模仿、拼凑和寓言"可以看作是拒绝"'作者'第一的位置或原创力"，他现在不再被要求"发明"而只是被要求"重写原来的作品"或重新排列"已经说过的东西"。把现代主义作为一个研究对象的兴趣常常越过了电影的狭窄领域而针对了一个更广泛的文化转变。如果说，电影常常和现代主义的经验相联系的话，那么一般认为能够体现后现代精神的是电视而不是电影。

在对电影批评的关系上，应该说后现代主义并没有形成一套像其他理论方法，如女性主义的精神分析方法所具有的理论和批评方法，这是因为后现代主义在本性上怀疑统一的理论框架。如果说后现代观念对电影研究有影响的话，它经常是通过动摇较早理论的既有知识系统和本体论观念而实现的，如它对"主体"理论（它是精神分析和女性主义电影理论的基础）所做的。在这一方面，后现代主义对"普遍"理论和"总体"理论的反对导致了关注局部理论和特定理论的兴趣，这可以从70年代的"银幕理论"转向历史研究、文化研究以及对非欧洲—美国电影的社会和文化特征的兴趣（对它们的研究采取了一个更为"多文化的"和"对话的"方式）趋向中看到。但是在政治倾向上，

后现代主义批评则表现得更为复杂。一些批评家在新形势下用后现代主义重新装备了"意识形态批评"方法,对媒体文本进行批评性的解构。另一些批评家则把后现代主义看成是左派政治过时的标志。豪尔·福斯特辨别了后现代主义思潮中种种对立的政治倾向,指出其中新保守主义、反现代主义和批评性的后现代主义之间的区别。他倡导一种后现代的"抵制性文化",它不仅是对体制化的现代主义文化,同时也是对"虚假的革命后现代主义叙事"的一种对抗性实践。

　　(5)第三世界和后殖民主义批评。第三世界和后殖民主义影视批评是一个把第三世界国家电影和电视置于其文化和政治以及其后殖民身份等背景中的批评方法。第三世界电影批评的奠基之作是弗尔南多·索伦纳斯和奥克泰维尔·杰体诺那篇广为传译的论文"走向第三种电影"(1969),副标题为"发展第三世界解放电影的笔记和实验",文章谴责了使拉丁美洲从属状态合理化的文化殖民主义。"第三种电影"的宣言提出了一种另类的、独立的、反帝国主义的电影,更强调战斗性而不是作者的自我表达和消费者的满足。"第三种电影"的宣言不但把他们的新电影和好莱坞对立起来,也和他们自己国家的商业传统对立起来,把它们看作是"资产阶级的"、"异化的"和"殖民化的"。第三世界和后殖民主义批评关注以下问题:电影如何能够最好地表达民族所关心的问题?社会经验的哪一部分被电影所忽视了?如何制作和在财政上资助进步的、民族的电影?对老殖民地、新殖民地和新近独立的国家,什么样的电影策略是最适当的?独立制片人的任务是什么?在第三世界的电影中,作者和作者主义占有什么地位?在抵制好莱坞的控制方面,国家应该起什么作用?第三世界电影如何能够占领它们的国内市场?什么样的发行策略是最有效的?什么样的电影语言是最适当的?制作方式和美学之间的关系是什么?第三世界电影应该效仿第三世界观众已经熟悉的好莱坞的连续性原则和制作价值吗?或者它应该和好莱坞的美学彻底决裂,奉行一种激进的非连续性和反流行主义的美学,如"饥饿美学"或"垃圾美学"?电影应该在什么程度上吸收本土流行文化的形式?电影应该在什么程度上是反幻觉、反叙事、反奇观和先锋派的(这个问题同样也面对第一世界的先锋派)?第三世界的电影制作者和他们所想代表的人民之间的关系应该是怎么样的?他们应该是代人民立言的文化先锋吗?他们应该是流行文化的积极传声筒还是它的异化效果的无情批判者?

　　第三世界电影批评在80年代和90年代发生了一些重要的变化。那时,曾经风行一时的 60 年代第三世界革命的狂热已经让位给跨国资本主义和全球化潮流。这种现实使得人们重新思考政治、文化和美学,人们对革命的修辞学产生了某种怀疑,作为外部压力和内部反思的结果,电影也作出了相应的调整,较早的反殖民主义主题让位给更多样化的主题,那些谴责好莱坞霸权的电影制作者开始寻求和它的合作,文化和政治的批评出现了一种新的"后第三世界主义"的形式。他们一方面仍坚持原有的反殖民主义理念,但同时也关注第三世界国家内部的社会和意识形态问题。在电影工业方面,电影理论家与制作者更强烈地意识到需要用一种更灵活的态度处理大众媒体,创造一种不但具有政治意识和美学创新,同时也有观赏快感的电影,以确保电影工业的兴旺和繁荣。

现在,一度被称为"第三世界"的理论大部分被吸收进了后殖民主义的范畴。后殖民主义话语的理论是指一个跨学科的领域(包括历史、经济、文学和电影),它常常在受拉康、福柯和德里达等后结构主义影响的高度理论化的作品中探索殖民的历史和后殖民身份等问题。如果说,60 年代的民族主义话语强调了在第一世界和第三世界、压迫者和被压迫者之间的对立和界限,那么后殖民主义话语用一个只具有微妙差异的系列和"混血状态"取代了明确的二元论。

(6)大众文化批评。大众文化批评着重从电影和电视作为一种大众文化的角度探讨其政治价值。它可以看作是文化研究批评的一个延伸,不注重媒体的特性。大众文化批评强调隐藏在大众媒体统一的表面之下的对立和矛盾。许多理论家都强调了以辩证的方法处理大众文化,他们在大众文化中看到了一条乌托邦的红线,并认为媒体包含了对它自己毒素的解毒药。从这个传统出发,恩山斯伯格讨论了媒体的"漏洞":媒体虽然由大公司所控制,但又受到大众欲望的压力,并依赖于"政治上不可靠的"创作人员来满足它永无休止的节目需求。更重要的是,恩山斯伯格撇开了"媒体作为欺骗大众工具"的媒体操控理论而强调它们表达了杰姆逊所说的"深层社会需求的基本动力"。同样来自批评理论传统的电影制作者、理论家阿力克山德尔·克鲁格强调了"对立的公众空间"的概念,它包括开放的民主、信息的自由、政治的反思以及交流的相互性。在这一方法下,没有划一的文本,没有划一的制作者,没有划一的观众,只有包含冲突的多种不同声音弥漫于制作者、文本、语境和读者与观众中。每一个范畴都被向心力和离心力、霸权的话语和对立的话语所牵制,在每一个范畴内,它们的比例可能有所不同。在当代美国电视中,老

板一制片人的范畴可能倾向于霸权的话语,但是即使在这里,情况也常常是冲突的,涉及到在组合文本时协调不同"声音",这个过程必然会在文本中留下痕迹和不和谐之处。所制作的文本由于创作过程冲突的性质和观众的社会需求不同,必然会在一定程度上含有一些抵制的信息或至少有可能进行抵制性读解。大众媒体的批评性阐释学的任务就是帮助人们去意识到大众媒体所传达的所有声音,既指出霸权的"画外音",也指出那些含糊的和被压制的声音。这个任务就是要辨别出在大众媒体中常常被扭曲的关于理想的弦外之音,同时指出那些使得理想难以实现、有时甚至难以表达的结构性障碍。

(原载《当代电影》2002 年第 4 期)

反 思 影 评

——《生死抉择》意外感悟

彭加瑾

预测未来影评的态势，虽然是一件危险的差事，但联系中国电影的现状，说电影评论的观念必须有所变革，也必然会有所变革，这大概不会错到哪里去。

一个现成的话题，正好摆在我们的面前。

近期，影片《生死抉择》获得了轰动性的社会效应，票房收入据报载已超过7000万元大关，使低迷的国产影片市场出现了少有的兴旺景象。在党风问题日趋紧迫，全国上下极为关注的时刻，电影工作者以真正艺术家的勇气，以高度的社会责任感，感应着时代的脉搏，呼喊出人民的心声，在银幕上奏响了反腐倡廉的壮歌，它受到观众的广泛欢迎，完全是情理中的事。

然而，反腐倡廉的影视作品并非自《生死抉择》始，那么，为什么以往诸多类似作品未能取得如此效果，而《生死抉择》却取得这样的效果呢？在充分肯定题材、主题乃至领导褒奖、组织观赏等因素外，我们是不是还应该承认它在艺术上的成就与成功呢？

一部宣教类的故事片也有足以称道的艺术成就，在一些人以为是一件不可思议的事情。但事实恰恰如此。《生死抉择》的艺术成就不但保证了作品的成功，而且也为解决电影与新的时代观念结合的课题提供了经验，对此，我们决不能轻视与小视。

我们可以处处感觉到艺术家对观众的尊重，他们竭力在重大社会问题的艺术化体现与观众的愉悦接受之间实现一种统一，为此他们作了多方面的努力。他们为急迫、严峻并且广泛普遍性的社会课题寻找到了独特而新鲜的表现方式，艺术家没有采取习见的揭发、调查、反调查的"破案式"方式，而是采用了描述主人公从怀疑到确信、到斗争的心路历程的方式。这是一个大胆的

突破,使平实、呆板的故事更为曲折动人,悬念在这里起到了重要的作用。剧情的推进,使一个个悬念如同层层剥笋似的袒露在了观众面前,当它与人物命运紧密相连的时候,它们对于观众就会产生强大的吸引力。这不仅体现了艺术家对戏剧性有着较内在与深入的理解,同时也体现了他们对确立与观众认同关系的重视,看完《生死抉择》,我们确实再也无法忘记李高成这一动人的形象了。他是那样质朴、真实,但又是那样坚定与崇高。艺术家为了使他可亲可信,把他放在了一个"普通人"的地位上,他爱家庭与妻子,他对工作、对职务也并非没有属于个人的考虑,他还固执地坚持过对中纺厂领导的偏爱。但他毕竟是一个忠诚于理想信念的共产党人,具有磊落的胸怀与浩然的正气。所以,一旦了解到事实真相,意识到党和人民的重托,他便显现出嫉恶如仇的性格本色。在此,艺术家没有因为李高成下决心而使事态变得简单与轻松,他们深知无论生活还是艺术作品中,英雄们都要付出巨大的代价,而艺术作品中的英雄,则更需要内心冲突的压力的锤炼。影片的巧妙之处在于把外在的情节冲突与主人公的内心矛盾紧密地连结在一起,而每一次内在的或外在的冲突又都关乎着他人生命的起伏沉浮甚至生死存亡。片名"生死抉择"绝非危言耸听,大语欺世,它以一个正直的共产党人现实、严峻的生存处境,暗喻党和国家所面临的挑战与考验。艺术家以英雄主义的崇高实现对日常生活的超越,可以说,李高成形象的全部成功与魅力的秘密,全在于艺术家在他身上融合了千千万万观众的理想愿望与每一个共产党员的现实使命。

面对无视或轻视《生死抉择》艺术成就的状况,我深感这与评论界长期停留在对电影"艺术性"的褊狭误区有关。一方面,我们常常以传统的艺术标准为标准,把"艺术"只视为一部分"艺术片"与"探索片"的专利,并把它作为衡量影片质量高下、价值大小的主要、甚至唯一的标准;另一方面,我们又往往把诸多通俗性的、深受广大群众喜爱的、具有较高商业价值的影片排除在"艺术"之外,似乎这只是雕虫小技,更极端的甚至以为是人格的堕落。前者造成"艺术影片"曲高和寡,孤芳自赏;后者导致邵牧君先生所痛切指出的:"瞧不起,离不了,拍不好。"两方面作用的共同恶果便是电影的滑坡,终于导致了今天市场严重萎缩的不景气的局面。

影评要更新观念,首先就是要放弃片面狭隘的"艺术"观念,校正自身的价值评判标准,为"通俗剧"、"娱乐片"、"商业片"辩诬正名,推动、引导它们的繁盛发展。

传统的"艺术"标准之所以不完全适合于电影,重要的原因之一是个体的精神劳动产品与大众传媒的高投入产品的差异。个体的精神劳动产品尽管也需要如黑格尔所说的"普遍的题旨",但毕竟主要是个体经验、愿望的形象书写,媒介的简易为它提供了有利的物质条件。然而电影则不同了,它不但是高科技、大工业的产物,而且更是一种大众传播媒介。高投入、高回收,要求它必须以充分广泛的观众为对象,在满足他们的精神、文化需求中,同时维持自身的发展或生存。20世纪80年代,影评界曾经热烈地争论、讨论过"电影的本性",争论的焦点是"技术本性"与"艺术本性",只有极少数的有识之士才偶尔提到商业本性。现在看来,这正是一个不能否认、更不能回避的问题了。电影本性应该是一个复合体,人们可以从不同的角度去认定它的本性,商业性、大众性显然是无法否认的。长期计划经济下的制片方针,使我们严重缺乏市场意识。承担着价值评判责任的电影评论,现在如果对此再缺乏认识,那么对于电影发展来说无疑是雪上加霜,前景可危。

因而,对于电影来说,最大的"艺术"、最重要的"艺术"并不是纯粹的个人体验、个人发现,而主要是在社会理想、社会情绪的动人描述和有力传达上,它是为大众的,同时又是被大众乐于接受并能激起共鸣的;它既包括内容蕴涵,也包括形式风貌;它也是一种目的性的规律性的统一。站在这样一个角度看《生死抉择》,我们就可以理解它的一些不足甚至硬伤,而更为珍视它所取得的艺术成就了。艺术家在这里抓住了电影艺术的命脉,不仅按住了观众情绪的脉搏,而且拨动了他们的心弦。站在"精英艺术"的立场,我们会认为影片对李高成对中纺厂情况一无所知的描写是个不小的"失着",对忘却交代夏玉莲下落的细节更难以接受,因为前者关系到作品的一个"逻辑起点",后者关系到对一位老工人生命安危的关注。显然,"起点"不实会影响到作品的真实感与此后情节展开的可信性;而对人的个体生命的关注与否则可以上纲到人文精神的丧失。但事实上,观众的意见远远不像评论家那样"较真"。从社会效果的热烈反响可以推断,他们对此倒是近于忽略不计的。之所以出现这种情况,除了"大德可以掩小"的习惯心理以外,还在于"精英艺术"与"通俗艺术"的明显区别。"精英艺术"重在改造观众、改造社会,在个人体验、发现的艺术表达中,注重并着力发挥的往往是艺术的认识功能与启迪功能。而通俗剧则不然,它强调的是适应观众,在适应的前提下作适度的提高,它注重的是审美的感染与共鸣。它可以是一些方面作出牺牲,但必须牢牢抓住观众,使他们聚精会神于银幕,而心无旁骛。李高成回城而不知中纺厂的近况,作为一个特定艺术情境的设置,在通俗剧中其生活真实的依据并不那么重要,

重要的是调动观众关注人物的命运,以及此后他的心理脉络与行为举止的发展,必须与观众的心理相通。正如看《泰坦尼克号》,我们不会停留在对主人公赢得船票的真实性质疑一样,我们急切关心的是这位充满活力的小人物到船上会遇到什么?所以,在李高成夜访夏玉莲被殴打,怒而掀翻宴席,举起杯盘砸向中纺厂腐败分子时,观众席中立即爆发出了阵阵掌声。可以看出,艺术家在人物性格行为与观众情绪宣泄、欣赏需求之间,找到了一个最佳的结合点。忘却对夏玉莲安危的交代,固然是影片的一个疏漏,但我们也可以回归到电影院中,此时,我们的心情不是更关切李高成吗?这并不因为李高成的身份、地位,并不意味他的生命价值高于夏玉莲,而是他肩负着观众的希望,我们要看他究竟能不能斗败这些祸国殃民的腐败分子。在"真实性"的问题上,如果说"精英艺术"有时可以达到严酷的程度,甚至达到如鲁迅写阿Q在临刑前痛悔其圈画得不圆那样令人不敢逼视的深度;那么,"通俗艺术"则是宽宏大度的,它往往带着相当程度的假定性与理想化色彩。《生死抉择》所体现的,正是国产通俗影片真实性与理想性结合的民族审美的特色。在诸多好莱坞娱乐片中,它们的"真实性"要求比我们更宽泛、更大度;而"理想化"的要求则更浓郁、更强烈,浪漫精神常常溢于片外。国产电影片受过"文革"虚假的磨难,无论观众还是艺术家对于"真实"都极为重视与敏感,但就艺术作品要回答"生活是什么"与"生活应该是什么"两大课题而言,理想化的描写是绝对不可缺少的。详尽论述真实性与理想化的关系不是本文的任务,我们在这里所指出的只是褊狭的真实性与忽视通俗电影理想化的观念造成评论界长期存在的误区。我们可以潜心回味,《生死抉择》的魅力一方面固然来自对丑恶的腐败现象的揭露,但更重要的另一方面却确确实实来自对李高成一身正气的理想化的描写。它真的代表了党与人民的意志与愿望。艺术家以正义感与真理性而使之与"四人帮"时期文艺的"假、大、空"截然对立。我们之所以长期不敢坦言并深入探讨电影的"理想化"课题,无疑与沉痛的历史包袱有关。今天,再也不能让它继续束缚我们了。

电影必须面向市场,走进市场;但电影走入市场的步履又是那样的艰难。困难的因素来自方方面面,但不可否认,首当其冲的却正是观念。无论评论还是创作界,我们多少有点既看不起市场又害怕市场。市场的"低俗"似乎很容易使知识分子、文化人、艺术家感到丢脸,市场规律的铁的法则不易掌握,我们又不能不心怀畏惧。以前,谈到电影票房,谈到"娱乐片",理论家就会举出"床头加拳头"的西方腐朽电影来警告我们"决不能走那条路",其情其志,可敬可闻。但事实上电影票房并非都是"床头加拳头"所得,娱乐片也并非都是腐朽电影。三四十年代,国门大开,好莱坞及其他外国影片蜂拥而至,但那时的"左"翼电影与国统区的进步电影依然葆有市场,大受群众欢迎。今天的《生死抉择》更以浩然正气而赢得党和人民的赞誉。可见,电影市场虽然涉及到种种复杂的因素,但对于艺术而言,最为关键的只能是与人民群众的血肉联系。这种联系既包括立场、感情,也包括审美理想与期待,包括深层的民族文化艺术精神的应和,《生死抉择》的成功证明了这一点;自然,它并不是电影走向市场的唯一。

无可否认,电影评论目前的景况颇为不济。一大批老影评家或谢世或年迈或因其他原因而陆续退出,影评自然丧失原有的权威性。电影生产不够景气亦为影评的发展带来极大的限制,影评虽然有一定的自主性和独立性,但作为一项工作,毕竟还要从对象出发,依赖对象本身所提供的资料与资源。影评人才缺乏,队伍薄弱,电影事业的方方面面都有人才的培养,唯独电影评论完全处在个人兴趣与自生自灭之中。影评人要求很高的素质与修养,但事实上并没有人专门从事此项工作。有人呼吁过影评的职业化,但以目前的现实看并没有实现的可能,谁愿意养活一个影评家呢?又有哪一个影评家可以只凭影评而能过上较好的生活呢?生活的问题解决不了,职业影评家就只能是一种愿望而已。

同样无可否认的是,影评家没有消失,影评依然活着。这不但有许多见诸报刊的文章文字,见诸电脑网络的影评为证,也有影评征文几十万的参与者为证。只要电影存在,影评也必须会继续存在。在新世纪的钟声即将敲响的时候,我们希望电影评论能够得到发展,它不但能够准确反映电影创作生产的成败得失,而且能站在时代的前列,影响与引导创作健康而持续的发展。为了达到此一目的,影评人需要实事求是,解放思想,更新观念,有的放矢。我们再也不能不考虑电影如何适应社会主义市场经济这一新的时代课题了;我们再也不能只顾说自己愿意说的话了。电影评论要在促进国产电影与新时代观众的结合上作出贡献;电影评论也要在自己的内容、形式上作出新的开拓与探索,以充分满足群众的需求,适应各种媒体对于电影评论的新的要求。

从根本的意义上说,电影评论的明天最终取决于影评人如何回答时代提出的新的挑战,盲目的悲观与盲目的乐观一样都是没有意义的。有人曾经提出:《生死抉择》的成功只能是一个特例与个案,无法"普及"与"续写"。如果

说这意见所指在于题材选择、领导赞扬、组织观赏等无疑是正确的;那么,忽视它代时代之言,呼喊人民心声,充分尊重观众审美与心理需求的普遍意义,则并不正确。影评观念的转变与更新,无法离开理想之光的烛照与追求真理的勇气的支持啊!

（原载《电影通讯》2000 年第 6 期）

媒体炒作时代的电影批评建设

陆绍阳

一、一种描述：媒体炒作时代的电影批评现状

20 世纪 90 年代以来，电影批评似乎成了一件相当奢侈的事情，曾经在 80 年代意气风发的批评家纷纷"退隐"，批评的缺席成了相当普遍的影坛现象。批评界本身的独立性、自主性不断受到形形色色的外力威胁，其中最可怕的外力要算是媒体了，而媒体又受制于其他权力。因此，"聪明"的批评家就不失时机地"投靠"了媒体，并很快转换了自己的"角色"。有些批评家已经失去了知识分子应该具备的清醒的立场。《爱情麻辣烫》出来的时候，有的专家认为这部影片是中国电影走出困境的最佳样板，1998 年大学生电影节上，评委会中的有些人要把大奖授予它。但是，其中有个评委、一位享有国际声誉的女导演就提出了异议，她不懂这样一部只是表面形式花哨的时尚电影何以在中国成了"新"的电影？为什么中国电影缺乏这样基本的判断？确实，在张扬的电影里，可以发现有很多优点，从观赏的角度说，它很好看、很煽情，在剧情上很讲究起承转合和高潮，试图用一种精致的方式说话。但我们同样可以发现这部影片的缺陷，就是影片编造的痕迹很重。同样的"误读"也出现在电影《美丽新世界》的研讨会上，某位资深电影理论家，迫不及待地说这是又一部《马路天使》，比较它在人性的剖析、反映社会现实的深度以及表演的鲜活等方面的差距，如果硬要和三四十年代的电影接上气，还不如举一部香港电影《新不了情》的例子更确切，至少那里面有很活泼的市井生活的描述。如果这位资深理论家的这番论断仅仅是对年轻电影人的鼓励或呵护，有一番良苦用心，那另当别论。我们也不愿意就此下结论，判定一个成名已久的批评家已经丧失了审美知觉。因为，所有的批评家都有盲点。而现在我们面临的问题是，在现在的文化语境中，只有新闻炒作，真正的电影批评家越来越少，而职

业批评却不断涌现，职业批评家是靠这吃饭的，更关心的是红包的厚度，从他们的口中已经很难听到真实的声音，他们已经失去了独立的品性，不要说审美知觉，有时连起码的道德知觉也没有了，他们已经或正在践踏批评的纯洁性。

二、媒体炒作作为一种文化现象

改革开放以来，艺术繁荣，风格多样了，社会语言和文化就跟着变化。而这时从国外进入的商品又大多包装得异常精美，于是商品用语的"包装"便迎合了社会心理，它当仁不让地取代了原来的"宣传"，广泛流行起来，并很快进入文化领域。在20世纪90年代急剧变幻、剧目常新的文化风景线上，或许最引人注目的便是传媒系统的爆炸式发展与呈几何级数的扩张，到了90年代末，作家、批评家和观众突然发现，原来大家熟悉的那种电影批评差不多完全不存在了，即使有一些也是处于边缘状况，代之而起的是"地毯式轰炸"的媒体炒作，不断有新导演、新作品、新现象出现，不断有花边新闻、内幕在媒体上曝光。炒作就像包装一样，它是从商业活动中来的战利品，做的是无本买卖，显示了文化手段的精明，它与文化的合谋显得更为水乳交融，也因此更耸人视听。最为典型、也最有影响的一例，就是自2000年5月以来，张艺谋动用网络为新片《幸福时光》挑选女主角一事。由于是历久弥新的影坛"大牌"做出的新鲜动作，并且这举动容易给人以发挥想像的余地和惯性思维的空间，故而消息以客观身份刚一出笼，就不断有舆论指出，网上选角纯属炒作，尽管剧组一再申明和解释，此事从想法到过程都是最正常不过的工作环节，但炒作的说法就像一个漩涡，不由分说就拽住了张艺谋。而在这个事件中，4万余名妙龄少女冲着"幸福少女"而来，明知是千军万马过独木桥却义无反顾。《幸福时光》动用网络大规模、跨地域选"清秀、单纯、富有个性"的女主角的行动，也成了一段时间内炒得最火的娱乐新闻。媒体迎合着大众的心理，通过娱乐性的"狂欢文化"场面"复制"着大众的口味、兴趣、幻想和生活方式，而炒作的目的引起了全国的注意，以后片子出来，不论影片质量如何，也可以有一定的票房。包装和炒作在文化领域内的使用，也说明了商业因素进入文化领域并产生支配地位的明显事实。这是一种变化，但我们也不得不承认，这是一种无可阻挡的趋势，我们进入了炒作时代。

三、"引起轰动"的背后

文化已经成为一种产业，它可以直接产生或转化成一种商业价值，因为整个社会都已经纳入到商业的轨道，商业和经济价值的取向也同样是文化创造的重要标准和目标,否则,生存就会有问题,自身的文化价值就无从实现。任何一种文化创造和文化表现,只有通过具体的物化的形态或媒体才有可能实现其自身的价值,因此,寻找最合适的买方,最大限度地实现自身的商业价值,自然也就成了物化了的文化商品的出路,这样,商业性炒作的必要性就显示出来了。

"引起轰动"这个任务更多地由娱乐记者来承担。现在的记者们不再满足于传播信息,他们要生产信息,凭着他们占据的舆论阵地这一先天优势,他们的确有能力"炒热事件",有能力将讨论的问题、他们关心的热点问题强加于公众。而这种行为的后果就有可能使记者成了"精神活动与公众之间的屏障和过滤器",如果是记者不感兴趣的问题,那么信息就传不出去。

大众传媒对当代社会的公共空间和私人空间所带来的深刻影响,已经为越来越多的人关注,媒体在今天的作用或许是短暂的,但它的副作用是显见的。首先,它拥有话语权,能吸引无数不明真相的观众轻易相信媒体所做出的结论,然而,这些"代言人"既没有批判意识,也无专业才能和道德信念,却在现时的一切问题上表态,因此几乎与现存的次序合拍;其次,媒体因为存在着自身的利益,在物质上和精神上依附于经济力量与市场制约,在真实性和正确性上都存在一定的问题;第三,媒体批评显然带有大众传媒所特有的时尚性、瞬时性、夸饰性、商业性等特点,从而使观众处于一种平面化的、单向的经验之中,被动地接受形象和排斥意义,而不是主动地参与到意义的流程和生产过程之中。这一切,无形之中导致了真正的电影批评生存所需要的空间越来越小。

四、媒体炒作时代电影批评的建设

现在的观众已经被喂食了过量的代用品,却没有批评家去一点一滴的滋养、培育和品味,在我们的公众活动范围内,批评的声音越来越微弱了,批评也觉得无足轻重、可有可无了。从社会语境来看,这里有批评家的责任,也有社会的责任,电影批评正受到各方面的挤压,这些挤压也构成了电影批评的生存危机,危机首先来自对自身的取消。

在这样一个只需要感受、不需要思考的消费时代,时尚化的影响无所不在,印象批评也就自然而然代替了学理批评,媒体在学术领域可寻找的资源有限,学术被媒体炒作所代替,也是自然的。而我们知道改革开放以来,电影批评对电影创作起了很大的推动作用,由电影学院教师白景晟提出的"扔掉戏剧拐杖"的理论主张,引发了反对"电影戏剧化"的论争,使80年代上半

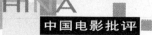
期出品的很多影片摆脱了内容虚假和表现手法陈旧的毛病。而张暖忻、李陀的《谈电影语言的现代化》和邵牧君的《现代化与现代派》等一批极具深度的论文,进一步廓清了创作人员对"真实美学"的认识,不但出现了像《邻居》这样异常贴近现实的作品,而且出现了像《黄土地》、《一个和八个》在电影造型上取得惊人成就的影片,舞台化的场面调度受到了唾弃,摄影机的能动作用前所未有地受到了创作者的重视。上海批评家朱大可对"谢晋模式"的批评,也从某种程度上对中国电影摆脱单一的叙事模式,走向更广阔的表达现实的空间提供了另一种思路。而对娱乐片的价值和意义、娱乐的特殊社会文化功能的研究,到探讨娱乐片创作的规律与方式,则显示了层层递进的深化过程,也使缺乏娱乐片创作传统的中国电影界提高了对娱乐片创作的认识。

新一代批评家运用"后殖民理论"对张艺谋、陈凯歌的电影进行剖析,成了90年代初引人注目的理论热点。评论要提高,最终还是作用于中国电影。电影批评的任务并不仅仅在于阐释已有的电影作品和既成的电影现象,真正的电影批评应该是批评家和创作者之间的"对话",而不是亦步亦趋的解释。

媒体炒作不能替代电影批评,或者说,商业炒作的目标、方法、原则、功用不能代替电影批评原有的理想和功能。现在,我们迫切需要曾经"缺席"的电影批评重新参与到中国电影自身的建设中来,而批判精神是一个真正的电影批评家所必须具备的基本素质,这种精神的基础在于对世俗的要求与诱惑表现出独立性,在于尊重文艺本身的价值。

在保持批判精神的同时,我们要推进"学理批评"的建设,"学理批评"作为一种独立学科的批评存在方式,它需要批评者将其批评建立在某种学术立场上,以一定的理论系统作为开展批评的基础。

电影研究者应积极成为电影发展的现场参与者,同时纵向思考百余年来的中国电影和历史的轨迹,即对传统文化和当代文化的批判性反思,将电影批评和电影史研究结合起来,以深入探讨20世纪中国电影表现出的"终结和转型"特点。

真正的评论家,他应该密切关注着电影,对重要的电影及时作出自己的反应——自己的,而不是被雇佣的,他的评论作为一种文化时评,应该是市场机制的有效环节,他在自己"稳定、良好的品味"的意义上,建立评论信誉,把他对艺术的知识和热忱传递给其他人。

作为一个优秀的电影批评家以及批评队伍自身的建设，他们需要立场和必备的专业素养。而更重要的是，电影批评作为文化建设中重要的一环，需要一定的生存条件，而只有政府能提供这些条件，必要的文艺资助将激活处于"边缘"状态的电影批评。

（原载《电影通讯》2000 年第 6 期）

半个影评人的六个念头

思 忖

接到贵刊的约稿电话,感到压力实在不轻,觉得需要认真思考的倒是:我能算是一个合格称职的影评人吗? 我的所有影评文字,到底为中国电影的进步和发展出过多少有益的主意? 这些主意在今日市场经济的体制下究竟又有几多价值? 这样想来想去,便愈加不安起来,主要是因为自己没有切实负起一个影评人对中国电影的生存和发展所应承担的责任。羞愧之余,便有了这篇《半个影评人的六个念头》。

一念:检点我写过的影评文字,对中国电影创作的某些界面,比如战争片、革命历史题材片、军营现实片、儿童片、农村题材片、侦破片、社会问题片、伦理道德片、娱乐片、喜剧片、悲剧片、主旋律片的创作实践和理论,乃至如何面对消费者等问题,都曾透过某些单篇文字谈了个人看法,出过一些点子。但对中国电影作鸟瞰式的整体展望和前瞻的文字却实在少得可怜。客观上说,我确实是既没有资格也缺乏这方面的能力,勉强谈了,也难免挂一漏万,贻笑大方。主观上说,我对自己要求不高不严,自认相对于电影圈业内人士来说,我不过是个边缘人;相对于那些心身俱健、多闻博识又有深厚电影理论功底的专业影评家,我这个已患有多年心肌梗塞、脑血栓的病号,且又未经电影专业训练的普通观众,充其量也只能算是半个影评人。倘读者对中国电影的总体面貌及今后发展战略、大政方针等问题感兴趣,莫如径直去读主管电影的政府官员写的文章和工作报告,或专家、教授、学者的高论,终究会更加可靠实在、更具权威性,至少总比听我"瞎子摸象"式的胡侃要强。

二念:由我的影评文字之弱项和不足,又联想到当下不少电影理论批评文章,对电影创作者、电影市场和电影观众实际上并没有多少影响力。真正把我们很多观众造就成低品位文化消费者的,是那些粗制滥造、以"拳头加枕头"为能事,连才子佳人、帝王将相个个变成打斗高手的所谓"娱乐片"。真正能导引观众挤破影院,乐滋滋地掏出大把钞票去争看实在算不上多么优秀的《泰坦尼克号》、《星球大战前传——幽灵的威胁》者,是那些确有市场眼光、熟谙观众心理的各种媒体沸沸扬扬的爆炒。而真正比较有艺术品位和观赏价值的国产大片却观者寥寥。据说《一代天骄成吉思汗》获奖之后仅仅卖出一部拷贝,就再无人问津,于此足证专家评论对观众及影院经理影响力之乏力。上述情况若不能有个根本的改变,则中国电影的生路安在? 出路安在? 是不能不令人担忧的。

三念:中国电影目前的整体生存状态如何,亟须有个比较准确的诊断才好对症投药。目前大致有两种相当对立的判断同时存在。一种是认为中国电影正处在第三次繁荣高潮,为共和国五十周年大庆献礼的一批精品大片奔涌而出即是明证,"入世"后的中国电影更是前景乐观。忧天派则唱反调,指认现时中国每年只有两三部好片子,60％以上的中国市场已被每年引进的十多部美国大片占领,"入世"后势必更无抗衡力量,甚至连一道篱笆都没有。两种相左的看法是由影界两拨同是顶尖儿人物提出来的。在我这个影界边缘人看来,忧天派似也稍嫌过于悲观。倘可借用毛泽东建国初期面对国家恢复时期所说的"有困难,有办法,有希望"来活学活用一下,我以为当今中国电影可以说:很有希望,但困难成堆,且办法不是太多。成绩和希望勿庸我来多说,单看我们在编、导、演、摄、录、美各方面均已拥有一批相当成熟的艺术家,便可知中国电影发展潜力是不低的,已有佳作称誉于世,他们的影像艺术感觉相当敏锐,且在剧烈的市场竞争方面更具应变能力。我看中国电影今后的希望必将寄托在他们身上。

四念:困难成堆,办法不多,又经常萦绕在我心头。举其要者来说,能弄到资金者未必能拍出好片子,能拍好片子的却未必能筹到资金;粗制滥造的片子销路未必就不好,精雕细作的佳作销路却常令人扼腕叹息;艺术鉴赏家首肯的,影院老板或一般观众并不买账;一般看客叫好又叫座的却往往让正派的专家皱眉蹙额。总之,从创作体制到经营管理到市场消费,都因经济的转轨和外片的引进出现一连串的矛盾亟待解决,但最突出和最为圈内外人士普遍关注的,还是产供销之间存在的尖锐矛盾。针对上述问题,献计献策者不乏其人,归纳起来,却也不外是以下三条。其一,是继续加紧培养人才,提高电影制作高新科技含量,提高各部门从业人员的素质,尤其急需造就一大批既懂艺术又非常了解观众欣赏兴趣的制作经纪人。其二,是要向好莱坞的

大制片公司和院线设施学习,走高投入、大制作、多回报的道路。不必把美国大片看成洪水猛兽,只管让它们进来好了,把国内那些滥竽充数的电影从业人员驱赶出局,实行优胜劣汰,让中国人真正弄明白需花多大的成本才能把片子拍得好看,未始不是一件好事。其三,就是走低成本、小题材、精加工的道路。除以上三条之外,我个人可以说拿不出任何别的新招来。第一条我相信谁都会举双手赞成,唯二、三条是大相径庭,主管部门在决策时确需慎思而后行。

五念:以鄙人陋见,第三条路线是比较切合我们这个尚处在"社会主义初级阶段"的"发展中的国家"的实际需求的。我们前一阶段拍的一些高投入的大片,其实多半是效仿前苏联那种计划经济体制下的制片方式运作的(若与耗资巨大的好莱坞巨片相比,也还只能算是小成本),当中国虽曾产生了《红楼梦》《大决战》这样的佳作,大投入与低回报之间的极大反差着实暴露出它们与市场经济的不相适应。用市场方式运作的大制作《鸦片战争》,耗资一亿,票房回收七八千万,足以说明大投资的风险之大。国外电影人因大投资、大制作而票房失败乃至倾家荡产者不乏其例。近期一位美国大学教授花了 6 年时间写出一份相当诱人的调查分析报告,其目的显然是要证明只有大投资才会有大利润,他在结论中说:"拍小规模制作的回报虽然很大,但不表示利润也大。"而时下一部誉满全球的名叫《女巫布莱尔》的美国小制作影片,拍摄资金仅 600 万美元,光在美国本土的票房收入已达 1.5 亿美元,至少告诉我们大可不必因那份报告所声称的大投资、大利润而眼馋。我们的民族电影担负着精神文明建设、传承民族优秀文化的重任,在当今电影市场经济还相当窘迫的情势下,更不宜为追逐大利润而去同拥有巨额资金、高新技术和遍及全球院线做后盾的美国大片比输赢,至少短期内是万万行不通的。所以为使中国电影走向良性循环,比较可行的办法还是应该提倡多拍些低成本、高质量、能为不同层次观众喜闻乐见的好影片。一来资金比较容易筹措,二来成本比较容易回收,三来厂方、经销方直至权力部门也更乐于支持,四来自掏腰包的低收入平民百姓也更便于接纳,且最大的好处是,小片子对培养新人、锻炼提高创作与制作等从业人员基本素质有很大帮助。中国当下最能挣钱的导演冯小宁靠的就不是什么大投资,而是对中国观众欣赏口味的谙熟。冯小宁能以相当低的成本做出《黄河绝恋》那样的大制作,实得力于制作中的精打细算、苦心筹谋;姜一自筹资金,竟能拍出《过年》、《找乐》那样题材虽小而人文内涵颇深的精品,都是值得钦佩的。综观所有世界级电影大师的创作经历,有哪个不是从小制作先练起的？所以，我极赞成张艺谋"以小搏大"的主张，我相信北影厂长韩三平拿出 1 500 万元资金为本厂 7 名年轻导演提供拍片机会的本意也在于此。因此我是极不赞成有论者以韩三平等人的做法是对年轻导演的"剥削"，是"短期行为"的指责的。

六念：中国电影理论批评理应关注中国电影的生存与发展，献计献策，助一臂之力。尤其是面对即将"入世"的新环境、新问题，更应有与之相对应的、具有全球视野和鲜活有力的影评来推动和促进中国电影的健步发展。但就眼下的现实看，真能为中国电影现有的突出矛盾提出比较可行的措施策略者，还是近年来在商品经济大潮中尝尽甜酸苦辣的电影艺术家、事业家，包括投资人、制片人、经纪人、影院从业人员等等。至于那些专心致志于电影文本研究的理论批评界人士，却多半是束手无策，或只能发些与市场现状相去甚远的宏论。这恐怕正是当今影评对中国电影缺乏影响力的一大主因吧？我深知像我这样心力俱老、眼界狭小且无市场概念的半个影评人，确是到了非淘汰出局不可的时候了。令我感到欣慰的是，一些很有活力的青年影评家正在迅速成长起来，他们将是大有希望的一代人。我祝愿他们对市场有更深入的调查研究，但不要被那些偷漏瞒报的票房数字所蒙蔽，更不要让大利润的浮云遮蔽双眼；我祝愿他们对不同层次观众的观赏心理有更透彻的了解，又能从善如流，不趋时、不媚俗，更莫把影评变成商业广告来炒作；我祝愿他们站在知识经济、信息经济的潮头上，为中国电影的进步与发展多出些前瞻性的高招，同时坚守正直影评人应有的社会良知和艺术良知，对提高观众欣赏品位有更大的帮助，使佳片不再寂寞无闻，让烂片不再大行其道。果能如此，则中国影评滞后于中国电影的局面庶几可以扭转矣。

（原载《电影通讯》2000 年第 3 期）

文化观照

遮蔽的修辞幻象和去蔽
的社会现实批评

——鲁迅与中国电影批评范式的双轨解读

赵　鹏

关于鲁迅与中国电影的解读，不光是一个很有意思的话题，也是一个很长时间以来学者们远未深入涉猎的命题，遍查各种文本，只有不多的资料性的概述（如刘思平、邢祖文《鲁迅与电影（资料汇编）》等），对其深一层的脉络性、机理性的解构根本未见，更遑论在这一层面上对鲁迅与中国电影叙事范式进行思想和行为上的构建了。

（1）电影：作为旧上海的主要文化消费符码，是海派文化建构的重要基石，对鲁迅也从生活方式和文学活动两方面释放影响。

电影艺术输入中国，与中国本土文化融合，由舶来品到在中土扎根发芽，是一个纵向的、不等值的、清晰的、单向度话语体系，这是一个历时性范畴，与传统的政治经济史、文化史、艺术史、电影史的评价体系相一致，约定俗成的观念以为，伴随19世纪末资本主义向东方扩张侵略，与中国各阶层进行的政治、经济、文化、文学上的或吸取、或反拨、或整合的背景紧密相连；但与此相因应的共时性的层面，或曰域文化的横截面内涵，却长期为研究界所忽视。具体地，以上海、香港甚至好莱坞的区域性与消费性表述为载体的符码结构，在中国以一种辐射状的螺旋反复的"软文化"与"亚文化"方式进行强烈的扩张和移植，电影充当了最有效的承载工具，每个置身其中的人是难以超然物外的，对于与之发生关联的知识阶层而言，生活方式、创作方式、艺术理念、审美理想不可避免地发生结构性动荡和位移。鲁迅，作为寓居上海的一名教授同时也是职业撰稿人，以今天的标准看也是社会精英和主流社会人士，同时也是一名非同一般的影迷（下面述及），既受到了上述前一层面理念和社会活动实践的趋同和规约，同时也在意识深处不自觉地与后一层面相应和。前者是去蔽的、中心的、显在的、社会的、实践的、革命的;而后者,则更多是遮蔽的、潜隐的、边缘的、个人的、艺术的、审美的。掌握了这两点,基本就把握了鲁迅电影批评和电影鉴赏的主脉络,从而为其电影活动和其他艺术实践洞开了"解构之门"。

前一种研究方法,以层出不穷的各种文学史、艺术史、文学批评、艺术批评等等而言,可谓汗牛充栋;后一种,则长期以来被忽略。近年来,有学者开始注重从海派消费文化对社会生活和文学话语的影响入手,做一些研究尝试,在跟踪对象上,如李欧梵对旧上海电影之于张爱玲小说创作的千丝万缕关系的论述,几位青年学者对电影之于新感觉派创作影响的研究等,但开展得还不是很充分。

(2) 形上的现代精英主义艺术理念和社会批判意识的一步步熔铸,使鲁迅的电影批评始终不偏离于"呐喊"的主轨。

众所周知,鲁迅之弃医从文与其留日时看到的一部反映日俄战争的纪录片有关:"有一回,我竟在画片上忽然会见我久违的许多中国人了,一个绑在中间,许多站在左右,一样是强壮的体格,而显出麻木的神情。据解说,则绑着的是替俄国做了军事上的侦探,正要被日军砍下头颅来示众,而围着的便是来赏鉴这示众的盛举的人们。"❶

其实,这里面有双重阅读。第一重,自然是国人在欣赏行刑场面,这其实是一种仪式化,除却民族冲突,还富含文化的规训与惩戒,看客将受刑人由"同类"置为"他者",用预先植入的文化原型符号对进行排序—阅读—认知,因为是纪录文本而非带人为痕迹的故事与情节,我们可称之为第一层镜像阅读;第二重,鲁迅与日本同学在观看另一种仪式,而这种仪式却是通过电影修辞来实现的,这种修辞是以电影镜头、文字附注和先植于受众中的先验的原型与权威话语来共同完成的,鲁迅自然被排除在主流意识之外而成为"异质"或"异质"的人。日本人可以附带优越感地将镜像与国人再次弃置于"他者",鲁迅却不能。卞之琳有名诗:"你站在桥上看风景,看风景的人在楼上看你",鲁迅和麻木的看客这是一种互文状态,表面看是隔绝的,其实互为隐喻、互为镜像的还原;鲁迅和受刑者则是一种换喻:鲁迅也是受刑者,承受精神上的刀戮,互为镜像。文化上的异质性放逐和仪式上的逆向的悖论性的"狂欢"将鲁迅掀入了矛盾的漩涡。

❶ 鲁迅:《呐喊·自序》。

"我便觉得医学并非一件紧要事，凡是愚弱的国民，即使体格如何健全，如何茁壮，也只能做毫无意义的示众的材料和看客，病死多少是不必以为不幸的。所以我们的第一要著，是在改变他们的精神，而善于改变精神的是，我那时以为当然要推文艺，于是想提倡文艺运动了。"❶周建人在《鲁迅幼年的学习和生活》和日本作家小田山狱夫著《鲁迅传》中也有类似叙述。

日本民族的民族性格与集体无意识的积淀中有一种"万物有灵"、"各居其所"的"神武"等级观念，由此产生日本民族恃强凌弱与扎根于自卑自怜之上的自强与狂妄，与中国儒文化系统中"仁"的一面相拒斥。❷鲁迅受辱之余，升起的自然是一种改变现实的强烈欲望，加之鲁迅此时受尼采超人哲学的影响，潜意识中应当是一种对富国强民、开通民智的超验"权力意志"的接近和趋同。于是，鲁迅毕生都在为复兴中华而求索，不管其接受理念如何的动荡和位移，九死而无悔其衷。一部电影烙印般对人的一生发生这么大的作用，应当是很令人惊叹的了。

对于电影将中国人的奴性与媚骨艺术化的痛心，对"国民性"的揭露和鞭挞，在鲁迅作品中随处可见，如只要中国人"看见他们'勇壮武侠'的战争巨片，不意中也会觉得主人如此英武，自己只好做奴才，看见他们'非常风情浪漫'的爱情巨片，便觉得太太如此'肉感'，真没有法子办———自惭形秽"。❸在1923年杂感《而已集》里，有一篇《略论中国人的脸》。他逡巡在西洋人眼光与东洋人的眼光中，论及中国人的脸，特别是对中国电影中所表现的中国人的脸予以辛辣的讽刺。虽然他主要说的不是电影，但可以看到，他对中国电影不能正确反映中国人形象，如实表现其生活进行无情抨击。他在失望之余，也慢慢看到了希望的曙光。同年，他在《准风月谈·电影的教训》中诙谐地说："幸而国产电影也在挣扎起来，耸身一跳，上了高墙，举手一扬，掷出飞剑，不过这也和十九路军一同退出上海，现在是正在准备开映屠格纳夫的《春潮》（夏衍认为是郑应时执导的《春潮》）和茅盾的《春蚕》了。当然这是进步的。"

鲁迅偏爱揭露社会弊病，号召人民起来反抗现实一类的写实影片，比如卓别林主演的影片（《城市之光》等），前苏联所摄制的现实主义影片等等。许广平曾回忆说："至于苏联的片子，鲁迅是每部都不肯错过的，任何影院不管

---

❶ 鲁迅：《呐喊·自序》。

❷ 具体可见（美）鲁思·本尼迪克特著：《菊花与刀》。

❸ 《二心集·现代电影与有产阶级》译者附记。

远近,我们都到的,着重在片子。"❶在当时很难见到这些影片,鲁迅先生还是想尽办法看了 10 部。尤其在他逝世前 10 天,观看了由普希金小说改编的《复仇艳遇》,鲁迅把它视为"最大慰藉、最深喜爱、最足纪念的临死前的快意"❷影片。许广平回忆:"最后一次,去年(1936 年)双十节,在上海大戏院看《复仇艳遇》,使他高兴良久,见朋友就推荐。那张片子中,农奴最后给地主的一击(从前俄国的农奴,实在过着非人生活的),最使他快意。""苏联影片,以其伟大,看了使人振奋,他差不多一有新片,就要去看。"❸

据鲁迅日记,从 1932 年起,大凡当时在上海首演的苏联影片,如《亚洲风云》、《生路》、《雪耻》、《傀儡》、《夏伯阳》、《复仇艳遇》等,他全都去看了。需要指出的是,以上影片并不能代表苏联电影最高水平,而以《战舰波将金号》、《母亲》、《土地》等为代表的更高艺术水准的苏联电影,即"蒙太奇电影"(此处"蒙太奇"比一般提到的蒙太奇技术、艺术手法有更深的内涵,已升华为创作理念),鲁迅并未见得到。

有学者认为鲁迅如此爱慕苏联电影,和他的"俄国文学是我们的导师和朋友"的名言联系起来看才能够理解。其实,这只是一方面,文学和电影是两种艺术本体,两种迥异的元语言,苏联电影本身所发散的艺术光芒和在世界上的宏大影响力才是本因,当时,就连反共最坚决的欧美资本主义阵营,也为苏联影片的艺术成就所折服和震撼,爱森斯坦访问美国就引起巨大轰动。和今天好莱坞电影一统天下不同,当时有强思想性和强势电影语言的苏维埃电影根本未将以好莱坞为代表的西方电影放在眼中,他们已经开始考虑如何将《资本论》搬上银幕了。好莱坞的老板虔诚邀请爱森斯坦拍摄美国版《战舰波将金号》,被拒。纳粹宣传部长戈培尔命令女导演莱尼·里芬施塔尔比照《战舰波将金号》,全力拍摄歌颂纳粹纽伦堡阅兵大会的《意志的胜利》和歌颂柏林奥运会的《奥林匹亚》,借鉴了苏联电影艺术成就的这两部影片果然获得巨大成功,以其艺术功底收入电影史经典(当然,其内容是反人类主义和反人文精神的)。

苏联对中国电影的影响可能不像好莱坞那么直接,然而,它对 30 年代左翼影评的影响很显著,因为从那时候起,苏联电影理论的翻译就开始影响年轻一代的评论家。鲁迅也翻译了三篇:卢那卡尔斯基(现译卢那察尔斯基)两

❶ 许广平:《关于鲁迅的生活》。
❷ 许广平:《鲁迅怎样看电影》。
❸ 许广平:《关于鲁迅的生活》。

篇,《艺术论》(摘录)和《文艺与批评》(摘录);日本左翼影评家岩其·昶一篇,《现代电影与有产阶级》。鲁迅不但注意到电影的本身,也关注和电影有关的一些事件。如当时所谓"正动的"文化组织扑灭"反动的"电影活动,他当时所保存的文件在今天看是弥足珍贵的,如《大美晚报》新闻《艺华影片公司被"影界铲共同志会"捣毁》、《影界铲共会警戒电影院》,以及上海影界铲共同志会"宣言"等,这些都见于《准风月谈·后记》,从电影思潮角度看,在电影主潮的结构性发展中,是经过了怎样激烈的斗争的。

那时美国电影对于中国的影响较之今天更为巨大,据统计,鲁迅在1927~1936年的10年间,共观看了142部影片,其中美国片就有121部,鲁迅当时能见到的刊物包括1923年叶劲风编辑的《小说世界》,其中几期经常报道好莱坞电影,包括中文的电影简介和明星照。自1933年8月到1937年7月,天津的《北洋画报》出版了107期周刊性的《电影专刊》,经常报道西方电影的消息。30年代中期,国家电影检查委员会的电影检查报告列出所有批准公映的电影,大多数是好莱坞作品。针对这些"给眼睛吃的冰激淋"(新感觉派语),鲁迅清醒地指出,他们放映这些影片,有比经济更加重要的目的:"欧美帝国主义者既然用了废枪,使中国战争,纷扰,又用了旧影片使中国人惊异,胡涂。更旧之后,便又运入内地,以扩大其令人糊涂的教化。"❶鲁迅指出欧美电影在中国的读解企图:和输入的其他文化工具一样,在于"奴化中国"。

"但到我在上海看电影的时候,却早是成为'下等华人'的了,看楼上坐着白人和阔人,楼下排着中等和下等的'华胄',银幕上出现白色兵们打仗,白色老爷发财,白色小姐结婚,白色英雄探险,令看客佩服,羡慕,恐怖,自己觉得做不到。但当白色英雄探险非洲时,却常有黑色的忠仆来给他开路,服役,拼命,替死,使主子安然的回家;待到他豫备第二次探险时,忠仆不可再得,便又记起了死者,脸色一沉,银幕上就现出一个他记忆上的黑色的面貌。黄脸的看客也大抵在微光中把脸色一沉:他们被感动了。"❷闪回和倒叙与预叙的电影修辞手段被用来服务于意识形态规约下的策略性的"煽情",满足使奴役他者成为合理的伪艺术化的需要。

鲁迅对这些影片的观感很差,"看了什么电影呢? 现在已经丝毫也记不起。总之,大约不外乎一个英国人,为着祖国,征服了印度的残酷的酋长,或

---

❶ 《二心集·现代电影与有产阶级》译者附记。
❷ 《准风月谈·电影的教训》。

者一个美国人，到亚非利加去，发了大财，和绝世的美人结婚之类罢。这样的消遣了一些时光，傍晚回家，又走进静悄悄的环境。听到远地里的犬吠声。女孩子的满足的表情的相貌，又在眼前出现，自己觉得做了好事情了，但心情又立刻不舒服起来，好像嚼了肥皂或者什么一样。"❶

西方历来有东方主义的传统，这就是西方人眼中的东方，成分裂的两方面：一方面，符码化为愚昧野蛮、茹毛饮血等等，另一方面，则充满浪漫神秘的异域情调和神秘文化氛围。电影诞生一百多年来，这种主流意识一直未得以彻底反拨，东方的许多作者也有意无意迎合了这种西方视域下的文化优越主义和意识形态规约，直到今天，张艺谋们也还在孜孜不倦的用功于这种形上的文化整合和艺术理念冀求。进一步的探讨可参照黎巴嫩学者爱德华·赛义德的《东方学》及《文化与帝国主义》。

对不能对中国人原型进行准确阅读和还原的东方主义式的好莱坞重商电影，鲁迅始终持一种拒斥和批判态度。"饱暖了的白人要搔痒的娱乐，仅菲洲食人蛮俗和野兽影片已经看厌，我们黄脸低鼻的中国人就被搬上银幕来了。于是有所谓'辱华影片'事件"。❷ 但另一方面，对"辱华影片"鲁迅认为应客观地看，绝不能因为出现过"辱华影片"，便把凡是外国人拍的涉及到东方、中国的电影统称为"辱华影片"。30 年代初期，就闹过一场误会，不少中国人因为《月宫盗宝》，拒绝欢迎美国影星范朋克访华，"没有想到那片子上其实是蒙古王子，和我们不相干；而故事是出于《天方夜谈》的，也怪不得只是演员非导演的范朋克"。❸ 就是所谓"辱华影片"，鲁迅认为也不应把它一棍子打死以显自己多么革命。不妨"拿来"看看。"不看'辱华影片'，于自己是并无益处的。"看了要"自省，分析"，"我们其实也并无什么好的人和事"给他们看和写。把当时的中国描绘得十全十美，安于"自欺"，由此并想"欺人"，那不过是"患着浮肿"的"病人"的"讳疾忌医"。所以对待所谓"辱华影片"，鲁迅不主张"勃发了义愤"了事。而是要把"义愤"用到"变革，挣扎，自做工夫，却不求别人的原谅和称赞，来证明究竟怎样的是中国人"上面。❹ 鲁迅还提到曾因导演侮辱华影片《上海快车》而为中国人谴责的约瑟夫·冯·史登堡来华访问，讥喻"中国人没有自知"。❺

鲁迅一生所写的关于电影的文字不算太多，但放在这少数的文字之中，

---

❶ 《且介亭杂文末编·我要骗人》。
❷❸❹❺ 《且介亭杂文末编·"立此存照"（三）》。

可以洞见他对电影的理念性读解,从电影的任务到它的效果,从欧美的电影到中国的电影,之意义、之发展、之趋向,是与鲁迅在政治主张和文学实践主轨迹平行或兼容的,他反对帝国主义用电影这种软文化工具来侵蚀中国,尽管以休闲的、消费的、娱乐人心的形式来召唤,实质上更具危害性,中国的电影应该全方位追求进步,走在现实主义的大路上。

我们还可以看到,鲁迅上述对电影的批评与建构,其实是脱离了电影本身,是一种借物言志,还是传统的社会批评的方法,这种电影本体论的悖离使鲁迅对电影本体、修辞所偶尔阐发的吉光片羽式的"真知灼见"随时被淹没在一片汪洋大海式的大道场中,这种遮蔽使电影的幻象修辞和电影"梦工厂"体式之审美功用的读解意图变得渺茫和隐匿。

(3)修辞漫读:作为影迷的鲁迅,作为电影鉴赏和批评家的鲁迅,对中国电影程式化、泛文本化的解析。

柏拉图说过,修辞,也即好的修辞,力图达到技艺的境界。同样,电影修辞的日臻完美与对电影艺术特质和规律的尊重是相和谐的。

在初到上海的时候,看到别人急急忙忙赶去看电影,有时恰巧鲁迅去访问不遇怅然而返的时候,他往往会含着迷惘不解的疑问说出一句:"为什么这样欢喜去看电影呢?"到后来,鲁迅自己不但成为一个影迷,而且每次看电影,他都要买最高的票价,坐最好的座位。

许广平说,如果作为挥霍或浪费的话,鲁迅先生一生最奢华的生活怕是坐汽车看电影了,他看电影多在闲时,是鲁迅"唯一的娱乐"。

鲁迅自己说,"我的娱乐只有看电影,而可惜很少有好的。"❶

鲁迅的鉴赏口味,与制片商们对"软性电影"风格的迷恋是大相径庭的,1927年,他在广州九个月的日记中,有这样的记载:"观电影曰《诗人挖目记》,浅妄极矣!"

在《未来的光荣》中说:"侦探片子演厌了,爱情片子烂熟了,战争片子看腻了,滑稽片子无聊了,于是乎有《人猿泰山》,有《兽林怪人》,有《斐洲探险》等等,要野兽和野蛮登场。然而在蛮地中,也还一定要穿插一点蛮婆子的蛮曲线。如果我们也还爱看,那就可见无论怎样奚落,也还是有些恋恋不舍的了,'性'之于市侩,是很要紧的。"

在《现代电影与有产阶级》译者附记里说:"上海的日报上,电影的广告每

❶　1936 年 3 月 18 日《致欧阳山、草明的信》。

天大概总有两大张，纷纷然竞夸其演员几万人，费用几百万，'非常的风情，浪漫，香艳（或哀艳），肉感，滑稽，恋爱，热情，冒险，勇壮，武侠，神怪……空前巨片'，真令人觉得倘不前去一看，怕要死不瞑目似的。现在用这小镜子一照，就知道这些宝贝，十之九都可以归纳在文中所举的某一类，用意如何，目的何在，都明明白白了。"

《花边文学》里，也有一篇《小童挡驾》的广告，说到所谓健美的裸体电影，同时告诉我们，欧美电影以商业卖点为主导的倾向，怎样的在腐蚀中国电影。

鲁迅贬斥电影取材上的误区，并对恐怖、怪异、凶杀、性欲为电影买点，并对投资巨大、布景华美、趣味低下的审美趋向进一步抨击。性与电影的关系自电影诞生以来就论争激烈，是个很复杂的问题，电影究其本质确实是满足人们"偷窥癖"的需要，"偷窥癖"也是建构电影理论的基础。性是人性的主要内涵之一，没有人之性欲的表现，没有与之匹配的镜像表达手段的不断探索和创新，就没有电影今天的成熟与完善。当时，电影中对性的修辞与解读在世界范围内并不成熟，就是在美国，电影史上第一个接吻镜头也才出现不久，清教徒观念当时对美国社会的影响和调控也是显在的。可见中国电影在这方面的"跟风"并不弱，鲁迅在审美理念上对此是拒斥的。

对一部电影的审美价值评判，鲁迅并不人云亦云：对中国电影先行者郑正秋先生的代表作《姊妹花》（1933 年明星公司出品），鲁迅也有过中肯的批评。❶ 这部影片卖座率很高，在上海新光大戏院公映时开创了连映 69 天的票房纪录，还参加过国际电影展览会。但鲁迅对影片的结构是不满意的，除了他对影片中宣扬"运命哲学"、"穷人哲学"的排斥外，对影片违反生活逻辑，从而亦不可能遵从艺术逻辑的弱点提出一针见血的批评。

中国电影工业起源于 20 世纪初，早期有浓重的文明戏的痕迹。郑正秋早期的影戏中就体现了文明戏的模式。20 世纪初，文明戏本身的演变很大，由清末与政治息息相关的创作转化为家庭伦理剧的展演。郑正秋的文明戏传统，尤其是它对城市文化和流行趣味的青睐和重视，被后来的电影投资者和制片人所延循，因此，它也可以说是 20 年代上海电影观众和电影工业定型的重要因素。

鲁迅认为电影是一种艺术，艺术风格必须写实，因此，这种不能正确反映中国人精神面貌和生活的中国电影，就使他厌弃和无奈。他看到类似电影在

---

❶ 见《花边文学·运命》。

海外很受华侨欢迎,在广州,又常见看客满座,不由得发出中国人"正在这样地修养着他们的趣味"的感叹。从符号学和诠释学理论来讲,阅读者的阅读活动是完成作品的不可缺少的一环,而不管其能指达到何等层面,其所指,影片所载符号链或言语链业已完成其意指功能,这也是鲁迅痛惜而又无可奈何的深层原因。语言结构中以不易察觉和不可分离的方式将能指和所指"胶合"在一起的现象称为"同构"。电影语言是一种独立的元语言,其艺术特质决定了本身就具有强势隐喻性,与隐喻对象同构,鲁迅早就看出电影的形式"对于看客力量的伟大",对其传播功效有清醒的认识,所以内心深处的危机感更加深重。

另一方面,从文本阅读趋向看,鲁迅很爱看有关非洲、南北极探险以及描写兽类生活的电影,这类纪录片及故事片,看过不下三十多部。据萧红回忆:"鲁迅先生介绍给人去看的电影:《夏伯阳》,《复仇艳遇》……其余的如《人猿泰山》……或者非洲的怪兽这一类的影片,也常介绍给人的。鲁迅先生说:'电影没有什么好看的,看看鸟兽之类倒可以增加些对于动物的知识。'"❶

他在劝告青年人"所以看看世界旅行记,借此就知道各处的人情风俗和物产"之后,接着就说:"我不知道你们看不看电影;我是看的,但不看什么'获美''得宝'之类,是看关于非洲和南北极之类的片子,因为我想自己将来未必到非洲和南北极去,只好在影片上得到一点见识了。"他不仅劝告青年,自己也确是这样实际去做的,"他选择电影,偏重于大自然的,如野兽片等"。

这里有三层动因。①鲁迅自己所说,开阔眼界,了解一些这辈子不一定能去的地方的风土人情("非洲我们是不会去的了,能在电影中了解了解也是好的");②有学者认为这与鲁迅一贯提倡弘扬科学,重视科普和实验科学,反对青年一头钻进故纸堆中的主张一脉相承,如:"我自己曾经有过这样一个小小的经验。有一天,在一处筵席上,我随便的说:用活动电影来教学生,一定比教员的讲义好,将来恐怕要变成这样的。话还没有说完,就埋葬在一阵哄笑里了。自然,这话里,是埋伏着许多问题的,例如,首先第一,是用的是怎样的电影,倘用美国式的发财结婚故事的影片,那当然不行。但在我自己,却的确另外听过采用影片的细菌学讲义,见过全部照相,只有几句说明的植物学书。所以我深信不但生物学,就是历史地理,也可以这样办。"❷③除了与鲁迅

❶ 萧红:《回忆鲁迅先生》。
❷ 《南腔北调集·"连环图画"辩护》。

对自然科学孜孜以求的进步主张相应和之外，还应与他艺术品格上对纪实美学风格的亲同有关联，这一点可惜以前没有受到关注。鲁迅生活的中后期，是世界纪录电影前所未有的鼎盛时期，以弗拉哈迪展示北极爱斯基摩人生活风貌的《北方的纳努克》为代表的世界纪录电影思潮（亦即写实主义电影思潮）的肇兴和繁荣，与东方的以现实主义文学实践为旨圭的鲁迅在心灵深处生成共鸣是水到渠成的事情，这一类影片为鲁迅所喜爱也就没什么可奇怪的了。

鲁迅的电影批评不乏真知灼见，有的甚至接近于电影语言的解读和电影本体审美的切入，如"现在的中国电影，还在很受着这'才子＋流氓'式的影响，里面的英雄，作为'好人'的英雄，也都是油头滑脑的，和一些住惯了上海，晓得怎样'拆梢'，'揩油'，'吊膀子'的滑头少年一样。看了之后，令人觉得现在倘要做英雄，做好人，也必须是流氓。"❶

"古装的电影也可以说是好看，那好看不下于看戏；至少，决不至于有大锣大鼓将人的耳朵震聋。在'银幕'上，则有身穿不知何时何代的衣服的人物，缓慢地动作；脸正如古人一般死，因为要显得活，便只好加上些旧式戏子的昏庸。

时装人物的脸，只要见过清朝光绪年间上海的吴友如的《画报》的，便会觉得神态非常相像。《画报》所画的大抵不是流氓拆梢，便是妓女吃醋，所以脸相都狡猾。这精神似乎至今不变，国产影片中的人物，虽是作者以为善人杰士者，眉宇间也总带些上海洋场式的狡猾。可见不如此，是连善人杰士也做不成的。"❷

这两段滑稽幽默的话语背后却引申出很复杂的涵义，这牵扯到无声片与默片时代演员的造型表演和表情涵义等非常复杂的电影修辞。与有声片不同，声音的表现力是一片空白，默片是靠演员卖力夸张的面部表情来表现喜怒哀乐的情绪，以此打动观众的，今天看来，是一种无声的大吼大叫、大跳大笑，再加上早期的电影并不严格按每秒放映 24 格画面的格式，人物等运动起来比实际生活中要快一些（反之，高速摄影手段摄制、放映出来则呈慢速效果），今天的观众看来会觉得好玩好笑和不理解，但默片在几十年的发展中却探索出独特的表现手段和审美理念，和有声片迥异。比诸有声片，默片对造

❶ 《二心集·上海文艺之一瞥》。
❷ 《而已集·略论中国人的脸》。

型的要求和依赖性更强,正如鲁迅上述,好人的造型,坏蛋的造型,都有些程式化,与漫画形象和戏曲角色之脸谱化确实有异曲同工之处,鲁迅非影视圈人士,故以幽默诙谐的话语表达出这一层审美涵义,此其一。

　　早期的默片与成熟期的默片,中国的默片与国外的默片,表达范式层面并不完全一致。早期的国外影片多以生活流或生活秀的方式呈现,如卢米埃尔兄弟的《水浇园丁》、《工厂大门》等,后来出品了诸多结构于历史的情节化、戏剧化作品,以《火车大劫案》、《一个国家的诞生》、《叛舰喋血记》等等为经典。中国自己的无声片一开始就和古典戏曲结合在一起,挑选一些戏曲中打斗动作场面拍摄下来,这就是中国早期电影。第一部是《定军山》,演员是京剧泰斗、人称"小叫天"的谭鑫培,拍摄机构是商务印书馆,商务印书馆也不是专门的影视制作单位。后来,效仿者蜂拥,其拍摄设备简陋,表现手段单一,粗制滥造者众多(事实上,中国戏曲和电影的关系也许比我们想像的还要密切。就在 20 世纪初,有人试着让观众习惯于在公共场合看电影。除了让电影和戏曲间替上映及表演不同故事以外,还有一些连环戏,像《凌波仙子》和《红玫瑰》,1924 年由上海新舞台和开心电影公司联合制作。这些连环戏由一系列相关故事组成,由电影和舞台表演共同叙述,视觉上颇为奇妙)。❶

　　现代电影摄影机运用手段丰富——推、拉、摇、移、升、降、甩、跟等等,镜头画面处理也千变万化,令人惊叹,更不用说电脑特技的应用及虚拟现实的搭建了。鲁迅那个时代,却不具备这么好的制作条件和观赏条件,以中国戏曲为题材的早期中国无声片,基本上是一架摄影机在运动,一个场面甚至只有一个镜头来完成,缺乏镜头的组接和变化,更未接触过停机拍摄等原始蒙太奇的手法,没有特写镜头的运用,见不到演员脸上的表情,基本只是一个模糊的全景或小全景,演员也只会按照戏曲舞台的程式移动和站位(和电影构图是两种概念),既僵化又死板。观众看来,当然是"身穿不知何时何代的衣服的人物,缓慢地动作;脸正如古人一般死,因为要显得活,便只好加上些旧式戏子的昏庸"的感觉了。另外,鲁迅那时已看了不少技艺和艺术表现力更加高超的好莱坞影片和苏联电影,特别是苏联电影界,已形成了气势磅礴的宏观理论体系,涌现了谢尔盖·爱森斯坦、弗谢沃洛德·普多夫金、亚历山大·杜甫仁科等世界级电影大师,推出了《叛舰喋血记》、《母亲》、《土地》等史诗巨作,即便是鲁迅极为推崇的《复仇艳史》、《夏伯阳》等片,在苏联也进不了

---

　　❶ 张英进:《民国时期的上海电影与城市文化》。

一流影片之列，在这种背景下，内容上陈旧不堪，形式上呆板单一的中国电影如何入得了鲁迅的法眼呢？此乃鲁迅行文中第二层意指。

由上，对世界纪录片写实电影思潮和对苏联现实主义电影主潮的双轨解读和解构，成为研究鲁迅电影思想构建和电影艺术实践的主脉络，与鲁迅毕生的文学实践和政治理念相应和，应当是鲁迅研究有待拓展的一个新领域。

另外不能忽视和具有现实意义的是，鲁迅对商业电影机制和明星制所带来的负面效应早有警示。当时中国以上海为中心，形成以美国好莱坞和百老汇娱乐文化为范本、以消费休闲体验为表征的娱乐业制造和运作机制，这在东方是独一无二的，凌驾于东京、香港等所有东方都市之上，上海也是当时与纽约、巴黎并驾齐驱的世界娱乐中心之一，如果说百乐门为代表的舞厅文化聚焦点是上海中上阶层的政治文化经济核心交流与交际行为的意指符号，那么，以上海八大影戏院为内核的镜像文化交汇圈则是上海上、中、下各个阶层的文化中和的渊薮。当时电影的商业运作机制应当说是比较完备的，符合市场运行规律和受众的欣赏口味，加上针砭时弊，反映人民疾苦的左翼倾向电影也同样受着观众的欢迎和大的影视制作机构的青睐，主流不能说是不健康的，但主流掩藏下的"潜流"甚至"逆流"也不时泛起，主流电影之外的黄色电影，主流媒体之余的黄色小报及无德记者兴风作浪，后来终于发生了像艾霞、阮玲玉等当红影星自杀这样的悲剧，鲁迅心底升起一种悲愤的共鸣，这就是那篇有名的《论"人言可畏"》：

"阮玲玉正在现身银幕，是一个大家认识的人，因此她更是给报章凑热闹的好材料，至少也可以增加一点销场。读者看了这些，有的想：'我虽然没有阮玲玉那么漂亮，却比她正经'；有的想：'我虽然不及阮玲玉的有本领，却比她出身高'，连自杀了之后，也还可以给人想：'我虽然没有阮玲玉的技艺，却比她有勇气，因为我没有自杀'。化几个铜元就发见了自己的优胜，那当然是很上算的。但靠演艺为生的人，一遇到公众发生了上述的前两种的感想，她就够走到末路了。所以我们且不要高谈什么连自己也并不了然的社会组织或意志强弱的滥调，先来设身处地的想一想罢，那么，大概就会知道阮玲玉的以为'人言可畏'，是真的，或人的以为她的自杀，和新闻记事有关，也是真的。"

行文很细密，理念很复杂。在民国时期，女性话语是敏感而令人好奇的话题，不仅对制片人和观众是这样，连官方审查员也是如此，虽然国民党的电影审查制度在实施其规则时并不很成功，但是还是因为它对国语片和道德意象的提倡而使电影文化外延因之律定。Michael Chang 的《电影女明星与上海公共话语》探讨了女影星与舞女的关系,他通过对中国最早三代影星的出现过程的描述,不仅分析了女演员升为明星的舆论过程,更指出阶级和性别在此过程中的作用❶。一个重要的不同之处是:20 年代对女明星的舆论呈负面性,正在成名的女明星往往名声不佳;而 30 年代舆论则呈正面性,女演员是因"本色"与职业训练而扬名的。这种区分有点类似于今天所说的偶像派向实力派的过渡。所以,这里不单是对电影明星制弊端的控诉,还有对媒体话语霸权的反诘,隐约有对妇女解放的吁求,闪烁些微女权主义理想的光芒——要知道,女权主义电影理念的兴起是在 30 多年以后的欧美了。

(4)电影表述、都市娱乐、生活方式的转型对鲁迅创作活动的深层位移。

1927 年鲁迅定居上海后,主要经济来源有两处:版税收入和担任由蔡元培举荐的"大学院特约撰述员"的闲差所获的薪水(蔡元培时任中央监察院院长),这样,在上海时收入已经超过他作为京师教育部公务员的两倍,他的生活应当是较为优越的。据资料,他以文化领袖的地位,常在新雅等各种中西菜馆请客招待当地名流以及来自西方的政治和文化使者,如款待作家泰戈尔、萧伯纳、记者史沫特莱和斯诺夫人等。❷

电影与社戏、乌篷船和黄包车、旗袍与毡帽、自由租界和宗法乡村、都市殖民主义和乡村民粹主义,这些对立元素与意象之间开始了和谐共生。这是租界休闲的自由主义生活方式向鲁迅等知识阶层提供的最具吸引力的礼物。

同时大上海租界也有惊险紧张不亚于电影的现实情境:游戏于风口浪尖的地下革命者、政治冒险者和商业投机分子,到处充满了危险和激动人心的阴谋。左翼革命者利用不同国家的租界实施都市游击战,从一个租界逃往另一个租界。警察、巡捕、密探和杀手疲于追逐,死亡通缉令层出不穷。每个人似乎都戴着不同的面具,神秘地出现,神秘地失踪。各种革命学说在租界里泛滥,从列宁和托洛茨基的革命号召,到克鲁泡特金的无政府主义鼓噪,所有这些混乱的国际化意识形态,令一些人热血沸腾,让另一些人惊惧万分。

从大上海建筑看,鳞次栉比的摩天大楼和知识分子与市民阶级共享的"亭子间"赋予殖民地上海非凡的符号学含义。二三十年代,近百座外滩大楼全部建成,震惊世界,这是因为在第一次世界大战后由于国内资金不强,英国政府开始对殖民地流动资金收重税,为了逃税,当时外国人拼命将流动资金

---

❶ 张英进:《民国时期的上海电影与城市文化》。

❷ 见陈明远《文化人的经济生活》和朱大可有关文章。

转为固定资本,不惜财力建高楼,这就是为什么外滩大楼十年全部建成的原因,当时看这其实是一种典型的暴发户文化(现在看则不同了)。20 世纪初,以哈同为代表的中外房地产商在上海民居地产项目上的投资大获其利,这便是"石库门"建筑的大规模兴起。这种建筑通常为二或三层,由主房和左右两边的厢房组成"凹"字形结构,底部为一个狭小的天井,前部是高耸的围墙,黑漆大门带有一对大铁环,其中底层的建筑材料多为石料或仿石的混凝土预制块,使之拥有一个防护严密的仓库式的外观,"石库门"的称号由此而生。

作为乡村宅院和都市里弄结构的一种古怪融合,"石库门"象征着那些乡绅背景的新市民阶层的冀求。原施高塔路大陆新村 9 号成为鲁迅上下求索的坚固堡垒。

当时知识阶层的许多领袖级人物都曾是亭子间的租客。施蛰存、苏雪林、高长虹、冯乃超、钱杏邨、成仿吾等人均在这里发端,与鲁迅进行激烈的话语交锋,企图在中国仅存的自由主义避难所里确立自己的话语权。作为石库门楼主之一的鲁迅,与他四周的亭子间租客展开一场又一场论争,构成半殖民地空间下鲁迅最重要的批判语境。

在一本类似本雅明隐喻式批评的《上海摩登》一书中,美国汉学家李欧梵按月份牌、电影及张爱玲、施蛰存、刘呐鸥、戴望舒的感受重新书写了大上海。他的寓言化叙述流露出对殖民地情欲的无限感伤的悼念:作为当时全球最现代化的都市之一,洋楼、留声机、电影院、舞厅、大百货公司、咖啡馆和股票交易所等等,这些涵盖着性感和软性的亚文化的"摩登"符号,正在成为当下知识分子的来势滚滚的怀旧基点。

李欧梵另在《上海电影的城市文化,1930—1940》中审视了城市机制(像影院、流行杂志和城市指南),认为看电影是现代城市生活方式中不可或缺的一部分。他指出,出版文化对上海观众观赏习惯的影响,比我们原来预期的要大得多。在简短比较了好莱坞和中国电影的情节模式以后,他推测长镜头可能不是原创而是一种"多风格的混合物",它一方面是长慢节奏和戏剧性的表演,另一方面又是新的电影技术。电影文化的出现对 30 年代上海的现代感知性的发展起了很大作用。

民国期间上海电影和文艺活动、文化生活的错综纠葛是一个远未得到重视的论题。20 年代鸳鸯蝴蝶派开始闯入中国影坛,其实是上海电影业帮助观众适应外来的娱乐方式和西洋影戏的策略。不仅大多数有关国内外电影的说明书都是以文言书写以吸引转变时期观众保守的阅读习惯,而且某些"鸳

"蝴"作家——如包天笑、周瘦鹃等人也撰写电影剧本，在他们所编辑的流行杂志中，对各类电影消息也广而告之。30 年代一些杂志还出版月度《观影指南》帮助读者选择电影，给新出品的电影打分，评分标准颇为苛刻，读者最为喜欢。❶

此外，城市指南也提供了电影与城市文化相关的信息。1919 年的《上海指南》介绍了票房从一角到一元不等的各个电影院。1935 年的《上海指南》包括了那些在南区票价一角的剧院和像卡尔登剧院等六倍于这个票价的影院。电影杂志和城市出版物，经常对大城市电影院放映程式进行报道。例如，1939 年《青青电影》建议读者怎么经济划算地看二轮影片。而关于上海电影院发展的研究，则早在一年前已出现于《上海研究》中。不可置疑，民国时期上海电影院已经是现代休闲娱乐的"晴雨表"。

在这样的软性、休闲、复调、自由的人文文化情境下，鲁迅的生活方式、都市叙事较诸蛰居北京时期显然大为迥异，在胡适、沈从文等京派泰斗仍然为其选定的原典性的人文理想奋斗的同时，鲁迅显然疏离了这一阵营，但他也未卷入海派的漩涡，而是选择了与左翼为伍。从表面上看，他发表的电影主张和电影理论译著也是与之相应和的，但从其内心深处并没有认同大多数左翼电影（除了《春蚕》等少量影片），鲁迅的娱乐休闲"主食"还是风光纪录片、好莱坞情节片和苏联史诗电影。在其作品中，我们也常常看见闪回和倒叙的修辞手法，虽然还没有充分的材料证明鲁迅借鉴了电影修辞手段，但此种巧合也表明鲁迅的小说创作手法是新颖的、跟踪世界文学潮流的。但一个明显的悖论是，鲁迅生前极力反对将其作品搬上银幕，鲁迅身后，据其原作改编成的诸多电影《阿 Q 正传》、《药》、《伤逝》、《祝福》等，也没有一部获得成功，专家和观众都不满意：《伤逝》是鲁迅个人生活碰壁的半寓言性写征，而不是电影版肤浅的表白；《药》和《阿 Q 正传》是挖掘国民性和灵魂的原典之作，其哲学深度一点也不亚于鼓动西方文艺复兴的《神曲》，向一般情节侧倾必然会损害其元语言建构。相比较而言，《祝福》稍强，因为原作和电影对吃人现实的揭露较为契合，但是原作对祥林嫂趋魅的精神世界的深入揭问，电影却了无痕迹，最终遁入意识形态和阶级批判的俗套。

那么，是什么因素导致这一悖论？

其实，鲁迅的小说情节性不强，多以哲学和思想统摄布局，有浓郁的形而

---

❶ 张英进：《民国时期的上海电影与城市文化》。

上的色彩，对灵魂深入鞭挞和拷问，语言生成属元语言建构，传统电影修辞显然无法诠释和还原这种元基性话语，叙事上是心理时空而非物理时空构建，这就毁灭了传统的戏剧和电影的"三一律"规则，所以，从逻辑结构上说，其电影修辞的努力不可能成功。但是，这并不意味着鲁迅作品无法搬上银幕，只不过要转换电影修辞手段，按"意识流"电影的自叙和自由话语来布局和结构影片，即类似"意识流"电影，或现代主义电影，或新概念电影，或新浪潮电影，或"思想电影"，或别的什么称呼。西方电影修辞的大师早已因之取得了巨大的成功，如伯格曼的《野草莓》、《第七封印》，戈达尔的《中国姑娘》，费里尼的《$8\frac{1}{2}$》，阿伦·雷乃的《去年在马里昂巴德》等等，以其创造性的现代电影修辞语言，心灵时空的自由驾驭和聚焦人类命运的哲学原典话语，业已成为人类艺术史上的经典。

（原载《鲁迅研究月刊》2006 年第 1 期）

回顾与反思：关于中国后殖民电影批评

——以张颐武的几篇文章为例

李大恒

张艺谋无疑是当代中国电影界最具国际影响力的人物，作为导演的他，引领了 20 世纪 90 年代初西方国家的中国电影热，其作品在欧洲的柏林和威尼斯两大电影节上成功登顶，并数度获得奥斯卡奖提名。新世纪，随着最新电影作品在国内和海外取得令人咋舌的票房成绩以及多方位的创作尝试，张艺谋的声誉更是达到了辉煌的巅峰。有趣的是，几乎他的每一部作品都会引起巨大的争议。对张艺谋的批评中不时出现言词激烈的抨击和贬斥，这些批评和张艺谋的电影作品共同构成了当代中国极富戏剧性的文化现象，而其中最有代表性的是张颐武等人的后殖民批评。

最初，中国后殖民电影批评通过分析张艺谋等第五代导演海外获奖电影的表意策略，揭示呈现在作品"民族寓言"中特异于西方的"他者"形象，以及导演对西方权力意志的主动迎合、影片制作过程中跨国资本运作的实质，并给予强烈的批判，认为这一切都鲜明地昭示了中国的第三世界处境和在全球化秩序中的边缘地位。当然，此处所提及的后殖民电影批评也仅指中国内地学者的批评实践。

1993 年，张颐武先生的论文《全球性后殖民语境中的张艺谋》首开中国后殖民电影批评的先河，并得到了一批青年学者如戴锦华、陈晓明等人的热烈回应。十余年来，张颐武先生一以贯之地观照着第五代获奖导演、执旗者张艺谋的发展轨迹，张先生自己形容为"一段连续探究和思考的'问题史'"。❶"问题史"的说法显示了作为理论工作者的理性态度，其实，中国后殖民电影

---

❶　张颐武:《孤独的英雄:十年后再说"张艺谋神话"》,载《电影艺术》2003 第 4 期。

批评在这十多年历程中又何尝不是积累了一系列的问题,以一种有待清理的
"问题史"式的面貌呈现在我们面前呢?

2003 年第 4 期的《电影艺术》刊载了张颐武的《孤独的英雄:十年后再说
"张艺谋神话"》,论文是作者对自己十年来批评张艺谋的主要观点的总结和
提炼。在文章开始简要地阐述了张艺谋研究对当代文化研究的特殊意义之
后,作者细致地对张艺谋的电影创作历程进行了梳理,将其概括为"外向化"、
"内向化"和"全球性"三大时期。作者认为,在不同的时期内,出于对市场走
向的准确把握,张艺谋电影的类型、题材、风格一直在变化,而不变的是他的
成功总是维系在西方对中国的文化想像,以及从中体现出的他对全球化加速
发展时期西方文化霸权的服膺和认同,"张艺谋化约性地提供了有关中国的
想像,而这种想像又是被全球化和市场化的文化逻辑所支配"。❶ 张先生的观
点或许能做一个更直白的解释,那就是张艺谋在变,但后殖民批评家早先给
他贴上的标签、下的断语却可以岿然不动。就像他们多年前所表述的:"张艺
谋是英雄般的胜利者,却也是被放置在全球文化、经济、政治格局中的囚
徒……落入了全球性的文化权力的掌握之中。"❷"张艺谋是我们这个时代的
文化神话……它表明当今中国最成功和最具影响力的文化生产,是如何臣服
于西方文化霸权之下。"❸这些颇耐人寻味的观点背后隐藏的批评和社会现实
的联系,非常值得研究和探讨,因为中国后殖民电影批评关注的文本虽不宽
泛,却从不把自己的批评视野局限在批评对象从属的学科领域内,它总是以
文本为跳板切入当下的政治、经济、文化现实。正如张颐武先生所言:"全球
化和市场化也在把'电影'化为发展的'速度'的一部分。"❹当然,这也是国外
后殖民文化批评所具有的特征,渊源于后殖民主义理论和批评之间的复杂
关系。

相对于帝国主义完全控制主权的殖民主义、西方发达国家通过国际体系
的中心位置掌握第三世界经济命脉的新殖民主义(neo-colonialism),后殖民
主义(post-colonialism)更多指向的是原殖民宗主国与前殖民地、第一世界与
第二世界之间文化上的关系。在弗朗茨·法农等来自殖民地的早期思想家
对殖民主义文化秩序分析的基础上,后殖民主义理论成熟于萨义德、斯皮瓦

❶ 张颐武:《孤独的英雄:十年后再说"张艺谋神话"》,载《电影艺术》2003 第 4 期。

❷ 张颐武:《"分裂"与"转移"——中国"后新时期"文化转型的现实图景》,载《东方》1994 年第 1 期。

❸ 陈晓明:《"后东方"视点:穿过表象与错觉》,载《文艺争鸣》1994 年第 2 期。

❹ 张颐武:《90 年代中国电影的空间想像》,载《当代电影》1998 年第 2 期。

克、霍米·巴巴等人对东西方文化关系中西方话语权力的揭示。当萨义德等人在上世纪后 20 年凭借着自己关于后殖民主义理论的著述和言论不断震动着世界时，当他们熟练地运用着英语，逐步跻身欧美学术界中心时，关于文化身份认同的危机却也把他们推入了矛盾的境地。一方面，他们深刻地分析殖民文化的历史，透视着当代世界东西方文化关系中的西方霸权，强烈批判这一霸权背后的西方现代知识话语和思想体系；另一方面，运用福柯的权力话语分析等后现代主义方法对西方话语霸权的解构，又促使他们反对把第三世界民族文化作为主体和本质的民族主义，尽管萨义德身为巴勒斯坦民族解放组织的成员，但他说得很坚定："当今，没有一个人是单纯的人。印度人、妇女或穆斯林或美国人之类的标签只是一个起点。一旦进入现实生活，这个标签就消失了。"❶

但后现代主义思想在产生后与西方左翼社会思潮的纠缠，使得后殖民主义理论也感染了激烈的对抗性意味。对于第三世界本土的知识分子来说，无论在漫长的殖民历史中，还是在殖民体系崩溃以后，自己民族都是世界秩序的边缘角色。随着冷战结束和全球化进程的加速发展，他们异常明晰地体验着西方话语权力压制的紧张感，因此在文学批评、艺术批评中可以立足本土对后殖民理论进行"越界使用"，"把本土问题放在殖民主义的东西关系语境中加以考虑，希望从本土的现代经验出发，对作为殖民者的西方强加给东方的现代性观念和制度提出整体质疑"。❷ 这表明了后殖民文化批评对超文本的民族文化和本土社会问题的热切追求。中国后殖民电影批评的情况如何呢？

张颐武先生 1996 年发表的论文《全球化与中国电影的二元性发展》是一个有趣的例证。该文援引 1994 年陕西宝鸡市民贾桂花状告张艺谋及电影《秋菊打官司》制作方侵犯其肖像权的个案，认为这再次有力地证明了张艺谋制造的"中国"形象与我们的现实异常疏离，而张艺谋对中国社会文化资源的肆意调用，终于遭到了来自底层的挑战，贾桂花这位卖棉花糖为生的普通女性公民，"以自己的语言宣告了张艺谋创造的有关中国的超级神话的破碎，说明了张艺谋为我们所创造的有关我们自身的'文化想像'的虚幻的特征"。❸ 我们注意到，当行文中提及一位海外女作家出于对《秋菊打官司》的欣赏，批评

❶ （美）爱德华·萨义德著，李琨译：《文化与帝国主义》，第 477～478 页，三联书店 2003 年版。

❷ 宋明炜：《后殖民理论：谁是他者？》，载《中国比较文学》2002 年第 4 期。

❸ 张颐武：《全球化与中国电影的二元性发展》，载《当代电影》1996 年第 6 期。

国内后殖民电影批评的某些观点时,张先生不无愤慨地回答道:"这位充满着来自西方主流意识形态的优越感与自豪感的,分享着西方的光荣的傲岸的女作家……认定这个有关'秋菊'的传奇故事足以'表现'中国女性的生活状况……贾桂花的感受则恰好与之相反,她却觉得这部电影……使她在自己的社群中受到伤害,并使她的无辜的形象变成了一个被跨国资本的运作所调用的'他者'的符码。"❶这很容易让我们想起第三世界本土学者对海外后殖民理论家的批判。许多第二世界后殖民批评家尖锐批判热衷于谈论"杂交性"(hybyidity)的霍米·巴巴等海外第三世界学人,将他们的理论话语当作规避严峻现实的调和主义论调。但他们在注重自身话语的对抗性的同时没有放弃批判性,而且这种批判性往往指向的是本土的现实问题,如艾贾兹·阿赫默德就认为,后殖民理论虽然批判民族主义,却没有"指出民族主义在本世纪常常压制性别和阶级问题,并常常与愚民政策和复仇主义结成同盟"。❷ 在这里,性别和阶级问题显然不仅仅昭示着深刻影响第二世界发展的国际政治经济关系,它包含了前殖民地独立后依旧存在的社会不平等。类似的后殖民批评的对抗性体现了斥责所谓的反压迫的"人道主义"立场,它既反对西方主导的不合理的世界秩序,又指向第三世界民族国家内部的前现代非人道政治。如果后殖民批评最终要实现批评家的政治意图,那么这个政治意图必须以广大受压迫民众的根本利益为旨归。

在《全球化与中国电影的二元性发展》一文中,张颐武先生依旧把张艺谋的表意策略概括为"民族寓言",无论以前的唯美影像还是《秋菊打官司》中的偷拍手段,都服务于对潜在的西方观众"窥视"欲望的满足和特异空间的营构。而90年代新商业电影和"第六代"影人的创作,则被认为代表了中国电影中被张艺谋等人"屏蔽"了的鲜活的中国情感扣链而得到张先生的激赏。只是那个造就了卖棉花糖的贾桂花,也造就了"第五代"以外的90年代电影所表现的日常生活的中国当下现实,虽在文中反复提及,最终却没有得到准确的解释。当张先生将中国的当下处境仅仅与全球化的冲击联系起来时,他实际上和张艺谋一样遮蔽了现实,只不过张艺谋的影像遮蔽的是中国日渐成形的现代性,而张颐武先生遮蔽的是中国尚未完全超越的前现代性。因为我们固然可以怀疑张艺谋的艺术动机,但无法否认《秋菊打官司》中的那些影像来自

---

❶ 张颐武:《全球化与中国电影的二元性发展》,载《当代电影》1996年第6期。

❷ (英)巴特·穆尔·吉尔伯特等编,杨乃乔等译:《后殖民批评》,第350页,北京大学出版社2001年版。

于真正的现实,不管它是来自于张艺谋的偷拍还是"第六代"新商业电影的"状态"式表意。它既不是张艺谋电影里"民俗与政治的东方奇观",也不是张先生观念中的"市民社会",而是交织着前现代和现代的"混杂性"(一如张先生所形容),容纳了"贾桂花的欢乐、痛苦、挣扎"的现实。在这里,广阔的中国本土——沿海大城市已经初露国际化的峥嵘,辽远的内陆地区和人口众多的农村却还在意识形态勾画的蓝图下遥望着现代化。对内地中小城市居民和农民来说,在惶惑、痛苦的社会转型期体验全球化、现代化冲击的同时,也依然要承受传统的因袭和重负,用各种方式将传统抽象化的张艺谋也许不能表达"贾桂花的欢乐、痛苦、挣扎",张颐武先生恐怕也不能,因为他同样没有历史地分析站在宝鸡街头谋生的贾桂花的现实处境,而夸大了来自西方的话语压迫的威胁,把它"上升为当今中国所面临的主要压迫形式","掩饰和回避了那些存在于本土社会现实生活中的暴力和压迫"。❶ 尽管张先生敏锐而犀利地批评张艺谋将贾桂花当作随意调用的符码,但事实上他也不自觉地把贾桂花用作了表达自己观点的工具,而他对那位海外作家的批驳,与其说是维护贾桂花这样的底层民众的利益,毋宁说是在捍卫自己代表的后殖民电影批评的观点。

也就是说,中国后殖民电影批评还是一种具有文化研究特征的艺术批评,虽然广泛涉及到了社会、经济、文化等因素,但只有这些因素和其批评对象——中国当代电影直接相关时,批评才相对具有更大的有效性,它无意通过自己的发言发挥批评对现实的干预作用。我们当然不能因此苛责张颐武先生,事实上任何话语建构都无力解决贾桂花的现实困顿(她在诉讼中败诉了),何况《全球化与中国电影的二元性发展》一文的最终目的是借贾桂花告状事件批判张艺谋等"第五代"影人及其作品,从而为中国电影寻找发展的途径。关于"贾桂花事件",张先生已经表现了足够的善意和作为学者的良心,他不断深入中国电影的艰难处境坚持探索,则显示了对中国民族电影产业十足的真诚和恳切,而这紧密地联系着他对张艺谋的研究和批评。当这种以批评为载体的探索延续到新世纪,张颐武先生和他的后殖民批评方式不得不面临新的复杂情况。经历了 90 年代初在海外的走俏和 90 年代中期国内电影市场的短暂繁荣,中国电影随后陷入了前所未有的危机。

张颐武先生对这一现状的回应出现在 21 世纪的第一年,发表于《电影艺

---

❶ 徐贲:《走向后现代与后殖民》,第 222 页,中国社会科学出版社 1996 年版。

术》的《再度想像中国:全球化的挑战与新的"内向化"》,他将 20 世纪 90 年代中后期"第五代"在西方的失宠当作中国电影海外市场走向衰落的标志,而把原因解释为他先前指出的"断裂"——面向海外的"第五代"电影热衷于表现的"民俗中国"和当下中国形象的巨大差异。随着中国的对外开放,西方对中国了解,"电影的想像与中国当下的'断裂'已经无法掩盖",❶张艺谋的艰难转型即是典型例证。在张先生看来,这无疑是全球化进程中,从表意到市场策略追求全面"外向化"的中国电影人与国际接轨的急切心态造成的恶果。这个看来十分深刻的分析,却在作者试图把它归结为中国电影全部问题的症结所在时暴露出了缝隙。比如,当年深受张颐武先生好评的"第六代"由于"其制作策略和生产方式与'第五代'非常一致,也试图以国际获奖赢得海外资金和市场",❷因而无法走出困境,重现"第五代"的辉煌。可问题在于,正像张先生先前的文章所强调的,相对于"第五代"的"奇观式中国","第六代"电影始终表现的是当下中国的日常经验,为何他们不能填补所谓的"断裂"反而也陷入其中呢? 张先生认为的"第六代"过分突出"他们与西方的同质性",远不能涵盖一些重要的"第六代"导演及其作品,如较早出现的章明、较晚的贾樟柯等。那么,我们只好把"断裂"理解成一种必然,尽管中国的"形象"正逐渐清晰,西方对中国的误解却不可避免。如此一来,西方成了一个和张艺谋部分电影中的"中国"一样神秘的"他者",一个在翻转了的中西二元对立中变幻莫测的存在。西方主导的全球化自然也就可能成为中国电影和中国自身的政治、经济利益最根本的威胁。"全球化带来的国内市场的开放却造成了真正深刻的后果……好莱坞的进入……使得中国商业电影的原有市场没有了存在的可能。"❸好像是顺理成章的结论却更加让人疑虑重重,如果中国电影的危局完全肇始于好莱坞的入侵,国家只要在国际贸易中坚持绝对的文化保护政策,甚至在诸如电影等领域闭关自守就万事大吉了。且不论这些措施在加入 WTO 之后已不可行,问题原本就不那么简单。资料显示,1995 年长沙"全国电影工作会议"之后的三年中,由于国家过分强调电影的政治功能,在政策上突出对国产电影的意识形态控制,"中国电影产量急剧下降,从 100 部左右下降到 40 多部……整个电影供销都陷入低谷"。❹ 也就是说,面对全球化带

---

❶ 张颐武:《再度想像中国:全球化的挑战与新的"内向化"》,载《电影艺术》2001 年第 1 期。

❷ 张颐武:《再度想像中国:全球化的挑战与新的"内向化"》,载《电影艺术》2001 年第 1 期。

❸ 张颐武:《再度想像中国:全球化的挑战与新的"内向化"》,载《电影艺术》2001 年第 1 期。

❹ 尹鸿、凌燕:《新中国电影史》,第 199 页,湖南美术出版社 2002 年版。

来的强力竞争,中国选择的是一方面逐步开放市场,另一方面以政府投入主导国产电影的经济运作,强调作品的政治品质优先的文化策略。"第六代"电影为此很少能通过审查,得以在国内公映,只得长期处于"地下"状态。而国外"分账大片"正式引进之初的短短时间内,曾经激活了国产商业电影的民营资本,已经在市场竞争和国家控制的双重夹击下几乎全面退出了电影行业。事实上,市场的开放只是加剧了中国电影原有矛盾的凸现。关于这个问题,近些年来已出现了相当数量的有针对性的研究,有的学者很尖锐地指出:"国家控制和市场控制的矛盾,将是未来中国民族电影面临的一对基本矛盾"。❶尹鸿等人则认为,面对新的时代和社会文化条件,"电影的意识形态控制却更加一元化……制约或者影响了电影与民众之间的广泛的意识和心理联系"。❷这里的"与民众之间的广泛的意识和心理联系",对于争取市场至关重要,而《再度想像中国:全球化的挑战与新的"内向化"》一文最为精辟的论述也是在这个角度做出的。作者从上世纪二三十年代的早期民族电影中发掘出一种摆脱精英主义范式的表意和市场策略,这种策略是以《孤儿救祖记》为代表的优秀民族电影,在当时好莱坞已经占据75%以上市场的有限生存空间内获得发展的重要原因,对当前的国产电影有着强烈的借鉴意义。早期"第六代"电影那样采用过于主观化的视角,表达上极端追求个性化的艺术风格,即便少数获得公映的作品也严重脱离大众口味,自然难以在市场上立足。但是把矛头仅仅指向部分中国电影人市场诉求的"外向化",无助于深入分析阻隔国产电影与民众之间联系的原因。从心底里不愿意让国内观众看自己作品的导演恐怕少之又少,把视野完全集中于全球化秩序中的政治和经济,也有可能忽略中国内部对国产电影有决定性影响的权力关系。除去强烈的冲击,WTO还可以带来不尽完善而相对合理的市场规则,所以当张先生将早期民族电影的表意和市场策略概括为"内向化"模式,并与世纪之交一再成功的冯小刚喜剧电影相联系,认为它"开启了中国电影在新的千年的可能性",❸我们一定要提醒他,这种"内向化"必须包含着对更加市场化的电影体制、更加产业化的电影制作和发行模式、更加开放的电影政策的追寻和吁求,因为这些因素是

---

❶　张凤铸、黄式宪、胡智锋主编:《全球化与中国影视的命运》,第54页,北京广播学院出版社2002年版。

❷　张凤铸、黄式宪、胡智锋主编:《全球化与中国影视的命运》,第120页,北京广播学院出版社2002年版。

❸　张颐武:《再度想像中国:全球化的挑战与新的"内向化"》,载《电影艺术》2001年第1期。

国产电影增强竞争力乃至完善意识形态功能更为重要的基础。这或许可以算作批评的"内向化"吧？

2003年的《孤独的英雄：十年后再说"张艺谋神话"》一文中，事隔十年，指向张艺谋的锋芒不仅没有超越中西二元对立的逻辑，而且被批评强化了。只不过如今的西方更直接地被指认为美国，"全球性"更明确地被等同于"美国性"的全球意识形态。作者把张艺谋《英雄》一片新的表意方式概括为按照强者哲学的逻辑发出"全球性"意识形态的豪言，影片中诸如"天下"等观念无不是在隐喻着当今"强者的世界秩序"。批评《英雄》一片美化了历史上的暴君和专制主义，则被认为"对今天的世界和中国不了解"。❶ 但是《英雄》主题思想所肯定的现存秩序，为什么不能换一个"内向化"的角度去理解呢？在新的国际环境中继续变革的中国，是否也存在着弱者为某种绝对意义不得不忍受痛苦的亟待解决的现实问题？张先生的批评回答不了我们的疑问。

我们宁愿相信，张颐武先生是在批评中无意忽略了现实的矛盾而不是有意回避，因为对现实的敏感和批判决定了后殖民文化批评的品质，失去这种现实性，后殖民批评无疑就失去了价值的重心，失去了它在中国的出场所具有的特殊意义。回首十多年以来中国后殖民电影批评，尽管其中不乏对西方话语权力的敏锐洞察、对民族尊严的自觉捍卫、对现代性话语的积极反思等超越文本的意义，但贯穿始终的中西二元对立逻辑，使得以张颐武为代表的批评家把来自西方的话语压迫上升为当今中国面临的主要压迫形式，把所谓"外向化"以及全球化的冲击当成中国电影困境的全部原因，一直难以穿透批评话语和中国当代现实之间的隔膜，难以做出对中国电影真正具有建设性的贡献。这个问题对于整个第三世界后殖民文化批评有着极大的意义。对本土立场和民族文化本质的倚重，本应属于后殖民文化批评的策略，一旦进入尚缺乏国际政治民主化的全球化秩序的语境，与往昔被殖民历史的切肤之痛相联系，却又难免经常陷入二元对立的逻辑陷阱，沦为反西方的民族主义的话语黯噪而拒斥了有利于纠正现实的因素。如果说，从现实中的政治、经济、文化问题中调取话语资源，是后殖民文化批评的特点，怎样使这个特点得以适当的发挥则是批评家们的重大课题。曾经操用后殖民理论话语批评张艺谋的另一位批评家后来说过，对后殖民理论话语"应该了解……它在怎样的

❶ 张颐武：《孤独的英雄：十年后再说"张艺谋神话"》，载《电影艺术》2003 第 4 期。

位置上面对怎样的对象发言。剥离语境，便容易把它绝对化、简单化和真理化"。❶ 戴锦华的这番话无疑提示了我们，要保证中国后殖民电影批评的现实意义，更须提高批评的学术品格，真正从现实出发，确立其价值准则。

对于张颐武先生，一位坚持"在边缘处守望和思索并期待新的创造"的批评家，我们有理由更加自信地去期待。

（原载《艺术广角》2005 年第 4 期）

---

❶ 戴锦华：《犹在镜中：戴锦华访谈录》，第 47 页，知识出版社 1999 年版。

影评:从文化看守到文化失语

关 雯

老电影评论家罗艺军归纳,中国电影批评史上有过两个黄金时代,即上世纪 30 年代前期和 70 年代末至 80 年代初两个时代。出现这两个黄金时代的原因主要有两方面:一是出现新的文化思潮;二是电影创作相对繁荣。在如今的中国电影环境下,这几方面的缺失,导致了整体影评创作的不力。电影批评本身的意义已经不是真正意义上的电影批评,而变成了一种变形的理论形态,使得各方无所适从。

一、导演看影评:真正意义的影评已经不存在

作为电影创作者的郑洞天导演认为,现在已经没有电影评论了,所谓的电影评论已经成为一种议论,甚至多数已经变成一种广告宣传,没有独立的品格,影评人更不会从专业的角度来评论,这种情况已经持续了十几年。造成这种现象的原因是,一方面由于一些影评人认为某些电影本身不值得说,另一方面很多人也不敢说,现在的影评已经对电影创作不起什么作用了。

他表示,创作的黄金时代也总是伴随着思想解放、艺术创新的大潮而来。如 20 世纪 80 年代中期中国影坛的繁荣、第五代导演的崛起,与当时理论、评论界的活跃有着直接的关系,如以各报刊记者为主组成的青年影评学会对当时的许多影片进行批评讨论,红红火火的群众影评活动,这些都对当时电影艺术的繁荣产生了重大影响。20 世纪 80 年代,八一厂曾针对《女儿楼》、《晚钟》等影片的创作问题展开过激烈讨论,也促进了电影的创作。可是现在已经没有评论能对电影创作产生像当年那样的影响了,不光是电影,文学、电视也同样没有一个客观的声音出来。

很多导演也都表示,现在已经没有当年那种能够给创作者更多的指导、对创作产生影响的影评了,现在的影评已经完全变成个人抒发感情的一种途

径,它不对任何人负责。

二、影评人看影评:电影本身是关键

作为影评人,他们是怎样看待他们的同行和影评呢?曾为影评人的程青松说过,电影批评的黄金时代的失落,折射出中国电影黄金时代的失落。他认为电影批评的萎靡不振是由于电影本身质量的问题。商业化投资发行模式和商业电影的出现,使一些影片丧失了原来的水准,变成了各方批评的对象,这种影片创作的不力导致了观众对影评的不信任,从而被认为是一种广告的炒作。如今的影评越来越趋向娱乐化,个性化的东西在某种程度上丧失了原有电影评论的客观性,而很多影评人也从以前专业写影评慢慢开始向媚俗的方向发展,甚至有的被电影公司买通,去写一些吹捧某影片的作品。

对于影评人这种思想意志的妥协,程青松说:"电影有着多样的艺术元素,作为影评人首先是要在看过电影后才能去写,不是碟评,更不是个人借助电影的抒情方式,影评首先要建立在电影本身的基础上。现在的影评面对的对象不同,一种是面向观众,应更趋向于通俗化、大众化,用接近大众的语言、平等地与观众和读者进行沟通,达到观众与作者思维的碰撞,但是不代表就可以失去原有电影批评本身的专业性和艺术性;另一种是面对业内人士、影片的创作者们,电影批评更应该以专业性的角度和艺术理论的角度去分析影片,给创作者提供一个可以参考的意见和建议。"

很多影评人都希望可以建立一个同盟,一个民间的组织,而不是官办的,逐步出现一个趋于正常的创作群体,给观众一个参照系,观众才会分辨出好坏,也就是所谓的"文化看守"。但当前媒介资讯发达,与传统的电影批评方式相比,今天的观众有了更多的接受方式和表达电影批评的途径,已经不再认同所谓的权威式的声音。

三、投资方看影评:我们并不关注影评

电影批评作为电影产业链上的一环,究竟起着什么样的作用呢?从产业化角度来看,它是不是更应该注重商业性,现在电影批评到底对投资人的投资决定有多大影响呢?

在对投资人的采访中记者了解到,作为影片的投资人,现在还不会重视影评在投资决策中的作用,因为在中国还没有一个像美国或是其他西方国家有一个成熟的影评市场,观众还不会把影评人的意见和建议当成观看影片的一种动力,而更多借助的是媒体宣传的引导。像保利华亿的董事长董平所讲,现在的一些电视栏目其实也形成了一种变相的影评形式,用很浅的报道、

个体的观点来吸引大众,报纸杂志上的专栏文章也是其中的一种。

　　董平和华谊兄弟传媒集团总裁王中军都肯定了影评作为一种指导观众观影的手段对观众的引导性,但是对于投资人来说,他们现在只能关注一些大众的报纸杂志上对他们所投资的影片的一些评论,而并不真正的关注电影批评本身。王中军认为,影评和一部影片的好坏没有什么关系,与电影的票房更没有直接的联系,但是对于有些观点称电影批评是电影产业链上即将掉落的环节,他也给予一定的肯定,只是现在各方还是没有意识到影评在给予观众引导后对票房所产生的作用这一问题,或许在未来的时间里电影批评能跟上整个电影产业发展的步伐。

　　影评在电影市场上本身地位的降低是导致电影批评和影评人在电影市场环境下不受信任的原因,这种不信任也导致电影批评在电影产业链环节中的掉落。没有一个完善的电影批评的市场体系,电影批评就发挥不出它自身的作用———对于观众的引导性、对于电影创作者的指导性和对于投资者的预见性。电影批评要向正确的方向发展,不是一天两天的事情,不但影评人要反省自己,电影的创作者也要反省自己。

　　　　　　　　　　　　　　　（原载《中国电影报》2005 年 4 月 6 日）

话语权·电影本体：
关于批评的批评

——"硬性电影"与"软性电影"论争的启示

孟　君

一、关于论争

　　20 世纪 30 年代，在上海电影界和文化界发生了一场关于"硬性电影"和"软性电影"的声势浩大、蔚为壮观的论争。这场论争发生于 1932～1935 年间，论争的双方是以夏衍、王尘无、鲁思、唐纳、舒湮等为主将的左翼"影评小组"（即"硬性电影"论者）和文坛"新感觉派"作家刘呐鸥、穆时英和黄嘉谟、江兼霞等为主将的"软性电影"论者。论争由"软性电影"论者发起，最初基本上是围绕电影艺术探讨电影的功能和价值问题，左翼影评成立左翼"影评人小组"展开反击，并逐渐将批评引入到包括艺术的本质、内容和形式的关系、美学价值与社会价值、艺术性与倾向性等一系列艺术理论问题，其涉及的范围之广、程度之深、斗争之激烈、影响之深远，在中国电影界到目前为止都是极为罕见的。从广度而言，论争涉及了艺术形式与内容、政治与艺术的关系、电影作为一种艺术形式的独立性等极为广阔的领域，无论对当时的上海电影界还是整个中国的文化走向都产生了十分重要的影响；从深度而言，这场论争属于比较纯粹的理论批评，作为一种电影批评实践，即使拿今天的眼光来看在理论上仍具有一定深度，对今日的电影创作也具有启示意义。

　　从某种意义上看，发生于 20 世纪 30 年代的关于"硬性电影"和"软性电影"的论争最终以左翼电影界的"胜利"、"软性电影"论者的"失败"而告终，而且在电影史的书写上，也由于某些原因对"软性电影"论者极少论及，仅仅是以左翼电影运动的反对者面目出现"偶然一瞥"。❶ 近年来,一些电影研究者特别是海外学者开始重新关注这场已经"定了性"的历史论争。❷ 这些声音至少引起了我们的兴趣:这段电影史到底是怎样的? 我们应该如何看待这段历史? 或者说我们应该怎样书写这段历史? 当然,本文并不能回答这样宏大的问题,只是试图从一个新的角度引发出一些新的思考。

对待这场论争的评判,站在不同的角度肯定会有不同的结论。可以站在政治的视角、社会的视角或文化的视角作不同的陈述,但这场论争最终是关乎电影的,是围绕电影而发的,因此我认为从电影本体来看这场论争,对电影本身来说应该是最关乎本质的。

二、话语权·电影本体:理性与理想的悖论

从本质上说,这场论争是与电影无涉的话语权的争夺。福柯关于话语权形成的一番生动叙述在这里看来别有深意:"各种各样的作品,各处流传的书籍,所有这类属于相同的话语形成的本文,——许多作者,他们彼此认识或不认识,相互批评、贬低、抄袭,而又在不知不觉中相互聚首,他们固执地将他们各自独特的话语交叉在不属于他们的,连他们自己也看不清它的整体并且难以测量它的广度的网络中——所有这些形态和这些各不相同的个体性在传递时不仅仅通过他们提出的命题的逻辑的连贯,主题的循环,某一被转让、被遗忘、被重新发现的意义的固执性;它们通过话语的实证性的形式进行传递。"❸话语权的形成和作用都是通过具体文本,作为"历史流传物"的形态传承并最终稳固下来。对"软性电影"和"硬性电影"之争,有学者认为,"尽管这场论争发生于电影界,但双方争论的焦点都超越了此范畴而扩展到文艺理论,甚至扩展到哲学的一般性认识论的问题。"❹但从笔者看来,最终都归结于

---

❶ 程季华主编的《中国电影发展史》(中国电影出版社,1980 年版,第 400 页)中的叙述是:"软性电影"论者宣扬、吹捧的"软绵绵的东西","企图杀害'新生'的中国电影的生命的",恰恰是"制作荒唐淫乐的软性影片"的主张。钟大丰主编的《中国电影史》(中国广播电视出版社,1995 年 8 月,第 24 页)中的叙述是:"1933 年 11 月,一群暴徒捣毁了拍过一些进步电影的艺华影片公司",夏衍等人"被迫转入地下活动。与此同时,一些反动文人乘机挤入,大肆鼓吹'软性电影'的主张。左翼电影出现了低潮"。

❷ 王晓玉主编的《中国电影史纲》(上海古籍出版社,2003 年)中专辟一节"左翼电影与'软性电影'的论争",对此进行了较为详细的介绍,并作了有别于以前的评论。海外学者毕克伟在《"通俗剧"、五四传统与中国电影》一文(收录于郑树森主编《文化批评与华语电影》,广西师范大学出版社,2003 年)中否定了以夏衍为主的左翼电影认为自己是"致力于培养中国电影中的社会现实主义"的说法。

❸ (法)米歇尔·福柯:《知识考古学》,第 141 页,三联书店 2003 年版。

❹ 李今:《从"硬性电影"和"软性电影"之争看新感觉派的文艺观》,《中国现代文学研究丛刊》1998 年第 3 期。

话语权的把握,因此左翼影评代表的"无产阶级文艺观"和以文坛新感觉派为代表的软性电影论者的文艺观在论争碰撞中产生的那些以文字存留下来的"历史流传物"中蕴藏的话语权问题是值得作深入分析的。

由左翼电影和左翼影评人在 30 年代引发并延续了近半个世纪的左翼电影运动,是站在无产阶级立场上进行的电影观念的实践,其电影观是"一个作品的艺术价值的判定,是在他反映现实的客观的真实性的程度。"❶ 美国学者毕克伟在论及通俗剧在当时中国电影界的影响时谈到:"夏衍等人对当时电影界的不满不在于(通俗剧)这一表现手法的流行,而在于影界意识上的落后。他们的目的便是将五四政治意识注入这一形式中去。他们毫无保留地接受了这一表现手法,相信大众化、商品化的文化形式一样可以表达进步的政治意识。"❷ 事实上,作为对电影实践的指导,左翼影评人所代表的"硬性电影"观坚定地认为电影应当传递时代的思想,应当揭露黑暗的社会现实,承担起民众的社会引导功能,以启蒙者的身份对大众进行政治启蒙和民族救亡。这些观念明确地体现在左翼电影中,如《狂流》、《春蚕》、《渔光曲》和《三个摩登女性》等影片中阶级压迫、民族救亡,斗争反抗是其呈现的主要内容。左翼影评在意识形态方面的偏重,促使其对话语权的掌握成为必然,话语权成为左翼电影人在电影理论和电影实践上"注入"政治意识的有力保证,这也是"硬性电影"论者始终将意识形态和电影本体联系在一起的主要原因。

和"硬性电影"论者截然相反,以新感觉派为代表的"软性电影"论者,"放弃文学家作为社会启蒙者的使命,放弃'天才'的特殊身份而把自己置身于常人的位置,把文艺的表现和反映的领域集中在'生存'的层次,'日常生活'和日常生活的意识"。❸ 因此他们极力反对左翼影评人以启蒙为己任的电影观,批评左翼电影"被利用为宣传的工具",对观众进行"干燥而生硬的说教",指责左翼电影缺乏审美价值,反对从阶级立场出发进行电影批评。黄嘉谟说,电影应该"是给眼睛吃的冰激凌,是给心灵坐的沙发椅"。❹ 刘呐鸥对此作了更形象的表述:"功效是艺术的副作用,并非艺术即是功效。希腊的哲者曾有

---

❶ 尘无:《清算刘呐鸥的理论》,上海《晨报·每日电影》,1934 年 8 月 21～24 日。

❷ (美)毕克伟:《"通俗剧"、五四传统与中国电影》,载郑树森编:《文化批评与华语电影》,第 27 页,广西师范大学出版社 2003 年版。

❸ 李今:《从"硬性电影"和"软性电影"之争看新感觉派的文艺观》,《中国现代文学研究丛刊》1998 年第 3 期。

❹ 黄嘉谟:《硬性影片与软性影片》,上海《现代电影》第 1 卷第 6 期,1933 年 12 月出版。

笑话,他说:假如功效最大便算是最艺术的东西,那么世界上最艺术的最美丽的嘴,恐怕就是很大的嘴,因为大可以多吃点东西,功效最大。最大的嘴是不是最美丽、最艺术的,那只需问现代摩登男子便可知道。我看艺术功效说的朋友还是请他鼓励多做几篇记录的或教育的影片,可别把艺术换做'问题'或'议论'这种易卜生时代的不时髦的工具。"❶"软性电影"论者认为左翼影评"奢谈意识",过于强调电影的社会功能的观点,虽然语气偏激,但客观地说批评还是比较中肯的。在电影是否应该具有社会功能的问题上,这场争论其实已经和电影本身关系不大了,换作别的艺术形式,如文学、绘画、音乐等也涉及同样的问题,对话语权的争夺在当时的文学界引起的纷争更大,范围更广。

"硬性电影"与"软性电影"两派对话语权的争夺映衬着一个关于理性与理想的悖论。在中国的思想传统里,一直贯穿着一个"思想—信仰—行动"的实用理性模式。❷ 正如孙中山所说:"一种思想生出信仰,再由信仰成为力量。"在这个模式里,由思想、信仰生发出行动依赖于某种"工具"的催生,在 20 世纪 30 年代,不但电影,文学、戏剧等艺术形式都沦为这种"实用理性"的"工具"。在这个时期,"思想"是社会的动力和焦点,左翼影评的作用在于取得话语权,促使信仰滋生,进而指导行动。反观之,在当时中国的现实情况下,"软性电影"所追求的艺术独立性,仅仅是虚妄的理想。试想,当"北平容不下一张书桌","软性电影"又怎能悬浮在幕布上? 时代注定了这场话语权的争夺胜利者只能是"硬性电影"论者。理性虽然取得现实的胜利,但理想却并非不可取,艺术独立性在中国电影的历史上是一个一直难以摆脱的话题,斗争的胜负只揭示出话语权的归宿,并不能证明理想的虚无,正相反,追求艺术独立性的理想的价值对电影本体来说显得更为重要。

左翼影评人关注的焦点不是电影本体,而是在电影中注入某种意识形态,甚至有评论指出:"左翼电影带有革命功利主义,主要是要为革命的理念宣传或是党的利益来做服务,将社会阶级激化,用二分法表扬广大的劳动阶级,贬抑资产阶级,以达到革命宣传的目的。"❸而"工具论"决定了关于电影意识形态问题的争论实质上是对话语权的争夺,这种话语权的力量不可忽视,它决定了"革命"与"反革命"的分野。典型例子是"当年名噪一时的'围攻'事件是《人道》和《粉红色的梦》的挨批,这两部影片被认为是在宣扬封建道德,

---

❶ 刘呐鸥:《中国电影描写的深度问题》,上海《现代电影》第 1 卷第 3 期,1933 年 5 月出版。

❷ 李泽厚:《思想史的意义》,载《读书》2004 年第 5 期。

❸ 林巧玲、吴宇然:《我理解的左翼电影》,摘自银海网—专题。

掩饰社会矛盾。批评的结果是，两位导演卜万苍和蔡楚声立刻转变了自己的创作道路，很快就分别拍摄了《三个摩登女性》和《渔光曲》等左翼电影，可见当时左翼影评的力量。当时有些电影因为害怕受到评论的鄙视，甚至生硬地在片中加入几句口号，或者在片尾硬补上一段'进步'的尾巴"。❶ 所以话语权的取得反过来必然会直接影响电影的创作，这一点后来进一步得到了历史的证实，左翼取得"话语权"对 40 年代直至以后的电影影响十分深远，但是随着话语权的取得，左翼电影的理性也从真诚沦落为一种表演。

和左翼影评相比较而言，"软性电影"论者关注的电影形式问题则和电影本体更接近。"新感觉派"在中国现代文学史上占有重要的地位，它的出现"表明西方现代主义文学在中国的引入，已然越过了初期，进而问鼎于独立的地位。"❷ 应该注意到，刘呐鸥和穆时英的电影观和他们的文学观是融通的，他们的文艺观都极为重视艺术手法的运用，并且在文学手法和电影手法之间相互参照、相互影响，这也是"软性电影"和"硬性电影"分歧最大的一个方面，"硬性电影"重视内容方面的附加值，认为"形式是内容决定的"；而"软性电影"论者认为形式重于内容，这一点在他们的文学创作和电影评论中是完全一致的。按照李欧梵的观点，新感觉派"尝试用实验技巧来表达他们的都市情结"，❸ 在他们的都市小说中均带有颓废的色彩，沉溺于城市的享乐，描写病态男子对肉感的现代都市女子——"现代尤物"的偷窥和自我性压抑。当然，刘呐鸥和穆时英也存在区别。刘呐鸥偏爱描写女子的脸，"通过男性注视女性堆积起来的性欲能量"，而这些女性的脸颇似当时的中外电影明星如葛丽泰·嘉宝、琼·克劳馥和谈瑛；穆时英则更偏爱描写女性身体，这在小说《白金的女体塑像》中造成了一种"讽喻性色情效果"。在技巧上，他们深受电影蒙太奇的影响，刘呐鸥的《热情之骨》截取几个生活片断加以组接进行叙事，情节具有跳跃性。穆时英的小说《上海的狐步舞》就如同蒙太奇组接方式写成的电影分镜头：

上海。造在地狱上面的天堂！

沪西，大月亮爬在天边，照着大原野。浅灰的原野，铺上银灰的月光，再嵌着深灰的树影和村庄的一大堆一大堆的影子。原野上，铁轨画着弧线，沿

---

❶ 《中国电影百年纪》，《新京报》2004 年 5 月 20 日。

❷ 钱理群等：《中国现代文学三十年》，第 324 页，北京大学出版社 1999 年版。

❸ （美）李欧梵：《上海摩登——一种新都市文化在中国（1930～1945）》，第 203 页，北京大学出版社 2001 年版。

着天空直伸到那边儿的水平线下去。

林肯路。(在这儿,道德给践在脚下,罪恶给高高地捧在脑袋上面)

拎着饭篮,独个儿在那儿走着,一只手放在裤袋里,看着自家儿嘴里出来的热气慢慢儿的飘到蔚蓝的夜色里去。

"新感觉派"小说强调主观的心理感觉,但是这种心理描写不同之处在于是通过群像式的特写展现主观心理,在穆时英的《上海的狐步舞》中就充斥了这种主观心理感受的倾泻:

独身者坐在角隅里拿黑咖啡刺激着自家儿的神经,酒味,香水味,英腿蛋的气味,烟味……暗角上站着白衣侍者。椅子是凌乱的,可是整齐的圆桌子的队伍。翡翠坠子拖到肩上,伸着的胳膊。女子的笑脸和男子的衬衫的白领。男子的脸和蓬松的头发。精致的鞋跟,鞋跟,鞋跟,鞋跟,鞋跟。飘荡的袍角,飘荡的裙子,当中是一片光滑的地板。呜呜地冲着人家嚷,那只saxophone伸长了脖子,张着大嘴。蔚蓝的黄昏笼罩着全场。

不仅如此,"新感觉派"小说还借鉴西方现代主义的创作手法,注重现代性的数字、时间、速度和空间转换。如穆时英的《上海的狐步舞》中的独特句式:

电梯用十五秒钟一次的速度,把人货物似的抛到屋顶花园去。

在《夜总会的五个人》中,穆时英更突出了对数字和时间的使用:

今天他吃了饭就在这儿等,一面等,一面想:"把一个钟头分为六十分钟,一分钟分为六十秒,那种分法是不正确的。要不然,为什么我只等了一点半钟,就觉得胡髭又在长起来了呢?"

从刘呐鸥和穆时英在文学中对电影视觉表现手法的自觉运用和对时间感的重视,不难看出他们的电影观必然对电影的形式方面有所侧重,强调电影的"感觉性",即审美感受性,也就是所谓电影应当是"给眼睛吃的冰淇淋,给心灵坐的沙发椅"。他们强调电影的娱乐功能和审美价值,强调蒙太奇等电影技巧的使用,认为"怎样地描写着"的问题比"描写着什么"的问题更重要。当然,艺术的形式与内容两者应是并重的,两者缺一不可,电影史上从来没有只要形式不要内容或只要内容不要形式的成功特例,特别是和文学相比,电影本身的技术性使得电影必然更重视技巧。

轻内容重形式,作为一种艺术观念是可行的,但是在当时特定的历史时期,"软性电影"论者的观点就未免显得有些不合时宜。应该说,左翼影评对内容的侧重在中国三四十年代的特定历史时期是正确的,是符合时宜的。在社会大动荡的时代，脱离"意识"只注重形式美的这种"纯艺术论"没有"市场"，绝大多数观众都需求能鼓舞民族精神、昂扬斗志的电影和其他艺术作品，这也是左翼电影如《狂流》、《小玩意》、《桃李劫》等在当时大受欢迎、商业上取胜的根本原因。"硬性电影"论者对"软性电影"电影论者逆社会潮流而行的电影观进行了尖锐的批判，说他们"只是为着他们的主子而反对在电影中反映社会的真实，与防止观众感染进步的思想"。❶ 这场斗争以左翼影评的全面胜利而告终，但随着历史的发展，中国电影在今天却出现了一个非常有趣的现象：注重意识形态灌输的"硬性电影"和注重娱乐价值的"软性电影"在市场上的位置和当年出现了反差，这也从某个侧面说明了话语权和电影本体之间的结合和疏离。下面本文将结合今天的电影现实，作进一步探讨。

三、回望论争：作为电影批评的一个维度

以电影本体为表象的电影批评，话语权是其旨归，因此话语权始终是中国电影创作和电影批评的一个重要维度。

首先，从电影本体层面来看，历史已经过去 70 多年了，电影实践和电影批评经历了一个又一个从旧到新、循环往复的时期，但电影和电影批评从来也没有真正解决过"硬性"与"软性"之争的关键问题——电影对形式或内容的偏重，电影在形式与内容中似乎还没有找到合适的立足点。无论是 17 年的样板戏，还是第四代导演的作品，深受左翼电影重内容轻形式的传统影响，在内容上的偏重到了无以复加的地步，在这一时期的作品中均可以看到或深或浅的痕迹。这一点也直接导致第五代导演后来以夸张的方式宣扬造型意识，以《一个和八个》、《黄土地》等影片作了一次惊世骇俗的成功策反，走向另一个极端——重形式轻内容。由于影片本身在商业上的成功，对张艺谋《英雄》的电影批评似乎达到了"重形式轻内容"的最高点，成为第五代导演缺陷最为突出的作品之一。到了某些新生代导演无以名状的先锋电影或后现代电影，似乎又进入一个历史的陷阱，重又回到重内容轻形式的表现方式，尽管其内容的表达与 17 年电影迥然不容。例如新生代导演娄烨的《苏州河》和《紫蝴蝶》注重主体欲望的表达，对形式几乎到了轻慢的程度。虽然和张艺谋的电影从票房上相比，前者惨淡败北、后者大获全胜；在电影评论方面，前者饱受争议，后者被严厉批评。但我们并不能因此得出形式重于内容（这与"软性电影"论者的观点相符）或内容重于形式（这与"硬性电影"论者的观点相符）的结论。

---

❶　唐纳：《清算软性电影论》，上海《晨报》1934 年 6 月 17 日。

从世界范围来看,好莱坞电影《指环王3》在制作上,可以说在电影形式上和《英雄》一样达到了近乎完美的地步,它在奥斯卡的全面胜利也说明评论界对此的认可,但是也应该注意到这部影片有一个很好的故事内核,形式与内容在此并不对立,可以有所偏重,但绝不忽视任何一方。值得注意的是,在近年来的中国电影实践上,形式和内容兼顾的作品开始呈现,田壮壮的《德拉姆》和陆川的《寻枪》、《可可西里》都比较注重形式和内容的相互支撑。以《可可西里》为例,该影片对生命主题的探讨和形式上的精确设计都让人耳目一新,画面使得内容更具冲击力,两者相辅相成,这或许是对软硬之争的一种回答。

其次,新时期以来,意识形态层面的话语权在电影内容上的渗透亦有所变化,话语权不再为主流话语所独占,而是被各种因素所分享,特别是大众的因素,对此主旋律电影和商业电影这两种在意识形态层面南辕北辙的电影形态呈现出某种共谋性。主旋律电影在中国电影市场上是特例,它可以不遵循市场运作规律,侧重内容的表达。但从《生死抉择》开始,内容的表达不再那么生硬、说教意味浓,而是考虑观众的因素,注重形式上的可接受性,把情感因素注入严肃的反腐题材中,是对"硬性电影"论的改善。相比之下,商业电影素来注重电影的形式意味,注重在题材、表现手法上迎合大众的口味,冯小刚的贺岁片在市场上的成功可以说是"软性电影"在当代的又一次实践。冯小刚为代表的商业电影在市场和受众上的胜利虽然并无争夺话语权的初衷,事实上却争取到了部分文化意义上的霸权,至少其话语已经进入了流行文化的中心地带。

进入新时期,中国社会开始从革命理想转向世俗的物质生活,中国电影虽未远离意识形态的束缚,但是现实的利益和价值标准的变更使得新生代导演的尝试更具有挑战性。从整体上说,新生代导演的创作在电影本体上有了新的超越,贾章柯的《小武》、《站台》是关于70年代出生的一代青年的"青春残酷物语",张扬《爱情麻辣烫》的影片结构性的实验,陆川《寻枪》表达的生命的紧张状态,姜文的《鬼子来了》对抗日的另类叙述,张元的《东宫西宫》则直接闯入同性恋禁区,虽然这些电影有些公映有些未能公映,但这些电影的出现说明了一个问题:电影不再停留于形式与内容割裂式的二元对立,电影成为思考的工具,甚至能形成电影作者的个人风格,这也是电影的成熟之处,超越了简单的纷争,更接近电影本体。

最后,当代电影的影像阅读呈现出多元态势,从电影的外围走进电影本身,并且阅读超越了某一个维度,但话语权的建构仍是不可忽视的一个维度,它从电影的外围走进电影本身，并且阅读超越了某一个维度。2004 年戛纳电影节将最荣耀的金棕榈奖颁给了美国纪录片《华氏 911》，导演迈克尔·摩尔在影片中直接批评布什政府在反恐问题上的态度，表明布什取得的所谓"成就"不过是符合了其自身利益，同时他还揭露了布什家族与拉登家族之间不同寻常的政治和金融关系。这部影片的获奖再次证明了电影与意识形态无法摆脱的必然纠葛。近年来先后获得国际大奖的伊朗电影，如《小鞋子》《何处是我朋友的家》《黑板》等，虽然在题材上避免了政治和宗教因素的涉入，但解读者无不把它们当作第三世界国家的政治寓言。如戴锦华对 19 岁的伊朗天才少女导演萨米拉·马克马巴夫的影片《黑板》所作的"第三世界批评"式的解读中，认为这部影片充满了意识形态寓言式的隐喻。❶ 中国电影目前三代导演共存，加之香港、台湾甚至海外电影在资金、演员、导演多角度的加入，形成十分复杂的现状。但中国电影同样不可避免意识形态的影射，拿似乎处处避让意识形态因素的新生代导演来说，处于边缘地位的新生代导演的作品主题大多指向社会边缘人群，如小偷、民工、妓女、同性恋等，但这并不是甘守边缘，从文化政治角度来看，这是一种从边缘向中心进发的生存策略，也是一种有效的策略，其文化意识形态是有可能向政治意识形态发展的。

当代的电影批评融入了西方文艺理论，对同一部影片可作叙事、精神分析、女性主义、意识形态批评等多角度的解读，这在当代的电影阅读和批评已成蔚然之势。在这些阅读策略中，话语权仍是复杂而重要且必不可少的一个重要维度，话语权分析也从单纯的意识形态分析走向深入，涉及文化、阶级、性别、种族等领域。事实上，这个维度现在不仅影响电影批评，而且贯穿于电影创作中，这才是 20 世纪 30 年代这场论争不同寻常的意义所在。

2005 年，中国电影进入 100 周年，中国从 2004 年开始举行了一系列的纪念活动，在喧闹之余，我们是否应该静下来想想，电影百年来是否走出了中国电影人在电影发展初期就遇到的问题，我们是否还在原地打转？答案并不令我们过于沮丧。正如自由是人的本能的渴望，现实的羁难永远也不能阻止这种渴望，电影的前行正是源于这种渴望。

（原载《当代电影》2005 年第 2 期）

---

❶ 戴锦华：《第三世界语言与荒诞诗行：〈黑板〉》，载《电影批评》，第 221 页，北京大学出版社 2004 年版。

跳出三界外 再入五行中

——中国影视批评史的文化审视

桂青山

正像"任何历史都是当代史"的说法一样,任何影视批评也当然是当代的批评。

这,并不一定错。

只进一步要考虑的应是——

这"当代",是局限其中的当代,还是宏观认知的当代?

这"批评",是真正的与时俱进,还是实际的与世浮沉?

历史与电影,真就如一个任人打扮的小姑娘么?

一位当代中国颇享盛名的小说家,20世纪80年代初,被出版社邀请出其作品集时,汗颜大窘:翻检数十年呕心沥血之作,才发觉以当下的社会文化眼光再作审视,大多已是明日黄花、因时过境迁而"不敢见江东父老"了。概因时势推移,那些在不同时期应时顺世的篇章,其文化内涵与品格,已与当下的社会文化大相牴牾,不是"落后"便是"反动"了,比如对50年代合作化的政治图解,比如对"右派"的批判,比如对"大跃进"的热烈歌赞,比如对"阶级斗争"的因循等等。

就中国当代文化演变而言,这绝非偶然现象。

中国电影(电视)批评的百年过程中,亦不无随时的好评、即时的批判、不时的争论与长时的宣讲。就其特定的文化氛围与背景而言,自然都有着各自充分的时代依凭与社会基础,但整体而言,却总给人一种"文化无根"的漂泊感,一种"与世浮沉"的喧躁感,一种缺乏时世审视与历史认知的"小儿女啼笑"感,一种商店橱窗式的"即时性标签"感。

当然,出现或存在的,就自有一定的意义与价值——这,是认识事物的一个视角与层面。

而同时,对这意义与价值应作怎样的文化认知与历史审视,则是不可缺失的另一视角与层面。

因之,只有跳出三界外,再入五行中,才会有对中国影视更具人文根基与时代前瞻的文化批评,也才能使我们的批评对中国影视的进展有根本的助益。

一、中国影视批评的文化状态

西方批评方法的引进确实给中国当代、尤其是近 20 年来的电影批评带来活力,尽管其成长过程中难免造作、食而不化、生硬稚拙乃至张狂作秀的病态与弱症。

批评理论近年来也颇有建树,其系统的庞大,其学理的精粹,其流派的众多,其观念的更新,也当然有着不可忽视的意义,尽管其间不无因玄奥至极而超离批评对象实体的"纯理论"的演绎与把玩之误。

本文不想、也无力综述种种,在此,只于百年来的中国电影(电视)批评,从社会文化学层面作粗略的扫描与简短的评说。

狭义的影视文化批评,无非两种品格:在本体评介的基础上,进行文化层面的褒扬或批判。

百年来中国电影(电视)批评的文化状态,究竟如何?

总体而言,限于即时的社会文化框架内的批评,而少超越其上的历史眼光的审视。虽然其间不乏客观上顺应时势、推进历史的积极文字,但也往往造成批评的文化偏颇乃至悖反——在"与时俱进"的名义下,实际是"与世浮沉"、"随风俯仰"乃至历史趋向上的"倒行逆施"。

1. 褒扬品格的批评

我们极为赞赏与肯定的影片中,有些确是体现了与历史文化趋势相应的优秀作品。如在 20 世纪 50 年代初宣扬英雄主义的影片,如 60 年代前期一些表现乐观主义、肯定健康人性人情的作品。对这些影片的赞许性评论,由于它们或者体现了当时社会与国家历史进程的需要,或者体现了被抑制的正常人性的重新张扬,或者符合着民族与大众总体的健康精神,因此,这些评论便既符合"当时"的文化要求,也同时契合着"历史"的文化趋势。

但更多的赞赏、赞扬性的影片评论,却只属于特定时代的小语境之内的评价,乃至是处于庐山雾里的懵懂喝彩或者是陷于"时尘"内、"三界"中的把玩与自珍。如对表现抗日战争、国共关系、解放战争、合作化运动、反右派、大跃进、四清运动、文化大革命……以及当代社会各方面生活的种种影片,都不无此类。

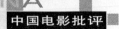
　　"文革"时期的影片评论，自然是最鲜明的例证。如对《创业》、《春苗》、《决裂》等红极一时的影片的全方位称赞，确实具有当时被社会各方面认可的"言之凿凿"的理由，也真切地体现了那个特定时期社会文化的观念与氛围，因而具有当然的"合理合法性"。但是，在时过境迁的今天，再审视这些"经典评论"，其文化的荒谬性与历史的反动性还用置疑吗？

　　近年来，"大辫子"走俏，"老北京"受赏，不一定是坏事，因为无论是"阅史而明时"还是"温故而知新"，都有特定的当代价值与意义。

　　关键在于：历史题材的当代文化意向是否符合进步的时代潮流，老旧民俗的展示是否与现代社会健康的人文精神同轨。

　　比如在《雍正王朝》中，对宫廷政举要事的述说，对天子鞠躬尽瘁、勤于政事的描写，虽然确有当前民心期待的一定代表性，但深究其里，则是将当前的民心期待附着在封建体制的王朝上，便难免使"现代公民"再一回沉入"大清臣子"的品格中。在这里，当代社会亟须的健康的"国民意识"与"公民意识"毫无踪影，充斥荧屏的只是仰望青天、拜求明主的"臣子意识"与"小民心态"，这，到底是一种"灰色幽默"，还是时代蒙昧？

　　比如在《宰相刘罗锅》中，尽管有着分明的善恶区分，有着判然的正邪评断，使观众无不喜爱刘墉而厌弃和珅，但也毋庸置疑——又一回从文化层面上，使当前大众对法制社会的历史性呼唤变成了对"清官"与"贤主"的混沌寄托。

　　再如获得众多电影奖项的《鸦片战争》、《红河谷》之类，不惜亿万资金，欲振兴国民的爱国精神、民族情感，就动机而言，不错。然而，若从历史与文化层面拷问：对以鸦片战争为表征事件的中国近代史，就只应在此层面与角度认知和理解么——尤其在当前政治与经济均正改革开放的文化全球化大背景中？

　　今天的我们，如果以宏观的眼光从世界大趋向的角度重新挖掘被政治尘沙与民族病态所掩埋、所忽视的史料，再重新审视一百多年前那段对中华国运至关重要的历史，能否对今天的全球化的历史趋向有一种更本质的认同？尤其是在已经进入公元第二个千年，我们的国家已经进入历史大跨越的重要时期，而对历史的反思与审视如果还是那样的"历史"，对鸦片战争所蕴涵的更深层的社会文化底蕴还处于停滞乃至逆反的历史思维中，这到底是真正的"奉天承运"，还是"抱残守缺"？当前，以这样的人文意识（泛化的爱国主义与偏执的民族激情）所演绎出来的影片，对地球已成"村落"、而中国正在进行政治、经济体制历史性改革的当代社会,到底会起什么作用?

在展示当前社会生活的一些影视作品中,也不同程度有着即时的合理与历时的反动相杂糅的文化现象——

电影《被告山杠爷》在 1994 年一出,便大获殊荣,各种奖项扑拥而来。但究其内里,在纵向上表面承认法制社会必然到来的同时,却在横向的"现在即时"内,以更"感人肺腑、动人情愫"的艺术力度,渲染着对封建领主式政治人物"山杠爷"的赞美、同情与留恋,传达着"只要一心为民就可以为所欲为"、"因为当前民众尚存愚昧,所以还不能离开强悍家长严厉管制"的"人治"精神。这,到底有助于社会进步,还是已经阻碍了历史的进展? 从近年种种已被处理以及尚未揭发的这类"爷"们的大批乃至普泛化的恶性病变看,不已经有了确切的诠释?

在一些表现国企改造、农村经济改革题材的影视剧(以及相关的一些小说、戏剧)中,在塑造正面人物,如改革者或某层次的领导干部时,则流露(暴露)出一种源远流长、约定俗成的"家政管理观念"而非"社会法治意识",一种被充分肯定的"人治"模式而非应该提倡的"法治"精神。

20 世纪 90 年代以来,河北作家以强烈关注当代社会现实的小说创作以及改编的影视剧受到欢迎与重视。以谈歌的《大厂》系列与刘醒龙的《分享艰难》、何申的《年前年后》、关仁山的《大雪无痕》等为代表的作品,多以改革开放过程中的国有大中型企业或农村乡镇为描写对象,面对社会向市场化转型过程中的现实,敢于表现人们在社会变革中的世态人情,在社会上产生了很大影响。应该充分肯定这些作品以及作者对当代现实积极介入的真诚与热烈,应该确认这些作品对当代社会生活反映的一定层面的逼真、实在,应该理解作者们欲在展示现实中歌赞进步、实现理想的良好意愿。但是当我们深入挖掘这些作品的文化底蕴时,便会发现——

尽管这些作者怀着积极入世的真诚,对当代社会生活体现着强烈的关注,但在表面的讴歌与赞美下面,却分明潜藏着同"与时俱进"相悖的家政意识、人治理念、纯道德感化的种种基因。在这类作品中,往往表述这样的情节:时世艰难,事务复杂,经济与精神双重危机扑拥而来。我们的英雄临危受命或主动请缨,但开始并不被职工或乡民理解,于是围攻,于是吵骂乃至动拳脚,但我们的"好家长"凭众人发泄,尽管嘴角鲜血直流却动也不动,最终因向大家说了些"掏心掏肺"的话,使大家沉默了(或解散了,或一同流下泪来)。接着,这位领导便以"现实"的态度,忍辱负重、委曲求全乃至受着良心的自责,去应付各种合法与非法、公开与龌龊的人、事。玩弄权术,打通关节,拜托门路,乃至不得已地行贿官场、隐忍罪恶、应酬大款,竟至妹妹被人强奸也因"必须起死回生"的大局而隐忍下来……乡民或职工因之大受感化,道德回归,厂长(村长、镇长)竟能这样,我们还有什么说的? 于是,总工程师卖掉自己的专利给厂里作资金,退休劳模身患重病却不住医院,一位姑娘为了1 000万的合同自愿嫁给某主任的傻儿子……工厂(或乡镇)终于起死回生、渡过难关,迎来了"改革开放的辉煌局面"。

这种"好家长"固然与将村民视为"愚众",以传统的捆、打、压、训"救群氓于迷途"的"山杠爷"不同,他们总是以自我负重、艰难撑持、委曲求全、道德感化等等方式完成自己的"家长兼父母官"形象,但就其社会文化底蕴而言,不过是另一种面孔的"封建领主"而已。在其支撑的"家政管理模式"中,民众(乡民或职工)只作为被处置、被关注的"对象",而本该具有的现代公民意识、国家纳税人的权利以及共同事务的参与可能,却被淹没而缺失了。

在这类作品中,尽管作者们都真诚地自认秉承着"现实主义"精神,但他们没有意识到:由臣民社会向公民社会的转变才是当代最大的现实。因而,在作品中应积极宣扬符合现代国家机制与理念的"公众事务理念",而非封建意义上的"家政事务理念",进而在观众或读者心目中渐渐奠定现代意义上的"宪法本位"理念。

其他如电视连续剧《贫嘴张大民的幸福生活》,在宣扬"面对艰难应保持乐观"的同时,潜在其中的"懵懵地安于现状,乐呵呵茫然苟活"的阿Q心态与"小市民心理",也不能不引起正视。

上述所有这些作品以及对这些作品的赞扬性评论,无疑都是当下社会生活、时代文化的真实体现。但是,"真实"就一定"进步"么?

2. 批判品格的批评

同样,我们极力批判的影片尽管在当时的社会语境中看似光明正大,理由充分,但一旦跳出那个特定的时代氛围,以现在的文化视野与文化尺度回顾审视,能不尴尬与汗颜?

当代中国电影史上几次大的批判运动,人们记忆犹新。

且以上世纪50年代初对《武训传》的批判为例——

"像武训这样的人,处在满清末年中国人民反对外国侵略者和反对国内的反动封建统治者的伟大斗争的年代,根本不去触动封建经济基础及其上层建筑的一根毫毛,反而狂热地宣传封建文化,并为了取得自己所没有的宣传封建文化的地位,就对反动的封建统治者竭尽奴颜婢膝之能事,这种丑恶的行为,难道是我们所应当歌颂的吗? 向着人民群众歌颂这种丑恶的行为,甚至打出'为人民服务'的革命旗号来歌颂,甚至用革命的农民斗争的失败作为反衬来歌颂,这难道是我们所能够容忍的吗?"❶

这是毛泽东著名的慷慨陈词。它不仅为批判电影《武训传》定了调子,而且开了其后 20 多年大批判的先河。

这种批判在当时其实并没有错:刚刚经过武装革命,建立了新中国,本应该"宜将剩勇追穷寇"之际,却公然歌颂温和的改良、文化的渐变,难免就大不和谐了。于是,伟人提倡,众口一词,便掀起了极具时代精神、因而具有现实合理性的文化运动来。

如果说这种"即时"的批评有其一定合理性,那么"历时"的终极影响又如何? 大谬不然了。

现代社会健康的时代文化应是多元的,其中当然有主流有支脉,有恢宏有薄弱,有明暗有高低,乃至有冲突有对立。但正因其并在共存、相互影响、彼此作用、相互彪炳,才构成社会健康文化的整体,也才能有历史向度的文化进步。"党外无党,帝王思想。党内无派,千奇百怪。"这曾是毛泽东 50 年代的名言。因之,"普天之下,舍我其谁?""只此一家,别无分号"的文化垄断与话语霸权因前述的批判运动而成为数十年的"社会文化现实"后,它"即时的小合理"与"历时的大荒谬"还能以适当的比例让人认可么?

此风既成,后来电影界内的批判运动也就自然而然了——

如 60 年代对《早春二月》、《舞台姐妹》影片的批判,如"文革"中对一大批不符合当时政治理念、阶级观点与审美取向的影片的批判,如 70 年代末对《苦恋》的批判,如 80 年代后期"学界精英"以"后殖民主义、东方主义"等理论为依据,对"第五代"电影"取媚西方、丑化民俗"的充满偏执性民族激情的批判,等等,凡此种种,在"当时"特定的社会时代氛围内,似乎都有各自的道理。但是,它们却都存在两方面的病态——

其一,局限于即时的狭窄视域内,缺乏现代健康的文化基因,缺乏跳出庐山之外的宏观审视,因之其批评便难免时代标签的性质,一时甚嚣尘上,过后便烟消云散乃至不堪回首。

其二,信奉一元的霸权主义文化,以此为基础,排斥异己。其结果,因违

---

❶ 见《人民日报》社论《应当重视电影〈武训传〉的讨论》,1951 年 5 月 20 日。

背了社会健康文化应有的规定性,终究造成整体社会文化的损伤或病变。

百年来中国的电影批评,无论褒扬还是批判,往往处于即时的乃至实用的状态。影视界多专家、"玩家"、商人与匠人(其间不乏很好的乃至杰出的人),但较缺少具有宏观视野的文化人。"业内人士"往往沉溺于业内的自得、自珍与自诩,而少业外的文化大视野。评论界较多时髦的精致写手,而少厚重的文化方家。于是,难免"一片叫响,跟风如潮;一片冷落,望风而避"。其真正的成功与失败的文化根源,却是极少去探究的。而实际上,表面成功的影片可能已经潜在着"癌症",一时冷落的作品倒含有将要成功的基因。对张艺谋近来作品的种种评说,可资参照。

一言蔽之,缺乏深厚的文化根基与宏观的历史把握,只陷于即时的社会文化潮流中,是中国电影批评难出经典的根本性病灶。

二、文化根基的确认及影视文化批评的宏观战略

文化意识所包括的内容,林林总总。但根基所在,止于生命觉悟与国民意识而已。

作为宇宙中的个体,人的生命是什么?它在宇宙中的性质是什么?其价值与意义何在?人与自然的关系应如何?人为什么活、怎样活?怎样才是健康的、不枉此一回的生命历程?这是人类历史上不同时代的终极问题。

作为社会中的个体,国民的科学概念是什么?不同历史背景中,国民(平民、臣民、市民、公民)的权利与义务应怎样解释与实现?不同时代的人类社会应该是怎样的?社会、国家与作为个体的人的关系应如何?怎样才是与时俱进的健全的国家?怎样才能建设符合时代要求与历史进步的健康的社会实体?一个现代社会的健全体制应如何?现代国家的法制应怎样体现?……这是任何社会成员都面临的基本问题。

健康的生命觉悟与健全的国民意识,是现代社会文化的两大根基。文化进步与反动的终极衡量尺度,只在于是否有利于两者适时地充分实现。一切文化活动的终极目标,也只应如此。

有此根基,则本固枝荣;无此根基,必然"行云流水"。

任何社会文化的批评,最后都应该、也只能归结为对上述文化根基的时代性理解与认知,影视文化批评亦如是。必须从文化根基处着眼,再奠基在对时代文化正确认知与对文化的历史趋势的清明把握上,才不会"以其昏昏,使人昭昭"。

即时的时代文化,指社会成员所处身其间的"现在的"社会文化总体状态。

文化的历史趋势，指循历史发展的规律，即时社会文化"应有的"宏观趋势。

一个好的社会文化学者，一个清醒的文化批评家，既要分别洞识文化的上述两方面，更要清醒地认识两者间的现实关系，因为这是任何文化批评的前提与基础。

两者关系，可有以下几种——

两者同一：时代文化状态与文化的历史趋势和谐一致。如我国的盛唐时代，纵然是专制的君主体制，但因其适合当时的历史进程，也便成就了世所公认的文化辉煌。西方古罗马民主时代难能重复的"人类童年时期"的文化繁荣，亦如是。

两相悖反：时代文化与文化的历史趋势相悖。如晚清时代总体的抱残守缺、因循守旧、苟延残喘的封建文化与当时世界以"科学与民主"为旗帜的历史大趋势的关系、态势。

两者距离：或者是时代文化相对地落后于其历史趋势的要求，或者是超前于历史发展的阶段。前者，如我国当代的社会文化状态；后者，如50年代后期我国"大跃进时期"的文化形势。❶

有了对上面两者关系的清醒认知与把握，作为影视评论者，也才有了坚实的文化立足点，可以进一步裁判眼下影视文化现状的是非，可以臧否当前影视创作的功过优劣。

简言之：先根据即时文化与文化历史趋势之间的关系、态势，对即时文化作出相应的判断。然后，再研讨、分析影视文化对即时文化的展示——是否有益于其与文化历史趋势关系的和谐或一致，进而对研究对象的影视文化状态作出确切的裁判。

具体地说，如果时代文化与历史趋势同一时，影视作品便应积极正面地展示即时文化。如果时代文化与历史趋势相悖时，影视活动就应对时代文化作必要的批判、否定，进而推动社会文化的健康进步。如果时代文化与历史趋势间有距离（正距离或反距离），影视运作就应审时度势，以文化的历史大趋势为基准，对时代文化作相应的裁判与指导。

如果我们的影视文化批评能如此，就不会出现本文前面所指出的问题了。

---

❶　严格地说，任何时代的文化状态与其应有的历史趋势之间，都有着间隔、差异，且态势复杂。上述不过大略分类而已。

　　"与时俱进"是绝妙好辞。但时下种种征候表明：往往与貌似而质异的"与世浮沉"乃至"随风俯仰"混淆。而当某种"世相"与"风潮"恰恰与当代文化的历史趋向疏离、滞后乃至悖反时，这种混淆便须正视与警戒了。

　　"与时俱进"，应指在科学把握时代脉搏、清醒认知历史趋向前提之下的"进"。"与世浮沉"与"随风俯仰"则不大一样：追随时势，趋奉潮流，缺乏根基地与世混同而毫无终极的文化宗旨与目标。两者大不同的。

　　当代中国，确立健康文化的两大根基，属当务之急——生命觉悟方面：当前混混然的"大众文化"态势，纵然有对此前生命压抑的某种解脱，或可说因某种针对性的发泄、放纵而具有一定的进步性质，但终非健康积极的生命清醒与觉悟。因之，作为文化工作者，无论从终极的哲学层面，还是从现实的生存层面，众多启蒙工作尚需致力。

　　国民意识方面：当代中国的社会结构、法制建设、国家观念以及现代公民意识、国民责任、权利与义务等方面，更有众多破解、启蒙、确立、创建的任务在。

　　可以说，当前我国社会的时代文化态势与总体的文化历史趋向之间尚滞后、隔离。因之，当前影视创作文化对当前社会文化的态度应是"裁判中的推动，启蒙中的升华"，而绝不能应付时潮，俯仰世态。以即时的操作小技巧，要改变当代电影的整体颓势，不可能的。

　　当然，影视批评不能只是文化评价，它还应有艺术（审美）的分析、学理的研究、商业的审视、产业的研讨。然而无论如何，社会文化学的批评应该是基础。因为，无论艺术还是产业、商业，它们都必定要奠基（生存）于总体的社会文化土壤中。

　　总之，跳出三界外，先有宏观的文化审视与把握，再入五行中，对即时的、局部的、个案的影视现象作相应的评说，是纵览百年中国电影（电视）批评后的应有醒悟。

　　粗略之论，还望读者指正。

（原载《当代电影》2004 年第 6 期）

后殖民主义与中国电影批评

李道新

后殖民主义（Postcolonialism）是在前现代主义思潮之后诞生的一种探讨帝国主义后殖民化状况，并以权力、历史、文化、宣传媒介对殖民地主题的作用、身份、民族、颠覆、压抑与反叛等为主要课题的理论思潮。作为一个广义的跨文化、跨学科的概念，后殖民主义理论本身歧义丛生、备受争议。尽管如此，主要在对弗雷德里克·詹姆逊、爱德华·萨义德、佳亚特里·斯皮瓦克、霍米·巴巴等理论家的相关表述进行翻译介绍、初步分析研究的过程中，后殖民主义理论的一般形象及其思想背景和基本内容，也开始为中国思想界、学术界所知晓，并以独特的方式，很快地被运用到中国电影批评的具体实践之中。

在这方面，詹姆逊的影响尤其重要。1985年，詹姆逊访问中国，并在北京大学讲演一个学期；次年，讲演集《后现代主义与文化理论》中文本出版；接着，詹姆逊的一系列重要文章被陆续翻译成中文；1989年底，《处于跨国资本主义时代中的第三世界文学》一文，也在专业电影理论刊物《当代电影》中译载。詹姆逊独特的"文化研究"视野及其兼容并包的批评风格，无疑推动了中国学术界1980年代中后期兴起的文化批评潮流；同样，詹姆逊有关电影和"第三世界本文"的表述，也给这一时期的中国电影批评带来了新鲜的概念、观点和方法，激发了一批文化、文学学者如张颐武、孟繁华、王一川、王宁等人将中国电影纳入其文化批评视野的热情。这一批文化、文学学者习惯于以中国电影主要是张艺谋和陈凯歌电影的运作经验，来"验证"或"重构"詹姆逊有关"第三世界本文"的表述。这样，"民族寓言"、"文化"、"权力话语"、"他性话语"等概念，便被有意无意地"嵌陷"进入中国电影批评的概念体系，并深刻影响了中国后殖民主义电影批评的一般面貌。

总的来看,1990 年代以来的中国后殖民主义电影批评,倾向于在全球文化的参照系中,把电影作为一种民族文化来讨论;同时,力图在西方后殖民主义的理论语境中,观照中国电影的"他者化"历史及现实;并以中国电影的运作经验,如张艺谋、陈凯歌的电影创作实践为对象,对西方后殖民主义理论进行验证、质疑或重构。它以拆解中国电影的后殖民语境为批评目的,以电影的本土化立场为批评标准,采取文本分析与意识形态探讨相结合的批评方式。作为一种主要从西方理论思潮中汲取话语资源的文化批评及电影批评模式,中国后殖民主义电影批评在批评立场、批评途径等领域,都期待着更进一步的整合和超越。

一、批评目的:拆解中国电影的后殖民语境

拆解中国电影的后殖民语境,摆脱中国电影的"他者引导危机",向真正的"民族性"回归,是 1990 年代以来中国后殖民主义电影批评的主要目的。

进入 1990 年代以后,较早从后殖民主义理论视角分析中国电影的尝试,是姚晓濛的《中国电影:第三世界文化的一种文本》一文。该文的最大贡献在于,按照詹姆逊的思路,将第三世界中国电影当成了一种民族文化文本,即一种"政治的、民族的寓言",但是,对意识形态的有意强调,使文章不合时地沉湎在一种文化相对主义以及对第三世界国家电影的乐观情绪之中。文章表示,从民族文化的角度看,东西方文化并没有什么"优劣"的问题,中国电影有自己的"话语结构",由中国的"文化条件"所决定。但在当今世界上,自从帝国主义瓜分完殖民地,它们就来建构这个世界的"符号秩序",并加以"命名",比如第一世界的电影是"发达"的,第三世界的电影是"落后"的,而现在,第三世界国家的电影,正是在作为"颠覆"殖民文化的帝国主义电影的意而存在的。

显然,由于此时作为中国后殖民主义电影批评主要对象的"张艺谋电影",没有在国际电影节上屡获殊荣,也没有引起电影批评界和文化批评界的普遍关注,对中国电影的"后殖民语境",姚晓濛的文章还缺乏基本的认识。

真正对第三世界中国电影的处境表示担忧,并拆解中国电影的"后殖民语境"的努力,是在 1993 年前后。张艺谋的电影作品《大红灯笼高高挂》(1991)与《秋菊打官司》(1992),继《红高粱》(1987)与《菊豆》(1990)获得第 38 届柏林国际电影节金熊奖与第 63 届奥斯卡金像奖最佳外语片提名后,再次获得包括第 48 届威尼斯国际电影节银狮奖与第 49 届威尼斯国际电影节金狮奖在内的各项国际国内大奖。张艺谋电影独特的民俗展示方式及其创造的获奖"奇迹",激发了一些对后殖民主义理论已不觉陌生的电影批评工作者,尤

其是文化、文学批评工作者深入探究其缘由的浓厚兴趣。王干表示,在《大红灯笼高高挂》中,张艺谋虚构了一个灯笼的神话,并通过点灯、挂灯、灭灯、毁灯等民俗仪式,迎合了西方观众的阅读需求。戴锦华也指出,通过《红高粱》,张艺谋以"张扬而颇富神采的民族神话",取代了"第五代"寓言式自我缠绕的文化困境,在影片象征性的"成人式"中,在为"第五代"设定的缺席的"英雄的登场"中,一举以"东方与中国文化主体"的形象出现在"西方世界"面前:他的《菊豆》《大红灯笼高高挂》,则以万军之中长驱直入的气势,"极为成功"地切入欧洲甚或美国文化视域,使其作为中国电影一个特殊的"边缘",但成为西方文化边缘地带的"中国电影主流"。总之,在张艺谋的电影作品里,中国历史、文化均成为西方文化视域中"一只纤毫毕现的、钉死的蝴蝶",并由此为中国电影提供了十分典型的"后殖民文化"的"范本"。但是,对于由"中国—世界一体化的进程"而导致的中国文化"后殖民化倾向",戴锦华并没有急迫地寻求解救的策略。

第一篇明确地从后殖民主义理论出发,拆解张艺谋电影的"后殖民语境"的文章,是张颐武的《全球性后殖民语境中的张艺谋》。文章首先解释了"后殖民语境"的涵义,指出:"所谓后殖民语境,就是指在经典殖民主义及其价值全面终结之后,西方运用自身的知识与权力话语对第三世界所发挥的支配性作用,也就是依靠各种'软'性的意识形态策略和温和的对自身价值无可怀疑性的表述,对在'现代性'基础上构成的第三世界'民族国家'的影响与控制。"接着,文章表示,张艺谋是"第一世界与第三世界大众传媒"共同塑造的形象,他在"西方"所获得的声誉巩固了他在"中国大陆"的成功者的话语权力;而这种仿佛无往而不胜的成功又使得中国观众相信这些文本的魅力。随后,文章分析了张艺谋电影对"中国"与"中国文化"的独特表述,指出,张艺谋无意探究我们自己文化的"连续性",而是把"中国"作为一个"特性的代码"加以表述:他不关心中国具体时间的变化和更替,而关心的是这个社会和民族总体的隐喻,张艺谋是一个追寻"空间化"的导演,他把中国的文化作为"表征"来加以处理;张艺谋是展示空间"奇观"的巨人,他的摄影机是在"后殖民主义时代"中对"特性"书写的机器,它提供着"他性"的消费,让"第一世界"奇迹般地看着一个令人眼花缭乱、目瞪口呆的世界,一个与他们自己完全不同的空间。张艺谋电影的"隐含读者"不是中国大陆处于双语文化之中的观众,因为他们世世代代就生活在张艺谋用自己惊心动魄的虚构所要讲述的"中国",他们对这个文化和民族的把握是具体的,他们并不需要张艺谋式的神秘的"空间"所

提供的消费。相反,如王朔式的从具体的当代中国语境中引出的文本反而更受欢迎和理解,尽管它们也是消费文化的产品,但它们是"本土性"的;而张艺谋的本文,无论他本人怎样强调与当代中国文化情势的联系,却是如横空出世般地书写着一个"抽象"的、"隐喻性"的"中国"。因此,毫不奇怪,接受和欢迎张艺谋的首先是西方的批评者;正是张艺谋为他们提供了"他性"的消费,一个陌生的、蛮野的东方,一个梦想中的奇异的社会和民族。

最后,文章具体分析了形成张艺谋电影"后殖民语境"的主要原因:"张艺谋的电影显然是与1990年代以来中国大陆的市场化和国际化的进程相关联的。他往往依靠跨国的国际资本制作影片,而这一制作又不可避免地面对着国际市场的消费走向,正是这种状况将张艺谋嵌陷在全球性的后殖民文化语境之中。"并不无遗憾地指出,张艺谋及其现象是"后新时期"双语文化,也是"全球性后殖民语境"中的重要表征,它说明"第三世界电影"在1990年代所面对的"挑战",所承担的"痛苦"和"焦虑"。

可以看出,从王宁、戴锦华到张颐武,大都受益于詹姆逊对"第三世界文化"的讨论及其基于西方的视角对作为一种"民族寓言"的第三世界文本的阅读,因此,大都无一例外地拆解了张艺谋电影的"后殖民语境",令人心悸甚至无可奈何地昭示出第一世界与第三世界、西方与东方、他者话语与本土文化之间的二元对立。这种二元对立的思维模式,在王一川的《张艺谋神话与超寓言战略——面对西方"容纳"的90年代中国话语》一文中,不仅没有克服,反而以某种更为生动的方式得到有意的张扬。王文把"张艺谋电影"及其现象上升为"张艺谋神话",把1990年代中国话语"反抗"西方后殖民语境下的"战略",即"容纳中颠覆"的战略,概括为"超寓言战略"。显然,作者已经不再满足于仅仅被动地昭示张艺谋电影的"后殖民语境",而是希图在西方"容纳"与中国"话语"的"对抗"中,寻找一种"颠覆"何方权威话语的途径。在这里,第一世界与第三世界、西方与东方、他者话语与本土文化之间的二元对立及其冲突,显得空前高涨。为了揭露张艺谋神话的生成语境,作者不惜篇幅,绕了一个很大的圈子,才从"张艺谋本人"、"其他偶然因素"、"西方权威们"到"历史"、"文化",最后锁定在"传统父亲"与"西方来客"身上;为了说明"当代自我"与"传统父亲"和"西方来客"之间的关系,作者构筑了一个"三方会谈语境",在此基础上绘出了一个"张艺谋神话战略模型"。

"寻根—弑父—原始情调"、"求异—娱客—中国情调"与"他者独自—异调同声",共同构成张艺谋神话战略的基本内涵。接着,作者又将三方会谈话境中的"传统他者",归结为"西方他者"的代言人,这样,张艺谋电影就成为一个只是受"西方他者"引导的、无意识地满足西方"容纳"战略需要的"中国寓言";这部"中国寓言"不是"中国民族性"的,而是"西方式"的,是"西方权威"规定如此的"中国寓言"。面对这种中西文化交往中的"不平等"状况,作者设计了一种"容纳中颠覆"的"超寓言战略"。"超寓言战略"的要点是:既不是无条件"归顺"西方,也不是在实力不济时就匆忙拉开架势作"殊死决战",而是"顺应"被西方"容纳"的情势,但却"伺机"向西方权威发出"挑战",甚至在某些方面"颠覆"它;被西方"容纳",不应被简单地视为一种屈辱,而可以被"化作"积极的、有利的反抗条件,因为能被西方"容纳",说明具有"可向通性",能够得到西方理解,从而就可能为在"反抗"的过程中起到积极作用奠定基础;容纳中颠覆,不可能立时就造成斗转星移式的沧海桑田巨变,而只能达成潜移默化的或缓慢的"影响",这种"影响"将成为今后的"直接颠覆"的准备。

按王一川观点,尽管第一世界与第三世界、西方与东方、他者话语与本土文化之间的二元对立不可避免,但采取"容纳中颠覆"的"超寓言战略","中国话语"还是可以有效地"反抗"甚至"直接颠覆"西方权威的。专注于拆解张艺谋电影中的"后殖民语境",以"中国话语"或"'我性'的中国"身份向西方权威"争取"话语权利,成为王一川后殖民主义电影批评的主要目的。正因为如此,本土化和对抗性也成为 1990 年代以来中国后殖民主义电影批评的主要特征。

随着后殖民主义理论自身的发展及其对中国学术界的影响越来越深入、越来越全面,批评工作者开始主动从萨义德、斯皮瓦克和霍米·巴巴等人的著述中寻求理论资源,力图摆脱已经形成的"本土化"和"对抗性"姿态,为中国后殖民主义电影批评拓展新的空间。在这方面,王宁的《后殖民语境与中国当代电影》一文颇有代表性。

跟张颐武、王一川等人比较起来,王宁的后殖民主义电影批评正在努力消解第一世界与第三世界、西方与东方、他者话语与本土文化之间的二元对立以及"本土化"和"对抗性"的批评姿态,力图将"后殖民性"当作中国电影"走向世界"进程中一个"必不可少"而又"暂时性"的"中介性作用"。应该说,王宁的努力对于纠正 1990 年代以来中国后殖民主义电影批评中的"本土化"和"对抗性"偏颇还是起到了一定的作用。但是,按王宁的表述,中国电影"走向世界"的进程,无非就是走向"西方"的进程,"中介论"中无意透露出来的"西方中心主义",恰使该文本身也陷入到不可避免的"后殖民主义语境"之

中。好在不久之后，作者便意识到了这一点。1998 年，王宁将该文修改整理后，收入自己的学术专著《后现代主义之后》一书中，修改整理后的文章继续坚持了自己的"中介论"，却放弃了中国电影"走向世界"的说法，代之以中国电影"自立于世界电影之林"的表述。

通过一系列的努力，中国的后殖民主义电影批评拆解中国电影的后殖民语境的目的已经完成：无论是"本土化"的对抗姿态，还是"中介论"的对话立场，都显示出后殖民主义文化批评在中国电影批评领域的基本走向和必然命运。

二、批评标准：电影的本土化立场

总的来看，20 世纪 90 年代以来，中国的后殖民主义电影批评以电影的本土化立场为批评标准，亦即对于后殖民主义电影批评者来说，非/反后殖民语境的文本，总是那些认真关注民族文化的历史和现状，并仅仅提供"我性"消费的电影作品；相反，那些将民族文化的历史和现状"空间化"、"奇观化"，并倾向于提供"他性"消费的电影作品，就是所谓的后殖民语境的典范文本；电影的本土化立场，是衡量一部影片是否具有"后殖民语境"或"后殖民性"的主要标准。

"本土化"意味着对第一世界与第三世界、西方与东方、他者话语与本土文化之间"二元对立"的认同；而认同"二元对立"，意味着批评者自身也将被嵌陷在"后殖民语境"之中，与他们的批评对象面临同样的"困境"。因为他们所操持的这一套"语码"同样来自西方。对于这一点，中国的后殖民主义批评者很早便有清醒的认识，却始终无所作为。

在张颐武、孟繁华的对话录《陈凯歌与张艺谋：英雄或囚徒》里，对"二元对立"的质疑已经溢于言表，但电影的本土化立场，仍然是他们坚持使用并乐于展示的批评标准。张颐武继续发挥自己在《全球性后殖民语境中的张艺谋》一文中的观点，并将陈凯歌也纳入批评的视野。他认为，陈凯歌和张艺谋目前的电影都是以表现"中国"的"抽象性"为前提的，他们的电影"时间性"都很模糊，放在哪个时代都可以；张艺谋把"民俗"变成一种"奇观"的展示，是消费性的、供人观看的，让西方人看与他们不同的东西，这东西自己没有历史，只是一个"空间"，"民俗"成了给西方人展示中国的"他性"；现在，陈凯歌也"张艺谋化"了：《霸王别姬》把"民俗"（即京剧）化成了"奇观"，陈凯歌失去了原有的冲击力，也就被"后殖民语境"认同了，西方人给了他"说法"。同样，《霸王别姬》或《秋菊打官司》都把"东方"的故事描述得很"西方化"，所以陈凯歌、张艺谋的电影是在差异中认同"西方"的电影，是"西方文化消费"的产品。一句话，他们都让西方人觉得是有"奇观"又有与西方故事相似的"情节剧"，于是"中国"就彻底地变成了西方的"他者"，失掉了自身的创造可能。——以电影的本土化立场为批评标准，陈凯歌与张艺谋被批评者塑造成中国文化中兼具"英雄"或"囚徒"身份，却无法自行克服这种"尴尬"和"困境"的电影导演。因为这种"尴尬"和"困境"，也是中国文化与历史的"尴尬"和"困境"。

同样的思维方式，也出现在王一川的《我性的还是他性的"中国"——张艺谋影片的原始情调阐释》一文中。表面上看，文章是在通过对张艺谋的《红高粱》、《菊豆》、《大红灯笼高高挂》和《秋菊打官司》等影片的分析，揭露张艺谋电影通过"原始情调"征服中国观众的内在隐秘。为此，作者表示，张艺谋从"寻根"开始，经过"弑父"而奉献出"原始情调"，这是他给予当代中国观众的馈赠，也是他征服中国观众的成功的战略"诡计"。他顺应 20 世纪 80 年代后期至 90 年代初期中国的"寻根"热潮，不失时机地烹制出适合公众口味的"原始情调"；1987 年的《红高粱》，以关于中华"民族精神"的乐观激昂的"寓言"姿态，在当时复活"民族精神"的狂潮中推波助澜；而经过 1989 年的巨变，到 1990 年和 1991 年制成的《菊豆》和《大红灯笼高高挂》，那种乐观激昂的"民族精神"骤然萎缩、腐朽，而代之以愚昧、落后、封闭、残暴的"民族劣根性"，这时，张艺谋从"原始崇尚"的一极摆向了"原始厌恶"的另一极。或许是意识到这种"摇摆"会带来逻辑上的动荡不安，张艺谋在 1992 年以《秋菊打官司》进行上述对峙两极的"调和"，即不再是单纯的"原始崇尚"或"原始厌恶"，而是"原始困惑"。这样，张艺谋完成了对原始生活的"肯定"——"否定"——"调和"历程，而这一历程又正是"寻根"热潮本身的演化历程。因此，张艺谋在国内的成功，很大程度上与他善于追随时髦的"寻根"热潮的流程，"投其所好"地制造"原始情调"有关。

尽管文章从表面上揭示了张艺谋电影"迎合"中国观众的秘密，但实际上，文章的落脚点还在于以电影的本土化立场为批评标准，批判张艺谋电影"原始情调"的"边缘化"、"寓言化"和"他者化"策略。在作者看来，张艺谋电影的"原始情调"，经过"边缘化"、"寓言化"和"他者化"，那真实的"我性"的"中国"就被推远了，远不可及，从而无限期推迟出场；而虚幻的"他性"的"中国"却似乎令人熟悉、亲近，从而悄悄地转化为"我性"的中国；其实，这里的"原始情调"以及相应的"边缘化"、"寓言化"和"他者化"战略，在很大程度上就是按照"西方他者规范"而制定的，从而它们本身就是西方"他者引导"的产

物；从《黄土地》意外地被西方"发现"时起，张艺谋就开始琢磨以怎样的"异国情调"去"征服"西方，对中国人来说是"原始情调"的东西，在西方人那里就成为"异国情调"。——将电影的本土化立场作为批评标准，使后殖民主义电影批评毫不犹豫地把张艺谋放在了"臣服"西方权威，进而"伪造"民族文化的"他者"位置，也在一定程度上使中国的后殖民主义电影批评者扮演了"我性中国"的维护者角色。

但是，从20世纪90年代中期开始，跟张艺谋电影遭遇后殖民主义电影批评的无情"拆解"一样，后殖民主义电影批评本身及其"对抗性"的本土化立场，也开始遭遇电影批评界的质疑和抵抗。在《经验复合与多元取向——兼论"后殖民语境"问题》一文里，颜纯钧指出，一方面是民俗的"奇观性"构成西方观众对东方世界的好奇的窥视欲，另一方面又在电影观念、意识形态和读解传统上尽可能地去"迎合"西方的口味和习惯，这确实是张艺谋、陈凯歌们的电影"走向世界"所运用的成功策略，也是他们对"第一世界文化"的全球性支配地位所表现出来的"有意认同"。不管是"无奈的必须"，还是"自觉的臣服"，总之他们已经有意识地把西方的观众包括在自己的创作之中了，这种"包括"毫无疑问会在一定程度上影响到他们的影片作为"中国民族电影"的特点，如被吊在梁上的杨金山（《菊豆》）、敲脚时如痴如醉的颂莲（《大红灯笼高高挂》）、从妓院纵身跳下的菊仙（《霸王别姬》），他们的行为方式所包含的意趣，都显出更具"西方口味"的表达，而与"中国电影的传统"相去甚远。从这方面看，"后殖民语境"的批评还是颇具"为度"和"深度"的。然而，它的"危险"也恰恰表现在这里。当某种中国电影的现象被纳入"全球的文化全景"中去考察时，那连续的抽象层次的上升，意味着只是去认同它越发显得有限的共性方面。在这种情况下，那些"生动的个别的"方面便被远远地抛到立论的根据外面了。按作者的观点，把对中国电影特别是中国艺术电影的发展所作的判断，建立在"后殖民语境"理论上的"危险"在于：这意味着用一种最多也只是提供某个方面"共性描述"的理论，来抹杀中国当代电影发展的许多特定的本民族的背景、条件和因素；意味着把"中国"这个特定的对象偷换成"第三世界"这个"类"的对象，然后再以"类"的特征来规范"个体"。即便是詹姆逊，当他提出"第一世界从文化上奴役第三世界"的观点时，也没有忽视第三世界文化"在许多显著的地方处于同第一世界文化帝国主义进行的生死搏斗之中"，可见，没有理由把"第一世界"和"第三世界"之间的文化关系看成是"单向"的只有"奴役"与"被奴役"的关系；在考察中国电影的"后殖民语境"问题时,也不要忘记把中国电影作为"个体"的诸多"丰富性"和"复杂性"重新结合进去。詹姆逊投向"第三世界"的目光本来就带着西方人"优越的怜悯",而中国的评论家在运用他的理论来看待自己国家的电影时,又加进了东方的本民族的"自尊";在"身份"的暗中替换之后,"后殖民语境"的话题无形中已夸大了"对立"的态势,进而把紧守"本民族的文化立场",以及把电影打扮成"本民族的文化斗士"变成了毫不含糊的题中之意。从根本上说,"后殖民语境"的话题是一个把中国"孤立"于世界之外的话题,而不是致力于把中国"纳入"世界整体格局的话题。

与颜纯钧对"后殖民语境"电影批评及其本土化立场的质疑和抵抗相呼应,在《世纪之末:社会的道德危机与第五代电影的寿终正寝》一文里,李奕明也描述了"后殖民语境"文化批评所面临的显而易见的"困境",并力图通过对"后殖民语境"文化批评的检讨,摆脱电影批评的"对抗性"和"本土化"姿态,呼唤"多元文化"的宽容和兼收并蓄。文章表示,"后殖民语境"文化的批评家们对第五代电影的"犀利解构"是有其独到之处的。他们通常被称为"激进"的文化批评家,其"激进"之处,显然是指他们不遗余力地要"粉碎"第五代电影在中国民众中确立的"偶像地位",尤其是"张艺谋神话",其立论基础是指"经典殖民主义及中心主义"的文明观对"第三世界"的文明采取了意识形态性的软性霸权控制和阐释权。这些批评家运用这柄利器,无情地解剖了第五代导演依托于"跨国投资"和"海外市场",从而把西方文化的视点"内化"于他们的文化思考和创作之中,使他们的影片成为"迎合"西方视域内的知识与价值体系的"民俗化"、"寓言性"文本。这种批评有其"相当的"价值——它至少触及到问题的一个重要方面,但"后殖民语境"文化批评的"困境"也是显而易见的,这种"困境"将导致他们除了"解构性"的批评之外,对中国目前的"文化价值建设"很难有所作为。第一,"后殖民语境"文化批评的理论其实就来自于西方知识体系本身,连他们使用的理论框架、方法、概念都是真正"西方化"的,这样,当他们"言必称希腊"式地批判第五代电影本文的时候,就难免产生一种"以子之矛,攻子之盾"的现象;第二,"后殖民语境"文化批评家们最显著的理论目的似乎就在于从西方知识体系中"夺回"话语的霸权与阐释权,这种话语间的争斗颇有"文化冷战"的意味,但是问题在于,夺回了话语霸权和阐释权之后,他们自己又能说些什么? 几年来,他们又说出了什么? 第三,与上一个问题相联系,在这些批评家们"解构"了第五代影片的意义之后,他们又"建立"了什么新的价值体系呢? 换句话说,面对今日中国的信仰、道德危机,

他们究竟主张建立什么形态的"本土文化"呢？

不管与"后殖民语境"批评家们所持的立场存在多大的分歧，颜纯钧和李奕明等人的文章，仍然在一定程度上有助于促使中国的后殖民主义电影批评，开始认真反省"本土化"的电影批评标准，寻求一种更加自主、也更加开放的价值评判方式。王宁的表述体现了这一点。在《中国当代电影的后殖民性》一文中，王宁便有的放矢地谈到了中西文化之间在价值判断方面的巨大差异，进而指出，我们的当务之急应当是加强中国和西方乃至国际学术界的"交流"和"对话"，通过这种"交流"和"对话"而达到双方的相互理解，而不应当采取一种近似后殖民的"对抗"态度，为我们的交流和对话设置障碍。

从"对抗"到"对话"，从激进的本土化立场到中西双方相互理解的交流态势，1990年代以来中国的后殖民主义电影批评在批评标准的选择和运用方面，必须摆脱并且终于摆脱了过于保守并无所作为的文化"本土主义"状态，进入一个更加自主和开放的新境地。

文本分析与意识形态探讨相结合的批评方式，是90年代以来中国后殖民主义电影批评采取的主要批评方式。这种方式将电影文本研究与电影意识形态批评的成果结合起来，既分析电影作品的历时性表达即文本的组织与表意功能问题，又关注文本被制作和接受的具体语境即意识形态状况。作为结果，这种批评方式既不停留在一般的电影文本研究领域，也不单单从事电影的意识形态批评，而是将两者结合起来，导向一种有关中国的后殖民主义的电影批评实践。

文本分析与意识形态探讨相结合的批评方式，是戴锦华、王一川等后殖民主义电影批评者的主动选择。在《镜与世俗神话——影片精读十八例》一书前言里，戴锦华表示，对于一个电影人或电影理论人来说，影片的"读解"不仅是专业化的电影欣赏，而且是电影的揭秘：他应在电影叙事人隐身的"电影语言"背后发现他，反身揭破某种"视听效果的构成"，并在丰富而巧妙的"电影叙事策略"中发现其中的"叙事结构"与"意义结构"。这是一种影片的"读解策略"，它不同于一般意义上的电影批评，而成为一种更为主动的"表意实践与一位电影的读解者对一部影片的精读与揭秘，不会止步于"影片自身"，而是将一部影片放置在更为广阔的社会、历史、文化环境之中，以发现其中的"意识形态"秘密。同样，在《张艺谋神话：终结及其意义》一文中，王一川也注意到研究"张艺谋神话"的两个"基本层面"，一是指张艺谋电影的神话，即张艺谋任摄影、演员和导演的影片的"镜头组合"、"美学文体"、"形式特征"、"意指活动"及"深层意蕴"等;一是指这些文本被制作和接受的"具体文化语境",涉及制作者和接受者所置身其中的特定时代的"意识形态氛围"、"基本价值体系状况"和"文化压力"等因素,这两个层面是"紧密相连"并"共同起作用"的。

确实,文本分析与意识形态探讨相结合的批评方式,往往要牵涉电影的"文本"和"语境"两个层面,也正因为如此,20世纪90年代以来中国的后殖民主义电影批评,其批评目的便在于通过细致的文本分析,拆解中国电影的后殖民语境,在颜纯钧与李奕明的表述中,这种批评模式还被称为"后殖民语境"批评。"后殖民语境"批评的文本分析与意识形态探讨,在戴锦华和张颐武等人的文章中,都得到了较为生动的体现。

在《镜与世俗神话——影片精读十八例》一书中,戴锦华主要采用后殖民主义理论,对《血色清晨》(1990)、《霸王别姬》(1992)和《炮打双灯》(1993)三部影片进行了认真的读解。在《〈炮打双灯〉:类型·古宅与女人》一文里,作者从"本土与类型"、"'铁屋'与女人的故事"、"话语·权力与结构"三个方面,就影片的画面造型、情节结构与叙事策略及其显露出来的类型意识、男权话语和东方奇观文化,给予了相当精细的分析研究。在这里,电影叙事批评、类型电影批评、女性主义批评与意识形态批评都只是作为一种具体的批评方法交织在作者的总体叙述之中,真正引导作者对影片作出整体评判的动机,是后殖民主义批评话语。也就是说,对后殖民主义批评话语的认同,使作者倾向于在使用各种批评话语对影片进行深入的分析过程中,始终如一地将影片创作的"后殖民语境"呈露在读者面前。这样,从"本土"文化的观点出发,《炮打双灯》的类型追求就被作者读解为"美国西部片的中国版";《炮打双灯》的男权话语,也被置换成关乎"历史寓言、杀子情境、生命力被压抑"的象征式;很自然,《炮打双灯》所展示的东方奇观文化,便被作者遗憾地宣告为一个"充满混乱的男权话语的和异质的、布满裂隙的电影本文"。正是通过这一系列甚至不避烦琐的本文分析,在文章最后,作者终于可以直接进入显明的意识形态领域,揭露出《炮打双灯》的"后殖民语境"了:

"《炮打双灯》于是而成了一座陷落的城池。与其说其中充满了蹊径、迷津,不如说它处处充满了因陷落而暴露无遗的文化陷阱。其中本土与世界、东方与西方、父权与男权、男人与女人,并未在影片精美的表象下成就一幅特异性的东方景观,或一处看似杂乱无章、实则错落有致的后现代拼贴。相反,它成了后殖民文化语境中第三世界文化及话语境遇的又一次不无悲剧性的

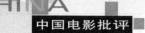

印证:一个在性别、种族的游戏迷宫中张皇无着的男性话语的历史困境的印证。"

这种纠结着电影叙事批评、类型电影批评、女性主义批评和意识形态批评等复杂理论背景的后殖民主义电影批评话语,既显示出文本分析与意识形态探讨相结合的电影批评方式的一般形态,也代表了 90 年代以来中国后殖民主义电影批评在影片读解方面的成就。

如果说,戴锦华的后殖民主义电影批评其意识形态探讨是在充分的、细腻的文本读解基础上自然实现的话,那么,张颐武的后殖民主义电影批评更多关注的却是电影制作的意识形态内涵,文本读解仅仅成为意识形态探讨的一种附注。相较而言,后者对文本读解的忽视,往往为电影批评界留下缺乏电影特性分析的口实,使其对中国电影"后殖民语境"的探讨减弱了许多本来应该具有的说服力。

在《90 年代中国电影的空间想像》一文里,张颐武便首先选取了意识形态的批判立场,力图在"全球化"与"市场化"的背景中,为 90 年代中国电影描绘出一个极度"混杂"的奇异景观。文章指出,90 年代以来,似乎完全出乎人们的意料之外,中国经济正在以极高的速度发展,这种发展所带来的巨大冲击力也改变了既有的文化"地图";全球化与市场化正在把电影化为发展的"速度"的一部分,电影及其"空间想像"正在发生巨大的"断裂"和"转变",这种断裂和转变喻示着"当下"本身极度的"混杂";中国电影发生的改变也往往出人意料,一方面中国电影已变为"跨国文化"生产与疏通的一部分,另一方面则已成为"本土文化"走向市场化的一个环节。中国电影如同是一幅仓促勾勒的"地图",投射着"当下"本身的镜像,历史与人的命运也在这幅"奇诡的空间"的地图中呈露自身。接着,作者主要从故事场景与人物生存状态的角度,探讨了 1996 年春天在中国院线中上映的两部国产影片《谈情说爱》和《民警故事》,认为它们似乎最好地喻示了全球化与市场化时代"空间"的同质性与异质性的"交织杂糅",并且都投射了"冷战后"全球格局下的"中国"的自我想像。然后,作者从法国思想家福柯那里,引入"空间"概念,分别对《摇啊摇,摇到外婆桥》、《风月》、《红樱桃》、《阳光灿烂的日子》、《红粉》、《奥菲斯小姐》、《洋行里的中国小姐》、《中方雇员》、《菊豆》、《大红灯笼高高挂》、《秋菊打官司》、《霸王别姬》、《二子开店》、《二子开歌厅》、《父子老爷车》等一些中国影视作品及其"空间想像"方式,进行了建立在"资本/文化"与"文化/资本"互动互生关系基础上的分析,认为"文化的资本化"潮流是试图将中国文化变为国际资本的生产空间的努力,在张艺谋、陈凯歌80年代后期至90年代初期的一系列已成经典的影片之中,"文化资本化"策略也就是将中国特殊的"民俗"作为一个"资本"的运作符码加以调用,国际资本在这些电影的运作中被用来发现一种"特殊的文化"的途径。与这种"文化资本化"的运作正好相反,中国电影也正在进行着一个"反向"的运作,也就是资本在自身的流通之中要求着"文化"性的表现:一是跨国公司及跨国资本的"无国界"的自我想像,这种想像力力图制造出一种"国际接轨"的、以高效率和优异的管理创造的高度的文化;一是大陆市民社会本身的成长所带来的"民间资本"的空间想像,它也力图将"资本"化为一种特殊的"文化"特征。总之,"文化的资本化与资本的文化"乃是两个不同的表意策略,它们一是针对海外电影市场,一是针对国内电影市场,两者都以一种"幻觉的空间"屏蔽了当下中国的状态;它们所构成的迷人的风景并不是"中国"本身,而是一个诡异奇幻的"想像世界"。这里有想像的"他者",也有想像的"主体",它们共同构成了"空间想像"的世界,投射了"冷战后"全球化时代资本与文化之间交织互动的图景。在这里,文化或认同不仅是一个情感的过程,而且是一个经济和话语力量对立、妥协、共生的过程。这些电影所投射的"空间想像",使我们无法了解我们自己真切的命运究竟何在;在资本与文化的网络之中,我们自己的"主体"以及内在的欲望相期待,只能是一个无尽的"谜":我们借助文化的"凝视"或资本的"凝视"反观自身时,面对的却是"屏蔽"。——由于坚持了二元对立的"本土文化"立场,也由于在"凝视"文化和资本的时候,总是无法"凝视"电影文本,张颐武的后殖民主义电影批评,自始至终都在拒绝与国际资本或世界文化进行"交流"和"对话",而宁愿扮演一个"民族文化斗士"的角色。

就是在这样的背景下,中国的后殖民主义电影批评本身在批评方式上,也应当面临着严肃的选择。

(原载《福建艺术》2001年第4、5、6期)

建构电影观众学批评

章柏青　张　卫

近年来随着我国电影理论的发展与深入,随着电影进入市场,电影业越来越受到经济的制约,电影观众学研究成了热门的话题。电影观众学实际上已与电影美学、电影叙事学、电影文化学、电影心理学等学科并驾齐驱。既然其他学科都有自己的学科派生出来的批评,诸如文化学批评、符号学批评、美学批评、心理学批评……那么,观众学理论也应有自己的批评,我们将它称为电影观众学批评。

电影观众学批评,顾名思义,是以观众学为理论基础的批评。即以电影观众学理论为武器、为方法、为出发点,站在观众的立场上来审视影片的一种方法。简而言之,一部影片出来以后,电影观众学批评的着重点不是简单地去判断该影片的优与劣,好与坏,甚至也不是研究其优在何处,劣在哪里,它判断的是这部影片是受观众欢迎还是排斥,究竟受哪一部分观众欢迎,受哪一部分观众排斥,重点在于找出其中的诀窍、奥秘与原因,从理论上给以阐述,从而作用于创作并给人以启发。

因此,建构电影观众学批评,应与电影观众学研究的对象与内容相对应。

电影观众学的研究对象与内容大致有以下几个方面:观影心理结构;观影的过程描述;观影的反应评价;电影与观众的相互作用;观众的群体与个体的类分及描述。电影观众学批评本身也是电影观众学的一个重要内容。

这样,我们便很容易地建构起电影观众学批评的基本构架。

(1) 由观众的心理结构出发来审视影片。在这一领域内,应有观众的深层心理、观影的视觉心理、观影的文化心理、观影的情绪心理、观影的社会心理等几个分支。

观影的深层心理是探讨影像与人的深层愿望之间的内在联系,以及深层愿望如何借助影像得到替代性满足、替代性宣泄以及升华的过程。以此来批评影片可以找到一个新的角度。比如,有的人评论《甲方乙方》这部影片之所以上座,其中一个原因是影片满足了相当一部分老百姓的深层心理。例如,影片中写的几个梦的实现,实际上便是观众在现实生活中不能达到的愿望的替代性满足。

对观影的视觉心理的研究,主要探讨人眼对影像的知觉、感受与把握,探讨大脑皮层对画面的构图、色彩、运动等一系列元素的反应规律和感受规律,寻找令视觉愉悦、兴奋或疲劳、不悦的形式及规律。比如 20 世纪 80 年代初就有人以视觉心理单调、乏味来分析、判断吴贻弓的《姐姐》不会受观众欢迎。

观影的文化心理的研究,主要探讨华夏文化传统如何影响观众对电影作品的观赏与理解,探讨民族文化传统在观众心理深层的积淀,研究这些积淀如何成为华夏观影心理的定型元素。举其要者,这些元素有:由于言志载道的民族文化史的熏陶,培养出来的一般观众的审美教化需求;儒道两个哲学传统铸就的人生态度;几千年来中华民族一脉相承的伦理道德观念,以及其他诸如中华民族特有的情感思维方式,同情、怜悯苦难的仁爱情怀,把握空间的视觉方式与追求和谐圆满的传统心理等等。有评论者曾对 80 年代以后每年最上座的国产影片作出分析,认为其中相当一部分影片是与大多数中国观众的文化心理相一致,因而引起强烈共鸣。比如《喜盈门》中的水莲,《牧马人》中的李秀芝,《天云山传奇》中的冯晴岚,虽所处时代各异,文化也有差别,但她们性格中的贤淑、善良、温柔都符合中国观众的传统文化心理,因此这几个人物都激起了观众强烈的共鸣。有人批评谢晋电影煽情,所谓煽情,便是描写好人受苦,善人蒙难。中国观众对此百看不厌。这源于中国观众怜悯苦难的传统文化心理,这种心理中包含着中国传统文化中的人道主义思想。

观影的情绪心理主要探讨观众对影像的情绪反应以及情绪反应形态。诸如欢乐、悲哀、恐惧、焦虑、愤怒、喜悦等情绪的发生、发展、积蓄、高潮、缓解、消失的过程。对一部影片作出这样的批评,实际上是从影片对观众的生理与心理的影响去分析一部影片的艺术手段达到的艺术效果。如有的作者曾以掌握观众情绪心理的角度,剖析希区柯克的影片《蝴蝶梦》何以从一开始就使观众感到心理的重压,他又如何将这种重压一直延续到影片结尾;剖析周晓文的《最后的疯狂》在列车上的这场戏怎样调动起观众强烈的心理动荡,从而产生对观众特殊的吸引力。

观影的社会心理主要研究社会思潮、政治、经济诸因素对观众的制约与

影响。作为一门学科,社会心理学研究的范围是很广的。它要研究社会关系与人际关系,研究人际交往与相互作用的规律,要研究社会上各种大小团体的分类、特征,研究个性的社会化,它以心理学的角度来研究各类社会现象。观众学批评从社会心理入手,效果显著。因为观众作为不稳定的社会人群是社会的一部分,观众的多与少,对作品的好与恶,不仅决定于作品本身,也被整个社会心理规定着。社会心理除了阶级心理,还有民族心理、时代心理、职业心理。因此一部影片是否为社会所接受涉及到多种因素。社会心理也有主流与支流之分,有占主导地位的社会心理,也有占非主导地位的社会心理。以社会心理作为观众学批评的武器,对于促进电影更好地为社会服务,更好地反映群众的呼声,与人民同呼吸共命运,将起到有力的作用。

（2）从观众观影过程入手,分析观众观影中各个环节的心理来展开对影片的批评。一般说来,观影的过程可分解为观影期待、观影好恶、观影自尊、观影认同、观影参与、观影创造、观影理解、观影宣泄等。"观影期待"包括观众心理深层愿望对不知其名、不知内容、不知类型的影片的总体期待,也包括对各种不同类型影片的定向期待。如"四人帮"粉碎之初,老百姓经历了对"伤痕电影"、"平反冤假错案电影"、"反对不正之风题材电影"、"改革题材电影"的期待过程,《天云山传奇》适时反映了"平反冤假错案"的内容,满足了这种期待,这便成了影片轰动的一大原因。"观影好恶"指的是观众由于个性特点所导致的对某一影片或某类影片的特殊爱好与特有厌恶,不同观众群对不同影片的喜欢与冷淡。比如,第六代导演路学长的影片《长大成人》市场情况不好,而在大学校园却备受欢迎,由此可以判断这部影片的确反映了青年人在成长中的某些心理、某些困惑、某些苦恼。"观影自尊"指的是观众觉得影片对自己的尊重与信任。80年代初,反映"文革"的影片《小街》有三种结尾方式,导演不对某种结尾下结论,让观众自己思考,青年人看了对此兴趣盎然,觉得电影作品看得起自己。如此等等。从观众看影片过程中出现的状态来分析、批评影片,角度令人耳目一新。

（3）研究观众的欣赏反应是电影观众学批评的又一个重要内容。由于观众的心理结构的差异,一部影片在不同观众中自然会有不同的欣赏反应,具体表现在观影满足、理解差异、阐释冲突、观影反馈等方面。所谓观影满足,是指观影个体通过影像如何达到了心理满足。至于理解差异,指不同观众对影片的不同理解。由于理解的不同,自然便有了阐释的冲突。如《红高粱》上映以后,有的人对影片中"我爸爸"的性格很欣赏,认为他敢想敢说、敢作敢为,显示了生命的力量。而许多观众则对他特别反感,认为他语言粗俗,放浪形骸,杀人之夫,夺人之妻,狂欢野合,是十足的败类。观众学批评就是要从这些欣赏现象中寻找规律,寻找原因,从而体味创作与欣赏之间的复杂关系。

(4)从电影与观众的相互作用来审视影片、批评影片。电影与观众的关系不应是简单的"上帝说",观众任何时候都是创作的主宰;也不该是"敌人说",似乎只有观众稀少的电影才能有艺术价值。电影与观众是一种互相依存、互相制约、互相促进的关系。一部电影如果赢得了观众,我们就应该去研究它的电影叙事手段,它是如何引导、吸引、控制观众的。而一批观众欣赏、喜欢某部影片、某类影片,我们也是可以从中分析出其中的规律与原因的。

(5)在电影的观众群体与个体划分中展开观众学批评。其中主要包括对电影欣赏趋同性的研究。这种趋同性主要表现在以下两点:一是不同年龄、不同职业、不同文化程度的观众会奔向同一部电影,甚至在全国范围内掀起观众看这部电影的热潮;二是某部电影往往吸引同一职业或同一文化层次,或同一年龄段的观众群。这种趋同性尽管表现形式各异,但决定这种趋同倾向的背后是大众的欣赏习惯,是千百年形成的传统的欣赏心理,是大多数人的文化制约,是特定阶段的社会心理与时代风尚和情态。不同的阶级、职业,不同的年龄群的群体,对电影欣赏也会出现不同的情状,如工人群体、农民群体、战士群体、学生群体、少儿群体等等。此外,还包括对不同观众群体文化层次的差异性研究。有人认为,观众群中文化层次的差异,主要表现在对不同样式、不同题材影片的要求上,如文化层次较低的观众喜欢看惊险、武打、喜剧影片。但从实际情况来看,不同文化层次的观众对电影的喜好更多的是在于以什么艺术手法来处理影片。比如,同是喜剧片,喜爱《二子开店》与喜爱《小巷名流》的观众在总的文化层次上是有差别的。这种趋同性与差异性还表现在民族的不同与地理区域的不同上,表现在观众意识形态的差异与所处时代的不同上。至于观众个体的划分,主要是将个体观众划分为思考型、娱乐型、主动型、被动型,由他们对电影的不同爱好来分析影片如何去适应由于性格差异导致对影片的不同要求。

上面归纳的是建立电影观众学批评的基本构架。至于电影观众学批评对电影类型与样式有什么要求,我们以为,所有以观众为对象的电影样式均可纳入电影观众学批评的审视范围。然而,观众学批评首先应该关注大众型影片。对大众型影片的评价标准,首先应看它是否受到广大观众的欢迎与好评。因此拷贝数与上座率是极其重要的参照系。观众对影片的欢迎如果已

被拷贝数与上座率证明,那么应该分析与探讨的则是影片赢得观众的诀窍与奥秘。一般说来,电影故事片得以征服观众无非有四方面的原因:内容吻合了观众的心理;叙事采用了观众喜闻乐见的形式;演员的知名度与表演的成功;空间元素的安排设计符合观众的视觉心理规律。

由这四个方面,我们可以作进一步的分析。在内容吻合观众心理、满足观众期待方面,可以首先分析内容是否满足观众深层心理的愿望,故事正面主人公所追求、所奋斗、所努力的是否与普通观众深层的愿望一致,是否给观众提供了虚幻的满足和心理满足。其次,应研究把握观众当前的社会心理状态,故事内容是否与当前社会心理状态相吻合,是否与观众的时代精神相协调一致,以及是否提出了全社会关注的敏感问题。对当代社会心理的分析十分复杂,既需要敏锐的探察力和真知灼见,也需要综合运用社会学、历史学、政治学、经济学、心理学等多方面的知识。其次应该分析影片的内容是否符合大众传统文化心理和现代文化时尚。文化潜移默化地渗透在观众价值观念、道德伦理、行为模式、风俗习惯及日常生活的一切细节中,表现在影片人物的一切言行中,表现在电影叙事对某种言行的肯定与否定之中,表现在影片体现的价值观念、意识形态以及艺术气质、审美风格等等之中。有时情况会变得非常复杂。也许有的影片吻合现代文化时尚,适合青年的口味,却因背离旧文化的习俗而与中老年观众格格不入;也许有些影片体现着优秀传统文化的精神与趣味,深得中老年观众的青睐,青年观众却对之兴味不高;也许有的影片既表现出传统文化的精髓,又洋溢着现代文化的气息,令所有观众都喜欢看。其三应研究影片是否贴近生活,是否让观众信以为真。如是当代题材,则应分析它是否展现了观众身边的生活环境,描述了他们身边的人与事。如果是历史片,则应分析影片是否展示出了观众心目中的历史、历史人物、历史风俗。影片如果吻合观众心目中的真实,观众才可能认同。

在影片采用大众喜闻乐见的叙述形式方面,应分析影视作品的叙述结构是否遵守观众熟悉的经典叙事语法;是否将正面人物描绘得让观众愿意认同,使观众能够把自己投射在主要角色身上,并在潜意识中想像自己与银幕上的人物合二为一,从而在想像中参与角色的行动;是否在影片一开始就通过各种手段激发主人公的情感愿望,例如异性对主人公的吸引,恶人对主人公的攻击,危险对主人公的威胁,奇案对主人公的吸引……主人公愿望的产生也就是认同主人公的观众愿望的产生,意味着电影打破了观众的心理平衡,激发起观众的某种情绪。批评应该分析影片是否开始就达到了这一目的，是否表现了主人公对目标的追求；是否吸引观众在心理、在意识中参与故事，参与主人公的行动；是否通过给主人公制造障碍，使主人公受挫，也使观众心理受挫，从而蓄积了情绪，发展了情绪；是否通过紧张的故事将观众的情绪带向高潮；是否通过主人公终达目标的情节设计，使观众积蓄已久的情绪得到畅快的宣泄。对违反叙事规律的电影故事则应找出其缺陷，并分析这些缺陷为什么会影响观众对影片的注意与关心，影响影片对观众的吸引与控制，影响观众在观赏影片中情绪的积累和宣泄，影响观影愿望的满足，影响观影愉悦的产生。故事的逻辑性、合理性、真实性同样是观众学批评应该关注的问题，因为这些问题直接影响观众对故事的认同与投入。

在评论演员的选择与角色的饰演方面，则应分析演员的气质、性格、容貌、体态是否吻合当前观众的审美趣味，演员表现的精神气质是否为当前观众所向往、所倾慕。接着，对演员的表演应有切实的评论与分析。例如演员对人物性格的把握与塑造，表演是否真实自然。因为，观众对影片的喜欢与厌恶首先来自表演，表演的虚假必然导致观众认为影片虚假，表演的真实也必然使观众认为影片真实。

在视觉元素的设计方面，观众学批评应分析构图、色彩、光影、摄影机运动、场面调度等各种视觉元素，是否符合视觉愉悦的规律，是否不大幅度地背离观众常见的构图形式，是否又有一定的视觉创新，给观众带来一定的视觉刺激。在色彩处理方面，要分析影片是否避免了色彩的单调，注意色彩的丰富与和谐，是否注意色彩的互补关系，注意避免因色彩使用不当所造成的色疲劳。在运动方面，观众学批评应该分析影片是否注意加强了被摄物的运动与摄影机的运动，影片又怎样通过运动调动了观众的视觉注意，激发和释放了观众的视觉情绪。

上述诸方面并非是批评大众型影片的全部方面，对一部大众型影片而言，对其作出观众学批评，应根据影片本身作出具体的切合实际的剖析。

对大众型影片的批评固然是观众学批评的最主要方面，但也并非说对探索型影片及雅俗共赏型影片就无法进行观众学批评。其实，对后两类影片的观众学批评就某种意义而言尤为重要。对探索型影片的观众学批评首先应对它的观众进行估计，根据它的新异程度确定可以接受它的观众群，只能部分理解它的观众群，以及完全不能理解它的观众群。如果将观众定为可以接受它的观众群，那么就应考察影片是否给这批观众提供了新的思想见解，新的艺术形式，新的情感类型，以及电影语言的新可能性。考察它是否满足了这部分观众对创新的期待。如果将观众界定为能部分理解它的观众,那么应研究影片如何以新元素、新观念、新思想、新形式、新手法、新情感、新内容给观众以刺激,引起他们发生反应,有时候,刺激越强反应越强,所以观众学批评应描述新元素如何打破观众审美经验中原有的欣赏模式,帮助观众建立起新的模式,描述创新与观赏如何在这种互相对抗、彼此作用的过程中逐渐互相调整、互相适应。对于完全不理解这种影片的观众进行评估,或站在这批数量最大、范围最广的观众群立场上评价影片也有其特殊意义和作用:如果将这批观众与可以接受和部分接受这种影片的观众加以比较,我们可以了解这种影片作为先锋派究竟超前了多少?它离普通大众的距离有多远?在全社会中,它的影响面究竟有多大,它对整体文化建设有多少作用?雅俗共赏影片是指高层次观众与普通观众都可以欣赏的影片,这意味着两个层次的观众都可以在影片中找到感兴趣的元素和内容。观众学批评应从这两部分观众的立场和视角出发,考察是否满足了两方面观众的期待,是否既具有较深刻的思想,又具有通俗的形式,或者既具有雅内容,又具有俗内容,既有雅形式,又有俗形式,两种形态共存共在。不仅如此,还要进一步分析,雅俗两种元素是以什么方式结合的,结合得是否融洽,是雅内容俗形式呢,还是俗的表层内容雅的深层主题。在形式上是否以俗的叙事结构配合雅的视觉构图,或者是俗形式与雅形式平等平列,还应分析两部分观众是如何在作品的各个局部中找到自己所感兴趣的对象的。当然,由于雅文化群与俗文化群并非两个迥然对立的群体,他们也有诸多共同点,在文化观念、道德观念、深层心理上都有某些共同的方面,此外也有双方都能理解的艺术形式等等,所以,观众学批评也并非每部影片都要刻意地去分清雅俗,可以整一地分析影片提出的思想是否吻合大家(指两个观众群)共同的观念,影片是否抒发了大家的情感,影片采用的媒介形式又如何对应了大家的经验模式。评论的方法,也是多种多样的。

电影观众学批评,是一种新颖的批评方法。这种批评方法的提出,其目的并非是企图由此入手来解决电影观众人数的持续下降,事实上这也是不可能的,而是对这一批评方法的研究本身就是加强我国电影理论建设的一个重要方面。

(原载《电影艺术》2001 年第 3 期)

意识形态话语与中国电影批评

李道新

一

从上世纪 80 年代中期开始,中国电影学术界便通过各种途径,如饥似渴地关注并汲取西方现代电影理论批评的最新成果。1986 年 10 月,应北京电影学院邀请,美国的电影理论史家尼克·布朗专程来华,开设西方电影理论史专题系列讲座。除此之外,英国电影理论家汤尼·雷思主讲了影片分析,美国电影理论家达德里·安德鲁主讲了电影阐释学。在这一股引进西方最新电影理论批评话语的潮流中,电影的意识形态批评也进入中国电影理论批评工作者的视野。

接着,在《当代电影》1987 年第 3、4 期上,刊载了路易·阿尔都塞(L. Althusser)的《意识形态和意识形态的国家机器》一文。1987 年底,包括《电影手册》编辑部的《约翰·福特的〈少年林肯〉》一文在内的中译文集《结构主义和符号学——电影理论译文集》也正式出版。从 1988 年初到 1990 年初,尼克·布朗、瑟·孔茨尔、让·路易斯·博德里(L. Baudry)、雅克·拉康(J. Lacan)、弗雷德里克·詹姆逊等有关意识形态电影批评的几篇文章译文,也相继在《电影艺术》、《世界电影》和《当代电影》等刊物上发表。在中国电影理论批评工作者眼里,意识形态电影批评及其主要思想脉络变得越来越清晰,将意识形态批评的主要原理运用到中国的电影批评实践之中,已经成为许多电影批评工作者的殷切期待以至主动尝试。

其中,姚晓濛的《中国新电影:意识形态的观点》、王一川的《茫然失措中的生存竞争——〈红高粱〉与中国意识形态氛围》、汪晖的《政治与道德及其置换的秘密——谢晋电影分析》、戴锦华的《〈红旗谱〉:一座意识形态的浮桥》等

四篇文章,在中国的意识形态电影批评中具有相当的代表性。

二

姚晓濛的《中国新电影:意识形态的观点》一文,是中国电影批评史上第一篇有意识地、系统地运用意识形态观点,分析研究中国"新电影"的批评文章。文章表示,中国新电影的产生、发展以至消失,都伴随着"意识形态"的变化。从表面上看,中国新电影运动是继中年导演反传统的政治说教影片后的又一大发展,但事实上,中国新电影带着十分鲜明的"意识形态性",新电影的产生、发展和终结也一直为社会各界所关切。因此,运用意识形态的观点,对中国新电影进行分析研究无疑是可行的。

如果说,姚晓濛的《中国新电影:意识形态的观点》主要是通过叙事学方法对电影文本进行"症候性"阅读来凸现中国新电影的意识形态蕴涵的话,那么,王一川的《茫然失措中的生存竞争——〈红高粱〉与中国意识形态氛围》一文则是在此基础上,通过"电影观众"与"文本结构"之间的话语关系来分析影片《红高粱》与中国意识形态氛围的。颇有意味的是,与姚晓濛一样,王一川也是借用叙事学家格雷马斯的"符号的矩形"理论来分析影片《红高粱》中各种人物的关系,然后通过人物之间各种关系的基本线索相互交织而成的更为复杂的冲突结构来表明,人生的意义在于"自由自在"的生命活动之中,这一活动是"对抗性"的;只有"生命力充满"之人才可获得真正的"自由",而"生命力匮乏"之人必然遭到"毁灭"。因此,《红高粱》称得上是一曲"原始生命力"的"赞歌"。

接着,在《红高粱》人物关系"矩形"圈中,作者特别强调了作为"生命"一方的"我爷爷"与作为"非生命"一方的蒙面盗和掌柜之间的"关系性质"及其在整个结构中的"作用"。指出在"我爷爷"所体现的"生命力"的深层已经内在地包含一种"反生命"的潜能;生命力要实现自身,就必须以征服生命匮乏者为代价;这种征服若不是以平等、尊重他人的自由为原则,就必然带有反生命意味。这自然令人想起尼采关于生命力充满与匮乏、权力意志与颓废、超人与群氓所作的排斥性对比了。人们把尼采同希特勒法西斯主义牵连起来,其实并不冤枉他,尼采并非刻意张扬"反生命",《红高粱》也不可能有意为"反生命"叫好,但这种对人生命的强盛所作的绝对崇拜,通过观众(读者)在特定意识形态氛围中的读解,必然要引申出上述"法西斯主义逻辑"。因此我们可以说,《红高粱》在其结构深层已隐含一个"悖论":对生命的张扬却也是对反生命的张扬,这实质上可以视为弱肉强食、强者生存的"社会达尔文主义"或"法西斯主义逻辑"的一种话语表达。

可贵的是,文章并没有停留在呈露《红高粱》文本结构的"悖论"这个结论里,而是为了将文本分析同观众及意识形态氛围结合起来,寻找这一"悖论"的根本症结。作者表示,作为一个"历史性"范畴,《红高粱》的意识形态氛围,即80年代中期《红高粱》上映前后中国的意识形态氛围,可以简要地概括为"茫然失措"。这种"茫然失措"的境遇,根本上是由"双重信念解构"造成的:一是在中西文化的碰撞中,有些人对"中国文化"的信念正在解构;一是在东西方社会主义与资本主义两大世界的对比中,有些人对"共产主义"的信念正在解构。这样的"双重信念解构"交织一体,把人们推向"虚无"和"茫然失措"的绝境。而与此同时,人们内心的焦虑、烦闷、痛苦、愤懑等情绪被积压得如此深厚以至不得不寻找发泄处,于是"捞钱"就成为社会"生存竞争"的一个重要手段。这样,作为与观众对话中的《红高粱》,通过对弱肉强食、强者生存这一"社会达尔文主义"或"法西斯主义"人生观的银幕再现,显示了处于当今"茫然失措"境遇中的中国人的"意识形态",并反过来使这种意识形态"再生产"下去。它充分利用了电影手段所特具的"话语暴力",使得上述效果具有"震撼人心"的力量,体现出强烈的"煽情主义"倾向。最后,作者指出:

"到此我们已不难发现《红高粱》所包含的两重性:它一面作为成功地显示当今意识形态氛围的'镜子'而堪称杰作,甚至它对生命力的礼赞在某种程度上也值得称许(因为我们今天仍然需要以充满的生命力去对抗茫然失措境遇,走出虚无绝境),另一面它又以其潜藏的法西斯主义逻辑以及超乎寻常的话语暴力对非理性、法西斯主义网开一面,客观上助长了当今意识形态氛围的再生产。"

为了克服《红高粱》在意识形态方面的"两重性",作者呼唤一种对"生命力"和"现实"的"清醒的批判理性视界"。这种"批判理性视界"意味着以批判的、否定的态度,运用马克思主义的"阶级的"和"人道的"原则去看待现实,力求既揭示一切压抑和扼杀人的生命、本能、个性的陈腐理性的"反生命"实质,又避免片面膨胀为煽情主义、法西斯主义的"非理性"极端,这样,我们就不会对《红高粱》这一部艺术作品过于"苛求",因为它所潜藏的"法西斯主义"危险,根本上就存在于我们所在世的"现实"之中;问题是要"澄清"茫然失措的

意识形态观点,跟弱肉强食的生存竞争境遇"诀别",走向"信念重构"的新视界。

三

以意识形态的观点分析中国"新电影"与影片《红高粱》,"红卫兵意识"与"法西斯主义逻辑"的意识形态话语便从"潜藏"的状态获得"澄清"。对于中国电影批评来说,这样的结论即使不是出人意料,也是颇为新颖的。意识形态批评的批判性和有效性,促使中国电影批评工作者迫不及待地将其推广并运用到谢晋电影研究以至17年主流电影、文化大革命电影的读解中。汪晖的《政治与道德及其置换的秘密——谢晋电影分析》与戴锦华的《〈红旗谱〉:一座意识形态的浮桥》,就是运用意识形态观点批判谢晋电影和17年主流电影的成功范例。

与姚晓濛和王一川不同的是,在《政治与道德及其置换的秘密——谢晋电影分析》一文中,汪晖主要是从《电影手册》编辑部的《约翰·福特的〈少年林肯〉》里获取批评的灵感和方法。作者认为,谢晋具有某种"以政治为天职的人"的素质,它不仅仅意指谢晋影片经常处理的那些"政治故事",也不仅仅意指谢晋影片表现出的创作者对中国社会"政治生活"的强烈关注,而且意指谢晋影片正在不断地寻找和创造一种"信仰体系",一种对于现实统治"合法性"和"合理性"的信仰,一种用以支配人们在中国社会的特定的"命令—服从关系中行动的基本原则"。谢晋电影,尤其是新时期的几部代表作,如《天云山传奇》(1980)、《牧马人》(1981)、《高山下的花环》(1984)、《芙蓉镇》(1986),便叙述了在中国近几十年来"命令—服从"的权力关系中发生的悲剧故事,但这些悲剧故事并没有颠覆这个权力关系或权威系统本身的合法性或合理性,却在人们的冲突、痛苦和情感抑制中造成一种内在的、主观的变化,使人们以一种新的视点去看待各种问题,从而避免可能由此引发的"信仰危机"。总之,既需要面对"悲剧性的历史",又需要提供历史延续的"合法性和合理性的基础",这就是谢晋电影的历史处境,也是谢晋电影的一个基本姿态。

接着,文章通过对《红色娘子军》(1960)、《舞台姐妹》(1964)和《天云山传奇》、《牧马人》、《芙蓉镇》等影片的细致分析,力图研究谢晋电影"重新表述"其"政治信仰"的过程和策略以及隐含在这一过程和策略背后的谢晋的精神历程。该文作者指出,"历史的记忆"、"政治的批判"、"道德的谴责"、"民族的崇拜"、"民粹的精神"、"素朴人情"与"原始生存渴望",这一切构成了谢晋电影"意识形态结构"的基本内容。而所有这些内容,无论"情感的"还是"理念的",最终都将被纳入到对于一种"基本的信念或支点"的"寻求"之中,这种"信念或支点",在谢晋那里是历史发展的动力、现实秩序的应有的准则、人类的普遍精神、个人的人生原则、道德的源泉以及赋予人生以意义的绝对者,它表现为"革命信念"、"爱国主义"、"人道主义"、"民粹主义"及其相互联系、相互矛盾的思想的"含混的结合"。

与《电影手册》编辑部对《少年林肯》的读解一样,从意识形态的观点出发,讲解谢晋电影的"政治"与"道德"及其置换的秘密,汪晖的文章,由于将谢晋电影当成了一个在中国历史和民族文化上被决定的文本的一部分,并将谢晋电影本身"书写入"该文本之中,同时,在读解谢晋电影时,既检验了它与这个总的文本之间的动态关系,又检验了总的文本与特殊历史事件的关系,无疑成为意识形态电影批评在中国更为成熟、也更为引人注目的尝试。

正当汪晖、李奕明、应雄等电影批评工作者运用意识形态观点读解谢晋电影的时候,戴锦华也在尝试着运用意识形态观点读解新中国建立后17年的主流电影。在《〈红旗谱〉:一座意识形态的浮桥》一文里,戴锦华也主动将"个体文本"书写入"文本历史"之中,并从"重要的是讲述神话的年代,而不是神话讲述的年代"(布·汉德森语)这一观点出发,将读解的重心置于影片创作年代即1960年的社会政治与现实之中,而非影片中故事发生的1925至1927年。文章通过叙事分析,认为影片《红旗谱》并没有完成其基本的叙事动机"家族血仇、阶级复仇"。1927年大革命的失败给影片结尾蒙上了一层阴影,当时对大革命的胜利和北伐军到来的梦想的破碎,也正如同1960年"大跃进"、"超英赶美"、"在六十年代步入共产主义"畅想的黯然消失。由此,作者指出,在其创作年代,《红旗谱》完成了作为一种过渡时期"意识形态浮桥"的社会功能。朱老忠在黑暗岁月中对于革命的"忠诚",印证了共产党修复创伤、战胜劫难的力量;而影片中对"复仇"的叙事模式的采用,以及对朱老忠"文官武将"梦想的否定正好揭示了17年主流文化的"困境"之一,即关于现实政治"权力话语"与传统文化中"超话语"间的"相互借重",以及前者对于后者的"否定"和"裂解"。除此之外,文章还通过对影片的细密读解,发现了影片的"潜文本"即"父子秩序"与"父子相继"的命题。

四

　　中国的意识形态电影批评正在一步一步地拓展自己的视野,也在不断地从学步走向成熟。从 20 世纪 90 年代初开始,中国的意识形态电影批评不仅波及到世界电影(主要是美国电影)研究领域,而且发散到对 90 年代以来中国"主旋律"电影的策略阐释。在这方面,戴锦华和尹鸿的努力功不可没。但同时,也正是在对好莱坞影片如《夺宝奇兵》、《飞越疯人院》、《美国往事》和阿根廷影片《官方说法》等的意识形态读解中,戴锦华的意识形态电影批评失去了此前力图介入中国"现实"或"主导意识形态"的"颠覆性"动机。尹鸿从"国家意识形态电影"角度,对 90 年代以来中国"主旋律"电影及其"政治伦理化"和"泛情化"策略的分析,不仅没有采取一种审视"主旋律"电影的批判性视角,而且通过某种推心置腹式的策略,反而将自己的表述"缝合"进了国家意识形态电影的运作机制之中。也就是说,1968 年以后法国《电影手册》编辑部为意识形态电影批评规定的任务,即否定影片所标榜的"真实性"以及破坏和反对电影与"主流意识形态"之间的"共谋",终于也为中国的意识形态电影批评所"否定"。

　　　　　　　　　　　　　　　　　　(原载《福建艺术》2001 年第 2 期)

电影理论与电影史视野里
的中国电影批评

李道新

一

　　把电影批评纳入电影理论和电影史的研究领域,或者说,从电影理论和电影史的高度重新审视电影批评,将是拓展电影批评视野,提高电影批评水准的重要途径。

　　一般来说,电影理论尤其电影史较为容易、也更加渴望接受来自电影批评的启迪。就电影史而言,没有电影批评的铺垫,电影史是不可想像的。在《电影通史》第三卷《电影成为一种艺术》的作者"序言"里,❶法国电影史家乔治·萨杜尔记述了自己"编撰工作"中所面临的一些问题,作者遗憾地指出:"在 1915 年以前,还没有人承认电影是一种艺术,对电影的评论根本不存在。因此,在编写上册时,我们完全没有向导,只能在极其庞杂而又难于凭信的商业广告中去进行探索。"相反,对于 1915 年至 1920 年间的电影撰史"条件",作者表现出十分的欣慰:"在第二个时期中,因有许多论著和当时的独立评论(特别是德吕克的评论)可供参考,所以我们能够更全面地研究该时期的电影,将它置于一个历史时期中来考察。"可以看出,乔治·萨杜尔是把电影批评当作电影撰史实践的"向导"和"参考"的。

　　同样,电影理论也离不开电影批评。法国电影理论家安德烈·巴赞,这位被美国电影理论史家尼克·布朗称为"西方电影史、电影理论和电影批评

---

　　❶　法文初版于 1951 年,再版于 1978 年;中译本由徐昭、吴玉麟根据 1951 年版译出,参照 1978 年版修订,由中国电影出版社 1982 年出版。

中(至少在其经典构型中)或许最重要、最有影响的人物"，❶其理论的主要倾向及成就恰好体现在电影批评领域。也就是说，从外在形态上看，巴赞理论的表述，往往是通过具体的影片批评来实现的；但从内在意义上看，巴赞所有的影片批评，却具有整体性的史学维度和思想体系的严密性。这一点，从巴赞1958年为自己的文集《电影是什么》所作的序言中，就可窥其一斑。❷ 在这篇序文里，巴赞强调："确实，我们可以，或许也应当将这些文章重新改写，以求论述的连贯性。由于担心落入教科书的窠臼，我们没有那样做，而宁愿请读者自己留意，体会出把这些文章汇集于一册的做法在精神实质上的合理性(如果存在着这种合理性的话)。"在巴赞看来，批评文章结集虽在论述上不连贯，并不妨碍其整体上"在精神实质上的合理性"，即他接着要提到的那种"内在的价值"。巴赞体系，昭示了目前为止电影理论受惠于电影批评的最大可能性。

问题在于，作为电影学知识体系中被指认为缺乏"历史"向度，同时也缺乏"理论"整合能力的电影批评，是否应该始终保持其仿佛与生俱来的尴尬位置？如果回答是否定的，那么，电影批评如何在电影理论和电影史的中间地带定位自身？甚至，用什么方式，电影批评才能真正证明自身的可行性和可信性？

在文艺学研究领域，对文学批评的特性、地位和功能等问题，研究者给予了相对充分的研究和辨析。雷·韦勒克和奥·沃伦合著的《文学理论》，尽管更多强调的也是文学批评对文学理论和文学史的贡献，但也在一定程度上突出了文学批评的独立品性，对文学批评的构成进行了一般意义上的研究。一方面，他们认为："文学理论不包括文学批评或文学史，文学批评中没有文学理论和文学史，或者文学史里欠缺文学理论与文学批评，这些都是难以想像的。"另一方面，作者又指出："文学史对于文学批评也是极其重要的，因为文学批评必须超越单凭个人好恶的最主观的判断。一个批评家倘若满足于无视所有文学史上的关系，便会常常发生判断的错误，他将会搞不清楚哪些作品是创新的，哪些是师承前人的；而且，由于不了解历史上的情况，他将常常误解许多具体的文学艺术作品。批评家缺乏或全然不懂文学史知识，便十分可能马马虎虎、瞎蒙乱猜，或者沾沾自喜于描述自己'在名著中的历险记'；一般来说，这种批评家会避免讨论较远古的作品，而心安理得地把它们交给考古学家和'语言学家'去研究。"❸在文学批评的日内瓦学派代表作《批评意识》

---

❶ (美)尼克·布朗著，徐建生译：《电影理论史评》，第67页，中国电影出版社1994年版。
❷ (法)安德烈·巴赞著，崔君衍译：《电影是什么》，第3～5页，中国电影出版社1987年版。
❸ (美)韦勒克、沃伦著，刘象愚等译：《文学理论》，第32、38页，三联书店1984年版。

一书里,乔治·布莱甚至提出:"批评就是表达","批评是一种思想行为的模仿位重复,它不依赖于一种心血来潮的冲动。在自我的内心深处重新开始一位作家或哲学家的'我思',就是重新发现他的感觉和思维的方式,看一看这种方式如何产生,如何形成,碰到何种障碍;就是重新发现一个人从自我意识开始组织起来的生命所具有的意义。"❶——力图赋予文学批评最大限度的独立性、自主性。20世纪60年代以后,随着解构主义等批评思潮的涌起,"批评"以及"对批评的批评"甚至成为大批思想家、文艺理论家表述自我的一种主导性策略。

在电影学研究领域,电影批评日益走向综合与独立的这一发展趋势,也正在为人们所认识。

走向综合的电影批评,需要电影理论和电影史的双重滋养。随着电影批评的发展,人们已经越来越对那些缺乏电影理论指导的、印象式的、感想式的电影批评排斥有加;同时,缺乏电影史意识的电影批评,其单凭个人好恶的价值判断和盲目定性的恶劣文风,也使电影创作界、电影理论界深受其害。甚至,脱离电影理论和电影史的电影批评,还经常异化为侵略战争或阴谋政治的有力工具。总之,要在电影创作与电影接受之间建立一套有效的联系原则,要在电影学的知识体系中证明电影批评的可行性和可信性,必须有意识地将电影批评引向"理论"和"历史"之维。

走向独立的电影批评,表面上看,似乎由于强调了批评者的思想文化素质及批评者对自身感受的表达,而比传统的电影批评更加疏离电影理论及电影史,实际上,它是在根本上强调电影批评的理论性与历史性。走向独立的电影批评,以对电影理论与电影史的充满个性化的、具有相当深刻程度的理解为基础,舍此基础,电影批评不仅无法独立,甚至不成其为电影批评。

这样的尝试,在电影批评的理论与实践中不断得到验证。美国学者克·汤姆逊在1983年第1期《光圈》杂志上发表了《电影批评和电影史中的电影特性》一文,❷便提出重构电影理论、电影批评和电影史三者互动关系模式的话题,并表示出要将电影批评"纳入"历史的愿望:"我在强调近年来朝向更严格的历史性研究倾向时,并不想暗示说电影理论、批评和历史是彼此分离、相互排斥的领域。其实,我近来的研究日益趋向于历史的原因之一(以及我在这

❶ (比利时)乔治·布莱著,郭宏安译:《批评意识》,第33页,百花洲文艺出版社1993年版。
❷ (美)克·汤姆逊著,彬华译:《电影批评和电影史中的电影特性》,《世界电影》1988年第2期。

篇文章中强调历史的原因之一)便来自想把对具体影片的分析纳入历史中去的欲望,从而引进详细的形式分析,使它成为对风格变化进行历史研究的基础。"在 1986 年第 4 期的《画面与音响》杂志上,英国学者托·艾尔萨埃瑟也称,"新电影史"是在以"新的历史理论"和"新的电影理论"对抗"旧电影史"的过程中产生的。❶ 这一判断暗含着如下结论:新的电影批评,呼唤着"新的电影理论"和"新的批评理论"在更高层次上的整合。

确实,在建立电影理论、电影批评和电影史三者互动关系模式的基础上,充分吸纳电影理论与电影史的研究成果,或者直接将电影批评纳入电影理论和电影史的研究领域,建构电影批评的理论形态和历史叙述,是电影批评定位自身,在电影理论和电影史的中间地带获得合法化居留权的主要策略。

二

把电影批评纳入电影理论和电影史的研究领域,或者说,从电影理论和电影史的高度重新审视电影批评,意味着两种选择:①建构电影批评学;②建构电影批评史。

1. 建构电影批评学

自然,电影批评学是电影理论以观念的、系统的形态介入电影批评后诞生的一种新的电影学科,它是传统电影学知识体系中没有也无法涵盖的一支。如果说,电影批评主要以电影创作者、电影作品、电影运作过程、电影现象和电影思潮等为对象,那么,电影批评学则是以电影批评本身为研究对象的一门学科。

建构电影批评学,首先面临着批评观念和电影观念的双重变革。批评观念的变革体现在:不仅应该将批评理解为创作与欣赏之间的中介性环节以及理论与历史之间的互动,将批评学理解为实践与理论之间的媒介性学科,而且更重要的是,要将批评理解为一种"在"的姿态,即不同于有些研究所标榜的"中立"、"客观"和"求实",从存在哲学的规定上就是"参与"与"进入"的那样一种姿态。只有赋予这样一种姿态,批评才能摆脱许多反人性或非学术的阴影,成为人类精神建构和文化建设的重要一翼。

相较批评观念的变革,对于电影批评学而言,电影观念的变革显得更加

---

❶ (英)托·艾尔萨埃瑟著,陈梅译:《新电影史》,《世界电影》1988 年第 2 期。

重要。《电影是什么》不仅是安德烈·巴赞个人为电影提出的设问,而且是每一个电影批评者必然遭遇的根本性命题。同时,电影作为艺术,不同于其他艺术的特性;电影作为商品,其独特的运作机制;电影作为文化载体,体现在国家形象塑造、民族精神凝聚、大众文化传播和意识形态重构等方面的特点,等等,都是电影批评者应该关注的重要课题。更重要的是,如何将"电影是什么",即电影与现实之间的关系命题,跟电影作为艺术、商品和文化载体的特性结合起来,并在此基础上达成一种相对明确、相对开放也相对深刻的电影观念,是电影批评与电影批评学得以立足的关键。否则,电影批评要么堕入简单、偏颇的误区不能自拔,要么由于缺少电影特性而蜕化为一般意义上的艺术批评或文化批评。如此,电影批评学要么无法从电影学知识体系中独立出来,要么无法从艺术批评学或文化批评学中剥离,找到真正属于自己的研究方向及构成要素。

为了建构电影批评学,电影研究者们从各个不同的层面做出了努力。20世纪70年代以来,能够反映电影理论与批评水准的电影理论批评文选以及电影理论批评概述相继问世。仅仅在美国电影学术界,在电影理论批评文选方面,由比尔·尼柯尔斯编辑的《电影与方法》(伯克利,加州大学出版社,1976)及由杰拉尔德·马斯特和马歇尔·柯恩编辑的《电影理论与批评》第三版(纽约,牛津大学出版社,1985),就在电影理论与批评界引起了不小的反响。在电影理论批评概述方面,J·达德利·安德鲁的《主要电影理论》(纽约,牛津大学出版社,1974)、安德鲁·塔特的《电影理论》(伦敦,塞克和沃伯格,1974)及戴维·波德维尔和克里斯琴·汤姆逊合著的《电影艺术导论》(马萨诸塞州,艾迪森·威斯利,1979)等,都是相当优秀的以电影理论批评为对象的批评著述。另外,对特定电影批评理论的研究也时有出现。例如,斯图尔特·M·卡明斯基的《美国电影类型:对通俗电影批评理论的探讨》(俄亥俄州,代顿,普夫劳姆出版社,1974)与安德鲁·图德的《影像和影响》(纽约,圣马丁斯,1974)等,分别对通俗电影批评理论和社会学方法的影片分析理论进行了深入细致的研究。❶

2. 建构电影批评史

与电影批评学主要以共时方式研究电影批评不同,电影批评史主要从历时

---

❶ 主要参考 Gerald Mast & Marshall Cohen. Film Theory and Criticism, New York, Oxford University Press, 1985. 与 Robert C. Allen & Douglas Gomery. Film History: Theory and practice, McGraw-Hill, Inc., 1985. 书后提供的论著目录。

性角度研究电影批评的发展特点与规律及其经验与教训。电影批评史是电影史学观念介入电影批评后的必然产物。很明显,电影批评史以电影批评的发展历史为主要研究对象。

建构电影批评史,除了面临着批评观念和电影观念的双重变革外,还面临着电影史学观念的变革。电影史学观念的变革主要体现在:电影史不仅应该是电影作为社会机构和艺术形式的历史,同时也应该是电影作为技术体系和经济实体的历史。这样,对电影批评历史的叙述,就不应该仅仅停留在电影社会批评史与电影艺术批评史的框架里,而应该使之内在地蕴涵电影技术批评史与电影经济批评史的脉络。除此之外,电影批评史的最大挑战还在于,必须站在高屋建瓴的角度,将变革的批评观念、电影观念和电影史学观念整合在一起,熔铸出一个系统的、深入的电影批评史文本。

这样的电影批评史文本,绝非电影批评文本的编年式展现;也非电影社会批评史、电影艺术批评史、电影技术批评史与电影经济批评史的简单合并;更非一般意义上的艺术批评史或文化批评史。作为批评史的电影批评史,它更加强调历史叙述过程中的电影特性;作为电影史的电影批评史,则更加强调历史叙述过程中的批评特性。对电影特性和批评特性的同时观照,是电影批评史不同于一般批评史和一般电影史的独特个性。

20 世纪 60 年代中期以来,由于电影学的发展,电影批评与电影理论之间的关系变得越来越紧密,同时也变得越来越复杂。一方面,从"纯"理论水平上建构电影理论的努力取得了较大的成就,如电影符号学、电影语言学和电影叙事学等;另一方面,以批评方式建构电影理论的意图已经为人们所熟知,如电影的类型批评、电影的精神分析批评、电影的意识形态批评、电影的女权主义批评等等。到目前为止,电影理论的批评化与电影批评的理论化,俨然成为电影批评界和电影理论界的一道风景。在这样的背景下,建构电影批评与理论史,不可避免地与建构电影理论与批评史缠绕在一起,没有分裂开来的可能性。正因为如此,许多电影批评史文本,寄生在电影理论史以至电影美学史文本之中,如阿里斯泰戈·基多的《电影理论史》、亨·阿杰尔的《电影美学概述》、尼克·布朗的《电影理论史评》等,❶都是相当优秀的电影理论史著作;当然,从另一侧面看,也是十分出色的电影批评史文本。

---

❶ (意)阿里斯泰戈·基多著,李正伦译:《电影理论史》,中国电影出版社 1992 年版。(法)亨·阿杰尔著,徐崇业译:《电影美学概述》,中国电影出版社 1994 年版。(美)尼克·布朗著,徐建生译:《电影理论史评》,中国电影出版社 1994 年版。

三

　　电影理论与电影史视野里的中国电影批评,显然需要充分关注欧美电影学术界的相关成果,努力建构具有中国特色的、有关中国电影批评的理论形态和历史叙述,只有这样,才能真正拓展中国电影批评的视野,提高中国电影批评的水准。

　　实际上,从 20 世纪 80 年代开始,中国电影学术界就认识到,要建立"具有中国特色的电影学",或者建立"电影科学的学科体系",必须在电影界开展"全面的电影理论建设"或更新"电影理论观念"。[1] 确实,到 90 年代末,中国电影理论建设取得了显著成绩,学术水准也有较大提高。80 年代中期前后展开的有关电影文学和电影本性的大讨论,打破了中国电影理论批评长期以来停滞不前的局面;80 年代中期以后,随着创新方法论和文化学的引入,电影文化批评得到长足发展。西方各种现代电影理论,如电影符号学、精神分析学电影批评、意识形态电影批评、女权主义电影批评等等,也被迅速译介引进,并很快运用到电影批评之中。同时,电影市场、电影科技等方面的研究,也日益为人们所重视。到目前为止,中国电影理论批评已经基本超越了简单回应电影政策、时刻瞩目短期功利、迫切索取西方话语的阶段,呼唤着中国式的电影学科体系的真正建立。

　　在这样的理论背景下,中国电影学术界也开始有意识地反思中国电影批评的理论形态,建立中国电影批评的历史叙述。

1. 反思中国电影批评的理论形态

　　对中国电影批评的理论形态进行深入的反思,是在 20 世纪 80 年代中期以后,电影文化批评日渐兴盛,西方各种新潮批评话语竞相登场的时刻展开的。

　　早在 1986 年 9 月,针对电影批评界主要从文化批评的视角对"谢晋电影模式""缺陷"所作的尖锐批判,[2]钟惦棐提请批评界注意谢晋所处的历史和

---

　　[1]　郑雪来在《电影学及其方法论问题——兼谈建立具有中国特色的电影学的一些设想》(《电影艺术》1984 年第 3 期)一文中提出:"当前,在'建立具有中国特色的社会主义'这一总方针的鼓舞下,各学术部门都在考虑建立中国学派的问题。我以为,也必须把建立具有中国特色的电影学提上日程。"李少白在《对电影学科体系的构想》(《影视文化》第 2 辑,1989 年 11 月)一文中指出:"在谈电影创作观念更新的时候,也应同时提出电影理论观念的更新,以使理论的发展与创作的发展适应起来。正是在这样的愿望下,才提出建立电影科学的学科体系问题。"

　　[2]　以朱大可的《谢晋电影模式的缺陷》(《文汇报》1986 年 7 月 18 日)一文为代表。

"时代"以及电影必须面向"观众"的特点,重申文艺批评暨电影批评的科学性:"文艺评论作为艺术科学,看来是应当考虑自己的文风和学风的时刻了。"❶不管钟惦棐对"谢晋电影模式"批判所作的批评有多大的合理性,但其将电影批评当作"艺术科学"的严肃姿态,无疑是对准了当时中国电影文化批评忽视电影的历史与特性的症结。

从1987年开始,对中国电影理论批评本身的评价和反思,逐渐演变为一场热烈的争鸣。在此期间,倪震发表了《电影理论多元化的进程》一文,❷从中国电影理论批评发展史的高度,对电影社会学的"更新和重构"、电影本体论的"确立和完善"及电影文化学的"初创和开拓",给予了较高的评价及认真的审视。除此之外,该文最大的贡献还在于,在"电影文化—工业体系"的框架里,较早地提出了"电影经济学"的命题。❸该命题的提出,既是针对"电影艺术理论"和"电影经济理论"发展"不平衡",不能"适应迅速改变的市场消费形式和体制改革需要"的中国电影理论批评现状,更是针对中国电影理论批评始终没有将电影作为艺术形式、社会机构、技术体系和经济实体的整合而进行"综合性研究"的顽症。也正因为如此,作者相信,"电影经济学"的提出,既是中国电影理论批评"多元化的进程"的必然结果,又预示着中国电影理论批评的"重构"。

在"电影文化—工业体系"的框架里反思和"重构"中国电影理论批评,成为20世纪90年代以来中国电影理论批评的主导趋向。其中,倪震主编的《改革与中国电影》一书,便明确采用"文化分析和工业分析相结合"的方法,就中国电影的"历史沿革和切近的现状"作一种"交叉性、综合性的观照";❹中国电影家协会电影史研究部编辑的《电影创作与社会主义市场经济——第四届中国金鸡百花电影节学术研讨会文集》,❺也对市场经济体制下,中国电影存在的诸多问题进行了多层次、多角度的研究探讨;黄式宪主编的《电影电视走向21世纪》,❻无疑综合了世纪之交中国电影理论批评界关注的一些重要课题:"现代影视艺术的多元化及其发展趋势"、"高科技影视技术现状与展望"、"高

❶ 钟惦棐:《谢晋电影十思》,《文汇报》1986年9月13日。

❷ 倪震:《电影理论多元化的进程》,《文艺报》1988年4月16、23、30日,5月7日。

❸ 此外,在1989年第2期的《文艺界通讯》上,李少白发表了《重视电影市场学研究》一文;1989年11月,在《对电影学科体系的构想》一文里,他又提出了"应当设立电影经济学、电影市场学、电影制片学和电影经营学"的观点。

❹ 倪震主编:《改革与中国电影》"序",中国电影出版社1994年版。

❺ 该书由中国电影出版社于1996年出版。

❻ 该书由中国电影出版社于1997年出版。

科技冲击与影视艺术整合"、"现代影视实践美学及其动向"、"受众与影视影像的审美关系"、"世纪之交的中国高校影视文化教育和建设"以及"世纪之交的影视理论新命题"等等,尽管在讨论的深度上有待于进一步提高,但讨论本身显示出经过电影理论和电影批评工作者将近10年的共同努力,中国电影理论批评已经初步具备了综合性、多元性和开放性的良好素质。

但是,对中国电影批评的理论形态进行深入反思,不能仅仅停留在提出问题这样一个基本的层面上。首先,还需要通过对电影理论批评的深入研究,编辑出版更多、也更全面、更综合的中国电影理论批评文选,❶以反映中国电影理论批评有史以来各个阶段的最高水准和最新成就;其次,需要电影理论批评工作者以电影理论批评,尤其中国电影理论批评本身为研究对象,在"**电影科学的学科体系**"中,在电影理论与电影史相互交织的广阔视野里,建**构既具有综合性、多元性和开放性等良好素质,又充分吸纳欧美电影学术成果,同时具有中国特色的电影批评学。**

只有建立中国电影批评学,中国电影批评才会彻底摆脱简单回应电影政策、时刻瞩目短期功利、迫切索取西方话语的樊篱,才会彻底克服电影批评界长期以来无视电影历史及特性的偏颇,❷把中国电影批评推向一个既深刻厚重、又充满活力的崭新境界。

2. 建立中国电影批评的历史叙述

为了真正建立中国特色的电影学科体系,在电影批评领域,除了需要建立中国电影批评学以外,还需要建立中国电影批评史。

与反思中国电影批评的理论形态一样,有关中国电影批评的历史叙述,也是从20世纪80年代中期前后开始的。在中国电影学术界,较早从历史的角度阐释中国电影批评的尝试,是罗艺军1984年撰写的《中国电影评论概说》一文。❸ 在这篇文章里,作者第一次把1920年到1989年这一较长时段的中

---

❶ 在这方面,李晋生、罗艺军主编的《中国电影理论文选:1920—1989》(上、下)(文化艺术出版社,1992)功不可没。

❷ 这种偏颇包括贯穿中国电影批评史各个时期的电影社会学批评,以及20世纪80年代以来兴起的电影文化学批评。

❸ 罗艺军:《中国电影评论概说》,《电影艺术讲座》第44～79页,中国电影出版社1986年版。在文章里,作者指出:"这里谈的电影评论是广义的,包含影片评论,剧本评论,电影理论及电影史等方面。换言之,即电影学涉及的基本内容。"可见,作者在阐释一般意义上的中国电影批评历史之时,也在阐释中国电影理论和中国电影史的历史。在《中国电影理论文选:1920—1989》(上、下)"序言"里,罗艺军阐发了中国电影"论评合一"、"以评带论"的特点,并进一步表达了建立中国电影理论—批评历史的愿望。

国电影批评纳入历史的坐标,并将其划分为"三四十年代"、"十七年"及"当前"几个历史时期,认真总结了各个时期的"经验教训";更难得的是,在文章结尾,作者表示:"这一课关于中国电影评论的概说,实际上涉及中国电影评论史的广泛领域。要讲好这个专题,应该对中国电影评论的历史和现状的大量资料,进行广泛的搜集和深入的研究。"——不仅明确提出了"中国电影评论史"这一概念,而且阐述了深入研究"中国电影评论的历史和现状"的必要性。

10年后,钟大丰在《是谁在为创作指路——从历史的角度看电影批评与实践的关系》一文里,❶再一次梳理了"电影批评在中国电影历史发展中的形态与位置"。相较于罗艺军的文章,该文不仅把1983年以后的电影批评纳入历史叙述之中,增加了中国电影批评史的时间跨度,而且分期更为细致。文章基本上依据年代,将中国电影批评史划分为"20年代"、"30年代"、"抗战爆发以后"、"40年代"、"新中国建立以后"、"文革的到来"、"进入新时期以来"和"进入90年代之后"等八个历史时期,并对每一历史时期中国电影批评的特点,进行了认真的归纳总结,为后来的中国电影批评史写作提供了重要的参照系。

在上述成果的基础上,李道新发表了《建构中国电影批评史》一文,❷提出了以较为明确的电影批评史观念,建构一部"以中国电影批评的发展全貌为观照对象,力图在历史观和电影观、电影批评观等方面有所思考的中国电影批评专题史"的意图,并就中国电影批评史的"理论基础"、"电影批评史观"、"电影批评史研究方法"等问题进行了初步探讨;还提出了以模式化的研究方法,将中国电影批评从20世纪20年代到90年代的历史划分为九个时期的构想,即"电影的伦理批评时期(1921~1932)"、"电影的新文化批评时期(1932~1937)"、"电影的应时批评时期(1937~1945)"、"电影的社会转型批评时期(1945~1949)"、"电影的政治批评时期(1949~1966)"、"电影大批判时期(1966~1976)"、"电影的社会功利批评时期(1976~1985)"、"电影的本体批评时期(1985~1989)"和"电影的多元化批评时期(1989~)"。

尽管如此,建立中国电影批评史还有更多崎岖的路程要走。在对中国电影批评进行历史叙述的过程中,到目前为止,还没有一部真正吸纳电影理论

---

❶ 见《历史与现状——第三届中国金鸡百花电影节学术研讨会文集》,中国电影出版社1995年版。
❷ 《电影艺术》1998年第4期。

与电影史最新成就的、以中国电影批评的发展"全貌"为观照对象的著作问世。❶ 最大的困难在于,中国电影批评史的研究者一方面要将 1949 年以前散见于各类报刊书籍里的、如今已很难目睹其真容的中国电影批评文本,进行认真的收集、整理、研究和归类;另一方面,要将 1949 年以后,尤其新时期改革开放以来汗牛充栋的中国电影批评文献进行严肃的甄别,以便去粗取精、去芜存菁;同时,建立中国电影批评史,对研究者的理论素质和治史能力也提出了较高要求。作为一个电影批评史家,研究者必须既是一位电影学者,又是一位历史学者,还是一位批评学者。

但是,建构中国电影批评史,对中国电影的研究者来说,仍然具有强烈的吸引力。它不仅是中国特色的电影学科体系的内在呼唤,而且有助于促进中国电影学与世界电影学在更深入的领域内进行对话,同时还是精神追寻、思想探索和文化建设的重要环节;当然,更是拓展中国电影批评视野,提高中国电影批评水准的重要途径。

(原载《北京电影学院学报》2000 年第 3 期)

---

❶ 当然,有关中国电影批评的断代性史述还是时有所见。如李兴叶著《复兴之路:1977 年至 1986 年电影创作与理论批评》(中国电影出版社 1989 年版)、胡菊彬著《新中国电影意识形态史 (1949—1976)》(中国广播电视出版社,1995)等。但对中国电影批评史来说,这些论著的遗憾是,它们不仅将"电影批评"与"电影创作"和"电影意识形态"等放在一起观照,而且几乎都是叙述 1949 年以后中国电影批评的历史,因而不能被看作严格意义上的中国电影批评史。

域外视点

论西方的中国电影批评

[美]尼克·布朗(Nick Browne)文/陈犀禾　刘宇清 译

在庆祝中国电影诞生百年这样一个特殊的场合下,很容易激起一个人对中国电影在刚刚过去的四分之一世纪里所取得的成就的巨大热情。它们不仅数量丰富,而且意义深远。各种学术性甚至通俗类文章、书籍、网站和杂志的发表和面世,以及研究型大学对中国电影这一主题的积极投入等等,这一切无疑都在证明:中国电影时代的来临,在一个更加广阔的国际空间中的来临! 在此,我想从"电影研究"的视角出发,重新回到那些认定中国电影成就的相关研究中,来为这个重要的课题过去曾经如何为学者们探讨和研究的方式增加一点新的理解。我的意思是回到电影批评的领域。鉴于电影批评的主题及其方式的多样性,使得人们很难简单地将这个领域看作一个统一体。但是,在过去十年内出版了几部由单个作者完成的著作,他们试图构筑一个雄心勃勃的阐释框架,其目的或是要勾勒出该领域的整体形态,或是就其中某个问题给予一个总体性的观照。下面,我将回到对几部具体作品的讨论上面,努力澄清并批判其立论的基础和分析框架。因为许多关于中国电影的文化批评,正是在这些基础和框架上衍生和展开的。

周蕾在她的著作《原始激情:视觉、性别、人种学与当代中国电影》中所公开陈述的目标,就是要制造一种"电影理论"。该电影理论要阐明三种关系:第一是影片与其原创地、原创者之间的关系;第二是影片原创地的文化与影片接受地的文化之间的关系;第三是以大学为基础的电影研究与文化研究相关学科(哲学和人类学等)之间的关系。周蕾将以上每一种关系都称为一种"转述"(transcription)。根据她的传记,我们知道周蕾教授是一位出生在香港的中国人,用英语写作,并且受聘于美国大学。她的阐释计划,就是利用西方批评理论对大陆第五代导演的早期作品进行分析。即使在《原始激情》出版

十年之后的今天,这仍是一个值得研究的巨大计划。因为该书不仅继续对当前关于中国电影的学术讨论产生重要影响,而且因为它使我们可以去重新审视和澄清一些和这个领域相关的重要理论问题和方法。我想把焦点放在周蕾对当代中国电影的阐释计划上,并把她的计划和中国另一位重要批评家(戴锦华)对同一话题的论述联系起来分析,同时追溯周蕾著作对几位美国批评家的影响。

《原始激情》一书包含几条论辩线索,为方便起见,我将它们称为"主题"。第一个主题是,电影的出现以及更广泛的以摄影为基础的大众媒介的出现,对中国历史上发生并存在过的思想与写作发出强有力的挑战,并且促成了一个文化上的转变,这些转变既是象征性的,又创造了一个所谓"现代性"的新时期;第二个主题,第五代导演早期作品的实质是一种批评形式,这种批评是由于对中国历史、文化、电影和政治的失望,甚至背离而产生的。该批评形式试图创造一种新电影,如果可能的话,甚至是一种新文化;第三,这些电影回到对自然的再现和对某些源于神话的,或没有确定年代的过去事件的表现,显示出一种人种学的意图。对于这些导演来说,是要创造一种新的电影类型。这种类型最好被称为"电影化的自传性人种志"(Filmic auto-ethnography);第四,这种电影形式对妇女在中国错综复杂的社会地位以及对她们的再现方式显示了一种批评性的态度;第五个和第六个主题涉及到影片生产所在的文化与影片接受所在的文化之间的关系和交流,特别是当中国电影在西方展映或者进入西方的商业电影院线的时候。该书特别将这些影片中被西方看到的所谓中国经验指定为建构和分析跨文化表现的原始素材;最后,就对一部电影进行定位的阐释权力而言,这种关系❶必然是非对称性的。

《原始激情》是一本独一无二的著作,一本很少参考关于电影理论著作的理论:有一处关于爱森斯坦的脚注,有几次对巴赞的著作的引用,另一次引用来自帕索里尼的作品。这是一本没有图片的关于视觉文化的书,全书只援引了两个镜头,再现了某些广为人知的电影瞬时性特征,即观众无法控制阅读等等。但是,书中充满了对西方批评理论大胆的、别出心裁的展示与利用,其中包括海德格尔、本雅明、德里达、拉康,等等。

现在,我们开始以批判的眼光来评价该书的核心观点,即当代中国电影是一种"自传性人种志"。这涉及到几个方面的内容,首先,周蕾断言:在西方

---

❶　指东西方的阐释权力关系。——译者注

知识传统里,在电影和人种志之间没有体制性、学术性的联系。❶ 这种观点明显是错误的。人种学电影的制作、生产在西方社会已经有将近 80 年的历史,关于"人种学电影"这一主题的严肃的批评性写作也有四五十年历史了。自 20 世纪 60 年代以来,随着电影研究在大学学科中的扩展,人种学理论与批评理论已经围绕着电影、视觉人类学以及(西方学者)如何理解其他文化的方式之间的联系等之类问题,发展出一套复杂的分析体系和自我反思机制。从 19 世纪末费利克斯·路易斯·雷格诺尔特的著作开始,到 20 世纪 50 年代让·鲁什的电影和著作的进一步发展,这一主题在法国曾经得到相当详尽的思考和研究。在人类学文学作品中值得注意的是贝特森和米德(William Bateson,1861～1926,英国生物学家,达尔文主义者;Margaret Mead,1901～1978,美国女人类学家。——译注)从 1942 年起的早期研究,纽约科学院出版的《巴厘人的特性:一次摄影分析》。杰伊·鲁比 1975 年发表的文章《人种志电影是电影化的人种志吗》❷在那本以美国的大学为核心的学术期刊杂志上开启了一条探索的思路。随着视觉人类学协会(该协会是美国人类学协会的一部分)的正式出版物《视觉人类学评论》杂志的出版,人类学主题很快就以一种国际性的机构性的形式,成为一种学科运动。在数以百计的案例研究与成果的基础上,"人种志电影"的概念成为一种有明确特征的严谨的类别:由受过训练的人类学家拍摄的没有剧本的电影化的纪录片(通常在非洲和拉丁美洲),是大学人类学课程的副产品。这些电影常常获得基金会的资助,并被作为教学素材和档案资料使用。就形式而论,后古典时期的人种志电影在形式上常常加入采访,插入翻译当地人语言的字幕,摈弃制作者的画外音解说,明确地采用介入式的拍摄风格,并且常常直接表现出导演对所再现的文化只具有有限的接触与理解。❸ 人种学电影不属于商业电影的一部分。

　　与西方的人种志电影相反,中国第五代导演早期的主要作品都是以先前出版的小说或故事改编而成的电影剧本为基础开始的,是通过表演呈现在镜头面前的、由戏剧或电影专业的毕业生拍摄或剪辑而成的。在这些作品里,电影演员与电影制作者说着相同的语言(普通话)。第五代导演早期的电影作品是政府通过国家电影制片厂投资拍摄的,后期的电影作品则有来自亚洲

---

❶　周蕾《原始激情:视觉、性别、人种学与当代中国电影》,纽约:哥伦比亚大学出版社 1995 年版,第 27 页。

❷　载于《视觉传播人类学》第二卷第 2 期,第 104～111 页。

❸　与一般好莱坞故事片全知式的叙事方式不同。——译注

其他国家和地区的电影制作人员或机构参与或者协助拍摄。他们在整体感、布景设计、观察角度和故事终结等方面显示出艺术产品的性质与特色。即是说,这些电影显而易见是虚构性的故事片。影片的目的就是要进入目前的、娱乐片的发行放映系统、院线,即使后来被证明他们这些作品的娱乐性是非常有限的,比如《边走边唱》。总之,"人种志"这个术语在西方世界已经通过某种既定的社会实践获得了一种意义。然而,"人种志"这个术语对于第五代导演的影片,无论是从本体论、叙事方式、影像风格,还是从生产、发行和放映的模式来看,都是不恰当的。换句话说,第五代导演的作品根本就不是什么"人种志",它们没有、也不打算被当作纪录片或者教学资料片使用(为了人类学的教学目的)。将"自我"与"人种志"两个术语结合成一个概念(自传性人种志)的想法不仅仅是一个简单的概念性矛盾。"自传性人种志"这个概念阻碍了人们对第五代电影的本来面貌进行清晰的批评性的理解。

作为虚构的叙事作品,它们有时可以被当作文化反省的工具。但是,第五代导演早期的影片只能被看作是指涉一种超电影的现实,在一种有限的意义上记录了那种现实。事实上,它们究竟"记录"了什么呢? 答案是:中国,但只是以一种间接的、迂回的方式达到记录的目的。

在《原始激情》一书中,我们不可能把周蕾对中国电影影像所进行的分析和西方的批评方法分离开来。对于周蕾而言,电影所展示的场景是这些影片最突出的特征,是用来上演"原始激情"的场所,这些场景与中国近来的历史以及妇女在中国文化中的地位有关。尽管根据需要的不同,强调的理论重点会从弗洛伊德到拉康不停地转换,但是本书对心理分析模式及其术语的运用是显而易见、不遗余力的。显然,通过对其他学者先前出版的作品适时的批评,通过高举西方著名理论家大旗的做法,并通过一种不容置辩的论述方式,周蕾企图通过这种西方的思路来领导对这一主题(中国电影)进行批评性阐释的领域。在这种观察角度中,《黄土地》中翠巧的歌声恰是拉康所谓的"娇小的女性客体"的例子,妇女成为一种"音乐化的偶像",等等。影片《孩子王》不能或者不愿意让那位具有生殖能力的女性进入影片的叙事计划,既是个人的也是民族的心理困境的证明。周蕾说,这就意味着,呼唤社会革新的选择、渴望改革的冲动都通过影片中两个主要的选项——教师和哑巴孩子——表现出来,并且被限定在封闭的、自恋的男性复制❶的循环中。这种电影叙事既

❶ 在文化上,男教师复制了男孩子。——译者注

是导演的"自我"（ego）遭到文化破坏的证明，也是文化破坏的结果。这一自我发展成对那种自恋秩序的捍卫，甚至在危机之下，导演也不能接受一个对妇女取包容态度的社会。换句话说，我们被毫无选择地要求将陈凯歌的电影看作是中国无意识的例证和范本！拉康的精神分析由此成为理解中国之现代性的钥匙！

对张艺谋影片的个案研究始于对其早期电影叙事模式的分析：傲慢专制的老者、体弱多病的男性形象、乱伦与阉割的叙事动力，等等。《原始激情》所谓的对电影情节的"俄狄浦斯化"处理，使得妇女的状态在电影中处于显要的位置，也就是说，电影着重于展示妇女。这些电影无一例外都有这样的场景或者叙事情境：对父权制度的不稳定性或虚弱性、对欲望普遍化所带来的刺激的铺垫，为那些不顾后果的、越界违禁的性交提供了机会。这些故事的表现，总是被置于一个遥远的、没有确切时间和地点标志的时空结构之中。正是这些没有明确的时间和地点的故事，以及那些充满戏剧性张力的情感，构成中国社会的神秘化图景。这种神秘化的氛围又通过张艺谋强烈的色彩运用和高超的、精美的摄影技巧得到强化。另外，周蕾继续指出：张艺谋的电影世界充满了各种各样丰富的细节，比如建筑、服饰、礼仪等，尽管我们现在都知道有些细节是凭空创造的，但是它们传达了一个充满异国情调的封建中国。

《原始激情》这一部分的论证将张艺谋从中国的电影批评家们的指控中拯救了出来——中国的电影批评家认为张艺谋如此展现中国是为了取悦外国人。但是，这一论辩又被这本书中常用的那种居高临下的策略所颠覆。周蕾争辩说，张艺谋的表现模式就是一种证明，其目的就是要显示：中国电影在西方社会被异国情调化了；张艺谋正是通过不加掩饰的展示来批判东方主义。她的这个判断是通过一个镜头描述来加以证明的（该书仅有的两个镜头描述之一），这是一个选自《菊豆》的镜头❶：菊豆转向偷窥者——天青，向他展示自己赤裸的、布满瘀伤的身体。由此，对该镜头关于色情、性的指控被转换成"对抗权力的姿态"，这种姿态可以震撼观众，唤醒他的自我意识。这个镜头的意义进而被普遍化到张艺谋的整个影片：这是一种双重的颠覆形式，既是对中国专制主义的颠覆，也是在对西方说"一切虐待皆来自于你"。那就是说，张艺谋的影片是在指控西方，而不是在取悦西方。

---

❶ 周蕾《原始激情：视觉、性别、人种学与当代中国电影》，纽约：哥伦比亚大学出版社1995年版，第167页。

　　这些对陈凯歌和张艺谋电影的读解构成了周蕾关于她的电影理论计划中显示的主要原则：她将当代中国电影看作是关于中国现代性的人种志。她得出的结论是，中国的电影导演是某种中国文化得以构成的根本性的暴力的翻译者（translators），特别是当它转向表现女性形象和中国文化对女性形象的侵犯时。在此，我必须重复，这种所谓的"自传性人种志"是由对陈凯歌的《边走边唱》以及《菊豆》中的一个镜头段落所进行的心理分析读解构成的。很显然，这些电影文本就是进行分析的"数据"。文章读者被要求把对一部影片和该影片导演特点所做的分析作为典型的中国式"自恋者"的确凿的、中国无意识的人种学证据；把一个来自于另外一部影片的镜头段落作为中国文化结构性暴力的证据。对于我而言，一个学者必须学会克制。这种论证无论从方法还是结论来看都是站不住脚的。显而易见，美国现代语言协会不会同意我的观点：是他们给这本书予以奖励。

　　《原始激情》一书第二个方面的内容（尽管已经包含在上述论点之中），涉及到中国电影在西方的接受情况。周蕾说，中国电影是一种"后殖民时代不同文化间的翻译形式"。我现在就来考察一下这个论断。对这个问题进行探究所根据的一般的批评基础与框架是源于这样一种假设：它最恰当的分析对象是后殖民的国家；它还假设：中国与西方之间的关系也完全符合由后殖民理论家在分析殖民地的权力关系中所做出的描述。香港和台湾的政治境况明显不在这个讨论范畴之内。但是，在实际的情况中，中国又表现出它的文化中心主义，强烈的和根本性的本土主义色彩。同时，中国知识分子的思想"充满了"❶中国被西方损害、中国被西方边缘化的观念，以及一种根深蒂固的想像和激情，即她所谓的"受害与帝国情结"。如果根据这个判断，并把举世瞩目的西方对中国的侵略置于一边（包括 19 世纪火烧圆明园在内），中国当然不会表现出一个殖民的过去或者后殖民的现在。那么，后殖民的批评基础与框架在这样一种殖民主义并没有实际存在过的案例中应该如何应用就不是很清楚了。

　　周蕾对"自传性人种志"概念的使用是结合在后殖民理论关于模仿（mimicry）概念中的。在这种模仿中，"被殖民的主体以殖民者的方式表现自己"，并以一种"贱民"（sub-altern）状态进入世界文化。在后殖民时代发生作

---

　　❶　周蕾《原始激情：视觉、性别、人种学与当代中国电影》，纽约：哥伦比亚大学出版社 1995 年版，第 51 页。

用的第二个理论框架就是用古典的商品拜物教理论来描述作为商品对象的电影及其经济流通环节。后殖民的观点将权力的非对称性概念运用到这些电影中，它建构起我们所谓的"阐释情结"（interpretive complex）。这种"阐释情结"在东方与西方引发出对这些电影的批评性回应。它确立了凝视与观看的辨证机制，其中心批评原理是被看的经验而不是看的行为本身构成了跨文化表达中的核心。这种情况，即中国时时顾及和考虑到西方观众，标志了中国和西方的不对称和不平等，并且这种不对称性和不平等性构成了电影内容及其对电影的反应。这就是被用来支持那个被人们常常声称的"西方文化的和阐释的帝国主义"的两个前提条件。对于某些批评家来说，这使得一些中国导演成为与跨国资本主义相勾结的公然的"通敌者"（我们应该记得"通敌者"这个概念在战争中意味着什么）。我后面还会回来讨论这种关于权力的后殖民分析是否也影响到跨文化批评的领域中，也就是说，是否也影响到关于这些电影的批评性写作中。

　　我担心，那些将中国电影当作跨国资本主义循环中的商品的批评家们对中国电影的市场和消费地区的规模和特征做出了错误的判断。从历史来看，中国电影的出口在世界影片交易或者一般的电影业务中只是占据了很小的一部分，在过去的 20 年里的收益合计起来最多也不过几千万美元的收益。而且，中国电影在亚洲的重要市场和观众——日本、香港、台湾以及散布有中国移民的地区——在那些人想像的、地缘政治的世界中被抹杀了，而那个想像的地缘政治的世界则是由对立的两极——"东方"与"西方"——的理论与批评话语所催生的。如果考虑到在这些商品（电影）的生产与消费背后的经济和文化力量，这种情境事实上要比简单的二元对立主义所描绘的更加多元化和多样化。在 1987 年以后，从一开始中国电影生产的多国资本就常常是涉及到东南亚的金钱和观众，而不是西方的金钱和观众。

　　直到最近，华语电影主要还是一种小规模的专卖店，它所涉及的大多是一些独具特色的手工艺品，而不是大批量的商品。一部电影不同于洗衣机，从任何国家进口的"艺术"电影不是一件简单的"商品"，不像那些贴上了本田、丰田、梅塞黛丝、福特或者可口可乐等商标的产品。当然，电影拷贝是通过机械复制的，但是它的市场销售、放映与流通却与麦当劳或者肯德基快餐的销售模式没有任何联系。虽然一部电影可能有多个拷贝，但它是一个独特的产品。如果我记得没错的话，在刚开始的时候，《黄土地》只卖出了一个拷贝。准确地讲，《黄土地》所卖出的根本不是具体的拷贝，而是在某个地区、某

个时间段内放映这部影片的权利。

从 20 世纪 20 年代开始,在美国和欧洲,外国影片就对创造和维持"艺术电影"的市场起着至关重要的作用。在将近一个世纪的时间里,对某个国家特定的自然资源和文化资源的开发和利用,一直都是该国电影艺术和商业中不可分割的一部分。被电影接受者的文化所肯定的价值更多的在于外国电影故事和风格与自身的"差异",而不是和它的相似之处。理论反思常常关注来自陌生的和外来的异国情调而忽视了对交流动力的理解。中国第五代导演的电影只是沿袭了斯堪的纳维亚、法国、德国、意大利和俄国电影在美国和国际院线中流通的道路。

张艺谋的电影当然展示了一些来自中国过去的场景,包括它的建筑、虚构的人物和习俗,以此作为它电影化表现的一部分。对于这个问题,有一些明显的先例。比如费里尼对意大利的电影化处理、法斯宾德之于德国、伯格曼之于瑞典的电影化处理,等等。在默片时代的法国人和意大利人特别欣赏美国西部类型片粗犷的异国风情。我怀疑张艺谋在 80 年代后期的问题,不在于他"发明"了关于中国生活方式的细节或者暴露了某些人认为应该隐藏的中国的阴暗面,比如中国乡村的贫穷。甚至也不简单地是因为他在电影摄影方面的成就而获得的(莫名其妙的)外国的荣誉与褒奖。或许事实是,张艺谋正在输出父权制社会精心保护的文化财富,即中国文化中的妇女。这是通过向外国人展示由巩俐扮演的那些有罪的妇女形象而实现的。张艺谋通过对经典影片中善良的社会主义妇女形象进行激进的重构,而公然冒犯了社会主义的礼仪和法则,这种行为被看作是一种文化丑闻和耻辱。他明目张胆地表现被性欲所裹挟的女性形象,女性的欲望将传统的美德抛到一边。换句话说,这种对女性的展示行为,是为满足富有的外国人的快感而提供本土女性形象的行为。那就是说,张艺谋的这种亵渎性的展示将中国的女性妓女化了,是为了满足世界窥淫的眼睛。传统的中国为此丢尽了颜面。

事实上,在这样一本以"视觉、性别、人种学与当代中国电影"为副标题,厚达 250 页的书中,周蕾从来没有、甚至在脚注中都没有提到过,对于全世界来说,中国新电影的面貌是什么,即女演员巩俐的容貌怎么样。但是,巩俐在以"原始激情"为标题的书的封面上出现了,"原始激情"四字赫然印在照片的下面,似乎就是照片的名字。巩俐在《红高粱》中的照片作为西尔伯格尔德的《电影中的中国》(Silbergeld: China into Film)的封面则显示出一种轻蔑、反抗或挑衅。巩俐的照片也出现在张英进的著作《中国民族电影》的封面上,巩俐在这里则显示出一种沉思的美。《原始激情》封面上巩俐的剧照,第一眼可能会被误认为是性的放纵或者色情的沉溺,并将巩俐本人当作菊豆,但事实上这是一个处于剧烈痛苦的震撼之中的女人,这本书首先是抹去了,然后歪曲了这位中国女性的形象。

认为"中国电影是人种志的一种形式"这个核心命题提出了如何在不同文化之间对艺术文本的阐释权力上做到平衡和对称的问题,作者的这个命题将文化的"交流"看作一种不平衡的、非对称的后殖民的观看交流模式。我们已经比较详细地辩论过这个论点。在该书最后一章,作者对这个观点的精心阐述使人变得特别困惑,那就是"转述"的问题,即把用自然语言表达的中国传统"转述"成现代的电影形式。这个问题和我们没有直接的关系,至少现在是这样的。正如我所理解的,《原始激情》不能离开后殖民理论而独自系统地演绎出一个可能的跨文化交流的概念。周蕾声称,这个问题的关联性,将会要求拆解西方人类学的认识论基础。我猜想那大概还有很远的路要走。作者的这一推托将东方、西方的"阐释难题"原封不动地留在本书的结尾。正像吉卜林(1891~1978,英国小说家、诗人)把它留在了 19 世纪的末尾。

据我所知,迄今为止跨文化阅读方法在美国批评家和各种各样欧洲国家的民族电影之间,或者与中国香港或台湾的电影之间并没有证明有这种问题。因此,在欧美与中国大陆关系中存在的这种理论僵局似乎是独一无二的,因此,通过考察几位在美国大学里工作的中国作者最近出版的著作,以继续对这个问题进行探讨,我希望是有益的。我在这种质询中将尽量揭示出存在于这些研究中的某些连贯性的假设。

那么,首先从北京大学的戴锦华教授的著作开始。戴锦华是用汉语写作的中国人,她关于第五代导演的论文集英文版最早是在 2002 年出来,书名是《电影与欲望》(Jing Wang and Tani Barlow 主编)。其中两篇大约写于 90 年代初期的论文与我们的讨论相关。我说"大约"是 90 年代初期,因为美国的编辑在论文集中没有提供论文在中国发表的具体时间。一篇是《后殖民主义与九十年代的中国电影》,另一篇是《雾中风景:对第六代电影的读解》。张艺谋的电影,特别是《红高粱》和《菊豆》被当作这一时期东西方批评的起点。戴锦华认为,为了回避中国电影的主流模式,吸引外国资本的投入和赢得国外电影节的注意和青睐成为在艺术电影模式下工作的导演生存的先决条件。根据戴锦华教授的观点,这样做所付出的代价就是:"要成功地通过那扇'走向世界'的窄门,意味着他们必须认同于西方艺术电影节评委们审视与选择的目光。他们必须认同于西方电影节评委们关于艺术电影的标准与尺度,认同于西方对于东方的文化期待视野,认同于以误读和索取为前提的西方人心目中的东方景观。"❶稍稍阅读几页原文是掌握其论点要领的最好方式。"在把西方文化的凝视加以内化的过程中,中国民族文化和民族经验甚至被更彻底地异化了,被凝固在他者的语言和再现之中。"❷根据她的批评,张艺谋的任务就是为西方观众复制东方文化的表象,通过还原或者恢复一些古老中国的物体,并在父与子的冲突中将俄狄浦斯化的故事加以放大和加强。例如,影片《菊豆》通过对原小说《伏羲伏羲》的改编重构了一些家庭关系,并为"谋杀"增添了戏剧性的力量。另外,这种改编有利于"建构一种西方的、弗洛伊德式的主题——窥视癖的视觉主题和关于欲望的叙事"。正是通过这种方式,中国电影中的中国变成了西方世界的镜像。"《大红灯笼高高挂》中陌生化的环境不是为了满足中国观众的胃口,而是为了迎合西方世界的愉悦与检阅。甚至其中使用的摄影机的位置、封闭的大宅院的空间安排和场面调度的手法,都是在西方凝视下重组了东方文化秩序的结果。"❸或者说,"中国历史和文化变成了一只死蝴蝶,绚烂翩然但是钉死在西方的凝视之中"。❹ 总之,张艺谋的电影为了变成一种全球化的产品而背叛了中国。

第二篇论文讨论了所谓的纪录片和"地下电影"运动的文化背景,如第六代的一些作品,并描绘了这个运动在西方被接受的情况。戴锦华写道:"自负的美国电影界轻而易举地创造了另一个西方知识分子的自我镜像,按自己的想像来勾画中国的社会发展,巩固西方自身的期待视野。西方的批评家忽视或者误读了电影的文化主体事件,并代之以他们自己对电影政治意义的阐释。"这就构成了戴锦华的术语"新的帝国主义的文化阐释"。在 1993 年,国外对没有被批准的中国电影的展映导致了国内对许多重要影片的禁止与压制。戴锦华写道,对这些导演及其影片的粗暴对待,"与其说是针对影片本身的问题,还不如说是对西方误读的一种回应。它毫无疑问是为了打击这些电影对中国制片体制的颠覆……更多地表现了对海外给这些影片以'地下'和'反政府'的头衔和定义的怨恨。它是西方电影界误读的'真实性'的一个有力证

---

❶ 王晶、泰尼·巴罗主编:《电影与欲望:戴锦华作品中女性主义马克思主义与文化政治》,第 50 页,伦敦:维索出版社 2002 年版。

❷ 同上,第 52 页。

❸ 同上,第 57 页。

❹ 同上,第 59 页。

明。这是一个恶性循环,显示了对立的意识形态阵营之间奇怪的互相回应和对话的方式。"❶这些分析为戴锦华关于"镜像"的比喻提供了实质性的根据,并支配着戴锦华的整个阐释过程。这种互相断裂与误解源于这样的事实,即"弱势一方注定会把强势一方的文化预期、甚至误读加以内化"。❷ 她的结论是,"文化对话的努力(特别是东西方之间),甚至是成功的对话,常常证明了'文化的不可交流性'。"这又是一个吉卜林!

周蕾和戴锦华对同样一些第五代电影使用的后殖民架构和马克思主义—女性主义读解上的相似性表现出许多共同的理论基础。她们都深深地扎根于西方的批评理论,并且在西方批评理论的框架下展开运作。她们之间的主要差别在于确定这些电影的类型时,一者称其为人种志,一者称其为自传体。尽管戴锦华谴责张艺谋故事结构和电影表达过分俄狄浦斯化,但弗洛伊德和拉康仍然是她的方法论和阐释内容的核心和基础。一些现成的句子应该足以说明问题:"随着弑父的历史行为而来的,(第五代)面对着来自古老东方文明和来自西方冲击的双重阉割性权力。这一代绝望地战斗在想像的边缘,而最终没能进入象征的秩序。第五代的艺术是儿子的艺术。文化革命的历史决定了他们的斗争注定要痛苦地处于持久不变的父与子的象征秩序中。"❸这种批评风格完全采用了拉康的分析模式。

考察周、戴两位作家在批评陈凯歌和张艺谋及其电影时其相对应的章节中的注释,是极富有启发性的。在戴锦华文章的章节中,没有明确的对西方理论资源的引经据典;在周蕾的文章中却有不少。她所参考的理论主要都来自海德格尔、阿尔都塞、鲍德里亚等西方批评家。在戴锦华的文本中,关于西方对中国电影的接受,只有一处引用了西方的出版物,即一篇出自《画面与声音》杂志的被翻译成中文的文章。附在周蕾的《原始激情》一书中三节关于第五代电影的文章后面的注释却多达 15 页,其中只有一条有关电影批评的参考文献来自北京出版的关于《黄土地》的中文论文集,还有一些引文来自香港和台北出版的对中国电影导演的访谈。周蕾关于文学材料的信息都来自于中文,而那些有价值的有关中国电影的批评资源则几乎全部来自美国出版的英语材料。更值得注意的是,尽管两位作者几乎在同一时间就同一主题发表文

❶ 王晶、泰尼·巴罗主编:《电影与欲望:戴锦华作品中女性主义马克思主义与文化政治》,第 92 页,伦敦:维索出版社 2002 年版。

❷ 同上,第 91 页。

❸ 同上,第 14 页。

章或进行演讲,但是这两位中国学者之间从来不相互引证,没有阅读、没有交流,也没有相互确认。就她们各自而言,重要的资源都是相互隔绝的。

现在我们来考察《原始激情》的影响。张英进的近作《银幕中国:当代中国电影中的批评性介入、电影化重构和跨民族想像》(2002),包括了一个广泛的、综合的、关于这个主题的所有重要文献的批评性考察。张英进在加州任教而且频繁地往来于中美之间。就在去年,他还出版了一本英文著作《中国民族电影》。《银幕中国》是一个非比寻常的资源,详细论述了中国大陆和香港、台湾关于电影的批评文字。在这里,我只想考虑两条线索:一是他对跨文化分析的处理;二是他对西方批评理论的观点。像其他作者一样,张英进以对《红高粱》的评论作为对这一主题的重要展示,但更新和增加了更多的例证,并采纳了周蕾的核心概念"自传性人种志",并称之为(对第五代电影)"完美的描述"。❶ 紧随其后的是:叙事上的"俄狄浦斯化"、"自我的东方化"、"自我的劣等化"等概念。他采用了、并用另一种说法重新确认了周蕾和戴锦华关于跨文化关系模式中的主要元素。在重新讨论了 1937 年的好莱坞电影《大地》(该片据说是在颂扬中国女性的精神力量,以及她对土地的眷恋)之后,他以下面的方式得出结论:"在多数情况下,在中国人种志电影中,对乡土中国及其受苦受难的女性的描述从无意识层面触及到西方文化记忆的基础,并且在西方观众中产生一种神秘的、不可思议的情感……绝大多数的中国人种志电影再次确认了在西方的这种主导的中国图像,以及'中国性'在西方被理解的意义。"❷我只需简单地指出十分明了的一点:好莱坞电影《大地》中,高尚纯洁的妻子奥·兰完全不同于《菊豆》或者其他第五代电影中的女性形象,在这部电影中没有任何明显的俄狄浦斯化的结构。并且,仍然活着的还记得(无论无意识还是有意识)这部电影的西方人,也一定是非常少了。

第二个问题是关于分析的理论框架问题。在分析了几位美国作家在批评中国电影时的失误之后,张英进教授发现并确认了他认为的在批评领域中一种特殊的"危险",一种"新的文化帝国主义形式",也就是:使中国文化的文本臣服于西方理论的主宰。我认为这是一种比较恰当的警告,人们应该切实地记在心上。但在眼下这个例子中,它又显得自相矛盾。因为张英进在得出这一警告时对《红高粱》所进行的分析正是围绕着詹姆逊、巴赫金和尼采的理

❶ 张英进:《银幕中国:当代中国电影中的批评性介入、电影化重构和跨民族想像》,第 222 页,安那堡,密西根大学:密西根专题论著之中国研究,2002 年。

❷ 同上,第 244 页。

论进行结构和展开的。前面讨论的两本书,即周蕾的《原始激情》和戴锦华的《电影与欲望》差不多都是十年以前出版的,给这个领域中在文化关系上的非对称性分析打下了基础,它们都是用西方批评理论的语言完成的。这一点非常明确,并在戴锦华书中的访谈中再次得到确认。戴锦华对于这一点非常坦诚,"我主要的资源就是西方电影理论,及其自然的延伸:后结构主义。"❶在面对西方批评理论在几部关于中国电影的著作(无论是东方还是西方)中所扮演的关键角色这一事实时,那种由这些研究方式所导致的文化帝国主义的威胁很难被人们所接受,因为至少其中的一种意见是在坚持某种形式的文化本质主义。但是,以这种模式写作似乎被当作研究和调查领域的通用语言。张英进的基本观点——文本的特殊性决不能被强迫简化为理论性模式或者被理论模式所简化,无疑是非常正确的。而问题在于,正如张英进所指出的,如何达成一种跨文化话语的形式,这种形式有助于形成他所说的"对话和多种声音并存"。❷ 美籍华裔学者鲁晓鹏的著作《中国、跨民族性、视觉、全球现代性》(2001)在三个方面从根本上重新结构了构成跨文化交流的问题:扩展所考察的艺术的范围;有意识地将中国跨区❸的文化和经济的复杂性与该书的基本概念结合起来;将后现代主义作为新的批评起点。尽管在讨论到电影时,鲁晓鹏指责说中国新电影"为了迎合国际社会,将影片的视觉效果异国情调化、色情化和政治化了",但是,他也将这种范式的语境重新考虑,并且赋予它一种可能的新意义。"在鼓吹建立一种抵抗西方的文化和话语的霸权而不是抵抗国家内部权力的学术性话语时,中国的后殖民批评家可能错误地认定了压迫的来源。于是,敏感的国内问题被忽略了。中国式的第三世界批评可能会被保守的政治玩弄得游刃有余,并迎合中国的民族主义感情。"❹该书以及鲁晓鹏最近选编的文集似乎要绘制一条新的路线。

很遗憾,文章篇幅只允许我对艺术史家杰洛姆·西尔伯格尔德的近作《电影中的中国:当代中国电影中的参照框架》(1999)和《中国面孔的希区柯克:电影化的双面,俄狄浦斯的三角和中国的道德声音》(2004)做一点简单的

---

❶ 王晶、泰尼·巴罗主编:《电影与欲望:戴锦华作品中女性主义马克思主义与文化政治》,第252页,伦敦:维索出版社2002年版。

❷ 张英进:《银幕中国:当代中国电影中的批评性介入、电影化重构和跨民族想像》,第140页,安那堡,密西根大学:密西根专题论著之中国研究,2002年。

❸ 指两岸三地。——译者注

❹ 鲁晓鹏:《中国、跨民族性、视觉、全球现代性》,第79页,加里弗尼亚:斯坦福大学出版社2001年版。

评价。它们代表了一种对前述传统的重大转变。在这些书中,有21部当代电影详尽的、根据主题组织起来的分析。第一本书包含267幅图片,每一幅照片都和论辩的一个部分相关。电影画面和经典的绘画、或其他的艺术作品并置在一起,以强调它们之间历史的延续性。第二本书中包含从三部电影中抽取出来的100个镜头画面,这些图片都没有进行任何裁切,全部都是真实完整的镜头画面。还值得一提的是,该书包含一张DVD,复制了那些对该书的描述以及论点的展开具有很重要作用的精选的关键电影场景。这是现存的研究文字中关于中国电影的视觉性讨论最详细、最专业的榜样。该书的第二个创新是,把对某些特殊文本的局部性特征的探讨取代了(前面那些批评家)把西方后殖民理论当作主要概念来阐述的做法,因为这些局部性特征证明了这些电影的复杂性或富于启发性。该书的第三个特点是抛弃了周蕾和戴锦华的那种以上帝的声音进行论述的、以理论为驱动力的研究方法,而在自己的论述中明确认识到某种研究视角所带来的限制。因此,该书所论及的影片都是根据共同的主题被组织在一起的。因此,当涉及到我们正在讨论的问题,即周蕾所谓的关于中国电影的"理论","自传性人种志"的概念在这里是完全抛弃了。"凝视理论"作为一种建构性的理论概念和作为一种电影句法的分析手段遭到了质疑。这不仅因为他认为中国的男人常常处于像妇女一样的、从属的社会地位;而且因为他指出了许多包括在各种电影中的例子,在这些电影中妇女的面貌是强大而优越的。总而言之,对于西尔伯格尔德而言,正是由于在已有的许多理论分析中对中国电影强加了某些西方的理论视野,它们将有关讨论中国电影的话语精炼化、东方化和殖民化了,并且拒绝了中国电影在世界文化中的适当位置。文集的第二部讨论的是他所谓的从香港、上海和台湾等城市体现出后殖民性、跨国混合性的作品,这些电影拒绝了他所谓的"维护一种历史性含糊的、中国民族的专制主义修辞"。❶

我们在这里所追溯的,以及主导这一领域的跨文化批评模式由某些非常顽强而且富于弹性的文化DNA所构成。它或者自我复制,或者每当关于中国电影的话题出现的时候就不断重复。很显然,这种跨文化批评模式已经在某个特定的时刻生长并植根在东西方的结构性和意识形态性的关系之中。在1974~1976年之间,美国和中国相继结束了越南战争和"文化大革命"。这

---

❶ 西尔伯格尔德:《中国面孔的希区柯克:电影化的双面,俄狄浦斯的三角和中国的道德声音》,第6页,西雅图:华盛顿大学出版社2004年版。

两件事情几乎巧合的时间使人联想到,在80年代中国大陆电影批评中所体现的这种东方、西方两极化的分析模式,实际上是上一个时代的意识形态遗产。这种批评模式似乎包含两个方面的内容:一方面关系到中国内部内在的力量;另一方面是作为对外部世界进行表达的风格。由此,这一"阐释难题"呈现为一种真正的谜。从内心来讲,它表现为几十年来直到现在还不断重复的对文化弱点自我意识的姿态。最明显的例子,它重复了与普契尼的歌剧《蝴蝶夫人》从上个世纪早期就开始表现的、相同的东西方想像。虽然还不完全清楚,支持这种二元思维的环境是否被改变。但是,对我来说,中国在当今世界中的位置,无论是从经济还是从政治的角度看,当然还有中国电影在2005年的今天,已经非常非常不同了。至少与跨文化批评模式起源的年代以及该模式如日中天的80年代早期完全不同了。我在想,如果我们抛弃这种跨文化分析模式,我们对中国电影在最近几十年所取得的巨大成就的欣赏、我们对文化中国在多元社会中的地位的理解,以及我们所使用的阐释语言是否会因此而更加清晰,甚至更有说服力!

(原载《当代电影》2005年第5期)

评论的契机

[俄罗斯]米哈伊尔·扬波尔斯基 文/李　时 译

　　这篇论文原是为 2001 年秋在纽约举行的纪念《电影手册》50 周年研讨会而作的。在论题上它可以与《译解与再现》和《电影鉴赏美学》等论文归为一类。在这里重又把安德烈·巴赞的论文作为关注的焦点，但关于巴赞的讨论重点不是像通常那样放在"时间的木乃伊"这个主题上，而是放在时间延续中的断裂点上，它同时也是若干时间延续形态的结合点，其中的一种形态（胶片在放映机中的机械传输）我把它称为"原生的时间形态"，而另一种与之相冲突的形态我称之为"次生的形态"。在我表述平行时间序列在 kapoe 点发生交叉的原理时，大大受益于巴赞的启示。现象学的视角使我较以前更为明确地把"次生的形态"认同于生活的流逝本身，认同于时间的延续、柏格森的"生命的冲动"。这样去理解电影中的时间延续形态，使得我后来在《错位的电影》一文中，得以从某种现象学的生机论进而研究历史，即生活经验在电影中的表达的问题。

　　1911 年，乔治·卢卡契❶出版了他第一本著作《精神与形式》，主张艺术是把经验性的生活素材加以组织，赋予它形式。按照卢卡契的意见，这是生活借以展示其本质的唯一方法。艺术家还生命于生活，但这重获生命的生活较之经验的生活更"本质"。艺术借助幻象超越经验的生活，而揭示出本质的生活。然而艺术与生活的物质层面连结得过于直接，以至艺术作品中的生活不可能是理性的、具有明确含义的。评论于是继艺术之后出现，它的主要目的就是从艺术所创造的种种形式中求出含义。用卢卡契的话说，评论家就是

---

❶　G·卢卡契(1885～1971)，匈牙利文学理论家、美学家、哲学家。——译者

"从形式中发掘命运载体"❶的人。他只有既同生活又同艺术保持一定距离才能完成自己的任务。然而他的任务的复杂性却在于,评论家往往过于远离现实,而他的研究又过于抽象。他可以轻易地把本质同生活分解开来,从而也就导致了世界统一性的瓦解。

就这种意义而言,评论的最高任务就是要进行这样一种精细的手术,使生活的艺术形式回归经验的生活中去,而这种回归又必须同时能揭示和这一回归密不可分的生活本质。这种关于评论任务的观点,总体上受到 20 世纪最初 20 年间最有影响的几位文论家——本雅明、克拉考尔以及布罗克和巴拉兹❷等的认同。例如本雅明在其早期的论文《德国浪漫主义的评论概念》(1920)中谈到"艺术作品中的自我反映",这与卢卡契的"回归"颇为相似。借助于这种自我反映可以获致与形式的思想紧密相连的更高理解。自我反映使经验素材的多样性达到某种理性的统一。❸

运用这种方法的最佳成果之一是齐格弗里德·克拉考尔的著作《群体的图案》。书名取自该文集的一篇主要论文的标题,在这篇论文中,详细描述了活的人群怎样变成某种形式,正是通过这种形式,生活展示出它的本质。问题在于,在群体的图案中(不管是军事检阅或体操表演或集体歌舞),人被纳入明显具有几何的理性特征的某种形式。但这种理性的含义对于直接参与其中的人们,也就是那些以自己身体构成这一群体图案的人们来说,却是不可理解的。在这种情境下,形式的理性含义只能为进行抽象思考的评论者所理解。然而悖理的是,以图案形式呈现的本质恰恰表明不存在任何本质:

作为一种抽象,群体的图案是自我矛盾的。一方面,它的理性减弱了自然性,使人不致失去光彩;另一方面,只有当这种减弱达到极点,才能揭示出人最本质的本原。恰恰因为图案的承载者不是作为普遍人格而存在的——不是作为自然与"精神"的和谐联盟,其中前者受到特别的强调,后者则被置于不显著的地位——所以它在由理性所决定的人看来是一目了然的。被纳入群体图案的人体,已经开始摆脱有机物的随意性,摆脱个性的轮廓,而进入

---

❶ 见乔治·卢卡契:《精神与形式》(巴黎,1974),第 20 页。

❷ W·本雅明(1892～1940),德国文学理论家;S·克拉考尔(1899～1966),德国电影理论家、艺术史家;E·布罗克(1880～1959),瑞士作曲家;B·巴拉兹(1884～1949),匈牙利电影理论家、编剧、哲学博士。

❸ 见瓦尔特·本雅明:《德国浪漫主义的评论概念》,载《本雅明选集》,第 1 卷(马萨诸塞州坎布里奇,1996),第 126～135 和 149～155 页。

无个性领域,因为一旦受到真理的照耀,由人的本原发出的知识化解了可见的有机形式的轮廓,它就甘愿归属于那个领域了。在群体的图案中,自然丧失了自己的本质,这恰恰指明一种条件,在此条件下唯一能够存活的分子便是那些对理性之光决不进行任何抵抗的分子。❶

换言之,现代生活的含义只有在自然形式被人为形式所取代时才能揭示出来。这一人为形式——图案——是合于理性的,但它的合理性在没有评论者的参与时是不可理解的,只有评论家才能把图案中隐含的、无意识的理性变成可以理解的。评论家的参与是必需的,这是因为,艺术作品的理性形式已经退回到自然的准有机性和神话的范围。❷

这样理解评论的任务就会使电影成为特殊关注的对象,因为似乎恰恰是在电影中实现着被当作艺术形式加以组织的生活向经验生活形态的回归。你不禁会觉得,在所谓"现实主义"电影中实现着的正是这样的"回归"。

电影形式把现实改造成现实的幻象,同时又不断超越这一幻象。在电影中,加在生活上的艺术形式不断地返回到经验的生活,因而电影形式就表现为一种自我否定的形式。实际上是这样的,它总是试图不再充当形式,而是变成无定形的现实本身。从这种意义上来说,电影现象可以理解为形式的不断自我否定,而在这过程中也就揭示出本质。电影越是含有这种向无定形生活的回归,它就越是当代评论的理想对象。

这种类型的早期电影评论的一个出色范例是恩斯特·布罗克的论文《电影中的音乐层面》(1919,初版为1913年)。❸ 照这篇论文的说法,音乐在电影中创造着它自己的、存在于影像世界之外的、活动的形式:

在这里,世界被再次纪录下来,不过这次是纪录在音乐中。但这并不是单纯地复制世界的声音形式;而是一些形象——混响的、奇妙的、充分表现生活之壮美的形象——从它们直接的客体上分离出来,组合成具有自己独特力度、独特品质以至独特现实性的主体。通过音乐,由于黑暗的冲动,存在本身

---

❶ 齐格弗里德·克拉考尔:《群体的图案》(法兰克福,祖尔坎普,1963),第59～60页。

❷ 格特鲁德·科克指出:"(图案)有目的的合理性不过是一种有序结构的自我永存,从而在这结构中发生了准有机状态以及神话性质的复活"(引自格·科克的《齐格弗里德·克拉考尔简论》〔普林斯顿,2000〕,第34页)。

❸ 也正是这位布罗克,在德国评论界提出了图案的话题。他的《乌托邦精神》第二部的标题就是《图案的生产》。在《乌托邦精神》里,他说到现代绘画的静止形式背后隐藏着一种运动,一种流。这种流便是有生命意识的表现,它把客观世界的形式同主观联系起来。这种作为流的形式也就是自我否定的形式,在这个自我否定的过程中揭示出隐蔽的生活。

攫住并表达出这种存在,并开始呈现于外部……用声音照亮这一刻的昏暗。这时所达到的极度强烈的神秘效力,无需借助任何用言词和影像所表达的相互隔离的概念,以绝对的"主观性"呈现自身。❶

在布罗克看来,音乐,是展现于一种形式——对世界的机械再现、直接的照相复制——之下(或之上)的另一种形式。

当布罗克写作这篇论文之时,即 1919 年,青年海德格尔❷在其《哲学观念与世界观问题》讲义中试图找出一种先于理论的、能为我们直接直观地表达生活经验、生活本身的层次。他的问题在于,不要把这个层次归结为事物的单纯的实在性,那样一来事物就脱离它们所体现的生活并使生活失去动力。他的解决办法是把目光从客体移向意向的结构本身,即"面向世界动态开放的趋向"的结构。这样一来,事物便被代之以"所自与所向的意向"。❸ 可见,海德格尔试图消除主体与客体、形式与物质之间的静态的对立。换言之,正如在布罗克那里一样,这里说的也是作为生活表现的形式的自我否定。音乐恰恰可以被理解为这种朝向未来的趋向,其形式便是时间。

也是在这一时期,贝拉·巴拉兹在他的电影论著中运用面相学素材阐述了类似的思想。在巴拉兹看来,电影和面相学本文一样,都是由若干动态层次、若干互相重叠的动态形式构成的。❹ 电影中的音乐形式,否定着对外部世界的照相复制物在放映机里机械展开的单调性。饱含情绪的、具有"张力"的运动形式中,充满了电影机机械运动的均匀性所缺乏的生命活力。正是这种"张力"把机械复制从电影中夺去的生命归还给电影。柏格森❺在《创造进化论》(1908)里大概是最早把电影的运动定义为从生活剥离出来的、抽象的运动:"可以说,每一个部分都把自己连贯的姿态串接在电影胶片的看不见的运动上。因此,这种方式总体上就是,从所有形体固有的所有运动中,抽出某种无主体的、抽象的、单纯的运动,或可称之为运动一般,把它放进机器,通过将这种一般运动与运动着的形体的各种姿态结合,来重现每一具体运动的独特

---

❶ 引自《恩斯特·布罗克文艺论文集》(斯坦福:斯坦福大学出版社,1998),第 160 页。

❷ M·海德格尔(1889~1976),当代德国哲学界最有创见的思想家,存在主义的主要代表,当代哲学家中最有影响的本体论学者。——译者

❸ 见 T·基泽尔:《海德格尔〈存在与时间〉的起源》(伯克利—洛杉矶,1993),第 52~54 页。

❹ 参见米哈伊尔·扬波尔斯基:《可见的世界:早期电影现象学简论》(莫斯科,1993),第 189~193 页。

❺ H·柏格森(1859~1941),20 世纪初法国著名哲学家,"变的哲学"的创始人,"非理性主义"的主要代表。——译者

性。这就是电影要解决的任务。"❶

由此可见，电影像克拉考尔分析中的群体的图案一样，也是要抽出无个性形式的生活、"运动一般"。正因如此，张力的动态形式（布罗克认为音乐便属于这种形式）才能够使"运动一般"复归于生活。

在布罗克的早期论文中特别值得注意的是，他提出了必须区分三种类型的电影时间：拷贝的机械时间、音乐的变形的和富于张力的时间和黑暗中体验时刻的时间，在这一时刻中，电影形式完全失去了时间的维度。

我并不打算考察魏玛时期评论是怎样分析经验生活与它在电影中的表现（这时它无可避免地被装入某种艺术形式的框子）之间关系的演变。这个问题本身就可以成为一篇有意义的研究文章。但我觉得，德国文论家提出的这种"演变"和"回归"的思想，在法国，在早期的《电影手册》，特别是安德烈·巴赞的评论活动中进一步表现出来。对巴赞的遗产，在我看来，有必要进行根本性的重新思考。

法国电影评论的知识与文化背景当然与魏玛时期很少共同之处。然而这两种看似极其不同的电影观却表现出惊人深刻的相似。

两者都认为，评论的任务是去理解电影艺术使我们面对的生活现实，电影艺术提供了种种形式帮助我们去理解这个现实。同时两者也都认为，这些形式应该回归到生活本身中去。与魏玛的情形的重大不同是，在法国出现了20 年代德国所没有的电影鉴赏现象，这个现象之所以特别重要，是因为它一贯把艺术与生活相互混淆，把电影艺术变成电影鉴赏者生活中不可分割的一部分。正是这种现象在很大程度上促成了战后法国电影评论的特殊发展，以及法国电影评论的原则同当年德国提出的原则之间出人意料的相似。

形式的概念在法国不像早年在德国那样（无疑受新康德主义影响）广泛流行。人们说到的不是形式，而是时间，时间就被理解为电影形式的基质。罗杰·莱恩哈特是最早研究电影时间性的理论家之一，他在《电影的编年史》一文（《泉》，1945 年 4 月号）中提出了新美学的若干重要原则。按照莱恩哈特的意见，单是活动影像本身便足以使观众着迷的时代已经成为过去："梦幻的造型艺术已经变成延续性的现实艺术、时间的艺术。"❷电影变成"时间的艺术"之后，也就自动成为叙事的艺术。莱恩哈特认为有两种基本的叙事类型：

---

❶ 见柏格森：《创造进化论：物质与记忆》（明斯克，1999），俄文版，第 338～339 页。

❷ 见 R·莱恩哈特：《电影的编年史》（巴黎，1986），第 146 页。

故事和小说。前者表现的是过去完成的闭合时间,后者表现的则是未完成时态的开放时间。莱恩哈特认为,电影更倾向于开放的时间形式,这种时间形式通常与直接现实的生活经验相联系。诚然,依我看来,莱恩哈特把这种开放的时间称为"小说式"并不完全合理。事实上,这种形式的开放性是模棱两可的:"电影家手中所把握的时间看起来是多么的简陋原始——在每秒 24 格的不停前进中既单调又不可逆转!"❶机械的复制的这种单调性,柏格森的"运动一般"的这种单调性,也就构成了电影投射于未经组织的生活素材的初级形式。不过,这种机械的单一性可以变成更加符合于柏格森延续性的生活经验的"次级"形式。据莱恩哈特的意见,电影直到不久前才学会了如何克服其本身客观性的形式限制,才学会了如何模拟现实的延续性:"电影的延续性——这是它最独特的属性——一经成为可逆转的,同时也就具有了伸缩性。它可以依自己的意愿与时间相吻合(如像戏剧中的时间或者说舞台表演的时间是可以与同类动作在现实生活中的延续时间完全吻合的)。也可以像文学叙事中的时间那样压缩和加速……"❷

然而有一点是电影无法支配的,电影是"必然地连续的",它没有顿歇、中断、暂停的时刻。这样断言今天看起来当然显得过于绝对化,但遗憾的是莱恩哈特未能破解这一点,尽管这具有深远的影响。不过,若干年后安德烈·巴赞"替他"做了这件事,巴赞从一开始就把时间当成了电影美学的根本。

他涉及电影时间形式问题的最出色文本之一是发表于 1953 年《思想》杂志上的《于洛先生和时间》。巴赞把于洛先生描写成一个打破正常的机械的时间的人,这种机械的时间既是日常生活的固有属性,也是"初始的电影形式"的固有属性,然而于洛先生却打破了这一点。所以,于洛先生能被设想在假期中。巴赞写道:

对于洛先生本人我们情愿做如下的设想:每年 7 月 1 日计算考勤的时钟终于停了下来,在海滨和乡间几处特辟的地方,暂时形成一段缓缓推移、自成一体、有如潮水涨落的周期那样的时间流程,这时,在销声匿迹 10 个月之后,于洛又自然而然地重新出现于海滩,仿佛化入的镜头一样。这是充满了重复无用动作的时间,它似乎勉强地推移,到午休时分则完全停滞。然而,这又是礼仪般的时间,娱乐活动有如例行公事,成了一种徒具形式的礼仪,它确定着

---

❶ 见 R·莱恩哈特:《电影的编年史》(巴黎,1986),第 146 页。

❷ 见上书,第 147 页。

时间的节奏,比办公时间还要严格。❶

这种古怪的、无所作为的时间不能保证连贯的直线的叙事。❷ 巴赞把这种不寻常的时间延续称为"柔和旋动的"时间。值得注意的是,这种"午休时分"的完全停滞的时间是出现在时钟停了下来的时候。这实际上说的是时间的停止,它使人感觉像是"重复无用的动作"的礼仪。

巴赞注意到,"唯有他(于洛先生)体验着这种时间的流动,而旁人却竭力恢复一种毫无意义的秩序:饭厅那扇大门的开合就是这种秩序的节奏。"❸那么这位于洛先生究竟是个什么人呢? 他是对初始时间形式、电影的单调和机械性、"运动一般"进行"解构"的体现者。但同时他又决不是柏格森的延续性的载体,他决不属于"容许预见"的形式的范畴。他毋宁说更像是一个有生命、有动力但没有意识的图案,更像是克莱斯特❹笔下那种超级木偶:"他本人可能并不制造最令人捧腹的噱头,因为于洛先生只是混乱状态的一种形而上的体现(他所经之处,总要有长时间的混乱)……于洛先生的特点仿佛是怯于完全肯定自身的存在。他总是犹犹豫豫,难以捉摸。"❺这种自身的不存在使得他同延续性,即度过的时间经验、存在的表现毫无关系。它使得于洛归属于一种初始的潜在而不是实在的范围。

按巴赞的说法,由于洛先生形而上地体现着的时间,不是生活的时间,而是打破电影所固有的机械的时间形式的一种形式。这个名叫于洛的形式的运动,就像一个木偶的无意识的手势,打破了另一种形式——即电影机不停的运动姿态僵死的单调性。这两种形式的碰撞,它们戏剧性的相遇,具有特别重要的意义,以致巴赞为此写出了他最出色的论文之一:《每天午后的死亡》——关于彼埃尔·布隆伯日的影片《斗牛》的评论(《电影手册》,1951 年 12月号)。

在这篇文章中,巴赞提出了两种电影时间的原理。一种时间是来自"经

---

❶ 引自巴赞:《电影是什么》(莫斯科,艺术出版社,1972),第 77~78 页。中译本可参见中国电影出版社,1987 年版,第 46 页。

❷ 叙事必须要有发展、前进。柏格森称这种情况是"容许预见"的形式,是这样的意识状态。此时"过去作用于现时,从而产生出以前形式不可比拟的新形式"(见前引柏格森书,第 41 页)。这里实际上说的是一种由"生命的"或"原始的"冲动所决定的形式。而机械的形式,与朝向未来的形式不同,它"不提供预见,只是把原有成分重新加以组合"(见引同上书,第 44 页)。

❸ 见前引巴赞书,第 78 页(中译本,第 47 页)。

❹ 大约是指与歌德同时代的德国伟大戏剧家海因利希·冯·克莱斯特(Heinrich von Kleist,1777~1811)。——译者

❺ 见前引巴赞书,第 76~77 页(中译本,第 45 页)。

历的时间，柏格森所说的延续性，这是不可逆转的并具有本质质量的（qualitative paressence）"。❶ 与这一时间有关的每一刻都是独一无二的、互不相同的。第二种时间则被定义为"事物的客观时间"。巴赞对这两种时间状态的区分直接来自柏格森，柏格森在《创造进化论》中就提出了两种类型的秩序，它们"属于同一种类但又相互对立"。❷ "前一种秩序属于有生命和有意志（voulu）的事物，相反，后一种秩序则属于无生命的和机械性的事物。"❸ 但在属于延续性的那些时刻中间，有一个时刻具有特殊的意义，这就是死亡的时刻："对于任何一种生物来说，死亡都是唯一重要的时刻。这一刻以回顾的方式确定生命的特定时间。这一刻标志着有意识的延续与事物的客观时间之间的分界线。"❹

这一论断具有非常重要的意义。因为，死亡标志着延续的结束，也就是对时间的主观体验的停止，这也就是延续性变为客观的、不停顿的、单调的时间的分界线。把死亡作为电影中主观特定时间与无主体的"抽象"时间之间的分界线，这也就使得死亡成了电影的两种基本时间形式之间的一个联系环节。正因如此，巴赞宣称死亡是解开"电影特性"的钥匙。❺

斗牛对于电影来说显得特别有意义，因为斗牛是把现实的危险乃至现实的死亡的独特时刻放进一个由延续性与无主体客观时间之间的张力构成的艺术形式之中。它使我们可以重复那个不可重复的、独一无二的时刻："在银幕上它甚至更加令人激动，因为它原有的震撼力因重复而效果倍增，使它带有了特殊庄重的色彩。电影永久地纪录下了马诺莱托之死的物质面貌。"❻

死亡时刻的意义等同于加斯东·巴歇拉尔❼在《瞬间的直觉》一书中分析过的"诗意瞬间"的意义："为了达致狂喜、痴迷的状态，必须使对立的反题聚合成矛盾。只有这时才会出现诗意的瞬间。无论何时，诗意的瞬间总是激越的、积极的、强烈的矛盾的意识。诗意的瞬间使存在增大其分量或失去其分量。在诗意的瞬间里，存在或高高飞升或急速下落，不理会现实世界的时间，

---

❶　见前引巴赞书，第 63 页（中译本未收此篇）。

❷　见前引柏格森书，第 245 页。

❸　见前引柏格森书，第 247～248 页。

❹　见前引巴赞书，第 63 页。

❺　见前引巴赞书，第 63 页。

❻　见前引巴赞书，第 65 页。

❼　G·巴歇拉尔（Gaston Bachelard，1884～1962），法国哲学家、文艺理论家。——译者

因为这种时间会把那矛盾的状态、瞬时的状态化为连续的状态。"❶这一瞬间把两种互相排斥的形式、两种互相矛盾的时间合在一起,加以否定,从而造成一种矛盾的状态。按雷蒙·贝卢尔的说法,在这种时刻,"电影制造出一种反对自己本身基础的幻觉"。❷ 这时出现的矛盾状态造成极不寻常的张力,就像生活本身的那种张力。这种时刻,如果借用巴尔特❸的术语,就是符码解体的瞬间,如像巴尔特的 punctum'e❹ 或弗拉基米尔·扬凯列维奇的"je ne sais quoi"那样,"在无限小的火花中"❺闪亮。

布隆伯日关于斗牛场的那部影片伴有米歇尔·雷利斯的画外解说,这个解说以《论被看作一场斗牛的文学》为题出版。这篇解说词大约影响了巴赞对影片的分析。雷利斯断言,文学的任务之一是,"哪怕把牛角的一点点影子刺进文学作品之中"。❻雷利斯文章中最精彩的一点是,他断言斗牛场上最致命的时刻恰是斗牛士动作花样最完美的时刻。❼ 依据他把文学喻做斗牛的这一比喻,他认为,文学的笔法只有在最大限度符码化的古典风格框架内才能达到最高度的真实性,这种风格实质上等同于斗牛士赴死前的精湛步法。雷利斯实际上是指出了图案在揭示真实中的作用。在较早的文本《斗牛是一面镜子》中,他把斗牛士和牛的动作描写为两种互相干扰的几何图形:"简单些说,就仿佛存在一种几何图形,也存在一种对它的干扰——几何图形不断被扭曲。斗牛士与他那符码化了的外貌和技法,代表着和谐,与此相比,牛则是扭曲(也就是恶)……人们的预期是人被畜牧杀死,与这种预期的逻辑相比,斗牛士的动作、他的闪避则是扭曲和偶然。"❽

值得注意的是,克拉考尔的《群体的图案》一书开篇是一篇短文"少年与公牛:运动的研究"。在这篇短文中,对图案的两种(取决于视角的变换)扭曲被古怪地变形,使得图案本身成了产生扭曲的发生器。在克拉考尔笔下,斗牛士不止一次地被描写成木偶(差不多就像于洛先生那样),被描写成有生命

❶ 见巴歇拉尔:《瞬间的直觉》(巴黎,1979),第104~105页。

❷ 见贝卢尔:《影像之间》(巴黎,1990),第110页。

❸ R·巴尔特(Roland Barthes,1915~1980),法国社会评论家和文学评论家,语言学、符号学的重要代表人物。——译者

❹ 节点。——译者

❺ 见扬凯列维奇:《不知何物与几乎无物》卷1,"方式与机遇"(巴黎,1980),第113页。

❻ 见雷利斯的"人的时代",引自《论被看作一场斗牛的文学》的前言(巴黎,1979),第14页。

❼ 见上书,第12页。

❽ 见雷利斯:《斗牛是一面镜子》,载《十月》第63期,1993年冬季号,第28页。

的活动的图案：

木偶让红布闪动，并用匕首画着越来越小的圆圈。在这图案的强大力量震慑下，公牛开始发抖……暂时这一切还只是戏弄。匕首还可以收回，红布还未必一定与鲜血混在一起。一记猛刺，匕首的闪光穿透围栏。匕首从木偶手中飞出；它不是被少年甩出的。受惊的畜生向后倒退并闪动着刺眼的光芒。❶

克拉考尔对斗牛士的描写与巴赞对于洛先生的描写出奇的相似，仿佛塔蒂❷影片中那个偶人突然来到了布隆伯日的影片里。图案展开它无意识的界线，这界线却有着致死的力量，它使公牛一看见那"图案的强大力量"就禁不住发抖，直到死亡使那运动着的几何图形的曲折线条停止下来，并爆出真实的火花。这个图案的——或者借用雷利斯的比拟，这种笔法的——人为性，是揭示真实的必要条件。

巴赞和克拉考尔的描写中最令人惊奇的是，不存在、虚无、照相的复制（用巴赞在那同一篇文章中的话来说，就是"没有心理现实性"❸的照相复制），突然变成真实与存在。流着真的鲜血的无意识的木偶，也像那个"怯于完全肯定自己的存在"的于洛先生一样，在斗牛场上并不完全存在。吉尔·德洛兹在《区别与重复》中把死亡描写成"不复存在的、我同存在不可能有任何关系的时刻"。❹ 大体上说来，这个定义也可以转用于整个电影的世界。更为惊人的是，恰恰是死亡的时刻赋予空虚缥缈的电影世界以它天生缺少的那种现实的存在。

当然，认为时间上可以有某个现实的点，即现在一刻，也即存在的一刻，这种概念本身只是一种幻觉。现在是没有的，它总是要么已成为过去，要么还属未来。我们假定有可能有像"一瞬间"这样持续的现在一刻，那也只是说明，我们需要哪怕在极短的时间里保持一下某种形式的稳定性。❺

---

❶　克拉考尔:《群体的图案》，第 10 页。

❷　指《于洛先生的休假》一片的导演雅克·塔蒂。——译者

❸　见前引巴赞书，第 62 页。

❹　见 G·德洛兹:《区别与重复》（巴黎，1968），第 149 页。

❺　德洛兹把电影中现在的时刻（他称之为"重点"）与事件的形式联系起来。因为任何事件总具有某种时间上的形态，所以它据德洛兹的意见，包含着"失去现实性的现在时刻"——"未来的现在"、"现在的现在"和"过去的现在"。引自德洛兹:《影像—时间》（巴黎，1983），第 132 页。这些时刻的现在性是借助于某一形式内的同时性而形成的。整个事件的形式在电影中则是属于过去的。

德里达❶指出:"存在本身的理想形式的前提是,它可以无限地重复,它的复归,像同一事物的复归那样,是永远的必需,并将化入现在本身中……无论前瞻还是回顾,对现时存在的理解总是来自复归的叠加、重复的运动,而不是相反。"❷

这一见解恰好在电影的语境中具有实质性的意义,因为在电影中,机械重复的空虚形式恰好可能成为存在本身的预备条件,克服电影天生的缺陷——存在的缺失——的预备条件。空虚的形式超越"一瞬间"并展现出生活的存在。

电影形式的可逆性问题在一定的阶段成了电影评论的中心话题,尽管并没有以这样的概念表述出来。这个问题出现于早期《电影手册》一些最杰出的评论家的文字中。虽然这些评论家各有自己的立场,恐怕谈不到有一个统一的"评论学派",但恰是这两种形式及其转换的问题一再出现于不同作者的笔下,成了他们的一个共同标志。讨论涉及的始终是某种特殊的超越时刻,某种否定其表现形式的顿悟。

在载有巴赞对布隆伯日影片评论的那一期《手册》上,亚历山大·阿斯特吕克❸发表了一篇关于罗西里尼的《斯特隆波里火山》和希区柯克的《摩羯星座》的评论。据阿斯特吕克的意见,一部影片中所有与其"笔法"(照他的说法)有关的一切——即摄影、分镜头以及任何导演元素——都属于"编织谎言"的范围。这一论断显然反映着萨特对虚假、矫饰、不真实的批判态度的影响。阿斯特吕克把这些形式元素同符号和表意的水平联系起来。然而,据他所说,电影的任务是要表现美(grace,还含有宽容、感恩、优雅之意)的状态,而这种状态是不能用符号来表现的:"(美的状态)没有自我表现的符号,因为它是不可中介的"。❹ 美这个主题既是阿斯特吕克的,也是巴赞的特

---

❶ J·德里达(Jacques Derrida,1930~),法国哲学家和思想家。——译者

❷ 见德里达:《语言与现象》(巴黎,1972),第75~76页。

❸ A·阿斯特吕克(法国电影家,首创"摄影机自来水笔"一词,倡导"运用摄影机写作")关于"笔法"的见解可以说预示了后来的结构主义,尤其是R·巴尔特的思想。然而区别在于,这一前结构主义思想明显带有萨特对虚假进行揭露和点破的意旨,而结构主义则彻底摒弃了文本读解中真伪对立的观念。

❹ 见阿斯特吕克:《在火山之上》(载《电影手册》1951年,第1期,4月号,第30页)。据阿道尔夫·哈尔纳克这样的权威人士的意见,关于美的直接性的主张"不符合耶稣是上帝慈父心灵的镜子和永恒的中介人这种含义"(可参见哈尔纳克:《教条史》,第5卷〔纽约,1961〕,第87页)。在奥古斯丁关于"美"的概念中,爱是直接同上帝交流的方式,从而排除了救世主的中介作用,也打破了法的形式。

有话题。❶ 但由于美不能记入某种形式,阿斯特吕克把两部影片看作是为宣示美而使形式自我湮灭的例子。形式与美之间无法消除的矛盾迫使阿斯特吕克把电影定义为"自我矛盾与模棱两可的奠基性艺术"。

在同一期杂志中,洛·杜卡在关于布莱松的《乡村教士日记》的评论中断言,影片所揭示的美(与阿斯特吕克和巴赞一样也是用的 grace 这个字眼),是摄影机工作质量(它"使时间的概念变成可以触摸的")与拒绝使用"任何导演技巧手法"❷这两者间的冲突的结果。影片的形式建立在摄影机工作所构成的时间延续性上,但这个形式又不时被叙事节奏所打破。两种形式(延续性与叙事形式)的冲突铺垫出了顿悟的时刻,这个时刻无他,恰是两种形式的互相抵消。❸

由于围绕形式逆转和湮灭的时刻,围绕 kapoc 的时刻(而顿悟、美的时刻也就是 kapoc 的时刻,同时也就是死亡的时刻)来构筑评论,《手册》的评论家们就以自己的方式重建了魏玛时期先行者们的评论范式。这种评论方法也就在很大程度上决定了《手册》的空前成功。它使评论家们能够超越单纯的对影片的探讨,在影片与生活(就其宗教和哲理的含义来加以把握的生活)之间确立直接的联系。实际上,这种方法使得法国电影评论上升到了对存在进行准哲学分析的水平。

最后,这种方法还使得有可能在杂志和电影鉴赏者运动之间建立并保持紧密的联系。保罗·威尔曼发现,构成电影鉴赏礼仪的基础是对顿悟时刻的认知,这种时刻有助于把影片变成崇拜的对象。他写道:

如果你读一读特吕弗和戈达尔在《手册》上的那些早期文章,你就会看到……他们是在对当时法国特有的、以作家政治而闻名的天主教政治乃至右倾政治做极力合理化的辩解。他们当时所写的东西是对他们认为对电影最

❶　参见巴赞:《〈乡村教士日记〉与罗贝尔·布莱松的风格化》(载《电影学笔记》,第 17 辑,1993年,第 86 页)。详见《错位的电影》一章。

❷　见洛·杜卡:《信念行为》(载《电影手册》,1951 年第 1 期,4 月号),第 46 页。

❸　洛·杜卡把奥古斯丁对美的理解原封不动地搬到电影上来。在奥古斯丁之前,传统认为,与上帝的关系是借助法律和美来实现的。奥古斯丁把法律和美连结起来,结合成一个对子,它们之间的关系就像是形式与顿悟时刻之间的关系那样。他写道,为了定罪,需要法律,因为没有法律,也就不可能犯法,即犯罪。由于"产生出"罪,所以"法律不但无益,反而有害,如果没有美(或曰慈悲)来给法律做补救的话;法律的益处可由下列事实加以证明,即它迫使所有它发现有犯法罪责的人必须向美去求得帮助和解救,克服他们向恶的趋向"。可参见圣·奥古斯丁:《论基督的慈悲兼论原罪》(载《圣·奥古斯丁著作集》,第 1 卷,纽约,1948,第 589 页)。美是对法律的否定,它完全依赖于上帝的意志,但它却是以违犯法律的形式出现在人的视野里。

主要的那些契机的高度印象主义的回应,用 Ｔ·Ｓ·艾略特❶的话说,是那些契机的"联想性等价物"。❷

在威尔曼看来,这种顿悟的时刻"对所表现的东西"显得是"多余的",这是些超出常规的、没有意义的时机,是以虚假的生活本身存在的幻象超越于形式的时机。这个存在的幻影也就是偶像崇拜,因为偶像崇拜无非就是试图用幻觉确保并不存在的或已经消失的东西(如菲勒斯之于女性)的存在。

在早期《手册》中,对顿悟时机的崇拜是同爱的主题、同电影鉴赏的快感的主题联系在一起的。这个主题已被电影史家做了透彻的研究。❸ 把形式湮灭或逆转的顿悟时刻与享受电影鉴赏快感联系起来,这本身具有很大意义。这正是一条界线,20 世纪 20 年代魏玛的评论与 50 年代巴黎的评论之间的相似,到此为止。克拉考尔或卢卡契的图案在破灭或逆转的时刻发现生活在失去意识的人为形式中异化。而《手册》的评论中,这一逆转中表现出来的无意识则转化为性。

巴赞在他那篇关于电影中的斗牛的文章末尾写道:"电影永远地纪录下了玛诺莱托之死。在银幕上,斗牛士每天午后都要死去。"❹

斗牛士的死在无穷的重复中不仅成为电影的象征,而且也成为电影鉴赏的偶像崇拜的特殊契机。电影鉴赏中的偶像崇拜正像整个电影鉴赏行为一样,是以重复顿悟时刻和留住消逝中的时间为基础的。斗牛士之死在变成电影鉴赏"快感"因素的同时,也就成为塔那托斯与厄洛斯❺合而为一的瞬间的标志。

(原载《世界电影》2004 年第 1 期)

---

❶ Ｓ·Ｔ·艾略特(1888～1965),英国诗人,文艺批评家。——译者

❷ 引自 Ｐ·威尔曼:《外观与矛盾》(布卢明顿—伦敦,1994),第 235 页。

❸ 参见 Ｍ·弗奈特:《电影理论与电影史中的偶像崇拜》(载《无尽的黑夜——电影与心理分析比较史》,珍妮特·伯格斯特龙编,伯克利—洛杉矶,1999,第 88～95 页)。

❹ 见前引巴赞书,第 65 页。

❺ 塔那托斯,希腊神话中的死神;厄洛斯,希腊神话中的爱神。——译者

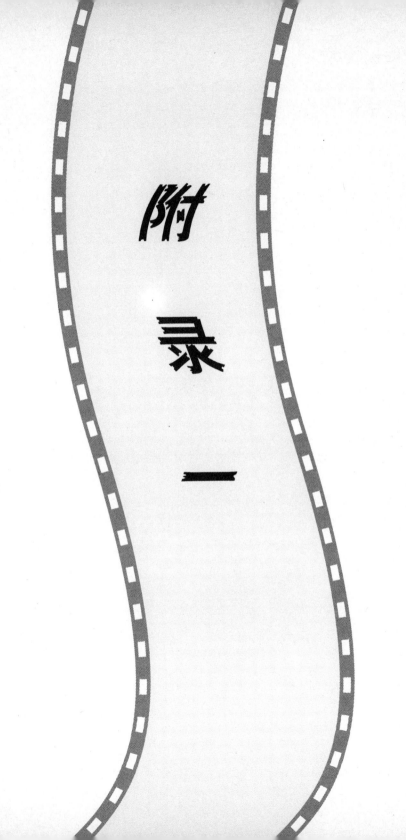

附录一

电影评论有愧于电影创作

钟惦棐

文联全国理事会着重讨论了《关于文艺工作的若干意见》。我不是全委，文件看到得很晚，来不及认真学习。但我认为，文艺指导思想从一点论转到两点论，即既反对"左"的流毒，也反对资产阶级"自由化"，就算是个不小的进步。我们作为"过来人"，深知来之不易！正确地说，这种进步应该是以党的十一届三中全会划线的。在这以前，我本人能不能继续从事电影评论，实际上已经作了结论。我曾经后悔过：如果当年我不是学写影评，而是研究白居易，那么，我有一部影印的《白氏长庆集》，再弄几本有关的书，二十多年，我有可能成为这方面的专家。而电影，你既看不见，又远离创作实践，更加上我本来就没有根底，因此在重做电影工作以后，就常冒冷汗，常不满于自己的浅薄与无知。

这次的影协第二次全国理事会，我想到的第一件事就是检讨。因为经过一年多的推卸，影评学会的铃铛，还是套在我的脖子上！学会成立了一年半，工作做得很少。学会几个管事的人，希望我为电影批评工作、特别是为电影理论工作呼吁一下，这当然是应该的。不久前文化部要我去南斯拉夫，我就没敢去。我挂着个铃铛，你究竟对电影理论懂得多少？对世界电影情况知道多少？南斯拉夫的电影你看过多少？知道多少？学术问题，装样子是不行的，知之为知之，不知为不知。这种心情，反映出我们的电影实践状况比之电影理论好，电影理论处于很不相称的地位。

因此，我的发言主要讲这种不相称的表现。

这种不相称，首先表现在对这几年来电影创作的成就方面，以及它们在探索中出现的问题方面，缺乏及时的、系统的研究和总结，理论落后于实际。

近几年的电影，在反映人民群众更切近的现实生活方面，表现出更有见地、更有勇气，在艺术上也更加考究、新颖，比较符合生活的本来面貌，从而也

更加贴近观众的真情实感。《天云山传奇》是这样,《被爱情遗忘的角落》是这样,还有其他一些影片,也是这样。

出现这样的局面,不是偶然的。这就是二十多年,特别是"文革"十年,大大地打开了人们的眼界。生活中有许多事情,经过一次表露是不容易看清的。甚至搞不清究竟是客观世界发生了变化,还是主观世界出了毛病?比如对待"反右"运动的态度问题,可以说是全党一致的。甚至在运动中受批判的,包括我本人,也是这样看的。谁也不认为它有严重扩大化的错误。何况人皆曰错,我独曰对,这对于50年代的共产党员说来,是很难做到的事!特别是批评来自党和国家的权威方面。1959年的反右倾,就有些不一样。但认为彭德怀同志犯了"错误",仍居党中央的多数,直到"文化大革命",更准确地说,是到"文化大革命"后期,以总理之逝为分界线,情况就大不相同了。"四五"运动便是在这样的认识基础上爆发的。如今对电影《天云山传奇》的看法还有分歧,但是站在影片对立面的,肯定不能代表群众中的多数。

这是一个了不起的进步!决不能把这点估计低了。科学共产主义作为理论体系的形成,从《共产党宣言》算起,直到今天,也只有130多年的历史,任何理论都要经过实践的检验。当年马克思、恩格斯认为只有在资本主义发展得比较充分,即生产力高度发展的国家,才有可能实现社会主义革命。列宁的《帝国主义论》则提出在新时期有可能在资本主义世界的薄弱环节和统治较差的殖民地、半殖民地首先实现社会主义。结果正是这样。现在看来,新的世界体系大多面临旧的困难,这就是经济上和文化上的落后状况。

《被爱情遗忘的角落》揭示了这点:贫困的生活,爱情也必然是贫困的。或者说,爱情的贫困是由于贫困的爱情。在时代的序列上,《被爱情遗忘的角落》可视为《天云山传奇》的姐妹篇。它讲的不是1957年,而是1957年之后的头脑膨胀,忘了任何头脑都需要物质来营养这个客观真理。马恩便曾经指出过这点,说在经济领域内不能施用暴力,"在一无所有的地方,皇帝也和任何其他暴力一样,丧失了自己的权力,从虚无之中,不能产生任何东西。"(恩格斯)"君主们在任何时候都不得不服从经济条件,并且从来不能向经济条件发号施令。"(马克思)事情难道不正是这样吗?因此问题如何解决,不是凭藉主观臆想,而是凭藉执政党——共产党的正确政策、路线。它们如果有错,就有个对待错误的态度问题。我们向来称自己是"革命的乐观主义者",如果"革命的乐观主义"不把全党全民在从事巨大实践中的巨大觉醒、巨大进步放在眼里,这种"乐观主义"不仅是盲目的,而且是虚伪的和有害的。

有一种论调，说《角落》太低沉了，说它只能加深人们的"信仰危机"！我想，"低沉"的如果只是角落，那就让它低沉去吧，可惜在实际上，被低沉的绝不只是角落！而是一条错误路线。《角落》选择了这样的题材，已经是苦心孤诣的艺术加工的结果。诉说的只是存妮和荒妹没有光彩的爱情，和同一社会中的两代人在爱情生活上的变异。我们一些从老解放区来的人，对这样的变异感触尤深：作为社会发展阶段，是进步了。这种进步为人民带来明显的政治利益和物质利益，这就是菱花时代和存妮的出生时代。到了存妮和荒妹的成长时期，愁苦便代替了欢乐，文明让位于愚昧。用荣树的话说，根子便在于穷。至于"信仰危机"，我以为它绝不来自我们正视现实并勇于揭示现实中存在的弱点、弊病方面，而来自讳疾忌医方面。我们可以爱病态的林妹妹，而绝不应该爱社会中的病态。我们正是为了有效地消除旧社会的病态才革命的。今天如果掩饰病态或讳言病态，所得到的必然是双重病态。"四人帮"只是长年病态的产物，谁如果看不出这点，那就未免太遗憾了。

因此我认为"打碎旧世界"这个无产阶级的豪迈口号，包括两个方面的含义：一是用镰刀、锤头和枪，这指的是旧的客观世界；还有一面是指革命者的主观世界。主观世界要不断地前进，对旧世界遗留下的许多东西，如争权夺利、独断专行、考究排场、文过饰非、沉溺于安乐享受等等，不保持个清醒头脑，甚至以为"大丈夫不当如是乎！"爱之尤烈！那么对旧社会的批判，岂不就成了"以五十步笑百步"了么？蒋介石王朝如果不是严重脱离人民，我们属于"武器的批判"的小米加步枪，能够发生那么大的作用么？马克思说，资本家由于束缚于金钱，贪得无厌，他自身也是奴隶——金钱的奴隶。照我看，房子、车子、权力、地位，对于夺得政权的无产阶级来说，也很有可能成为枷锁，也应该从思想上来一次解放：赤条条来去无牵挂！我们都知道马克思还说过另一句话：无产阶级在斗争中，除了失去自己身上的锁链，什么也不会失去。用过多的精力去经营那些视为命根子的东西，即使用旧社会的道德标准看，也是"名缰利锁"，是不能称为"达人"的。

在这个意义上，我以为使用"敌我矛盾"和"人民内部矛盾"这样的政治标准来衡量文艺创作，是不利于文艺创作本身的。果戈理的《伊凡·伊凡诺维奇和伊凡·尼基福维奇吵架的故事》是什么矛盾？为了屁大的一点事争吵不休，说它是"人民内部矛盾"，但它却反映出俄国的停滞和落后，而这种停滞和落后正是俄国和外部世界的最大矛盾！列宁在他的著作中，一再嘲笑"奥勃洛莫夫性格"，而冈察洛夫在他的小说里，可以说连"人民内部矛盾"的影子也

没有,他的查哈尔一直无比忠诚地侍候着他,连翻一个身都害怕他跌到床下摔死了!但俄国要前进,就决不能容忍奥勃洛莫夫性格!因此说"人民内部矛盾"就应该轻描淡写,甚至讳莫如深。这在日本人还在,蒋介石也还没有跑掉的时候,这样说是合理的。而在社会主义建设时期,就会搞垮我们的队伍。使坏思想、坏行为、坏作风在"人民内部矛盾"的屏风后面怡然自得,甚至合理合法。谌容在《人到中年》中写了个"马列主义老太太",这在文学上是个突破。她自然不是什么坏人,但也不是新人。在她头脑中的社会主义,实际上是等级社会主义。

关于两类矛盾的学说,毛泽东同志原本另有所指,作为世界范围内的无产阶级专政历史经验,是个重大的贡献。但文艺本身的规律不等同于政治斗争的规律;文学艺术的认识价值、审美价值和娱乐性,也不等同于政治斗争的成败。儿童看电影,总是首先要弄清"好人"和"坏人"。两个《许茂和他的女儿们》,基层观众比较喜欢"八一"厂的那个,其中有两个原因:一是对于没有读过小说的广大观众来说,它的故事线索比较清楚;二是郑百如这个人物,比较符合"传统"中的描写方法,一看就是个坏人。但是这里就提出一个问题:好人有好人的写法,坏人有坏人的写法;结果就是原因,原因就是结果。清楚是清楚了,但用这种眼光去看社会,去对待现实生活本身,很有可能是不适用的。在英国、意大利和西德合拍的影片《卡桑德拉大桥》中,有贩毒者,有走私犯,有浪荡不羁的大军火商太太,这都该算是坏人了吧?但当迫在眉睫的灾难威胁着他们每一个人的生命时,坏人又做了好事。这些看起来是不可理解的事情,却是生活本身。我曾想对这部影片写篇评论,想了三个命题,前两个忘记了,只记得最后一个是:写人要不拘一格。好就好到底的人是有的,但是不多;坏就坏到底的人也是有的,恐怕也不多。比较多的人是干了许多好事,由于荣誉或别的什么原因,主观自大起来,又干了一些坏事。当他干坏事的时候,主观上恰恰认为是好事,甚至天大的好事,后来证明是坏事或天大的坏事。至于说坏人就不能做好事,这种观点同样有害。四川有句土话:"竹竿爹得过,人爹不过。"含义是深刻的。把人看得很死,或者写得很死,只能如此,不能如彼,其实也就是死人。何况死人也还有"盖棺"而不能"论定"的时候。认识复杂的社会现象,最简便的办法就是从结果开始,并且从结果去判断原因。这在实际上就是取消了认识活动,取消了思维活动,从长远看,这对我们的党、国家、人民和艺术自身都是不利的。

《天云山传奇》也好,《被爱情遗忘的角落》也好,《巴山夜雨》也好,它们的不可磨灭性就在于:在人们经过一场非同小可的历史曲折之后,引起人们进入庄严的反思。而其作品本身,也正是反思的成果。我们的民族有一个非常重要的特点,便是善于反思。战国时期之所以出现"百家争鸣"的局面,就是由于长期的战乱,迫使人们不得不思考善和恶的标准,真和伪的标准,美和丑的标准,以及它们之间可能在什么条件下发生转化。诸子之中,韩非生得较晚,而且当时各国的情况已经逐渐明朗化,因此他对这些问题的见解是比较系统的。而他的理论根据,就是五霸七雄的强弱盛衰,对他们何以如此,进行了深入的反思。其后许多朝代,每逢开国之君,总是很注意他所取代的前朝何以垮台,如汉高祖,如唐太宗,对秦和隋两个朝代的短命原因,几乎成为他们制定新政策的主要依据。但作为思维方式,这是借鉴,不是反思。反思与被反思事物有同一性,或者亲历,或者同时。"四人帮"作为一个反革命派别,和我们是对立的。但它使用的若干概念则又和我们具有同一性,比如"无产阶级专政"、"阶级斗争"等等。因此我以为林彪、张春桥等人颇有"可爱"之处,便在于他们往往把我们的某些谬误推向极端,表达得更明白、更集中。如"政治可以冲击一切",如"百家争鸣,一家做主,最后听江青同志的"。既不曲折,更不含混,也就有利于我们去辨别真伪是非。

艺术把握世界,最主要的方面是从它的认识功能与审美作用开始的,艺术家在生活中的感受是认识的基础。同一事物,对不同的艺术家会有不同的感受,这不仅对不同阶级的艺术家是如此,对同一阶级的艺术家也是如此。感受愈深刻,愈符合实际,对读者和观众就愈有说服力,就愈能把握它的接受对象,也愈有美学价值。人云亦云的艺术,实际上是没有任何力量的,是属于艺术创作中的无效劳动。尤其是电影制片,成败往往就是得失。《角落》在北京上映时,没有团体购票,而上座率一直很高。

我们当然要拍许多影片。许多影片就是各式各样,都去反思,是不可能的,也没有这种必要,但从《天云山传奇》和《被爱情遗忘的角落》等影片受到社会普遍注意的情况看,对那些重大的,已经看得比较清楚的,并且在今天还发生某些影响的生活经历,从艺术上作适当的概括,并赋予它某些哲学的含义——也就是认识的结果,观众是欢迎的。

作为反映切近的现实生活的影片,必然会触及现实生活中的某些不同观点直至政治利益问题,因此会发生某些不协调甚至摩擦现象。《天云山传奇》至今还在争论,《被爱情遗忘的角落》有的地方不置一辞。《巴山夜雨》碰上了个有心人,到处散发油印的控告书,并且声言要上告到党中央!《巴山夜雨》

我没有写过文章,但是它的得奖我是举过手的。人们从各个方面指摘它的不真实,但我认为它把"四人帮"在垮台之前就写得十分孤立,这一点真实不真实呢?我以为是真实的。并且比之若干小真实来,它是更大的真实!诗人秋石在当时的确不容易跑掉,刘文英作为江青的解差,也的确不那么容易发善心,但在生活中不可能做到的事情,在艺术上成为可能,这不正是人们除了生活,还要艺术的理由么?如果艺术必须处处都和生活完全一样,那么我们都去生活好了,还值得花几十万人民币去拍一部电影么?雨果写《悲惨世界》,冉阿让在被沙威紧赶穷追、脱逃无计之时,跳过墙去,遇见的那个人,正是他当年做市长时助人于危难之中的马车夫!如果真正的生活都是这样,世界上的监狱岂不都会长满青草!但读者在心眼里盼望冉阿让在穷途末路之际有个转机,由于人们同情他,喜欢他,也就赞成雨果作这样的描写。评价作品,不弄清作品的旨趣所在,作家就会无所措其手足。

还有,拍了《法庭内外》的峨眉厂,影片恰恰在四川受到非难。这种事,常常不属于影评范围以内的事,非难也就只好非难。但后来我看从成都发出的新华社电讯,其为非作歹者,又更甚于《法庭内外》!《法庭内外》并不写四川,我是四川人,更不敢非议我的故乡。但我以为:对待生活中某些和党的利益、人民的利益截然违背的消极现象,我们必须双倍地积极和坚定,而且最好一致起来。疮疤虽然长在我们身上,但它毕竟是疮疤,它和好的皮肉相连,只是暂时的。何况有的并不是疮疤,而是脓疮败肉,不医治,不切除,将贻患无穷。从哲学的见地看:人类在走向共产主义这个前进运动中,必不可免地会由于这样那样的原因出现局部后退现象,认识这种合理性,不是为了不合理地原谅它,而是为了合理地克服它。也就是说,将要被否定的不是共产主义自身,而是共产主义的对立物。在这方面,马恩作为这个学说的奠基人,主要的对象是研究资本主义社会。照他们说,也只是做了这一件事情,这就是从科学上"证明现在开始显露出的社会弊病是现存生产方式的必然结果,同时也是这一生产方式快要瓦解的标志,并且在正在瓦解的经济运动形式内部发现未来的、能够消除这些弊病的、新的生产组织和交换组织的因素。"(《马克思恩格斯选集》第3卷,第189页)因此对未来还只能是预见。我们的幸运是几代人为这一伟大的"未来"献身,因而有了比较丰富的实践经验,从而要求我们对实践自身加以思考。思考也有错误的时候,但比之那种以为一切都被人思考过了的非实际来,更符合生活本身的实际。

当然,在这个问题上,我们作为电影工作者还需要注意到另一件事,就是长期的、多年的审美活动,必然构成人们的审美经验,而这种审美经验,又是审美意识的基础。这对于一个民族,一个国家,一个人,都是起作用的东西。比如《被爱情遗忘的角落》,有人反对它,在说明理由之前,也说在实际生活中,有的情况比这个还严重!既然"还严重",为什么次于"还严重"的也不行呢?这就是许多年来我们处于紧张的"战争"环境中,从来没有看过这样一类反映我们自己缺点、错误的作品。因此就认为在文艺作品中再现的生活,都应该是冠冕堂皇的,否则就不是文艺。正如今天还有许多人不承认裸体画、裸体雕刻是艺术一样。尽管他本人也并不 24 小时都全身披挂或者衣冠楚楚,何况裸体和"黄色"根本不是一回事。鲁迅深知中国人的这个老毛病,曾经很有感慨地写过文章和打油诗,是说中国人有一种特异功能,常常能够透过旗袍或"印度绸衫子"看出什么!这是什么现象?这也是一种"异化"现象。这就是两千年的封建余孽,已经把我们统治到无以为计的结果!稍有违于传统,就足以使我们的每一根神经都颤动。裸体对我们久矣乎不属于美的范畴,而属于性的范畴,而性是禁欲主义者眼中的首恶,与堕落同等。无怪发明了"非礼勿视"的孔老二,也拿它没有办法:"吾谁欺?欺天乎?"前天我们看了罗马尼亚的影片《安娜与小偷》,它明确提出一个"中世纪"的思想束缚问题,我认为提得好。夏衍同志在讲话中提出对偶婚制也会发生变化,我认为讲的是科学,是马克思主义。马克思主义就是这样看问题:一切在历史上发生过的东西,都会在历史发展中灭亡。地球是在多少亿万年的历史中形成的,所以地球也必然会在历史的长河中灭亡。不仅是地球,连整个太阳系也要灭亡。一些属于人类社会上层建筑的东西,观念形态的东西,怎么能够是永恒的呢?艺术家和批评者的职责,就在于催促新的诞生和旧的灭亡。

以上是仅就成就的第一个方面而言,影评学会从来没有在这方面发表过系统的意见。这固然表明了我们在这方面还缺乏能力、学力,但就是有关的探索,我们也是却步不前的,有愧于处在第一线的同志们的艰苦努力。

成就的第二点我想谈谈历史主义的觉醒。这样提问题是否合适,还可以研究。因为现实主义的真实性中,就包括历史的真实这个内容,著名的恩格斯给哈克奈斯的信,就着重指出过这点。

我在这里讲历史主义,主要是就成荫同志的新片《西安事变》而言的。它的成就,已经在许多地方被人提到过,我只能作一点补充。

我以为《西安事变》作为历史主义的觉醒,这个问题本身,还需要从历史上加以考察。在江青之流看来,历史是什么?历史就是个面团,随你怎么捏

都行。捏成鸡，捏成狗，捏成狮子、老虎、大象，都可以。我们坐在这里的许多年事较高的同志，在她看来，有点妨碍她随便把自己捏成大象，所以电影就成了"文化大革命"中的重灾区！可见真正的历史主义，谈何容易！

而另一点，也是由于我们长期处在战争环境中，出于现实斗争的需要，历史被加工的可能性就很大。真正的历史，一般说来，总是在排除实际政治利害之后出现的。司马光写《资治通鉴》，秦皇、汉武、唐宗，都可视为是真实的，可是到了宋祖，他就诚惶诚恐，战战兢兢，不敢真实了。因为《资治通鉴》是写给赵匡胤的子孙们看的，说他们的老祖宗是欺人孤儿寡妇而有天下，他吃不消！

《西安事变》的难题，是怎样对待蒋介石和蒋介石手下的一群人。成荫同志是共产党员，他当然会意识到这是个向来被我们称为党性的大问题。而恰恰是在这一点上，表现了《西安事变》的成就，这就是文艺的党性和历史的真实性是并行不悖的。有人提出十年内战和解放战争中的活报剧，以及华君武的漫画中的蒋介石，我们应该怎样回答这个问题呢？我以为问题应该是这样：一个是活报剧，一个是漫画，而《西安事变》是电影故事片。名称不一样，也就说明艺术样式和风格、手法的不一样。相互之间，谁也不能取代谁。

如果事情本来就是这样，我们就不能把《西安事变》的艺术处理称为"历史主义的觉醒"，本来就没有睡过觉，一直睁着眼睛，还能谈什么"觉醒"呢？前天夏衍同志在讲话中提到的《红日》，就是个"不觉醒"的例子。参加过淮海战役的指挥员，都知道张灵甫这个家伙，是相当顽强而且顽固的，舒适在电影中表现出这一点，影片就受到批评，说电影把敌人描写得很嚣张！试问：敌人不嚣张，不顽固，还算是敌人么？还用得着我们集中百万大军去对付他么？库图佐夫成为历史上声名显赫的军事家，是因为他打败了拿破仑，如果他打败的是电影家协会，或者再加上个影评学会，库图佐夫能算什么？我们一方面说要充分估价毛泽东同志的历史功绩，一方面又把他最主要的历史功绩描写成"雷公打豆腐"！这是褒还是贬？可惜像这样的问题，过去几乎是连讨论的余地也没有的。一个立场问题，一个党性问题，你说什么？因此《西安事变》的出现，令人耳目为之一新，具有划时代的意义。也真可以说，一个行动，胜过一打纲领。在文艺上，这倒不能说是影评学会独有的事。

上月去陕西，我们还看到另一个可喜的现象，就是扮演蒋介石的演员孙飞虎同志，到处都受到欢迎。这说明群众对艺术的欣赏水平和鉴别能力是无可争辩地提高了，不再把角色和演员混同起来了。《西安事变》和《南昌起义》都在演员首次出现时加上角色的名字，这样的办法也很好。总之，演员是演员,角色是角色,这两个概念必须分清。

以成就而言,另一个重大的进展,是在"电影学"方面,也就是电影观念的加强或者说电影意识的觉醒。从全国解放算起,我们搞了 30 多年电影,长期的状况是把注意力放在影片的内容方面,因此很少可能分出精力来研究电影本身。因此关于电影的"本体论"作为一门必备的学科,我们或者知之不多,或者还根本没有注意到。电影是什么? 电影的潜能我们发掘了多少? 我不是就它的内容而言,而是就电影这种艺术形式本身而言。我记得孙谦同志讲过几句非常实在的话,说在他写电影剧本之前,没有看过几部电影。我们在解放区的山沟沟里,连点灯的油都没有,自然不会有电;没有电,自然不会有电影。我本人也完全属于这种情况。30 年中,我们拍了许多片子,而且不少同志很快就掌握了这门艺术的必要知识。这种努力,自然是绝不应该抹煞的。但是也要注意另一方面:能够拍出电影来,和能够用电影来思维,并不是一回事情。马克思也说过类似的话,能够说外语和能够用外语来进行思维,是两码事。

电影思维,电影意识,是否比爱森斯坦说的"电影感觉"有更深一层的意思,我还说不准,因为没有研究过。但有一点是明确的:中国电影在思想上再先进,不研究电影自身,那就还是出现在银幕上的思想,不能称为电影,顶多不过是小说或舞台剧的"电影化"。因此电影与非电影,决定于我们在电影文化水平和电影美学上的造诣。这几天我们看了几部外国新片,抛开它们的内容不谈,仅就电影文化水平而言,其中自有高下。过多地依靠语言来表达内容并组成镜头与镜头之间的衔接的,表明还不善于运用电影这种形式。反之,着重电影的动作性,并且运用镜头之间的内涵来组成段落与完成整个影片构思的,我想应该承认,这算掌握了电影的本性或本质。

在这方面,我们还要作很大的努力,而这种努力我以为已经开始了。《邻居》和《沙鸥》分别获奖,可以认为在我们年轻一代的导演中,在老一代的大师们的教育、启发和帮助下,迈出了可喜的一步,并且得到了领导部门和大师、专家的承认以及喜出望外的鼓励。从中我们可以看见中国电影的未来,而未来是可喜的。

这可喜之处,说得更具体些,是他们在努力探索电影的新观念。

有没有"电影新观念"这回事? 我以为是有的,这就是电影作为第七艺术,从它的综合时期,走向更高阶段的自我完成时期。在电影手段上,它不再从属于文学而倾注于画面的可视性;也不再从属于静止的照相而强调它的动作性和运动性。对电影蒙太奇的认识上,也不再停留在语言和动作上,而充

分调动电影自身的各种性能,如光、声、色等各个方面。关于长镜头,我现在还不以为它是与蒙太奇美学相对立的另一种美学,但它丰富了电影的语言,并赋予电影语言特殊的、即更加有助于电影的真实性、因而是不可替代的作用。在50年代,聂晶同志在《小兵张嘎》中便运用过长镜头,并且至今为我留下鲜明的印象;纪录片《网上群星》也主要得益于它的几个长镜头,在表现人物精神面貌上具有无可争辩的说服力;在影片《被爱情遗忘的角落》中,表现人去楼空和荒妹随母亲去镇上照相的两个长镜头,也正是影片动人心魄之处。50年代的苏联电影《伟大的转折》,在运用长镜头上,也同样产生了非凡的效果。因此,我并不把长镜头和蒙太奇视为两个对立的美学范畴来理解,前者只是文法中的句法,是包括在文法之中的。至今我还没有看见一部完全用长镜头组成的影片,就是组成了,而组成就意味着蒙太奇。如果说影片的纪实性风格本身要求运用更多的长镜头,那么,长镜头也只能是纪实性影片的一种比较通常的方法。《邻居》以纪实性取胜,而长镜头并不是它的特点。而《沙鸥》赋予人物以个性,并进而企图成为影片的特征,因此有关长镜头的运用,也并不是这部影片留给我们的印象。

所以总的说来,它们都还是一种探索。大家鼓励了这样的探索,我以为目前的状况,只能说到这里。

评论软弱无力,是评论工作的第二个弱点。

总的说来,我们面临着一个提高电影质量的问题,而方面非常多。不少影片中出现的虚假现象是严重的,暴露了从电影文学到表演、导演、摄影、化装、美工直至制片方针等方面许多带有关键性质的问题。某些沉醉于编剧法的电影文学和单纯追求票房价值的制片方针,大大降低了影片在观众中的信誉!可以预测的导演手法,以及廉价的眼泪和笑声,超时空的化装、服装和道具,都说明创作态度上的懈怠。这些问题不是存在于个别影片中,而我的发言已经超过时限,今天是无法详谈的。但我自从半归队以后,总在想一件事情,就是许多处在第一线的同志,他们是很辛苦的。不少同志一部接着一部,难得有休整、充实、提高的机会。人不提高,怎样提高影片?

实践固然是第一性的,但是忽视理论,就容易陷入盲目性。而盲目的实践,不但会削弱作品的思想性,而且还容易产生相反的效果,以致事与愿违。有的导演拍过非常好的影片,但是近年的作品质量下降的幅度很大,这是不是"江郎才尽"呢?不。我以为还是在电影上缺乏新的追求。演员也是如此,同一个演员,连着拍几部片子,不但看不出在艺术上追求的路子,思想上也显得混乱。甚至制片厂也有这个问题,好片和坏片之间差距非常大。听说袁小平同志在发起成立制片人学会,我很赞成。的确应该有一门学科,叫作"电影制片学",进而带动"电影经济学"和"电影观众学"或"观众心理学"的研究。

现在令人担忧的是:在政治思想上有的同志不但不是在提高,而是在降低。开始我以为是年轻人、新同志值得注意。现在看来,中年人、老同志的事情也不少。有的老编剧,有的老导演、老演员,为什么就不珍惜人民曾经给予过我们的荣誉和信任!有的剧作家架子摆得十分大,完全不是一个作家应该有的气派。古人说"俭以养廉",你不俭,可不就得到处伸手要稿费,没有拍的剧本,也要稿费!尤以为不足,还要加收资料费!我的天!这算怎么回事呢?有的同志在摄影现场喝大酒,骂大街,别人反映根本不像个从延安来的老同志。《文汇报》披露了一个老演员的事情,这些事情,看起来简直比看电影还热闹!连音响效果都有——砸玻璃,砸暖瓶!混乱十年之后,看来这个混乱并没有平息。如果我们在头脑中不能早日平息这场混乱,从领导方面说,作多少报告,定多少规划,能起什么作用?评论界写多少文章,能起什么作用?因此我赞成把共产主义的旗帜,高高举起。有同志说,当前的苗头好像又要变,我赞成变。把"自由化"变成社会主义化、共产主义化。不变不得了,不但对党、国家、民族不好,对电影也不好。

昨天听了乔木同志的报告录音,我也想谈一点意见。"文艺为政治服务"这个基本观点,我们从在延安北门外听周扬同志讲《艺术论》时就完全接受并在多年工作中信守奉行的。通过30多年来的电影艺术实践,恐怕应该说有得有失,而失是主要的。《英雄司机》、《葡萄熟了的时候》写中心口号,写政策,而不是写人,因此中心口号一变,政策一变,片子就不行了。

有没有不变的中心口号、政策?没有的。而电影制片有的要跨年,有的从筹备到拍完,甚至要三四年。你怎么去为它服务?

第四次"文代会"明确了这点,邓小平同志在祝辞中又加以重申,但电影界对这个问题的学习,看来是很不深入的。中日友好,就拍中国爸爸,日本妈妈;中美友好,又拍《一个美国飞行员》;讲台湾回归,又拍《归宿》。有的影片为了表现友好,连历史的真实、阶级斗争的是非界限都不要了。这样为政治服务,岂不适得其反!

"文艺为政治服务",理论上说是为政治,不为政治家,实际上你怎么分?江青是"文革"小组第一副组长,政治局委员,你服务不服务?从前,这样的钩钩我们自己不好解,谁去解解看?准会解出个更大的钩钩来。如今中央出面

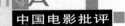

帮助我们解,这就作了一种历史性的表态:党是把文艺当作一门科学来领导,采取了实事求是的态度。你还是不理解,还要咬住不放,这真是不怨天,不怨地,只怨自己不争气了。

"解"、"结"之争,就其实质而言,是初级思维和高级思维或形式逻辑与辩证逻辑之间的歧异。当然应该有一些不但为政治服务,而且为中心工作服务的文艺形式,比如关于人口普查的电视剧,就很好。

而我们过去基本上是做这类性质的文艺宣传工作,并自觉地形成一种观念或信念:"岂有文艺而不如是乎?"岂知"不如是乎"的文艺是很多的,它们和文艺的关系是非从属的。除了一部分纯粹出于审美要求或娱乐目的的作品外,一般地表现为追求、向往,因而也总有贬斥、指控。就广义的政治而言,它也跑不了这个圈圈。但是即使如此,通常也并不表现为直接的政治目的。最近我们有几个人,想把电影美学问题摸一摸,照我的理解,美学的研究对象是比较细致的,有时甚至是很"玄"的,但你透过"细"和"玄"的外表,还是可以看出来,甚至可以说是更清楚地看出来,在对于"美"的各种主张之间,高悬着一个对自己具有强大吸引力的社会理想——奴隶制的民主产生了古希腊罗马的美学;人性在中世纪后的复苏,产生了文艺复兴时期的美学;个性解放吸引着近几个世纪以来的艺术家;而企求彻底废除俄国农奴制,造就了俄国的大批评家、美学家。时代的总任务,对于一切能够感知它和认识它的人,都是一部内燃机,一旦启动,是难以停歇的。我们正是从这里出发,着眼于共产主义的伟大理想,而不把它羁绊在琐细的政治变迁之中,因而不是降低了党对文艺的要求,而是无比地加重了这种要求。

这样理解,不知道对不对?

把这些话攒在一起说,是因为影评学会从一开始就想办一个《电影周报》或者《电影时报》之类的报纸,也做了一点努力,但就是办不起来,责任也在我不会办事。文殊同志的协会工作报告,把加强电影、评论和理论工作列为影协今后工作的第一条,并决心"把电影评论、电影理论和电影史的研究推进到一个新的水平"。昨晚评论学会开了个理事会,大家对这一点感到很兴奋,大有摩拳擦掌之势。相信在下一次理事会上,我的检讨内容不是没有行动,而是在行动中出现的新问题。

我的发言完了,请各位理事批评,指正。谢谢大家。

(原载《电影艺术》1982 年第 9 期)

中国电影批评的黄金时代

罗艺军

　　"电影批评的批评"研讨会,顾名思义是对当前电影批评状况的检讨。当前的电影批评,确实不尽如人意,不过我却很难提出什么切中时弊的批评。我就想谈一点电影批评的历史,从历史中探寻一点足资当前电影批评借鉴的经验。

　　中国电影史上,我认为曾经有过两个电影批评的黄金时代。其一为20世纪30年代,即1932年至1937年抗日战争前夕的左翼电影运动时期;其二为20世纪70年代末至80年代后期,即改革开放的新时期。这两个电影批评的黄金时代的出现,有许多相同或近似的原因,存在某些规律性东西可以追寻。

　　无论是左翼电影运动或新时期,首先迸发了一种进步的新的社会思潮,震荡全社会,在30年代,这就是社会主义思潮和爱国主义思潮。1929年,资本主义经济大危机席卷全球,持续多年。到了30年代,国际社会思潮的主流是向左转,有识之士寄人类社会的希望于社会主义。在中国,除此之外还加上日益深重的民族危机。将社会主义与爱国主义有机地联系起来,于是共产主义能在中国这块土地上深深扎下根来,并形成中国意识形态上的一大特色。

　　再看新时期,经历了血雨腥风的十年"文化大革命"之后,封建法西斯文化专政导致了文化沙漠。一场思想解放运动扫荡着个人迷信及与之相联系的禁锢人们精神自由的各种枷锁。人的尊严、人的权利、人道主义、人性的异化和人性的复归……与神州大地阔别多年的人学,忽如一夜春风来,千树万树梨花开。一场再启蒙运动的浪潮汹涌澎湃。破除了闭关锁国,形形色色海外的人文思潮和艺术思潮,推波助澜。

　　这种顺应历史潮流的社会思潮,赋予电影创作和电影批评以灵魂。

　　电影批评的繁荣,还需要有一个能够比较自由思考和自由表达的生存空

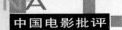

间。在舆论一律的"一言堂"年代，电影批评基本上代领导立言，成为诠释领导语录的八股文。电影批评要有真知灼见，难矣哉！

30 年代，国民党的文化围剿相当严酷，何以会有电影批评的黄金时代？诚然，左翼电影运动遭到的镇压很严酷，不过国民党对整个社会的统治并不那么严密，左翼电影运动得到社会多阶层的拥护和帮助，留有许多空隙可供腾挪。况且还有洋人统治的租界，回旋余地尚多。一个时期内，上海主要报纸的电影栏目，几乎全掌握在左翼手中。持其他观点的电影批评，同样也有立足的余地，即便是左翼影评人，也基本上表达个人的审美判断。

至于新时期，那是解放以来最自由、最宽松的年代。50 年代毛泽东提出"双百"方针，是他后期在文化上最闪光的思想。遗憾的是，这一闪光的文化思想刚刚提出就屈从于极"左"的政治路线而沦为罗织罪状的政治权术。直到十一届三中全会之后，才真正呈现出百花初放、百家始鸣的繁荣景象，电影批评摆脱了大批判或大吹捧的异化形态，回归为电影批评。

电影批评繁荣的另一个重要因素，电影创作上的不断创新激发电影批评的活跃。30 年代，电影艺术思潮上主要表现为从编织电影梦幻转而直面社会人生，突破传统的影戏观而探索电影艺术的多种潜能。出现了《城市之夜》、《春蚕》、《姊妹花》、《渔光曲》、《马路天使》、《十字街头》、《大路》等佳作。在新时期，电影的主潮表现为摆脱长期将艺术归宿为政治婢女的羁绊，电影回归人学；在艺术上涤荡江青的那一套矫饰美学的符录咒语，电影回归电影。老一代的电影艺术家焕发艺术青春，《天云山传奇》、《芙蓉镇》、《骆驼祥子》、《西安事变》等均产生过轰动效应。崭露头角的"第四代"则有《沙鸥》、《城南旧事》、《如意》、《乡音》、《湘女萧萧》、《老井》等令人刮目相看的影片。不期而至的"第五代"，更以《一个和八个》、《黄土地》、《红高粱》、《黑炮事件》等桀骜不驯的姿态引起国内外影坛的震惊。批评离不开创作，电影批评的黄金时代，往往也是电影创作的黄金时代。

在黄金时代，电影批评对电影创作的影响是巨大的。像中国第一代最有代表性的电影艺术家郑正秋，由于受左翼电影运动的策励，政治思想和艺术风格上发生了显著的变化。蔡楚生拍摄的《粉红色的梦》受到左翼评论的指责后，决心转变作风，其后就拍摄了《都会的早晨》、《渔光曲》等直面社会现实的力作。其他电影艺术家由于受到电影批评的帮助而在创作上产生不同程度变化的，不胜枚举。一贯坚持独立思考并孜孜不倦致力于电影艺术道路探索的电影大师费穆，曾经这样评价 30 年代的电影批评："中国电影到现在能担当起文化任务,从《火烧》、《大侠》之中能有今日正确的进展,电影批评者有着极大的功效。现在电影在中国,已经是相当反映了真实的社会现象之一般,这不能不说是一种特殊的奇迹。"

改革开放的年代,电影评论与电影创作可说是比翼齐飞。当年电影评论界争论的热点问题,如电影与戏剧离婚、电影的文学性、电影语言的现代化、电影新观念、中国西部片等等,莫不是电影创作实践中突现的实际问题。各种新的理论观点一问世,及时在创作实践中发挥影响,一部创新之作出现,马上出现一批评论文章品头论足,议论纷纷。电影百花奖的恢复,电影金鸡奖和电影政府奖的创立,更是一种特殊的电影批评方式。三种电影评奖,尤其是专家组成的金鸡奖,具有相当高的权威性。中国电影家协会,既是金鸡奖、百花奖的主办单位,又拥有《大众电影》、《电影艺术》、《世界电影》等刊物,俨然是当年电影评论的中心。有的导演说,带一部新片上北京,第一站是电影局,取得放映证;第二站是电影发行公司,为了要钱;第三站就是影协,听取批评家的意见,为影片的艺术质量定位。这最后的一站,是艺术家所最关注的。有的影片从剧作阶段就请评论家参谋,影片完成后,更深入品评得失,创作与评论相互促进。

电影批评的另一个重要功能,引导观众选择看什么影片以及如何欣赏和评价电影。30 年代的电影批评,在一定程度上左右着影片的上座率。其中一个突出的特点是它的及时性。一部新片首轮放映,第二天报纸就出现评论文章,影评人作出快速反应。80 年代前期中国电影批评的繁荣,不仅在中国电影史上空前绝后,在世界电影史上恐怕也无出其右者。以群众性影评刊物《大众电影》为例,每期最高销售曾达 960 万份之多,在全世界期刊中数一数二。此外,各省、市都办了自己的电影刊物,销量也以数十万乃至百万计,许多省、市乃至全国,都举办群众性影评征文评奖活动,动员群众写影评。影评征文活动的参与者,动辄数十万人以至数百万人之多。这样一支浩浩荡荡的群众业余影评大军,大概前无古人,后无来者。这是一个电影文化大普及的时代。谈起当年电影批评的盛况,而今只能感慨系之。

电影批评的黄金时代绝非是完满无缺的。30 年代电影批评特别重视作品的政治思想倾向,功绩既辉煌,却也隐藏着忽视电影艺术创新及电影形式完美的缺陷。急就章的品评,缜密不足,往往缺乏理论深度。80 年代的电影批评,同样带有浮躁的特点。在电影辉煌的年代,缺少高瞻远瞩的超前性和预见性。其后当中国电影急骤滑坡跌入低谷之际,电影界瞠目结舌,既缺少

必要的思想准备,也乏切实可行之应对措施。当然,不能将当前中国电影不尽如人意的状况主要归咎于电影批评,电影批评的作用毕竟有限,它自身的兴衰在很大程度上也取决于其他的社会因素。

(原载《北京电影学院学报》1999 年第 1 期)

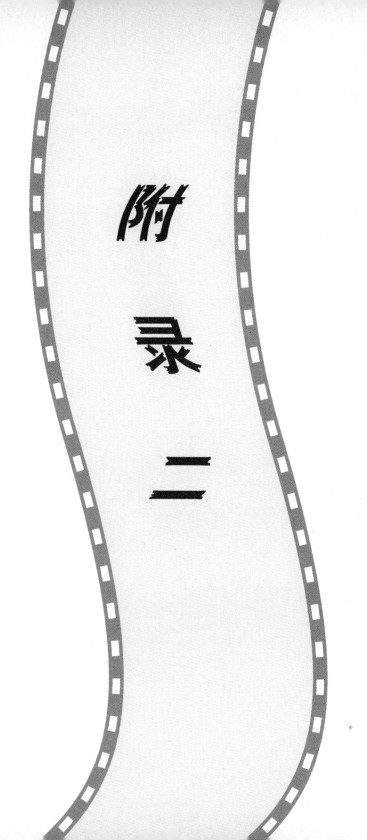

附录 二

★本附录中收入的文章作者均为上海交通大学研究生

对中国电影评论的若干看法

李白璐

　　20 世纪八九十年代的中国电影界曾经花团锦簇、芳香宜人,不但创作者们兴致盎然、斗志昂扬,评论家们也热情高涨、大展才华。电影评论在当时不仅仅是电影的附属品,更是评论家与创作者产生共鸣,并进行深层探索与互勉共进的一方阵地。可以说,是创作的兴盛带动了评论的发展,而评论的发展也促进了创作更新、更快、更好的发展。如同历史上所有的电影盛世,当时的中国电影评论与电影创作携手并肩、相互依托,一同唱响了中国电影在新时期的慷慨激越之歌。思往察今,我们在感叹之余,有几个疑虑欲求解答。

一、哪里是中国电影评论的主阵地

　　曾几何时,各种报纸杂志曾敞开心扉,成为电影评论家心驰神往的乐土。大众媒体也将发布电影信息、登载电影评论作为自己的幸事与乐事。这不仅使老一辈电影评论家青春常在笔锋愈坚,而且也激发了一大批有志文学青年的兴趣与信心,更有一批思想深刻、文笔流畅的年轻人脱颖而出。其时,评论者们将电影与文化研究联系起来,试图通过对于电影的理解、审视、思考和批判,深入文化的内核,探究电影背后的文化现象和文化趋势。因此,20 世纪 90 年代中期之前的电影评论作为文学批评的先锋力量,是一把利剑,是一面旗帜,势如破竹,所向披靡。更加上百万群众影评大军的推波助澜,一时,中国的电影评论浩浩荡荡,蔚为大观。从某种意义上可以说,正是大众媒体的鼎力支持和坚强后援成就了 20 世纪 80～90 年代电影评论的盛大事业。然而,反观如今的大众媒体,除了少许专业的影视期刊,发表电影评论的已经屈指可数。其实,最大的尴尬还不在于此,即使有媒体愿意发一些有影响、有号召力的影评文章,又从何处去找到称职且广受大众欢迎的评论家呢? 正是这种双重的缺失,使传统的电影评论无可奈何地淡出了公众的视野。

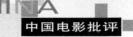

正当电影评论面对传统媒体呈现集体失语之时,网络影视评论却悄然兴起。网络评论一般无需迂回、无需客套,表达的是作者内心真实的感受和态度。正因为其真实、直观、迅速、即兴的特点,使网络评论很快获得并占据了巨大的生存空间。借助网络的高新技术手段,电影论坛、电影博客以及电影网站方兴未艾,迅速扩张。按照某些学者的说法:"自由影评和话语交流取代了20世纪80年代专家评论的单向传递方式。"一批在网络活跃的电影评论者,如周黎明、顾小白、雅荻、藤井树等,逐渐为人所知,并正在吸引着越来越多网民的注意力。他们不但在网络论坛开设个人专栏,而且著书立说,俨然成为新一代电影评论的代言人。与此同时,一些曾在传统媒介活跃过的青年评论家以及电影从业人员也跨过网络的门槛,成为了网络阵营中的中坚力量。这其中,徐静蕾堪称典型代表。她在新浪网站上开设的"老徐博客"尽管也常絮叨一些家短里长,但也不乏些许对电影、对人生的真知灼见。凭借着久居不下的点击率和网络影响力,她的新片尚未问世,已然令人翘首以盼。这种"软广告"的效果远远超过了以往的影片宣传手段,吸引了更多的 fans。陆川等青年导演也不甘人后,在知名网站开设了个人博客,尽管并非人气很足,但是通过网络,创作者们已经另辟出宣传自己作品、吸引观众视线的蹊径。而跨栏上网的评论家们为了适应网民们的需要,正悄然改变着以往的评论风格,不再长篇大论、细心周纳,而是以"短、平、快"的形式,迎合网民的阅读与接受,迅速汇聚人气。甚至出现了以胡戈为代表,以戏说、调侃的多媒体形式作为武器的评论新样式。说实在的,对论坛出现的这些新气象,我是举双手欢迎的。然而必须指出的是,听唱这些"新翻杨柳枝"虽然能解一时的文化之渴,但从长远来看,放弃对电影本体及电影文化的深层次思考、多角度审视和美学提升,电影评论最终会走向何方呢?

因此,当我们谈到电影评论立身存命的根基——评论阵地时,不免有一种深沉的期待。在话语权空前开放的今天,人们活跃的思维不可能再被禁锢,我们必须接受形式多样、内容丰富的各类评论,无论它是金玉良言,还是浅薄之见;是出于责任,抑或纯属游戏,它们都是现代评论不可或缺的一个部分,都有存在的理由和可能。然而,没有主阵地的攻防肯定难以形成战斗力,没有主旋律的评论只能是散乱一片。因此,阵地的意识应加强,主阵地的建设应得到特别的关注。当然,这种主阵地并非纸质的传统媒体莫属,作为第五媒体的网络完全可能后来居上。关键是要有人去谋划,努力去开辟,用心去经营。

二、谁是中国的罗杰·伊伯特

熟悉美国电影的人大都知道罗杰·伊伯特这个名字。他是美国资深电影评论家,是跨时代的评论偶像,也是第一个凭借艺术批评获得普利策奖的影评人。他之所以拥有如此的地位和影响,既与他不受商业利益的羁绊、坚持特立独行有关,"他推崇电影语言的创新和电影故事的思想性,侧重深入的人性刻画;对于好莱坞一些胡编滥造的东西,他会给予不留情面的批评";也与他"少有晦涩的学院派词汇,没有高深的主义理论,以最平常的语言论述电影的文化价值"的行文风格有很大关系。对电影评论数十年如一日,保持公正、严谨、透彻的态度与风格,正是罗杰·伊伯特成为众所瞩目的意见领袖的根本原因。

按理说,在美国这样电影高度商业化的国度尚且出现了罗杰·伊伯特这样坚持说真话的思想者,在我国这样的评论偶像应该层出不穷。然而,事实正好相反。中国电影评论近年来之所以停滞不前,与意见领袖的缺失也不无关系。

当然,20世纪的五六十年代,我们曾经出现过夏衍、陈荒煤、张骏祥等一批老一代的电影事业家和评论家。改革开放以后,出现了钟惦棐、罗艺军、章柏青(人数众多,为了防止挂一漏万,这里仅列中国电影评论学会的三任会长)等一批承上启下的著名评论家。然而,由于各种主客观因素的限制,如今仍然全身投入电影评论事业中的,除了各级影评协会的组织者或负责人,大约只剩下高校一些甘于寂寞的教师们了。他们目前的处境也非常窘迫与尴尬,本应成为评论明星的他们,却逐渐沦落为论坛的"边缘人"。问题并非出在他们的投入程度和思辨能力,而是在于诸种因素形成的"合力"。经济困乏是一方面,造成论著无法及时出版而大多数读者不能及时了解他们的观点;阵地丢失、声音嘈杂,使他们的话语常被噪音所淹没,是另一大原因。此外,其实还与专业影评长期脱离观众、高山仰止、曲高和寡不无关系。

与他们相比,网络评论者与读者的关系可谓亲密无间。事实上,在网络空间中,评论者与读者的界限是模糊的,两者的转换全在于个人的意志和行为。一位网友观影后的一时之感见诸文字,发布于网络,即成为评论,并可能引发许多人的响应与批驳。这些网络博客大多不以评论为职业,但是有一种想说、敢说、能说的魄力和欲求。当然,这样的评论往往只是昙花一现,一阵心血来潮之后便是长久的沉默。但也有非常真诚的网络评论者,比如上文提到的周黎明、顾小白等人,他们有的受过专业的影视教育,却不以正襟危坐的

学术论文为写作形式；有的对于影视艺术怀有特殊的敏感与热情，信手拈来，出口成章。他们的文章往往轻松活泼、娓娓道来，具有较强的可读性，却不乏深度与广度。他们关注电影本身，也关注电影历史以及各国电影发展，尽管不免偏颇之处，但是，借助网络这个广阔的平台，他们的才华得到了尽情的施展与挥发。因此，在众多专业、准专业和业余的评论者中，他们是最具人气、最受大众追捧的一群。

笔者以为，中国电影评论界不乏思想深邃、文字精湛的评论家，但是他们往往在人气和影响力方面"英雄气短"。其实，无论是著名的评论大家，还是上面提到的周黎明、顾小白等网络博客，都只是被影视爱好者所熟稔，更多的电影观众对他们仍然显得陌生。也许，在今天这样一个高速、多变、个性化、快餐化的时代，像罗杰·伊伯特这样的评论界偶像已失去生长的土壤，甚至夏衍、钟惦棐也不可能再生，这是一个造就群雄而非个人英雄的时代，那么就让我们以更大的热情呼唤影评界老少咸集、面目各异的群贤毕至吧！因为，这是中国电影发展之需要，也是中国电影大众之希望。

三、新世纪电影评论的趋势：电影绍介与专业评论并存

进入新世纪，曾有著名论家对中国电影评论痛心疾首，作出了"影评已经没有了市场"的论断。作为一位曾经从事了数十年电影研究的专家，最后对自己的研究对象给出这样悲观的结论，个中的酸楚是不难理解的：哀其不幸、怒其不争，为引发世人更多更深的思考，宁可矫枉过正啊！不过，实事求是、平心静气地说，中国的电影评论并没有走到世纪末日，也不会轻易地销声匿迹。依我推测，21世纪的中国影评，更多地将分化为两大阵营，即电影绍介和专业评论。前者以实用性见长，后者以学理性为胜，并将长期并存。

事实上，电影绍介的实用趋势早已出现。有心的读者可以发现，为了追求发行量，在扩版、改版诸形式的推动下，大量当红女演员的介绍、演员私生活的描述、拍摄花絮以及影片映期预告等等充斥报端。同时，报纸、杂志为赢得电影发行商的广告，常常也雇用一些写手，拐弯抹角地为影片唱赞歌。因此，广告式和推荐式的影片绍介不觉中正取代传统电影评论的地位而稳居大众媒体曝光量的头把交椅。客观地说，这种与市场密切结合的评论，对迅速传递影视信息、引导观众消费有所裨益。也不必否认，观众和读者需要这样的绍介，他们乐于接受各类影视资讯及花絮，并将其作为饭后茶余的聊资，也就是说，有它存在的必要性和合理性。而一些关于明星的报道和公关公司制作的八卦绯闻，则常常成为吸引观众观看电影的直接动因。正如美国学者

Mark. J. Schaefermeyer 所述，在美国，所有的报纸都会夹杂实用影评的信息，影评者旨在向潜在收视群推荐或不推荐某一特定的影片。从这个角度来说，实用的电影绍介就像是电影消费者的"看门狗"（a consumer watchdog），只有通过它，电影制片商才有可能将手伸向观众口袋。因此，实用影评具有一种特别的功能，即协助电影制片商推销自己的产品，帮助消费者挑选所要观看的电影。因此，从刺激电影生产，完善电影产业链的角度看，实用电影绍介具有不可替代的作用。并且，只要电影的生产还在进行，它的存在就是必然的。倘若以为单靠坑蒙拐骗，实用影评就能大行其道，那也就错了，市场自有市场的法则。

与实用影评并行不悖的是专业评论。正如《走出非洲》的导演——Sidney Pollack 所说，电影是生活的折射，每一部电影都是导演内心世界及其价值观的外在表现，也是导演与观众的一种内在交流。专业评论者的作用正在于洞悉导演的所思所想，将他想要表达的想法透过评论的形式使观众理解并接受，它在观众与创作者之间架起一座桥梁。当然，专业评论并不仅仅起到桥梁的作用，从本质上说，它更是一种"对电影创作、电影现象的理论观照"，是一种对电影的二度创作和再提升。它从一定的理论基点出发，通过评论和批评再达到新的理论认识，并用来影响和指导一个时期电影的实践。尽管有许多电影创作者不承认评论的作用，但这种潜移默化的影响和作用早已被电影发展的历史所证实，不是任何个体想抹煞就抹煞得了的。安德烈·巴赞之于法国"新浪潮"的影响，柴伐梯尼之于意大利新现实主义的作用，怎么评价都不为过的。可以说，一部电影史，实际上就是一部创作和评论、实践和理论互帮互学、互推互动的历史。从这个角度来说，尽管目下的生存状态有些艰难，以学术价值为灵魂的专业评论仍将继续坚韧而顽强地生存下去。

总之，电影绍介与专业评论作为新世纪电影评论的两种基本形态，应当和平共处，并将长期共存。如果说，前者主要面对的问题是防"俗"，以至于俗不可耐，愚弄大众；后者主要解决的问题是避"雅"，乃至于曲高和寡，脱离大众。两者面临的难题表面上好像大相径庭，但本质上是相同的，那就是，都要把握好"度"，矫枉过正，过犹不及。如果在此基础上两者各尽其职、互为补充，带来的将不仅是双赢的结果，还有中国电影和电影评论的兴盛。

我所欣赏的电影评论

朱 倩

　　这是一个快速表达的时代。平面媒体的发达,网络的迅猛发展使得人们的生活被各种各样的信息所包围。一切事物都被简单化,成为人们消费生活中一个再普通不过的商品,消费完结后,价值也随之终结。同样被贩卖的还有人们的感情,看看时下被很多人推崇的博客吧,被称为写手的各色人等在网络上每天生产出大量的文字,或披露自己的私生活,或发表各种不得要领的见解,文字或华丽,或颓废,或愤怒,或迷茫。他们沉浸在这种肤浅的自我表达里,有意或无意地忽略了对生活的真正感悟和深入的思考,迅速成文是他们的风格,玩弄文字的蛊惑力成为他们的游戏,而文化则成为一种工具,一种附属,就像一件华丽袍子上点缀的一枚漂亮胸花,除了陪衬还是陪衬。在这种氛围下,严肃的电影评论去而不见,取而代之的常常是梦呓般的喃喃自语,看完以后只能让人愈发迷茫。

　　有人这样说,如今人们评述电影,似乎不是爱上了电影本身,而是追求评述本身的时髦。就像那个年代的孩子都梦想腰里能别着一把手枪一样。枪未必用来打人,但谁不爱有枪的感觉呢?如今的评述者,就像是这些孩子,迷恋武器的魅力,颤悠悠的端着枪,向一部部电影发射出子弹。"叭!"他们开心地笑了,哪怕打到了十万八千里之外,哪怕射出了臭弹。我认为,更可怕的是,似乎人人都拥有开枪的权利。只要他想,便可以找到自己的战场,网络给他们提供了任意射击的便利,发出自己对电影观点的帖子,想到了就放、就打,而不去想自己的这种言谈有"滥杀无辜"和误导的可能。

　　读当下的电影评论,我们会发现有很多不同的立场。看法不同的本质原因就在于立场有别。立场是很严肃的东西,人一旦站错了立场,无论角度如何取巧,那枪也就放不准了。当然,立场尽可以多元开放,但有两个立场是非有不可的：一曰消费者的立场，一曰公民（人民）的立场。遗憾的是，当今的评述者常常站不准甚至找不到这些立场。

下面来谈谈我喜欢的电影评论。我不能说自己心中有个关于电影评论的理想架构，我只能说，这样的电影评论我读了以后会感到愉悦，能思考点东西，它能让我通过文字看到电影的好处，促使我到电影院去看这部电影。这样的评论不管站在哪个立场，我想我都是乐意接受的。

我非常欣赏西祠"后窗看电影"中一篇评《伊万的童年》的文章（因篇幅限制，这里只能将原文略去）。我之所以欣赏，是因为它既没有疏略电影本身的思想意义，也没有忽视相关创作背景的介绍，重要的还有它向我们介绍了导演独特的风格特点，以及电影内在的一些可能被观众忽略的东西，有深度，同时又不矫饰，有一种内在的深沉与冷静蕴涵其中。

反观现在国内的电影评论，现状却令人堪忧。看电影是为了娱乐自己，不是为了自己和自己较劲。要说你是一个在大众媒体供职的所谓职业影评人，那么就请你客观地告诉观众，这个电影是一个什么水准，是否值得花钱买票，其中什么地方最好看，有哪些东西是粗心观众不容易发现的等等。虽然看起来简单但做起来并不容易。现在的评论太习惯于这部电影到底是不是"道德正确"和"政治正确"的评判了。因为以这样高尚的名义做出判断是无需深入研究、可以张口就来的，但是在你为自己"明辨是非"而沾沾自喜时，请回头看看是不是吓走了一批观众。作家王小波曾经说过，倘若某人以为自己是社会的精英，以为自己的见解一定对，虽然有狂妄之嫌，但他会觉得明辨是非是一件很容易的事儿，只是他给出的结论常常是要令人生疑的。

现在的状况多少有点这个样子，永远都是谁的胆儿大谁的嗓门就大，谁就能占更多地盘，就能接着用更大的嗓门吆五喝六，观众反而是这些所谓的影评家们不再关注的群体。也就在这样嘈杂的环境下，很多观众迅速地失去了对电影的兴趣。在《英雄》还没有上映之前，众多群众就已经被各种关于该片道德和政治方向上的争论以及毫无节制的引申阐述给搞坏了胃口——一部电影在还没有上映之前，观众就已经对它的情节、人物了如指掌，而且比导演还要熟悉该片可以引申出的含义，你说人们怎么还能提得起兴趣看这个电影呢？

更有甚者，自己电影都没有看过，也开始赶风潮，糊弄几个文字拼凑成一篇所谓的评论，这是商业操纵艺术的典型表现。这种文字伤害的不仅仅是观众，也是对影片的不尊重。

就像有些专家所呼唤的：让科学的评论发出声音！现在的电影市场中实在太需要科学、冷静、可信的电影评论了，希望有更多负责任的影评人用自己的行为来洗刷现在影评界的不良风气。但愿这不是我的梦想。

影评：诚实地面对

王晓铭

　　2001 年 4 月 14 日，电影评论家邵牧君先生在《人民日报》上发表了一篇名为《电影评论要着眼大众》的文章。邵先生开门见山地指出："电影评论的现状不容乐观。我没有做过观众或读者调查，不好乱下结论。但有一点是可以肯定的：影评已经没有了市场。"邵先生将影评的式微归结于"责任多在影评人这一边"。很快，一晃四年过去了，在中国电影诞辰百年之际，我们的电影评论又怎样了呢？在这里，我想以一个普通读者的身份来谈谈看法。

　　有人曾经将影评大致分为三类："即旨在导引观众选看影片的评介式影评；重在分析影片特色的评析式影评和旨在通过对影片的解析而印证某种批评理论和方法的阐释式影评。"❶而对于普通受众来说，影评可以被简明地分成两类：电影简介和电影评价。按照正常的流程，在观众和电影评论间会形成这样的一个循环：电影简介——观众观看——电影评价——影响和提升观众以后观看。然而在当今快速消费的社会中，这样的循环已经断裂，未看过电影就发表评论者有之；晃过预告片，翻译国外现成评论者有之；追随得奖规格与票房多少评论者有之；更有甚者，运用电脑"复制"、"粘贴"加上泛滥的后现代术语堆砌而成的也不在少数。这样的影评常常使得读者看完之后如坠云里雾里，由此产生的观众对影评的猜忌和不满，使得电影评论的生存空间变得越来越小。

　　哀哉！电影评论者们现在"贩卖"的不仅是自己的文章，还有中国整个电影评论所剩无几的品牌资本。品牌所系，不可小觑。在此我想举一个相关的例证：《纽约时报书评》之所以长盛不衰，重要原因就在于它的品牌——所找

---

❶　李显杰：《电影评论的三种类别及其走向》，载《电影艺术》1994 年第 5 期。

的专家必须和所评书的作者没有密切关系,比如,他们之间不能是师生、同事,不能是密友,当然也不能是冤家和对头。这种"无偏"的规则甚至严格到不能找自己的专家评论本社出版图书的地步。《书评》主编麦克莱斯认为,"书评目的不是推销图书,也无意宣传作者;书评只对读者负责,提供信息,提供某种意见。书评应该公正独立。"❶正因为如此,《书评》所创下的"畅销书排行榜"、"年度图书"的金字招牌成为各大出版商梦寐以求的"镀金衣"。

当然,影评和书评存在着诸多不同,但我想说的是,诚实地面对,应该是二者共同的标的和追求。影评者只有诚实地面对自己和面对影片,才可能写出发自内心涌动情怀的真挚影评。《文心雕龙》中说:"故情者文之经,辞者理之纬。经正而后纬成,理定而后辞畅,此立文之本源也。"对于影评而言,发乎于情、出之于真最为重要。词藻的华丽固然能够烘托出文章的意境和韵味,但比起切身的感受而言只能位居其次。我并不一概排斥使用"后现代"术语,但评论的目的是让更多的人来读并读懂,如果不分青红皂白猛灌"后现代"的名号,实在是令人讨嫌生厌并事与愿违的。可惜,这样的影评文章当今还真的不少。什么时候我们才能看到更多刘勰老人谓之"经纬"的东西呢!

---

❶ 《纽约时报书评主编更迭的缘起和是非》引自 http://chinese. mediachina. net/index_news_view. jsp?id=71497

我心目中的好影评

卞锦霞

综观目前国内的影评现状,似乎正日益呈现出两大趋势。一类是见诸于**影视学术刊物**上的文章,另一类是见诸于报纸或文娱杂志上的作品。前者往往**行文晦涩**,充满高深莫测的学术符号,令一般人望而生畏,怯而止步,更不用说从中获得什么心灵的共鸣了,读者只恨自己才高不够"八斗","高山流水"在眼前却无法聆听。后者的学术符号倒是少了,用的大多是平民化的语言,奈何思维混乱,总让人觉得是"王顾左右而言他",或者就是堆砌冗余的信息。正像《美丽心灵》中偏执的纳什博士试图解析一群鸽子觅食时候的路线**图谱**,读者实在难以把握文章的本真所在。

综合以上两种影评,我们不难发现它们的共同点——以让读者似懂非懂为目的,进而获得某种虚无的、高人一筹的成就感,才不管它们的读者对象是什么人呢!

写下以上两段不免一阵惶恐:怎么无意中将学术和娱乐的影评一网打尽,批得一无是处? 不禁汗颜! 自己还只初入影视专业学习,竟也学会了眼高手低的坏习性? 凭良心说,在读了一些学术期刊和娱乐杂志上的影评之后,我相当佩服这些专家学者和电影发烧友。和他们相比,自觉各方面的知识还很欠缺,知识结构还很狭隘,要学习猛赶的东西太多了。但是心中的疑惑一直存在:影视评论是否真的非这么写不可? 莘莘学子喜欢读这样的评论吗? 普通大众喜爱看这样的影评吗?

私下认为,观众和电影这两个互为主客体的对象,它们的关系应该建立在情感共鸣的基础之上。影视评论作为观众和创作的中间质态,不论其是基于学术研究的指向,还是出于大众文化的消费需求,沟通应该是它的首要驿站,之后才可能有审美的认同或排斥。

　　这个世界上并没有完美无缺之物,影视评论亦如此。但凡能用真情实感,就影片的某一点奏响心曲,能感动自己也感动他人的,我认为就是一篇好的影评。可惜的是,现在的影评总有"掘地三尺也要刨出个奇论"的嫌疑。其实,评论应该由鉴赏而来,鉴赏是评论的基础。一篇评论必须首先是自身的感性领悟,没有审美体验的影视评论正应了那句"皮之不存,毛将焉附"的古话,因而这类文章也只能是生涩的学术之辞展览,或浮躁的时尚信息堆砌。没有心灵的共舞,哪来思想的迸射和华彩的篇章?应该说,专家学者的胸中肯定是满腹经纶,娱乐影评人对影坛动向也都了如指掌,但是,如果为了评论而评论,那么诗外的功夫必然使影评的质量大大地被打折扣。

　　较之于20世纪八九十年代影评的繁荣期,今天的影评显得有点尴尬。当年的影评大多有感而发、朴实易懂,相信一个初、高中文化水平的人完全可以从中获得陶冶。相反,很难保证一个受过高等教育的人能完全看懂今天的一些影视评论,即使只是娱乐杂志上的文章,有时也足够他们抓耳挠腮了。而这决不应该是影视评论在这个信息社会的生存状态,表达个人感受或传递学术底蕴也决不应该让人摸不着头脑。

　　法朗士曾说:好的评论应该是评论者的灵魂在作品中所作的一次探险。我想,如果人们可以放弃一些功利的考虑,多用心去领悟,多用脑去思考,多用浅白的话来说,那么影视评论将被更多的人所接受;并且,借助影视特有的感召力,影评完全可以成为文化大家族中最广受民众喜爱的品种之一。

影评的界说

邹　杰

　　在我看来，一篇电影评论能被称为精彩，势必需要满足以下两个条件中的一个：深刻或者有新意。深刻是指电影评论的内涵深刻，有见解；有新意是指电影评论的切入点新奇，有创意。能够满足以上两个条件中的一个，就能成就一篇精彩的电影评论，若是同时满足了两个条件，那就是一篇可以流传的好评论了。

　　电影评论首先是一种文学批评样式，所以它也遵循着一些文学批评必须遵循的规则。批评的历史十分悠久，但文字的批评毕竟有其局限性，很多我们感官直接可以感知的事物和体验，如果要通过文字表达的话，就需要非常复杂的文学表达手法，我们可以称之为文字的表达能力。文字表达能力是和一个人各方面的修养密切相关的。同样，我们说一篇文章优秀，并不仅仅是在说文章作者的文字表达能力优秀，同时也是因为受众接受了文章中所要传达的更多信息。表达和接受是文学艺术得以生存的最基本的平衡关系，这两者中的任何一个出了问题，一篇文章的生命力就会很成问题。对于电影评论来说这个问题尤其重要。电影评论是评论电影的文章，电影是所有艺术形式里最直接作用于受众感官的一种——这点和评论正好恰恰相反，许多电影的要素并不适合在评论里进行表达，色彩和光线这两种电影最基本的要素就很难在电影评论中被准确的描述，而且描述色彩和光线的评论也很难被受众所完整接受，这就是因为表达与接受之间出现了不平衡。在写电影评论的时候必须充分考虑到评论的文学特性，避开不适合文学表达的内容，扬长避短，彰显个性。

　　电影评论是依托于电影的，但一篇好的电影评论又必须高于电影。完全依托于电影的文章只可能是电影介绍。电影评论不仅仅是在评论电影，也是在表达评论者的思想。如果评论者只是像一般的电影观众一样，简单地说电

影好或者不好,那怎么可能获得独到价值呢?而且随着时代的进步,观众的文化水平也在不断的提高,如果电影评论者的思维仅仅和受众处在同一个高度上甚至低于受众的高度,那电影评论势必走向没落。

电影评论有一个与电影同样的困扰:电影到底是拍给谁看的?我们承认电影是艺术,是编剧、导演思想的结晶,但是观众不认可的电影,我们一般总不会称其为好电影。电影评论到底是写给谁看的?不错,电影评论是评论家思想的结晶,但是观众不认可的电影评论,我们能称之为好的电影评论吗?前面说到电影评论必须高于电影,但是怎么高、高多少,本身是一个很实际、很难确认的问题。有一点应该明确:电影评论要深刻,要新奇,但是必须深刻得让受众有共鸣,必须新奇得让受众能够接受。一句话,必须以受众为本,这就是表达与接受之间最大的平衡点。或许一部电影可以仅仅是用来娱乐而不必强求什么社会意义,但是电影评论不行。仅仅娱乐大众的文字没有存在之必要,好的评论里肯定会有让读者看完能停下来想一想的闪光点,总要让人有所得。

最能引起观众共鸣的电影无疑是值得褒奖的电影,电影评论也是如此。评论不单单是要夸奖或者批评一部电影,也不仅仅是告诉观众为什么要这样夸奖或者这样批评——我们要通过夸奖和批评电影来传达时代的精神、生活中的精华,这就是电影评论高于电影的地方。电影评论求新、求深,最终的目的是要传达思想,引领受众去思考电影中的问题以及电影之外的问题。电影是时代的产物,电影评论则有必要将电影中反映的时代问题一一圈点,并把这些问题背后所蕴含的内容表达出来——这是需要电影评论者的智慧和眼光的。我们处在这样一个时代,各种各样的信息遍布世界,数量如此巨大,认识如此纷繁,思想不断碰撞,所以电影评论一定要有自己的见解,一定要有自己的光彩和秘诀。

最后,除了提出问题,电影评论还需要不需要帮助创作解决问题?早年的电影工作者往往是集编剧、制作、评论于一身的,但是电影技术的高速发展和电影产业的分工日益明确,电影评论已经成为一种独立的构架。电影评论的理性化倾向使得我们早就发现了一个问题,就是电影评论往往只能提出问题,但是无法解决问题,以至于人们认为搞电影评论的都是眼高手低的人。但是我觉得眼高手低并非坏事,眼界不高永远只能成为工匠而无法成为艺术家,所谓先有梦想家后有实干家,在评论家提出问题之后,电影制作者才有可能去解决问题。所以电影评论家势必成为走在电影实践前的一群人。而目前影评业最大的尴尬和不足,即在于此类才俊的匮乏。

后　记

　　在计划经济向市场经济、文化事业向文化产业、精英文化向大众文化转型的现实条件下,学术著作出版之难人所皆知。而电影批评研究作为学术文化研究中的一个不起眼的分支,出版的难度尤甚。说实在的,《中国电影批评(2000～2006)》,作为一本专门研究新世纪中国电影批评的学术文集,能否顺利出版,我开始心里也是没谱的。如果没有各方鼎力支持,它的出版几乎是不可想像的。因此,在文集顺利出版之际,我要特别感谢上海交通大学出版社,他们在最短的时间内通过选题审定,显示出支持电影文化发展的由衷诚意。我还要特别感谢上海电影评论学会,正是他们的积极努力,为本书争取到上海文化发展基金会的部分资助。

　　由于种种繁复的主观和客观原因,盛极一时的中国电影批评当下正陷于低落和沉寂。但无可否认,批评没有绝迹,研究仍在继续。正如章柏青先生在本书序言中所说:"电影评论始终是创作的如形随影的伙伴。批评从创作中汲取营养,创作从批评中获得启示。电影评论也是观众不离不弃的朋友。评论从观众中获得灵感,观众从评论中受到教益。"只要电影存在,批评就不会消亡。我们现在要做的,就是添砖和加瓦、培土和施肥的工作。我想,只要我们把持信念,认定方向,坚守价值,中国电影批评是会有明天的!

李建强

2006 年国庆节于上海